In diesem Band ist zum ersten Mal ein großer Teil des erzählerischen Werks von Albrecht Goes gesammelt. Glühende Bilder des neunzehnjärigen Studenten von einer Reise zum Bodensee gehören zu seinen frühesten Arbeiten. Begegnungen des jungen Pfarrers mit den Menschen in seinem Dorf werden zu bewegenden Geschichten. Unmittelbar autobiographisch erzählt der Dichter vom ersten Konzerterlebnis als Kind; in vier Kapiteln eines Romanfragments erinnert er sich an das Leben des Fünfzehnjährigen im Seminar Schöntal. Auch *Der Lilienstrauß* und *Lautloser Dialog* sind lebendige Erinnerungen.

Vom Grauen des Krieges und des Holocaust, von der Bedrohung und der »allgemeinsamen Angst« der Menschen zeugen die Erzählungen, die nach 1945 entstanden, unter dem Eindruck eigener Erfahrungen als Lazarett- und Gefängnispfarrer. Unvergesslich sind *Das Brandopfer*, *Das Löffelchen* und die erst 1984 entstandene Geschichte *Das mit Katz*. Knapp und eindringlich wird das Geschehene beschworen – aber »wer sagt denn, daß man nicht auch einer finsteren Geschichte einiges Licht abgewinnen kann, wie man helles Feuer schlägt aus dunklem Stein?«

Albrecht Goes, geboren am 22. März 1908 in Langenbeutingen, verbrachte nach dem Tod der Mutter 1911 Kindheitsjahre in Berlin und besuchte das Steglitzer Gymnasium. Nach Schuljahren in den Seminaren Schöntal und Urach studierte er im Tübinger Stift und in Berlin; 1933 wurde er Pfarrer in Württemberg. 1932 erschien sein erster Gedichtband. Zahlreiche Bücher mit Erzählungen, Essays, Predigten und Gedichten folgten. Neben vielen anderen Auszeichnungen erhielt er 1953 den Lessing-Preis und 1978 die Buber-Rosenzweig-Medaille. Am 23. Februar 2000 ist Albrecht Goes in Stuttgart-Rohr gestorben.

Unsere Adresse im Internet: www.fischerverlage.de

Albrecht Goes
Was wird morgen sein?

Erzählungen

Fischer Taschenbuch Verlag

Originalausgabe
Veröffentlicht im Fischer Taschenbuch Verlag,
einem Unternehmen der S. Fischer Verlag GmbH,
Frankfurt am Main, Februar 2008

Satz: ottomedien, Darmstadt
Druck und Bindung: Clausen & Bosse, Leck
Printed in Germany
ISBN 978-3-596-17849-0

Inhalt

Am Bodensee

Aus dem Reisetagebuch eines Tübinger Studenten

Im Zug

Dieser Zugtakt ist gut und heroisch, der mich aus Ulm in das Oberland führt: letzte Macht des Münsters, letztes Hangen am verlorenen Mittelalter, letzter Stich der Zeit, – nun beginnt kämpferisch, räuberisch die große Fahrt durch das lange Land, hell erblühte, flatternde Hochebene, flatternde Birken, flatternder Wind. Winzige Wälder, rotüberglühte Mohnwiesen tauchen in Moor- und halbes Heideland. Weiße Jesuitenkirchen stechen herein. Ich erobere in dieser Morgenstunde mehr Land, als ich in den bisherigen neunzehn Jahren besaß: an kleinen Dörfern mit flachen helläugigen Gehöften und Bahnhöfen fliegt der Zug vorbei, ohne allen Halt. – Nichts bleibt, als das Bild des Mannes mit der roten Mütze – ein Zwiebelturm von der Kirche herüber und ein bimmelndes Geläut. – So steigt der Zug ins Land der Muttergottesbilder, der Kruzifixe, Äbte und Prozessionen. – Wo war schon einmal so weites Land? Richtig, hinter Böblingen, wo mein Freund, der Maler, der Narr, der Säufer, der Fechter, seine Klause hat und wo wir nachtlange Stunden in solch ein schwarzes, weites Land hineingewandert sind. Nur ist das dort kühl, protestantisch, dunkel, schwer und reif wie seine Bäume, hier weiß, fröhlich, warm, entsühnt von Muttergotteshänden.

Plötzlich hinter Ravensburg reißt ein Hügelstreifen ab und öffnet den Blick auf die stillen freien Berge – ein blauer Weißglanz hängt über dem silbernen See, eine hochstrahlende, singende, schwebende Melodie: – o so ist nichts auf der Welt beseligend, nichts so von Grund aus rein und unverblüht, als eine große Freude, die uns jäh und unverdient trifft. Da zittert dein Herz in seiner Kammer, da prunkt durch deinen Atem eine jauchzende

Spur – –. Vielleicht begegnen mir in den Tagen am See die Berge noch öfters – aber werden sie noch einmal so firn, so selig, so vollkommen sein?

Überlingen

Nun bin ich also, das Kind des zwanzigsten Jahrhunderts, der Student der Theologie, durch Gotik und Mittelaltersherrschaft, Madonnenseligkeit und Dogmenqual, an den See gekommen. Noch zittert mir der Zug unter den Füßen, in seiner schmetternden Jagd, wie er mit Siegergebärde in Friedrichshafen einzieht. Zwei Dampfer ragen weiß und sieghaft in den Hafen, dahinter schäumt der See in morgendlicher, löwenartiger Luft. Unser Weg führte über Mittag am See entlang nach Meersburg und Überlingen. Anfangs schien der See ocker und der Himmel regenweiß, später knatterte ein Gewitter und drängte dem See ein lärmendes Grün auf, die Pappeln flogen in flammendem Zug, landüber wetterte Sturm. Tief über die Wellen flogen die Möwen, – verschwistern ihr silbernes Leben mit den zacken Kämmen der aufblitzenden Wellen. Dazwischen brennt ein weißes Segel angstvoll und verlöschend herüber, die braunen, schmalen Nachen treiben, schaukeln verschlagen und verirrt und tanzen ihre schwanke Polonaise. Später hellt sich der Himmel auf, – feuchte Wolken sprengen mit riesigen Schritten über den See weg, Himmel, See und der Atem der Morgenstunde schwelgen in einem leichten Blau. Das ist nicht Mittelalter und nicht Neuzeit, das ist See, das ist ewig. Er hat keinen Schritt, keine Formel, keine Grenze, es ist weder Frömmigkeit noch Technik sein Inhalt, sein Mittelpunkt – er ist immer in der Wandlung begriffen, morgens grün, mittags gelb, nachmittags braun, abends blau, nachts violett, aber er ist dies nun nicht in Wechsel und Folge, sondern in jedem Augenblick alles, ist immer grün, ocker, blau, violett, immer mild, immer verklärt, gütig, zornig, immer im Werden, immer am Ende, im Sein. Seine Musik ist in jedem Wellenschlag hell und froh, dämonisch und quälerisch, in jedem Augenblick tönend und brüllend, mütterlich und abgründig, Bach und Bruckner, Kreutzersonate und Ave Verum.

Schloß Meersburg steht immer noch, wie ich es aus der Zeit vor zwei Jahren in Erinnerung habe, frei und mit einem männlichen Accent in der Haltung und Gebärde, die wir in den vollendetsten Gedichten, in den starken Siebenfüßern der Droste wiederfinden. Heute haben sich Maler auf dem Schloß festgesetzt und einer von ihnen heißt Hans Dieter und malt grüngründige Ölbilder und lockere Federskizzen.

Der Uracher Seminarist steht wieder auf bei dem Wort Meersburg und seine scheueste, schönste und vollendetste Liebesgeschichte. Hier erschien uns die Tochter der Schloßherrin von Meersburg und hieß Gretel. In dies unsinnig schöne Mädchengesicht habe ich stockend, rot, schulbubenhaft verliebt ein paar unwesentliche Worte gesprochen, und acht Tage später habe ich ihr auf blaues Büttenpapier ein paar echte, hübsche, und glühende Verse geschrieben. Sie hat mir, – durch einen dritten natürlich – dafür gedankt mit einem gütigen Satz, wie ihn Frauen zu schreiben verstehen. Damit ist meine kleinste Liebesgeschichte aus – und ich bin nicht versucht, ein neues Kapitel anzugliedern – sie ist so wie sie ist sehr schön und ich könnte nichts in ihr zum Guten wenden. Die Verse habe ich verloren und der Gedanke ist mir lieb, daß Gretel nun der einzige Mensch ist, der von diesen Versen noch weiß. Nur eine braungewordene Jasminblüte muß in irgend einem Buch stecken, ein Zweiglein, das sie damals brach. Nun so nehme ich vom Schloßrand nocheinmal einen. Sie mag zu den andern, in das schmale Gedichtbuch gepreßt, wandern.

Nichts ist mehr von diesem Tag zu erzählen, als daß ich einen kleinen Nachtgang an den Überlinger Hafen antrat, einen feinen, sprühenden Regen zur Seite, um mich den Heuatem eines wohligen, weißen Juni. Drüben stand der Himmel völlig abgedunkelt.

Gewitter schien sich zu rüsten; aber keins mit unbändigem Lodern, sondern nur jäh erhellte Flächen und Häuser. Wenn ich Glück habe, dann reißt so ein weißblauer Blitz nocheinmal den Säntis auf. Der See war violett und stark bewegt. Am Ruderbootsplatz gluckten die Wellen, die Ketten klatschten ins Wasser, das neben seinem Violett auch noch grün, braun und sogar rot zu flimmern schien. Eine Schiffsglocke läutete herüber von der Schweiz.

Am See bei Dingelsdorf

»Glatt liegt Seele und Meer«.
Nietzsche

Jetzt werden die Tage heiß, still, leidenschaftlich, blau und brennend hell – durchsichtig wie Glas. Jede Empfindung beginnen wir in ihrer ganzen Schwere und Süße zu Ende zu empfinden, der Wille ist gebunden, wir haben aufgehört, Wesen mit Not, Unlust, eigenem Willen, eigener Glücksbegier und Drängnis zu sein, – wir empfinden das abendklare Glück des Schauenden, den Schauder der reinen Erkenntnis, – wir hören zu, ganz Jünger, Empfangender. Die Pappeln starren unbeweglich aus dem See in den Himmel, grüne Zeichen zwischen Blau und Blau. Sie beben morgens in Gold, abends in Silber. Die Wolken haben hohe runde, glückliche Gesichter, mit Kinderlippen und Mädchenaugen beugen sie sich über den See. Der See steht still und hält den Atem an. Nur das Anschlagen der Wellen tönt weiter, und auch das nur sehr leise. So fallen mir die Graslieder des Karl Spitteler ein, die niemand kennt, die ich aber über alles liebe. Meine Augen werden groß im langsamen Vorsprechen dieser kleinen Verse und möchten, daß der See in sie eingeht. Der See vibriert, die Pappelzweige zittern in grünen Wellen, irrlichtern in verschränkten Netzen bis vor Müde solcher Späße die Lider zusammenklappen.

Vor dem blinden Blick prunkt eine Farbe auf, Rot, nein Terradisiena. Es wellt, steigt, schwingt – dann stürzt Schlaf über das Gesicht.

Es war nah am Abend, als ich aufwachte. Die Pappeln strömen einem unnennbar reines Silber entgegen, und der See ist verklärt, und überglüht von dem neapolitanischen Blau, das auf den kühnperspektivischen Aquarellen, wie sie der Hermann Hesse hoch über Lugano malt, so unvergeßlich aufzuckt. Dieses Blau ist es. In den Gärten schwelgen rote Wucherblumen und neben blauen und grünen Glaskugeln brennen Rosen vor dem Weg. O ihr sinnlosen, blauen und grünen Glaskugeln, ihr Störenfriede der Rosenreife, Rosenreinheit. – Durch euch hindurch geht die Türe in die allerersten ABC-Schützen-Tage vor vierzehn Jahren! Der Bub mit dem blonden Schopf, dreckigen Hosen und frischblauen Guckern, der zu einem Dorfschultor um sieben Uhr einen, zwei Sommer lang hineinhopft: Dort waren die gleichen Glaskugeln, gleich bunt, vergnügt, sinnlos. …

Nun kamen zu aller Seligkeit hin auch noch die Berge gleich nach Sonnenuntergang heraus, weite, weiße Sicht, auf blauem Grund, beglänzt und gestirnt. Für eines Ruderschlages Dauer war die Welt vollendet. Qual tauchte nicht auf, Reue schwieg und Begehr, verweht war Blume Vergangenheit, verborgen Stern Zukunft. Aber dann steigen Sterne auf und werden zu Wünschen: einer hieß: eine Angel haben und ein Fischer sein; einer: einen Nachen zu eigen und ein Brot in der Tasche, nichts als dies: Tag um Tag. Einer hieß: ein vollkommen schönes Gedicht aus diesem Augenblick retten, so schön, daß schon die Biegung einer einzigen Zeile diesen Augenblick auferstehen ließe – wieder und wieder.

Nie wird mir dies Gedicht einfallen, nie. Auch der andere studentensentimentale Wunschtraum wird nie Wahrheit werden. Und darüber darf ich erst noch goldfroh sein. Denn ich wüßte einen, der als Fischer doch auch recht unglücklich wäre, der doch auch nur unerhörte Sehnsucht hätte, – wonach? Nach dem Tübinger Studentendasein? Kaum. Nach der Theologie? Wohl auch nicht. Aber nach einer Stunde bei Osiander, einem Nachmittag im Gras, einem Abend über Brahms und Hölderlin und einem sehr feinen gescheiten Nachtgespräch.

Ich bleibe also Stiftler, Narr, Faulpelz, Schizoid, gehetzt von allen Hunden der Verachtung, des Selbstmißtrauens, der Humorlosigkeit und Ironie, gewaschen in allen Wassern von Psychologie und Selbstbeobachtung, Ketzerei, Negation und Schopenhauer, verwildert in der Scheu vor meiner Zunft, vor Geträtsch, Literatur, Menschen, Bürgern und Thomas Mann, unausstehlich bei Familienfesten, voll Gefühl, Handschuhen, Kaffeewirtkuchenatmosphäre, dabei selber ein Sentimentalissimus, dabei selber zugleich überglüht von allen Feuern und Fiebern der Sehnsucht, heute nach Chaos, morgen nach Kreis und Stille auf der leidenschaftlichen Jagd nach Ungewöhnlichem in Gesichtern, Blumen, Farben, Bildern, nach Gesundheit, Klarheit, Beschwingtheit, morgen nach Dunkel, Schwermut, Einsamkeit, Hast, Sehnsucht nach: Noch-nicht-blühen, nach Noch-nicht-vollendet-sein, nach Auszug, Fahrt, Heimkehr, immer nach wilder Bewegung, immer nach Musik, Musik der Gewitter, Musik der singenden Kinder.

O Mozart!

Am See nach Sonnenuntergang

Zu dieser Landschaft gehören nicht nur die trachtartigen Röcke, mit denen die Dorfweiber aus der Kirche kommen, sondern auch die schnittfertigen Wiesen mit seefeuchtigem, prachtvollem Gras. Und die Negerschultern der Mähder, aus denen ein finsteres, in sich gekehrtes Glutgesicht herauswächst. In der Stadtnähe tragen sie alle Drillichhosen mit straffen Hosenträgern auf der bloßen Brust, tiefer im Land kommt eine Gärtnerei, in der die Burschen völlig nackt arbeiten, – braunleibige Faune mitten in Deutschland. In dieser Gärtnerei stieg aus der Mitte, silbern stäubend und sommrigstrahlend, ein Springbrunnen auf, der sich zu allem hin auch noch drehte. Hei! wie sie in den nassen Kreis sprangen, die Kerle, zitternd vor Lust und rasch wieder in der Sonne trockneten. Als ich daher kam, meinten sie, sich entschuldigen zu müssen wegen der fehlenden Bekleidung. Doch beruhigte ich sie mit der Frage, ob man da auch duschen dürfe. Auf ihr vergnügtes Jawort hin riß ich mit übermütigem Ungestüm die Kleider ab und stand dann mit meinem viel weißeren, schmalschultrigen, sonnlüsternen Asthenikerkörper zwischen den Burschen drin, wie ein Europäer, ein Ausländer oder fast gar wie ein Jungfräulein.

Während ihrer Mittagsrast saßen wir am Rand der Rosette, den Blick in weiße, rote, teegelbe Rosen, in die lodernde Lust solcher treibenden Verschwendung. Was Mainau mit dem gärtnerstolzen Rosenparadies! Hier stak noch einmal soviel Glut, Ursprünglichkeit, Himmelsnähe, Werdefeuer, Blühgeist …

Da hockten wir, dann und wann sprang einer unter die Dusche. Anfangs waren sie scheu, aber dann kam es zu Spritzschlachten und herrlichen Kindereien und Gefechten. Was galt noch der blaue Studentenausweis? Ich hätte ihn für ein Rosenblatt verschleudert! Herrlicher Schwatz, von was für wichtigen Dingen, von Schätzen und Radfahrten und verkrachten Lumpereien – nichts von Barth, zwei Stund lang keine Theologie, kein Gedanke an die scheußliche Literatur, die sich zur Stund mit meinem Segen der Satan sauer braten kann, inclusive den Herrn Goethe.

O nackte Lust, o stürmisches Losgelassensein, bacchanal – Freiheit!

Zuletzt schenkten mir die Gärtnerburschen Blumen, die nun komischerweise neben den Jasmin hin wandern können, nein ich werde sie vorher in dem See selig ertränken, vor dem Papierpreß-Tod bewahren und ihnen ein würdiges Todeslos bereiten!

Ich habe wieder Vertrauen.

Erstaunen ist zu mir zurückgekehrt!

Glaube atmet wieder. –

Da ist vor allem der Kastellan im Patrizierhaus zu Überlingen. Er ist herrlich. Kein Stumpfsinnskegel, kein trister Liturg mit schwachsinniger Litanei, kein Nobelpreisanwärter in Monotonie und Undeutlichkeit, der uns die heimlichsten Kirchen verhunzen kann, – nein, ein Mann mit Urteil, Verständnis – ein tapferer Führer, ein wirklicher Wächter und Hüter seines Hauses. Was für eine goldrändige Brille zierte sein Archivaralter! Ein Mann, der sich für uns Zeit nahm, der uns selber entdecken ließ. Preis ihm!

Preis auch dem Patrizier Reichlin von Meldegg! Sein Haus ließe ich mir gleich gefallen, noch heute tauschte ich mit ihm. Ein später Nachfahr, zög ich noch heut in dieses Haus, nimmer von Adel, nimmer vom Stamm, aber auch ein Patrizier, auch einer, der zu leben verstünde in diesem Haus. Jawohl! Was für ein Haus. Sind es zwanzig Kemenaten oder dreißig. Handgetäfelte Zimmer mit breiten und tiefräumigen Schränken, schweren und unzugänglichen Schlössern und scharfbärtigen, vergoldeten Schlüsseln. In der Mitte steht ein hellhölzerner Tisch in fröhlichem Gegensatz zu den gedunkelten Holztafelwänden. Dort hängen ausgeblaßte Ahnenbilder, aber gleich daneben rufen Waffen, helle Säbel, mit einem Stich ins Blaue, Braune und Rostige. Aber unverrostet prunkt der Kronleuchter (eine Handarbeit) von der Decke herab mit einer massigen, freischwebenden Rosette für dicke rote Kerzen. Hier würde ich meine Wohnung nehmen, in die alte Standuhr (auch eine Handarbeit bis aufs kleinste Rädchen, ein halbes Liebeswerk) würde ich ein Glashütter Werk hineinschmuggeln und so wieder in Gang bringen. Da würde ich Tag und Nacht den schweren Ruch von Reichtum, Silberzeug, guter, vornehmer, verschwenderischer Kleidung, von linnenschweren Truhen, einatmen, einfach diesen Duft voll Zunftstolz und Patrizierehre, der dies Haus erfüllt. Wand an Wand mit dem Geist des dunklen Holzes, der alten Waffen, der Spinnstube und der Zunftordnung werden wir einziehen.

Edler von Meldegg! War er Ritter? War er Zunftmeister? Schade, daß ich nichts von ihm weiß. Genug, er war ein Edelmann. Welchen Stiefel würde ich in seinen Fußstapfen leben? Nun, ich würde vielleicht umlernen, (wie vieles muß man umlernen beim Einzug in solch ein Haus!) und würde Gelehrter werden. Fromm und vertieft in die rotgoldenen Lettern der Nürnberger Bibel, würde ich mit mönchischen Freuden spielen. Nein, aber Mönch würde ich doch nicht. Abends, wenn der See aufsteht, böse wird, Gewitter hereinlodern, dann würde ich Freunde zu Gelage rufen und die alten Humpen holen, zinnerne Deckelkannen mit Hampelmannsbildern drauf, und Bodenseewein aus dem Spundfaß zapfen.

Meine Frau aber ließe ich Gewänder im Stile Holbeins tragen, rotbraun müßte vorherrschen (Gewänder, die mit Kopfputz, Schuhen und Ketten erstaunlicherweise noch erhalten sind), gold und grün dürfte da und dort heraustreten und für Feste ein Kleid: Seeblau und weiß. Sie müßte die fraulichen Tugenden lernen: Spinnrocken und Webstuhl, die teure Penelope. Ferner würde das Spinett (das noch das Baß-F als einzigen Ton hat) neugestimmt werden, – o keine Rede von Flügel, wir würden »Stücke im alten Stil«, Spinett-Musik aus Haydn und Tomasin Vitali und auch Bach spielen. Ja, und aus dem Frauengemach wäre es nur ein Schritt zu der heut etwas verwahrlosten Kapelle, die auch wieder in den Status quo ante käme. Dort müßte die Hausfrau für unser Heil beten. Ich will ihr nicht dreinreden, ob zur Maria oder zum Heiland mit dem Protestantengesicht, oder zu einem Seeheiligen – aber modern religiöse Bücher, Nietzsche und solche Sünder, bleiben aus unserem Haus verbannt.

Knechte wären da und würden gleich die Schragen beziehen, nicht gerade in einer Stube und auf dem gleichen Lager, wie die

Mägde, was damals scheints Sitte war, aber sie sollten es gut haben. – Alles sonst bliebe beim Alten, ich würde in meiner Wandlung zum Gelehrten auch noch stockkonservativ werden: Butzenscheiben blieben und das eingeschlafene Tintenfaß mit der Streusandbüchse und dem rührenden Gänsekiel, der noch nichts vom Füllfederhalter sich träumen ließ, ja – es würde wieder zu Recht kommen. Und ich wäre der Prinz, der aus diesem Dornröschenschlaf das Meldegg-Haus erweckte.

Schüchtern und pietätvoll betrete ich dein Haus, Reichlin von Meldegg – aber auch stolz. Denn wir haben doch nicht nur das Auto und die Musikuhr von den letzten Jahrhunderten erlöst, sondern auch einen Sturm von Kraft und Sinn, der in deinem Haus keinen ganzen Platz gehabt hätte. Wir sind keine Fortschrittheuler, aber wir wissen: auch du hattest deine Zeit, deine große und überwältigend geschlossene Zeit: tempi passati.

Bald aber würde ich es selber merken, wie diese hübsche Mittelalterparodie auch eine rechte Simpelei war, würde ins Stift heimkehren, und, da kein Abbas da wäre, bei dem ich Buße tun könnte, würde ich mit leidenschaftlicher Seele um den Wert meiner Zeit ringen.

Heimreise

Was für unvollständige Tagebuchaufzeichnungen! Habe ich nicht an der Weltschale voll Sonne, Licht, Gnade getrunken? Bin ich nicht auf Heinrich Susos dunkler Spur auf der Reichenau gewesen, den mystischen Gruß hinübertragend in sein Jahrhundert? War nicht überall Sturm da, Nachenlust, tausendstimmige Rudermusik? War nicht viel mehr Schauen als diese so einseitig problematischen Blätter zeigen: Schauen, Liebe zum Ding, Versenken, Gesundlieben? Geschah mir hier nicht wieder Bestätigung früher Erkenntnis, fern von Kant: Daß die Dinge, die menschenlosen Erscheinungen, See, Mohn, Pappel, Altar und Patrizierstuhl, ein eigenes klopfendes Leben haben, das Leben der Dinge, das neben unserem Leben seine Kreise zieht? Alles, alles …

So in der Rückschau der Heimreise scheint nun die Fahrt auch ungewollt *einen* Stil und Zug zu tragen: Gang ins Mittelalter; dann Chorgestühl, – Stukkatur – und altarmüde grüßte uns der ewige See. Und heimkehrend kam uns das Mittelalter ein Stück Wegs entgegen und nahm uns wieder auf. Nun rasselt wieder der Zug, Tübingen kommt bald. Es hat keinen Sinn mehr, weiterzuschreiben, außerdem ist es in dem Raucherwagen kein Vergnügen. Einiges, was mir wichtig war, ist nun festgehalten, einiges an Bildern und an Erkenntnissen. Wenn beide in mir Dauer gewinnen, wirklich mein werden – dann ist es gut.

Das Sterben der Bäuerin

Seit zwei Jahren hatten sie es gewußt – soweit man da von ›wissen‹ reden kann –, und es wäre dann nur zu fragen, wie sie es denn gemacht hatten, diese zwei Jahre so herumzubringen, wie sie nun wirklich herumgebracht worden waren. Beides hatten sie gewußt: Krebs – und: keine Hoffnung. Hatten sie sich eine besondere Fertigkeit erworben in der Kunst, alle Gedanken daran von der Schwelle des Bewußtseins zu verscheuchen? Nährten sie mit unbekanntem Brot doch noch irgendwelche Hoffnungen? Oder heimsten sie einfach noch Tag und Stunde ein, eine eilige Ernte vor dem drohenden Wetter? Oder ist es so, daß diese Klugheiten alle Narrenreden sind vor der Einfalt, mit der die Bäuerin einverstanden war, sich geeinigt hatte mit dem Willen Gottes?

Niemand hat wirklich in ihr Herz hineingeschaut, und sie wird damals allein in der Kammer gewesen sein, als sie ihr Sterbehemd aus dem obersten Fach des Schrankes herunterholte und griffbereit zur werktäglichen Wäsche legte, so daß es die Tochter dann neulich gleich gefunden hatte. Es war ein gutes Hemd aus einer zarten, glatten Leinwand, doch ohne Stickerei und Verzierung; sie mochte der Meinung sein, daß es da dann nicht mehr auf diesen Schmuck ankäme. Ob sie nun damals, als sie das Hemd zurechtlegte, geglaubt hatte, etwas Unmittelbar-Notwendiges zu tun, oder ob sie es nur so für alle Fälle getan hatte, das ist jetzt nicht mehr auszumachen. Sicher ist nur, daß sie an dem bewußten Freitag vor drei Wochen ungewöhnlich schnellen Schrittes auf der Straße nach Neustadt hinüber gelaufen war. Einige Dorfleute wollten damals stehengeblieben sein und sich ihre Gedanken gemacht haben über die todblasse Frau mit dem merkwürdig hurtigen Schritt. Man vermutete wohl mit Recht, daß sie damals zum

Neustädter Arzt gegangen war, wenn auch niemand vom Ergebnis dieses Ganges etwas erfahren hat.

Aber am Samstagmorgen hieß es: sie liege zu Bett. Nun hatten in der Molkerei und im Backhaus die Schwatzweiber Arbeit genug, um sie des langen und breiten dem Tode entgegenzuunken; andere redeten etwas von der kräftigen Natur der Burgbäuerin, aber es war so recht gewiß nicht, ob sie das denn wirklich selber glaubten. Echtes und herzliches Bedauern freilich, das war im einen wie im anderen Fall wohl zu hören, man mochte die Bäuerin im Dorf. Und so ließ man es auch nicht bewenden bei den Gesprächen, man machte Besuch. Man brachte einen Tee mit, und man wußte von einer Base, die an der gleichen Stelle schlimme Schmerzen gehabt habe und nun schon wieder seit zwanzig Jahren munter sei, »die Beste« ist sie wieder geworden, sagte man, sie solle nur sehen, mit heißen Dämpfen und Umschlägen seien schon noch ganz andere Sachen geheilt worden.

Sie hat es nun mit ins Grab genommen, die Bäuerin, was sie zu allen diesen Nachbarreden gedacht hat. Ließ sie es gelten, das Trugspiel der schönen Reden, in dem sich die Besucher Mut und Überzeugungskraft zu holen wünschten? Glaubte sie dann mit, wenn die anderen glaubten? Nach dem, wie ich die Burgbäuerin kennengelernt habe, sage ich: nein. *Sie* hat klar gesehen, immer schon, und seit dem letzten Neustädter Besuch erst recht. Aber sie hatte lebenslang ihre Worte zu setzen und – zu sparen gewußt, und so mochte es ihr nicht ziemlich scheinen, am Ende noch geschwätzig zu werden. Sollten die Nachbarinnen reden, was sie wollten: sie selbst betraf es nicht mehr. Man starb; oft hatte man das mitangeschaut in diesem Leben des nahen Beieinander, geübt war das Herz im Abschiednehmen. Freilich: Sterben – es war eine fremde Sache geblieben, Feindseliges war am Werk, Finsternis brach auf. Aber mitten darin hatte dann auch die eine Hoffnung ihren Platz gefunden: Ich glaube das ewige Leben.

Die Kinder kamen. Auch die auswärtigen Töchter standen am Sonntag plötzlich da. Sie fanden die Mutter recht munter; um ihr

Kranksein – das merkten sie wohl – sollte man sich nicht kümmern; kam das Gespräch darauf, so lenkte die Mutter sogleich ab. Die Mädchen gingen mit dem Gedanken an ein letztes Abendmahl zusammen mit der Mutter um. Die Mutter hatte im Glauben ihrer Kirche Heimat gehabt, und manche Gänge in innere Fremden hatten sie erst recht erkennen gelehrt, was es um so eine Heimat ist. Warum sie wohl die behutsamen Mahnungen der Kinder so ganz überhörte? Sie wußten nicht, daß die Mutter in diesem Jahr am Pfingstfest noch einmal beim Abendmahl der Gemeinde gewesen war, gerade vor acht Wochen noch. Sollte die Feier dort, in die der Jubel der Pfingstlieder gedrungen war, ihr so recht erschienen sein als letztes Abendmahl? Daß sie nun schon einige Wochen zurücklag, daß man fürchten müsse, die Vergebungsgnade bedecke nicht einen solchen Zeitraum des Zukünftigen zugleich mit der Vergangenheit, dergleichen besorgte sie nicht: Ihr Gott war ein Herr des Lebens, auch ein Herr über das menschliche Kalendarium.

Am Tag darauf begann die Ernte; niemand dachte daran, um der Kranken willen von der Ordnung abzuweichen, die Bäuerin selbst am wenigsten. Sie, deren Nächte nicht mehr zum Schlafen da waren, machte nun in diesen ersten Erntewochen für ihren Mann noch den Wecker, morgens gegen halb vier Uhr. Danach blieb sie allein im Haus. Sie hörte den Schlag der Türe, hörte, wie Schritte sich entfernten, hörte andere Schritte vorübergehen. Am Schritt schon kannte sie die Nachbarn, kannte sie Knecht und Magd, ja, die Pferde meinte sie am Trab unterscheiden zu können. Sie sah nicht durchs Fenster, aber noch immer war sie bei allen Gesetzen des Tagwerks mit dabei. Eine Weile blieb es ganz still; wer irgend konnte, war jetzt draußen im Feld. Es war niemand krank in diesen Wochen, man hatte keine Zeit dazu. Nur sie war nicht gefragt worden. –

Es war so schnell gegangen mit diesen dreiundfünfzig Jahren. War man nicht eben noch das Kind beim Viehhüten gewesen, das Mädchen in den Himbeerstöcken und, wenn eine Hochzeit war, das Mädchen auf dem Tanzboden? Wann war das gewesen? Vor kurzem? Vor langer Zeit? Nun, es war nicht wenig beschlossen in diesen dreiundfünfzig Jahren, wenn man es so zusammenzählte; es war kein armes Leben – gewesen, mußte man jetzt sagen – nein, das nicht. War es gut gewesen, dieses Leben? Sie kam nicht dazu, das nachzuprüfen, jetzt nicht, es war vorderhand noch einiges Dringende zu tun. Mit ihrem Fritz war da die Sache, genauer mit Schuhmachers Mina, die war in anderen Umständen, im Herbst war es wohl so weit, und ihr Fritz war der Vater des Kindes, er leugnete es nicht. Wann werdet ihr heiraten? würde sie ihn noch fragen. Und dann fürchtete sie, daß er antworten werde: Überhaupt nicht. Es geht nicht. Dann würde sie sagen: Aber wenn nun das Mädchen schon – –. Und dann würde sie den Satz nicht zu Ende sagen. Dann würde sie daran denken, daß sie damals vor zweiunddreißig Jahren es so gemacht hatte: Sie hatte den Vater ihres Kindes geheiratet, sogar noch drei Monate, bevor es auf die Welt gekommen war, ihre Eltern hatten es so gewollt – und daß es nicht gut gegangen war. Nicht gut – wie war das nun so hingesagt. Nein, das war nicht so hingesagt, hingedacht; das war die Schlußrechnung, und sie ging nicht auf: nicht gut. Dann würde sie also zu ihrem Fritz sagen: – aber nein, sie wußte es jetzt nicht, was sie zu ihrem Fritz sagen würde … sie wußte nur, daß sie es dann, wenn es darauf ankäme, wissen würde, ihr Wort. Ja, und dann mußte sie noch den letzten Frieden machen mit ihrem Mann; dazu mußte es gewiß noch reichen. Einen Augenblick lang bekam sie es mit einer wilden Angst zu tun: Nein, es darf jetzt nicht zu Ende gehen, jetzt nicht. Es muß da noch reichen. Mit den Nachbarn war alles in Ordnung. Da war kein Grund zur Sorge. Vor zwei Monaten freilich hatte der eine Nachbar, der Schreiner, am Gartenzaun ein Stück neu gesetzt und dabei plötzlich ihren Birnbaum, der an der Grenze war, mit in sein Gebiet hereingezogen, die Birnen selber fielen großenteils auch jetzt in ihren eigenen Garten. Sie solle ja keinen Streit anfangen wegen dieses Birnbaums: das wollte sie ihrer Tochter doch noch sagen: eine gute Nachbarschaft sei zehn Birnbäume wert.

Nun läutete in die Stille die Glocke herein: elf Uhr schon. Ein Kornwagen fuhr vorbei, heiß und trocken schwelte der Duft durchs Fenster. Ein Choral kam von der Schule herüber, die Kinder sangen. Richtig: Montag, elf Uhr ... da war Religionsunterricht. Sie hatte – wie lange war das jetzt her? – immer noch sonntagabends ihre Kinder überhört, sie brauchte kein Spruchbuch dazu, ihr Gedächtnis war Spruchbuch genug. Es war treu, immer noch. Heute verstand sie die Worte des Liedes nicht: doch fiel ihr ein Text ein, der zu der Melodie paßte, sie sagte eine Strophe laut vor sich hin, und den Schluß versuchte sie dann auch noch zu singen: »Ach, bleib mir nah mein Leben lang, / bis ich Dich ewig seh.«

An diesem Montag war dann der Pfarrer noch einmal bei ihr gewesen, und es muß wohl an diesem Tag gewesen sein, daß sie die merkwürdigen Dinge gesagt hatte, von denen – in Andeutungen nur – in der Grabrede gesprochen wurde: Lobgesang auf das Leben, so könnte man es wohl heißen, was da angestimmt worden war – im Angesicht des Todes. Es hätte ja freilich manches gegeben – auch sie selber sei, sie wisse es schon, gewiß nicht leicht zu nehmen gewesen, aber jetzt wolle sie doch den Dank ganz stark machen. Das Einzelne, nein, nicht das Einzelne. Das sei jetzt schon, wie soll man sagen: verschnürt. Es sei so: sie sei ein paarmal in ihrem Leben recht sehr in schlimme Dinge hineingekommen, sie hätte darunter zu leiden gehabt, aber es sei auch das keine harte Schale ohne süßen Nußkern gewesen. So sei es wohl gekommen, daß sie in ihrem ganzen Leben nicht hart geworden sei. Wenn sie jemals hätte hart werden wollen – mit den Kindern, mit dem Mann, mit den Dienstboten, mit den fremden Leuten, es gebe ja Gelegenheit genug dazu –, dann habe sie immer die Erinnerung an das eigene Unrecht ihres Lebens befallen, und ihr Herz sei offen geblieben. Sie habe dann später, als die großen Stürme sich gelegt hatten, vor dem Furcht gehabt, daß sie nun auch hart würde gegenüber fremdem Unrecht: denn es sei ja so, daß die Leute, die sich selber nichts Offenkundiges vorzuwerfen hätten, in dieser Gefahr ärger schwebten als die anderen. Der Herr Pfarrer solle es nicht für ein gottloses Gerede halten, aber heute möchte sie um dessentwillen nun auch all dem Bösen und Unheilvollen in ihrem Leben danken.

Über den weiteren Verlauf der Krankheit haben dann die Kinder noch berichtet: in der Nacht von eben diesem Montag auf den Dienstag seien die Schmerzen, mit denen sie in den letzten Wochen einen fast lautlosen Kampf geführt haben muß, plötzlich fast unerträglich geworden. Sie habe laut aufgeschrien, einige Male nacheinander. Einer der Söhne, der noch bei ihr im Hause lebte, eben jener Fritz übrigens, berichtete davon, und noch zur Stunde der Berichterstattung, Tage später also, redete er in einem verstörten Ton darüber als über etwas, worüber man nicht hinwegkommt: daß eine still-leidende Mutter so schreien mußte. Er habe sich damals besonnen, ob er gleich in der Nacht noch den Arzt holen solle, aber es sei ihm dann eingefallen, daß die Mutter doch wieder dagegen sein würde. Er habe dann gehört, daß sie längere Zeit mit dem Vater zusammen gesprochen habe: es sei also offenbar eine Art Anfall gewesen, das Ganze, und sei dann vorübergegangen. Man habe nur die Stimmen gehört: ihre ruhige Stimme und den dumpferen Klang der Stimme des Vaters. Und gegen Morgen sei es dann noch einmal eine Stunde lang ganz still gewesen im Schlafzimmer der Eltern. Die Älteste unter den Töchtern sei an diesem Tag vom Feld daheim geblieben. Die Mutter habe sich den Tag über kaum geregt, am Abend aber gesagt, es sei ihr jetzt viel leichter. Die Dienstagnacht sei ganz ordentlich gewesen, am Morgen dann war das Gesicht verändert. Es wurde deutlich, daß es nimmer lang gehen würde. Die Mutter habe dann die Nachbarn noch einmal sehen wollen. Mit denen habe sie aber nichts mehr gesprochen, nur mit den Augen habe sie beim Hinausgehen jeden gegrüßt. Auch in der Mittwochnacht sei nichts Besonderes geschehen, am Donnerstag früh aber sei der

Todesschweiß auf der Stirn erschienen. Den Vormittag über habe sie geschlummert, gegen Mittag dann noch einmal die Augen aufgeschlagen und alle angeschaut, zuletzt den Vater – und den ganz lange. Danach habe sie noch die Kraft gehabt, sich zur Seite zu wenden, dann aber auf keinen Anruf mehr geantwortet. Auch daß man betete im Zimmer, habe sie offenbar nicht mehr gemerkt. Gegen dreiviertel zwei sei es dann, fast ohne merklichen Einschnitt, zu Ende gewesen.

Am Abend, als die Nachbarn auf die Kunde herüberkamen – sie hatten nur eben ausgespannt und den vollen Wagen im Scheunentor stehen lassen –, lag sie schon zwischen zwei Leintüchern, reinlich und still, die Fenster standen offen; das Krankenzimmer war eine Leichenkammer geworden, zwischen Morgen und Abend. Man stand beieinander, es war nicht viel zu reden. »Ja, ja«, sagten die Nachbarn, und »die hat's gut«, sagten sie, und etwas von ihrem Aussehen. Das Gesicht hatte zurückgefunden in das vierzigste Jahr, die Falten waren gelöst, die Augen lagen tief in ihren Buchten, stille, geschlossene Augen.

Aber aus dieser Stille erhob sich nun jene Geschäftigkeit, die um einen Todesfall ist und die zuerst bedrückt und dann betäubt und zuletzt sogar schier beruhigt. Die Gänge zum Bürgermeister und zum Pfarrer mußten getan werden, der Hausvater zog also den schwarzen Rock an und machte sich auf den Weg. Da ging er nun, ein Witwer. Das Wort fiel ihm nicht ein, es fiel ihm nichts ein, selbst der Schmerz war nicht wie eine Welle, die in ihm hätte steigen und strömen können, er hatte keine Tränen. (Man hat sich später immer wieder berichtet und es so wahrhaben wollen: es sei ihm eigentlich alles dies gleichgültig gewesen. Er habe während seiner Ehe so neben seiner Frau hergelebt, dumpf und ohne sich selber, geschweige einen anderen Menschen zu spüren, einzig in die Erde, in diesen seinen Erdberuf hinein verkrochen, mit seinen Tieren allenfalls noch vertraut, so daß er es nicht groß vermißte, wenn nun dieser Schritt neben ihm aufgehört hatte, da zu sein … aber das sind eben Vermutungen, und wer will wissen, wie es wirklich war?)

Die Kinder waren inzwischen darangegangen, sich Briefpapier und Postkarten zu kaufen, um nun an diesem einen Tag mehr zu schreiben als sonst das ganze Jahr hindurch. Es gab auswärtige Verwandte, denen der Tod der Mutter angezeigt werden mußte, dazu Tag und Stunde der Beerdigung. Dazwischen aber hörten sie immer wieder die Stille, diese vernehmliche Lautlosigkeit, die immer da ist, wo ein Totes im Hause liegt. Eine der Schwestern nahm die Bibel der Eltern zur Hand und fing an, nach Bleistiftstrichen und Einträgen der Mutter zu suchen. Vorn bei der Eliesergeschichte fanden sie, an den Rand geschrieben, an einer Stelle das Wort Leichen-Text. Es war der Mutter Handschrift, und es war mit einem Blaustift geschrieben, seit Jahren war kein Blaustift mehr im Hause gewesen, seit der Schulzeit der Kinder nicht mehr: Wann hatte die Mutter angefangen, das Wort ›Leichentext‹ zu bedenken? Einer der Söhne ging sogleich hinter dem Vater drein zum Pfarrer und sagte, an der und der Stelle stehe in der Familienbibel ›Leichen-Text‹, von der Mutter Hand geschrieben. Der Pfarrer aber sagte: Ja, er wisse den Text, die Mutter hätte ihn selbst ihm neulich noch gesagt.

Am Samstag früh kam der Sarg, der Schreiner selbst half die Tote in den Sarg betten, danach legten sie die Blumen zu ihr hinein, die inzwischen gekommen waren. Beim Hinausgehen sagte der Schreiner ein gutes Wort, wie es so zu ihm gehörte, gar nichts Gewohnheitsmäßiges, was ja gut sein könnte bei jemandem, der aus dem Tod sein Geschäft machen muß. ›Danke‹, sagte die Tochter, die beim Umbetten mit Hand angelegt und den Schreiner die Treppe hinunterbegleitet hatte. Vielen Dank. Sie schloß die Haustür und kehrte noch einmal zu der Mutter im Sarg zurück.

Man hatte die Kammer genommen, die früher einer der verheirateten Söhne bewohnt hatte, sein Gesellenbrief hing noch immer groß eingerahmt an der Wand, daneben einige vergessene

Photographien aus früherer Zeit. Sonst war sie seit langem leer, die Kammer, in der nun die letzte Liegestatt ihren Platz hatte.

Durch das offene Fenster flog ein Schmetterling herein, es sah ein wenig erschreckend aus, dieses taumelnde Leben in der Kammer des Todes. Das Mädchen war froh, als der Falter bald wieder hinausfand: sie wollte allein sein mit ihrer Mutter. Ihr war, als sähe sie wie zum erstenmal das Gesicht der Mutter: wie gut – dieses Gesicht, dachte sie, wie gut – dieser Mund: es war, als hätte ein lebendiges Lächeln auf ihm Zuflucht und Dauer gefunden. Sie hörte ihren eigenen Atem und fürchtete sich … so neigte sie sich denn einen Augenblick über den Sarg, doch ohne die Mutter zu küssen, und ging dann rasch hinunter.

Im Lauf des Nachmittags kamen die Verwandten, es gab viel zu tun. Immer wieder mußte einer vom Haus mit den Neuangekommenen hinauf in die Totenkammer, immer dichter häuften sich nun die Blumen rings um den Sarg. In der Wohnstube saß man lange beieinander, eine Schwester der Mutter war gekommen, die wußte viel zu erzählen von der Mutter Kinderzeit; es gab einige Briefe zu lesen, und ein frühes Bild der Mutter wurde lange von allen betrachtet. So sehe sie jetzt wieder aus, sagte der Sohn Fritz, und die anderen mußten es bestätigen.

Daß der Sohn Fritz in der frühesten Morgenstunde dieses Samstags eine lange Zeit allein in der Kammer bei seiner Mutter gewesen war, zu einem besonderen Abschied, davon sprach er kein Wort. Es ging niemand etwas an, was einer in solcher Morgenstille am Totenbett der Mutter mit sich ausmacht. Daß aber mit ihm eine Veränderung zum Ernsten und Männlichen hin vor sich gegangen war, das wurde deutlich, als fünf Wochen später die Gemeinde unter den Sonntagsabkündigungen erfuhr, Burgbauers Fritz habe sich in aller Stille mit Schuhmachers Mina trauen lassen. Man wußte im Dorf, in dem man noch fast alles voneinander wußte, von dem Verhältnis, und auch daß es trotz des Kindes wieder gelöst werden sollte, wußte man so halb und halb. Das war nun anders gekommen, und man schrieb dem Tod der Mutter einen Einfluß zu auf die neue Entscheidung. Niemand sah wirklich hinter den Vorhang, und der junge Ehemann gab keine Auskunft. Weswegen auch uns nur zu vermuten bleibt, es habe das Totenangesicht der Mutter auf den Sohn einen so tiefen Eindruck gemacht, daß es ihm nicht mehr auf das anzukommen schien, was in der Leute Mund ›Glück‹ hieß: ihm schien, er dürfe dieses fremde Mädchen, das nun auf ihn angewiesen war, nicht allein lassen.

Und nun wurde es Sonntag, und wurde ein Uhr nachmittags. Der Sarg stand jetzt, noch immer ungeschlossen, im Hausgang, in der Wohnstube sammelten sich die Nachbarn, die weiteren Verwandten und Besucher von auswärts … »Herzliches Beileid« sagten die einen, die anderen hatten noch das schöne »Tröste euch Gott in eurem Leide« beibehalten, manche gaben nur schweigend den Angehörigen die Hand. Fremd sahen die Söhne aus in dem schwarzen Staat, noch fremder als sie der Vater, er hielt die Hände, die man ihm entgegenstreckte, einen Augenblick fest, doch ohne recht zu bemerken, wer ihn grüßt. Nun tat die Glocke einige Schläge; es war das Zeichen, daß Pfarrer und Chor sich auf den Weg gemacht hatten. Die Sargträger traten heran und schlossen den Sarg: außen stand der Wagen, die beiden Pferde trugen ein dunkles Tuch. Nun kam der Choral, das Abschiedswort, und dann zogen die Pferde an. Ganz still war es: zum letzten Mal fuhr die Bäuerin vom Hof.

»Haltet mich nicht auf, denn der Herr hat Gnade zu meiner Reise gegeben«, so hieß das Schriftwort, das sie sich gewählt hatte, und die Rede legte die Bitte des alten Elieser für diese Stunde aus. Das Vaterunser wurde gesprochen, und im Segenswort kam die Stelle vom »Leuchten des ewigen Lichts«. Das zeitliche Licht aber, auch dies, es leuchtete sommerblau und schön.

Auf dem Rückweg gingen die Leute miteinander in kleinen Gruppen, es ging still zu, wie es sich geziemt. Aber das mochte doch vorkommen, daß der eine oder andere mit seinem Nachbarn von der Güte des Roggens sprach: daß es im letzten Jahr mehr gegeben habe, aber in diesem sei die Frucht besser ausgereift. Davon, das konnte wohl sein, sprachen sie auf dem Heimweg.

Das würde nun freilich der falsch verstehen, der meint, der Tod der Burgbäuerin sei ihnen nicht nahe gegangen. O nein. Die Burgbäuerin war tot; in ihrem dreiundfünfzigsten Jahr war sie gestorben. An das dreiundfünfzigste Jahr dachten sie nun bei sich selbst – und an den letzten Tag. Von den Feldern aber kam es brennend und dunkelrot herüber: Das Leben geht weiter.

Linie des Lebens

Sie stammte aus dem Mecklenburgischen. Ihr Vater, ein selbständiger Kleinbauer, starb, als sie gerade zur Schule kam. Die drei Brüder waren schon älter, sie allein, als die Nachgeborene, blieb bei der Mutter. Sie mußte sich recken und ducken, wie es gerade kam, sie wurde rank und flink, obschon sie ihrer Lebtag ein kleines schwarzhaariges Persönchen blieb. In ihrem fünfzehnten Jahr, gleich nach der Einsegnung, hieß man sie in den Dienst gehen, in die große Stadt. Sie fand eine gute Stelle. Die Herrschaft waren ältere Professorsleute, eine steinalte Mutter lebte bei ihnen; sie unterrichtete die kleine Dienstmagd in der Fertigung schwäbischer Suppen, es war ein Unterricht, der anschlug: denn als die alte Suppenschwäbin, nahe am Neunzigsten, ihre Augen zutat, konnte man der »Kleinen«, wie man sie hieß, ruhig das Kochen anvertrauen und das nicht nur, soweit es die Suppen betraf. Nicht lange, so starb auch der Herr Professor. Man gab die große Wohnung in einer ersten Etage auf und zog hinaus in den Vorort der großen Stadt, drei Treppen hoch, in eine Dreizimmerwohnung, und die Kleine ging mit. Von den beiden Kindern des Hauses heiratete die Tochter. Sie verheiratete sich nach der Heimat der Mutter in das Fränkische an einen jungen Pfarrer. Der Sohn, gesundheitlich wenig fest, trat in den freien Staatsdienst, stand vor Maschinen und Brücken und machte sich rasch einen Namen als ein vorzüglicher Könner in seinem Fach. Eine Weile, als im Haus der Tochter die Kinder kamen, lieh die alte Dame ihre Kleine dorthin aus, und das gab eine wunderliche Umwandlung. Was in dem fränkischen Pfarrdorf Augen im Kopf hatte, ließ sie hinauf und hinunter laufen, wenn die Preußin mit dem Einholkorb vorüberwitschte. Der Unterlehrer machte ihr sichtlich den Hof, und wenn man gewußt hätte, was sie im Sparstrumpf hat, hätte sich mancher Bauernsohn herüber und hinüber besonnen. Bei Kirchweih gab es einen heißen Tanz, und der kleinen Stelldichein-Briefe gab es kein Ende. Sie aber, die kleine Preußin, ließ sie alle abfahren als wärens Bettelleute und Nichtsnutze von Nirgendwo. Bisweilen kam der Bruder der Hausfrau aus der großen Stadt zu Besuch, brachte Grüße von der alten Dame, bestellte sie auch herzlich beauftragt in der Küche an die Kleine: man denke genug an sie, man freue sich, bis man sie wieder holen könne. An diesen Tagen lief sie mit einem roten Kopf herum, es gab eine Brieslessuppe, und mit Rahm und Zitrone war nicht gespart am Salat, wie es in der Stadt der junge Herr wollte.

Wie die Jahre so hingingen, mit einem starb die junge Frau in ihrem Dorf; sie starb an den Folgen einer Frühgeburt, es war ein trauriges Sterben. Zwei kleine Kinder standen zur Rechten und Linken, als der Pfarrer sein Weib begrub. Sie aber, kaum daß die erste Blume auf dem Grab gesetzt war, ließ sich verabschieden und kehrte zur alten Herrschaft zurück, räumte ihre kleine Stube wieder ein, band sich die Schürze wieder vor und machte Bratkartoffeln auf den Abend. Am nächsten Tag, wie sie mit der Frau zusammen am Küchentisch Pilze putzte, sagte sie: »Mir ist, ich sei überhaupt nie fort gewesen«, und die Frau sagte: »Es ist gut, daß du wieder da bist.«

Immer mehr fügte sie sich ein, immer deutlicher gehörte sie her. An das Heiraten dachte sie nicht mehr, seit sie einmal die Dreißig überschritten hatte. Sie hatte eine eigene Bücherei. Abends saß sie bei der Frau in der Stube, drüben arbeitete noch der junge Herr, sie aber las Ganghofer und Rudolf Herzog. Und es kam der Krieg. Der Sohn, nun ein vierzigjähriger Mann, war wehrdienstuntauglich, so blieb in der kleinen Vorstadtwohnung alles beim alten; als die Lebensmittel knapp wurden, wurden sie allen knapp. Einmal nach langer Zeit zum erstenmal fuhr sie hinauf in die alte Heimat, sah nach ihrer Mutter; ihr Bruder, dem das Anwesen gehörte, war im Feld, er hatte geheiratet, die Frau war da, vier Kinder sahen verwundert auf die Tante aus der Stadt. Sie ging Beeren sammeln, Pilze sammeln, mehr konnte man auch dort nicht hergeben für die Leute in der Stadt; sie dankte, sie gab ihnen die Hand, sie reiste zurück: wo war ihre Heimat? Hier oder dort? Als sie die drei Treppen, wer weiß zum wieviel tausendstenmal hinaufgegangen war und vor der Türe ihre zwei schweren Eimer niedersetzte, aufschloß und man ihr dankbar und lachend entgegenkam, da lachte auch sie zurück und wußte: hier gehörst du hin. Auch die alte Professorin und der Sohn wußten es nicht anders, es war eine friedliche Dreieinigkeit. Der Sohn, wenn er auf Reisen war, und er war dienstlich das halbe Jahr auf Reisen, schrieb jeden Tag eine Postkarte, den einen Tag an die alte Mutter, den andern an sie; sie lasen sich die Karten gegenseitig vor.

Im Frühjahr des Jahres 19 . . waren fünfundzwanzig Jahre seit ihrem Eintritt vergangen. Wie sollte man diese Dienste einer treuen Seele belohnen? Belohnen kann man ein Faktotum, aber eine solche Treue kann man nicht belohnen. Man kann ihrer nur wert sein, wenn man sie nicht bezahlt, wenn man sie sich schenken läßt und lebendigen Dienst beantwortet mit lebendigem Dienst. So war es für die Eingeweihten weiter nicht verwunderlich, als der junge Herr (er war freilich kein junger Herr mehr) sie auf ihren fünfundzwanzigsten Jubiläumstag mit aufs Standesamt nahm. Am Abend des Tages war ein kleines Essen. Die Kollegen spendierten ein Likörservice, den Likör dazu hatte ein Freund gleich mitgebracht. Man stieß an, man saß da in seltsam-seltenen schwarzen Kleidern. Es war ein schöner Tag. Die alte Mutter, nun auch schon nahe am Achtzigsten, sprach es aus: »Was für ein schöner Tag!« Noch zwei Jahre konnte sie das späte Glück mitansehen, dann durfte die treue »Kleine« sie zu Tode pflegen. An einem hellen Wintertag begrub man sie; ihre Güte konnte man nicht mitbegraben. Die beiden, wunderlich vereinsamt, schlossen für eine Weile ihr Haus ab und verreisten. Als sie wiederkamen, gab es einiges umzuräumen, dann aber lebten sie, als hätten sie nicht anders immer gelebt. Es waren gute Jahre. Zu seinem fünfzigsten Geburtstag erhielt der Mann den Geheimratstitel. Er nahm ihn hin, wie manche andere Ehre seines Lebens. In seiner Arbeit glücklich sein, das schien ihm das beste Teil: Titel konnten es ihm nicht geben und nicht nehmen. Sie aber, die Frau, zog nun doch ein wenig häufiger eine seidene Bluse an, und wenn der Briefträger »Guten Morgen, Frau Geheimrat«, sagte, so war sie damit einverstanden. Ihre Stellung war gefestigt. Die Verwandten des Mannes waren ihr herzlich entgegengekommen, und das gütige Wort der heimgegangenen Mutter schien recht zu behalten, jenes Wort, mit dem sie manchen Zweifelsüchtigen entgegengetreten war: »Ihr werdet sehen, die Kleine fügt sich ganz prächtig ein, denn sie hat ein gebildetes Herz und ist das nicht mehr als eine gebildete Orthographie?«

Und nun kam der große Schmerz: der Geheimrat erkrankte, erkrankte gefährlich, das alte Jugendleiden kehrte zurück, er mußte den Dienst quittieren und dahinsiechen auf eine qualvolle Weise. Zuletzt konnte er fast zwei Jahre nicht mehr deutlich sprechen. Sie aber verstand ihn, sie allein noch. Sie brachte ihm die Instrumente, mit denen er nun ganz für sich und scheinbar sinnlos seine Messungen vornahm, sie wußte seine Wünsche, ehe er sie nannte. Er starb, im zehnten Jahr ihrer Ehe, sehr plötzlich starb er. Es war ein später Oktobertag: weiß leuchteten die Chrysanthemen in der Halle des Todes.

Hätte sie auch sterben sollen? Sie wollte es gewiß; ihr Leben, was sollte es ihr, nun, da alle tot waren, denen ihr Lebensdienst gehört hatte. Aber das Leben wollte nicht, wie sie wollte. So mußte sie leben. Ihre alte Mutter hatte sie schon in den letzten Jahren bei sich im Hause gehabt. Aber die beiden Frauen, die sich seit dreißig Jahren immer nur auf Tage gesehen hatten, wußten einander nicht viel zu sagen. Sie saßen zu Tisch beisammen, dann ging die Alte wieder hinüber in ihre Stube, feuchtete sich die Lippen an einem Schluck Wein, las eine Zeitung, eine Geschichte, ein Gebet. Im vorderen Zimmer lebte sie, die Frau Geheimrat. Zuweilen kam jemand aus der Verwandtschaft des Mannes zu Besuch, zuweilen einer von den einstigen Kollegen: als das Trauerjahr um war und sie sich wieder ein wenig heller trug, kam es vor, daß einer von den alten Freunden des Geheimrats sie einen Abend ausführte. Sie aßen in einem hübschen Restaurant, gingen wohl auch einmal in ein Kino, der Film hieß »Die Macht des Schicksals«.

Sie hatte ein sorgenfreies Leben, was man so sorgenfrei heißt. Das Ruhegehalt, das der Geheimrat bezogen hatte, war der Höhe der verantwortlichen Stellung angemessen gewesen, auch waren einige Versicherungsgelder je und je fällig; es reichte, es reichte bequem, vollends nach dem Tod der Mutter, der unbemerkt erfolgte. Zum drittenmal trug man die drei Treppen einen Sarg hinunter.

Nach einiger Zeit schickte es sich, daß sie eine Untermieterin fand für das leere Zimmer nach Osten, in dem die beiden Altmütter gestorben waren. Es war ein bejahrtes adliges Fräulein. Ein wenig Pikanterie des Schicksals war mit im Spiel, denn dieses Fräulein war vor vielen Jahren eine Zeitlang im Rufe gestanden, etwas wie eine Zukünftige des jungen Herrn zu sein und zu Zeiten also herzlich von der kleinen Preußin gehaßt. Nun war kein Grund mehr dazu, über Haß und Liebe war der Tod hinweggegangen. Wenn aber die Frau Geheimrat nachmittags ihre Besorgungen gemacht und ihren Kuchen sich geholt hatte, den Streuselkuchen oder den Obstkuchen, sich dann einen vorzüglichen Kaffee kochen, das Radio einschalten und die Leseschrift herbeiholen konnte und dann nach einiger Zeit die Türe gehen hörte und an den Malzkaffee und die Schrippe ihrer Untermieterin, des Fräulein von … dachte – wer will da Gedanken lesen, Gedanken, die sie bewegten: der Schadenfreude mehr denn des Mitleids, des Triumphes mehr denn der Liebe?

Die Geschichte könnte zu Ende sein, wenn nicht gerade in diesem Zusammenhang noch etwas zu berichten bliebe. Zu berichten bliebe, daß unsere Heldin mit den Jahren, so heiter, so liebenswürdig, so mutterwitzig und lebensklug sie sein konnte, immer herzlicher ihrem Gelde nachging, immer lebhafter den

Briefträger des Ersten erwartete, immer sorgfältiger Geliehenes notierte, immer tauber wurde auf dem Ohr, auf dem man sie um kühne, herzhafte Griffe in ihren Beutel bat. Ja zuweilen, wenn einer davon anfing, daß sie auf dem Weg sei, trotz der »Frau Geheimrat« ein altes geiziges Jüngferchen zu werden, dann war schwer zu widersprechen.

Hier nun möchte mancher eine Lektion anfügen. Wir aber, je genauer wir den Linien des Lebens nachgehen, fühlen uns immer mehr veranlaßt, solche Lektionen – nicht zu erteilen.

Erstes Sterben

Der Vikar ist das Kind der Gemeinde – das will sagen: ihm, der seine ersten pfarramtlichen Gänge in die Dörfer hinaus tut, sonntags die Predigt hält, ein wenig stockend und ein wenig mutig, werktags den Kindern biblische Geschichten erzählt und nach den Kranken sieht, ihm kommen sie alle entgegen, einen Schritt, drei Schritte und viele Schritte, wie man einem Kind entgegenkommt: in der Liebe. Und wenn ihn etwas hindurch zu tragen scheint durch diese ersten Wochen, da es Fuß zu fassen gilt, so möchte es wohl diese Liebe sein. Tagebuch zu führen über diese Liebe – er hat keine Muße dazu; die Augen nur, ehe sie sich abends schließen, haben Tagebuch geführt, farbiges Bilderbuch: so also sehen Bauernhände aus; so das Angesicht einer alten Frau; so eine Dorfschöne, die sich beim Küssen überraschen läßt; so ein verjagter Heimatloser, ein geprügelter Bursch, den niemand sehen will; so eine junge Mutter, wenn sie über die Wiege hin spricht. Noch fehlt ein Bild: der Tod. Der Vikar ist ein Stadtkind. Wär ers nicht, so wüßt er vom Tod, was hierzulande alle von ihm wissen, was aber in der Stadt hinter Vorhängen und Türen, Riegeln und Zellen verborgen bleibt: wie so ein Totes in seinem Kissen liegt, bleich, würdig und sehr still. Nun freilich, da er ein Sohn dieser Dörfer geworden ist, wird es auch zu ihm kommen, dieses Bild; es wird nicht allzulange auf sich warten lassen, der Tod geht reihum. Einmal wird er hier wieder einkehren. Aber bis dieses eine Mal vorbeigehen wird? So ist es denn wahr: der Vikar fürchtet sich davor, und zugleich wartet er darauf. Und durch den ganzen Sommer hindurch bleibt es so: furchtsames Warten. Bis es dann in einer Nacht plötzlich kommt, so kommt, daß zu irgendeiner Stunde – es mochte allerfrühester Morgen sein – einer an sein Fenster klopft: Herr Vikar, einen Gruß, und ob Sie nicht noch zur Mutter kommen könnten, sie sterbe. »Ja, gleich, im Augenblick.« Er schließt das Fenster, faßt nach den Kleidern – Licht zu machen scheut er sich, er weiß nicht warum –, er weiß nur: jetzt kommt es also, jetzt ist es da. Schon ist er auf der Straße draußen und grüßt den Mann, einen Alterskameraden, und dann gehen sie. Sie haben eine halbe Stunde Wegs. Das Licht in der Stallaterne schwankt hin und her, hin und her auch schwanken die Gedanken: nun würde man bestehen müssen auf eine neue Weise. Auf welche Weise? Man müßte etwas sagen, etwas tun: wunderlichen Schritt in unbekanntes Land. Unterdessen spricht der Mund, fragt, antwortet; und die Zeit vergeht. Hier ist der Hof. Ein Hund schlägt an. Jetzt treten sie unter die Tür. Es ist ein dunkles Zimmer, das sie betreten, der Lichtkreis und die Petroleumlampe ist klein, aber die Sterbende liegt ganz im Licht. Sie ist eine Frau in den sechziger Jahren, grau, gescheitelt und dunkeläugig, eine Verlöschende. »Mutter, der Herr Vikar ist gekommen«, sagt das junge Weib, das die Männer beim Eintritt stumm gegrüßt hat, und die Bäuerin erkennt: »So, der Herr Vikar.« Dann ist Stille.

Wir hören den Atemzügen zu, friedlichen Atemzügen. Ein Wind geht ums Haus, eine Frucht fällt ins Gras. Und wieder: Stille. So ist es also, denkt der Vikar. Ich sollte etwas tun, denkt er, etwas sagen. Warum sagt er nichts? Wovor fürchtet er sich denn? Fürchtet er sich vor dem Tod?

Von Zeit zu Zeit steht die Tochter auf, wischt der Mutter den Schweiß von der Stirn, bleibt wie prüfend eine Weile stehen; fürchtet sie sich nicht vor dem Tod? Ist sie noch bei sich: sie richtet sich ein wenig auf, und nun sagt sie: »Bitte, beten.« Der Vikar weiß plötzlich, wovor er sich gefürchtet hat vorhin; er hat gefürchtet, seine eigene Stimme zu hören, hier im gleichen Raum, wo schon der Tod zuhört. Er hat sich gefürchtet, aber nun ist es nicht furchtbar; nichts dünkt ihm glaubwürdiger, nichts wirklicher als diese von weither kommende Stimme: »Bitte, beten.« Er weiß nicht, daß es seines Amtes ist, bei Sterbenden zu beten; er kommt sich nun vor wie ein Kind, das aufgerufen ist. – Und so betet er denn. Es sind die Worte eines alten Sterbeliedes. Vor Jahrhunderten hat's einer gebetet, und tausend nach ihm haben gemerkt, daß es recht ist, recht in seinen Worten, seinem Tiefgang, seinem Zusammenklang. Gericht ist darin und Erbarmen, Not und Ende der Not. »Amen.« Und »Amen« sagen auch Sohn und Tochter – und nun flüstert die Sterbende: »Amen.« Es geht auf den Morgen zu. Ein dunkles Blau vor den Fenstern kündet ihn an; Müdigkeit fällt uns über die Augen. Aber da gehen mit einem die Atemzüge der Sterbenden rascher, und nun hat keines Zeit, an sich zu denken. Wir treten ganz nahe herzu. Und so zart kann kein Morgenwehen sein wie nun der letzte Hauch. Eine Weile noch verharren wir, horchend, wartend; worauf denn wartend? Dann geht die Tochter ans Kammerfenster und öffnet die Flügel weit.

»Nein, die Laterne ist nicht nötig, es ist ja bald Tag.« Er geht allein zurück. Einmal würde er aufhören, Kind der Gemeinde zu sein, dann wäre es wohl auch die Liebe nicht mehr, die ihn trüge, wie sie Kinder trägt. Denn nun würde er das neue Wort wissen: daß ihn die Botschaft tragen würde, ihn und die Lebenden und Sterbenden um ihn, die gute Botschaft.

Der Verzicht

Schon eingangs bei den Worten von der Freundin: »eine Freundin, die ich kenne wie mein eigen Fleisch und Blut«, mochte einem aufmerksamen Zuhörer – und das waren wir alle – die Frage gekommen sein, ob hier nicht hinter einer eingeführten Freundin Deckung gesucht würde für eine persönliche Beichte. Und als dann die Erzählende am Schluß den Brief aus ihrer Tasche zog, da war es nur noch wie eine Bestätigung dessen, was wir ohnehin schon wußten; eine Bestätigung freilich, die uns die ganze Geschichte in eine Nähe rückte, vor der es nur noch Gehorsam geben konnte.

Wie war es eigentlich dazu gekommen, daß die Frau, die für gewöhnlich eine von den besonders Schweigsamen in der Musiziergemeinschaft war, das Wort an sich genommen hatte und das so völlig, daß wir am Ende ihres Berichtes nurmehr nach Hause gehen konnten, schweigend ein jeder unter den schweigenden Sternen? Es war die Frage aufgestanden – ich weiß nicht mehr, wer sie aufgeworfen hatte –, warum eigentlich die Dichter, wenn sie Menschenschicksale beschreiben, mit so besonderer Vorliebe von außerordentlichen Geschehnissen und Erfahrungen ausgehen, wo doch das eigentlich Erschreckende und das eigentlich Beglückende sich immer gerade unter den allergewöhnlichsten Umständen ereignet. Warum also – so hatte der Geiger von vorhin es ausgedrückt – das ärmliche Abenteuer des Ehebruchs so viel lockender für die Schilderungskraft der Dichter zu sein scheine als die schwere Arbeit der Ehe, wo doch am Tage sei, daß sie zu schildern, ihr Wagnis in Heil und Gefahr, ein würdiger Dienst wäre, weil es gut sei, in dem umgrenzten Bild des Dichters gestaltet zu sehen, was immer ist. Auch bei dem Mutterschicksal ist es nicht anders, hatte hier einer angefügt: solange sie nicht einsam und verlassen ihre schwere Zeit erlebt, scheint sie nicht für die Dichtung zu taugen. Und dabei ist es doch so, daß das Eigentliche nicht an diesen Umständen hängt, ja, das Eigentliche tritt am reinsten dort in Erscheinung, wo nach außen hin nichts Überraschendes, sondern nur das Alltägliche zu sehen ist. Und an dieser Stelle nun hatte die Frau ihre Teetasse um eine Spur zur Seite geschoben, wie als müßte sie sich Raum schaffen. Unversehens hatte der Löffel geklirrt, wie man ihn klirren läßt, wenn man für Ruhe sorgen möchte. Sie brauchte nicht für Ruhe zu sorgen, denn als sie »wenn ich hiezu etwas erzählen darf« gesagt hatte, da war mit einemmal völlige Ruhe. Und in diese Ruhe hinein erzählte sie:

Eine Freundin, die ich kenne wie mein eigen Fleisch und Blut, hatte in ihrem fünfundzwanzigsten Lebensjahr sich mit einem Arzt verheiratet, und es war von Anfang an alles darauf angelegt, daß es eine glückliche Ehe würde. Schon gleich, als sie in ihrer Brautzeit bei meiner Mutter Besuch machten – und meine Mutter hatte im Lauf ihres Lebens Menschen und Ehen genug kennen gelernt, um ein wenig Bescheid zu wissen, sagte diese noch Tage nachher immer wieder: »Was für ein Glück.« Die Freundin und ihr Verlobter meinten es nicht anders, und Monate später, als die Ehe geschlossen war, berichtete die Mutter von ihrem ersten Besuch in diesem Hause: es sei, als gehe einem groß vor dem Herzen die Sonne auf. Und ganz auf diesen Ton waren dann erst recht die Glückwünsche gestimmt, die von unserem Hause ausgingen, als bei der Freundin das erste Kind erschienen war, ein Sohn, ein dunkeläugiger Sohn: was für ein Glück. Nachdenklich – wie soll ich es anders heißen als nachdenklich? – wurde ich zum erstenmal über dieses scheinbar so völlige und selbstverständliche Lebensglück, als ich von einem ersten kurzen Besuch im Hause der Freundin zurückkehrte. Ich weiß noch die Stelle zu sagen, an der ich zu zögern begonnen hatte. Die Freundin hatte auch jetzt noch die alte Gewohnheit aufrecht erhalten, nach der wir bei gegenseitigen Besuchen in *einem* Zimmer schliefen. In solchen

Nächten hatte unsere Freundschaft immer von neuem ihr Licht entzündet; wir wollten sie auch jetzt nicht missen. Wir hatten gesprochen, dann eine Weile geschlafen, darnach war ich aufgewacht, ich glaube, es war das Mondlicht gewesen, das mich plötzlich geweckt hatte. Ich richtete mich auf. Das Bett der Freundin war leer. Ich rief ihren Namen, sah dann die Tür ins Kinderzimmer halb offen, hörte den ruhigen Atem des schlafenden Kindes und nun den behutsamen Schritt der Freundin. Sie kam zurück. »Hat er gerufen?« fragte ich. »Nein, er schläft, er schläft ganz ruhig.« Und dann, und ich höre noch den leidenschaftlichen Ton, in dem, was sie da hinzufügte: »Nur weißt du, ich muß, seit er auf der Welt ist, in jeder Nacht eine Weile an seinem Bett sitzen und ihn atmen hören; und ich weiß auch, warum ich es muß. Nicht nur weil das so schön ist, dieses ruhige Kinderatmen, sondern weil ich dann, ach, und eben nur dann in der Nacht, weil ich ihn nur dann allein habe, weil ich ihn nur dann besitze. Verstehst du, was das ist: besitze? Ach, das verstehst du nicht. Geh, geh, du findest es vielleicht lächerlich. Nein, du darfst das nicht lächerlich finden; versteh, ich will nur einmal sagen können: ›mein Kind‹. Sieh, ich will ihn haben, ich will ihn nicht immer teilen; und tagsüber muß ich ihn doch teilen, mit Martin – dies war der Mann, mit Klara – dies war das Mädchen, teilen – und wie bald muß ich ihn teilen mit Spielkameraden, mit Freunden, mit –, ach und ich *will* ihn doch nicht teilen, ich will ihn haben, ganz haben, verstehst du das nicht?« Was sollte ich sagen? Ich weiß nicht, was ich in der Nacht gesagt habe. Was werde ich viel gesagt haben? Aber nun sind dreißig Jahre vergangen seit dieser Nacht, und ich höre die Worte noch immer, als wäre gestern diese Nacht gewesen. Es gibt Worte, in eine Nacht hineingesprochen, die man auch in dreißig Jahren nicht vergißt.

»Ich will ihn haben«, nie mehr hat die Freundin das so unverhüllt, so schutzlos, muß man schon sagen, ausgesprochen. Aber vieles, was mir im Lauf der Jahre bei meinen Besuchen im Haus begegnete, das reimte sich, reimte sich erschreckend auf dieses nächtliche »ich will ihn haben«. Daß er keine gekauften Sachen anziehen durfte, sondern sie selbst, des Schneiderns bis zur Stunde unkundig, ihm alle Kleider auf den Leib zunähte; daß niemand ihm etwas zum Essen schenken sollte, daß sie ihm sein Spielzeug nur selbst auswählen wollte. Einmal traf ich sie weinend, ich weiß es noch, weinend über einer dunkelroten Tute, die dem Kinde von Nachbarleuten geschenkt worden war und an der das Kind für einige Zeit ein solches Vergnügen hatte, daß davor die schönsten andern Dinge ihm nichts galten. »Wolf«, sagte sie, »Wolf, warum willst du denn nicht auf deinem Pferd reiten?« Er hatte ein weißes Schaukelpferd geschenkt bekommen; die Mähne hatte die Farbe seiner eigenen Haare, denn er war wirklich geworden, wie es sich eine Mutter nur wünschen kann: dunkeläugig und blond. Aber nun stand das Pferd verlassen da. Die rote Tute aber durfte mit dem Kind von einer Stube zur andern, auf den Flur, auf die Treppe, in den Garten. Ich hatte auch hier nichts zu sagen, aber ich hatte damals schon zu denken: wenn es schon wegen einer roten Tute geschieht, daß du weinst, dann werden es nicht die letzten Tränen sein.

Es waren nicht die letzten. Der Knabe wuchs. Auch die Freundin wuchs. Auch ihre Kraft sich anzupassen, wuchs mit: sich anzupassen wohl, sich abzufinden nie. Freunde kamen ins Haus. Gut, warum sollten auch nicht Freunde kommen? Warum sollte ihr Wolf keine Freunde haben? Er hatte Freunde genug. Er sollte sie haben. Und man hat nicht leicht eine Mutter gesehen, die so vortrefflich mit Knaben zu spielen verstand, und auch das verstand sie nicht von Natur; aber die Liebe hat ja wohl in der Welt noch schwerere Dinge gelernt als mit Knaben zu spielen. Nun wohl, er spielte, sie spielten. Aber wenn es dann hieß: »Mutter, heute möchte ich zu Klaus oder zu Carl Heinz gehen, dort haben sie …« – nein, sie wollte es gar nicht wissen, was sie dort haben. Räuber waren sie, diese Klaus und Carl Heinz. »Geh denn, aber sei bis sechs Uhr wieder zurück.« Geh denn, sagte ihr Mund; bleib, sagte ihr Herz. Ich will ihn haben.

Sie bekam kein zweites Kind. Will man wissen warum? Wie will man's ergründen? Ihre Liebe hätte nicht teilen können. Und der Mann? Kein Wort davon, daß sie ihn nicht lieb gehabt hätte. Aber wie sagen wir das? Sie liebte ihn freilich, aber sie liebte ihn, wenn sie sich's eingestand – ach, und sie war wohl wach genug, um es sich einzugestehen – sie liebte ihn als den Vater ihres Kindes, nicht als den Mann, nicht als den andern Menschen, der doch nun selbst ein eigener Mensch war; sie liebte ihn durch das Kind hindurch. Und dann starb der Mann. Das war, als der Sohn zwölfjährig den Matrosenanzug mit langen Hosen trug und das schwarze Band von der Mütze herunterwehte, ein Sohn noch und doch schon wie ein Mann, groß und schön gewachsen, eben die Mutter überflügelnd. Sie sollte nichts sehen an diesem Tag als das offene Grab, aber sie sieht auch an diesem Tag den Sohn. Und wie er nun auf dem Heimweg an einer Treppe ihr die Hand reichte, und Hand dann in Hand blieb, da sah sie ihn an, halb von der Seite, er sollte es nicht merken und durfte nicht wissen, wie sie ihn sah. Es war nicht der Sohn, es war ihre Welt, ihre ganze Welt, und sie hatte ihre ganze Welt.

Kein Ende der Schmerzen: Schmerzen, wenn der Sohn zuweilen oben im Arbeitszimmer des Vaters saß über Schulaufgaben, über Büchern; Schmerzen, wenn sie ihn dann fand über Reagenzgläsern, Pulvern, Instrumenten. Zarter Vorwurf, warum er seine Mutter so lange drunten allein lasse, und kleine ritterliche Entschuldigung; und abends ungelöste Frage und ungelöster Schmerz. Und obgleich da drinnen nun längst keine Wiege mehr, längst Bett und Tisch, Tischlampe und Bücherbord standen, sie war noch immer die Mutter, die auf den Atem ihres Sohnes horchte. An sein Bett treten bei Nacht, das konnte sie wohl nicht, aber mitten in der Nacht die Türe aufklinken und dann wach liegen und horchen, das durfte sie wohl.

Und sie reisten: an der See waren sie, in Städten, einmal im Gebirge. Daß man ihnen wohlgefällig nachsah, sie nahm es an: nicht für sich, nur für ihn. Daß Freunde ihn suchten und Mädchen stehen blieben, einmal ihn überholten und ihm noch einmal begegneten; und dann sah sie ihn von der Seite an, ob er das nun merken und wissen würde, ob er aufglühen und dann von ihr gehen würde.

Und mit einemmal war Wolf Student. Sie zog mit ihm. Es war natürlich, daß sie mit ihm zog; und es war auch natürlich, daß sie ihn nicht mehr auf allen Wegen begleiten konnte, daß er ihre Begleitung nicht immer wollte, daß er Briefe bekam, die die Mutter nicht zu öffnen hatte. Sie dachte nicht daran, sie zu öffnen; aber wie, dachte sie vielleicht daran, sie ungeöffnet zu verbrennen? Wie war das schon einmal gewesen? Klaus und Carl Heinz – Räuber hatte sie gesagt; und nun Gertrud, Margarete?

Und dann hieß es: Doktor Wolf. Guten Morgen, Herr Doktor, hörte sie den Boten sagen, wenn er um dreiviertel acht Uhr die Post brachte und auf der Treppe zusammenstieß mit Wolf, der in die Klinik eilte. Und »Guten Morgen, Herr Doktor«, würde es auch dort heißen; und man würde auf ihn warten, Lehrer, Schüler, Schwestern, Kranke, Kranke vor allem. »Man ist schon halb gesund, wenn er nur zur Türe hereinkommt«, irgendjemand hat ihr so berichtet, sie hatte den Bericht angehört, getrunken hatte sie ihn, wie man Heiltrank trinkt, und doch irgendwo im Heiltrank war Gift gewesen. Was brauchen sie Leben nehmen von seinem Leben? Ich will ihn haben. Gertrud und Margarete und dann Marianne – dann Corona, und dann der Vormittag, an dem das Mädchen Corona vor der Türe läutete. Er war von der Morgenvisite noch nicht zurück, aber er pflegte gegen elf Uhr zurückzukommen. »Entschuldigen Sie, gnädige Frau, ich wollte nur fragen, ob der Herr Doktor …« Und eben in diesem Augenblick hatte sie, die Mutter, unten seinen Schritt gehört, diesen unverwechselbaren Schritt, und nun kam er die Treppe herauf und sah beide in der Türöffnung stehen, die Mutter und Corona und dann nur dieses »Oh« und »du Corona« – und wenn sie auch nicht mehr die Mutter war, die wegen der roten Tute weinte, wenn sie auch jetzt sich in der Gewalt zu haben verstand, sie wußte es, sie wußte in diesem Augenblick, wie man in manchen Augenblicken Gewisses weiß, daß sie ihn verlieren würde, daß sie ihn schon verloren hatte.

Nein, sie begann nun Corona nicht zu hassen, sie begann ihr nicht einmal auszuweichen. Wozu hassen? Ich will ihn haben – auch Corona würde ihn nicht haben: sie würden Geschwister sein, Schwestern in diesem Leid, in dieser Erfahrung; daß keiner den andern haben kann.

Ich erzähle zu lange? Nur noch einen Augenblick. Wolf erhielt einen Auftrag. Es galt Heilungsmöglichkeiten auf Madagaskar zu erforschen, und Corona ging mit, Corona, seine Frau. Aber nach sechs Monaten kam ein Brief: Corona ertrage das Klima nicht. »Ich schicke dir Corona, Mutter, sie wird es gut bei dir haben, ich weiß.« Und dann kam Corona, das Ungeborene in sich tragend, und nun gab es zwei wartende Frauen. Sie warteten. Mein Kind, sagte Corona; meines Sohnes Kind, dachte die Frau. Und sie warteten auf Wolfs Briefe, und Wolfs Briefe kamen, so oft Schiffe Briefe bringen konnten, und auf den Briefen stand: an Frau Corona –; grüße die Mutter, stand in den Briefen. Das war nie vergessen, und nie vergaß Corona auszurichten: grüße die Mutter. Und zuweilen lag zusammengefaltet ein Blatt Papier dabei, ein eigener Brief: für Mutter. Nicht immer, aber zuweilen. Hier ist der Brief.

Und in dem kleinen ausgesparten Raum, an dem vorher die Teetasse ihren Platz hatte, lag nun ein Blatt, beschrieben mit einer kleinen eiligen Schrift, wie Ärzte schreiben. Wir sahen die Frau nicht an. Es schien uns nicht schicklich, ihr jetzt ins Gesicht zu sehen. Und selbst von dem Briefblatt blickten wir weg.

»Und doch: nun, da ich nichts mehr von ihm habe als einen Brief, meine ich, er sei mir so nahe, wie nie zuvor.«

Dies war der letzte Satz in der Erzählung der Frau, und wir hatten nach ihm wirklich nichts anderes mehr zu tun, als nach Hause zu gehen, schweigend ein jeder unter den schweigenden Sternen. –

Der Beutezug

Hermann Hesse
zum 2. Juli [1937] dankbar grüßend

Jetzt gibt es wahrhaftig schon wieder junge Menschen, die ungläubig, aber doch gespannt dasitzen, wenn man ihnen die Geschichte vom Ofenanheizen mit Tausendmarkscheinen erzählt, von dem dazu verwendeten Streichholz, das seinerseits eine reine und runde Million kostete, während man für Holz und Kohlen nicht wenige Milliarden zu bezahlen hatte. Sie lachen uns unverhohlen ins Gesicht, die Jungen, denen wir das erzählen; sie geben uns zu verstehen, daß wir doch nicht gerade solch dickfelligen Bären ihnen aufbinden sollen, wenn wir noch irgend auf Glauben Wert legen. Die Guten! Wie können wir ihnen sagen, daß es sich dabei nicht um Bären und Münchhausiaden handelt, sondern um pure, schauerlich pure Wirklichkeit, eine Wirklichkeit, die zu bezeichnen uns nur das Wort »grotesk« zu Gebote steht. Denn wir waren in diesem Herbst 1923 zwar wach genug, um im Sturz der Herbstblätter und Äste den Sturz von tausend Hoffnungen, den Zusammenbruch von tausend Sicherungen zu vernehmen, um zu sehen, wie in diesem Spätjahr tausend Heimaten sich in Heimatlosigkeiten verwandelten. Auch wußten wir von den Städten, von den allzu bereitwillig geöffneten Gashähnen das eine oder andere, was wie ein dunkelstes Band im Spektrum dieses dunklen Jahres sich aufzeigte und noch immer sich aufzeigt. Aber dann waren wir freilich nicht unterrichtet genug, auch zu jung und der unmittelbaren Not zu wenig ausgesetzt, um nicht eine Art jämmerlichen Spaß an dem Ganzen finden zu können, einen Spaß, bei dem das Spaßhafte weiß Gott nicht mehr in der Sache, sondern nur in ihren Begleitumständen liegen konnte: in den mathematischen

Abenteuern, zu denen einer den andern zu verlocken wußte, in den hanebüchenen Preistreibereien, in den absurden und völlig unangemessenen Milliardärsgefühlen, die jeder Tag mit sich brachte: jedermann ein kleiner Rockefeller.

Ein kleiner Rockefeller: ach, wie wenig war das wahr, wie arm, wie bettelarm waren wir; bettelarm, es ist keine Übertreibung. Wir waren fünfzehnjährige junge Menschen, die beisammen wohnten: vierzig gleichaltrige Kameraden im Hause, je zehn auf einer Stube. Seminar hieß das ganze, früher hatte es Klosterschule geheißen, einst war es wirklich ein Kloster gewesen. Refektorium, Dorment, Lektorat und Respondieren – dergleichen Bezeichnungen erinnerten noch daran, und einige lateinische Inschriften über den steinernen Türbogen waren Zeugen einer Epoche, in der Geist und Witz als gute Geschwister hier beieinander zu hausen gewußt hatten. Ich werde mich hüten, den Vers über einer etwas kleinen Tür zu übersetzen, der anhub:

Nunc stas ante Lares Culiani
comprime nares …

Aber sonst war es aus mit dem mönchischen Wesen, und jene vierzig Burschen, die sich jetzt durch die Gänge trieben, hatten zwar Cicero und Demosthenes gleich den gelehrten Patres im Kopf und auf den Lippen, hatten aber daneben und darüber deutsch zu sprechen, zu singen und zu denken gelernt und waren nicht wenig gewillt, es weiter zu lernen. Sie waren vor ihrem Eintritt durch das strenge Sieb eines berühmten Examens gegangen, und das Land schaute mit einem gewissen Stolz auf sie; sie selbst freilich ließen sich den Stolz nicht eben groß zu Kopfe steigen, wollte es doch geschehen, so stand die kalte Dusche bereitwillig zur Verfügung; auch die Erzleuchten wurden davon nicht verschont. Sie hielten gute Kameradschaft untereinander, ertrugen sich mit ihren Rundungen und ihren Ecken, und keiner meinte werden zu müssen, wie der andere wurde. Jeder trug seinen eigenen Kopf und die eigenen Wünsche in diesem Kopfe, jedem formte das eigene Ziel den eigenen Weg: halb Kinder, halb Männer, halb Meister, halb ABC-Schützen; tagsüber griechische Helden und nachtsüber heimwehkrank; etwelche Tugendspiegel und Oberstreber, etwelche liebenswürdige Faulpelze, etwelche geniale Außenseiter – nimmt man sie zusammen: eine farbige Welt. Nein, es war nichts mehr mit der Möncherei, und keiner suchte durch Werke der Seele Seligkeit, als da sind: Schweigen, Schlafbrechen und grausame Fasten. Ob aber je in Klosterzeiten der Speisesaal so karge Tage und Teller gesehen hat, wie in jenen Herbsttagen des Jahres 1923? Unser Speisemeister – »hoch klingt das Lied vom braven Mann« – hat sich wohl weidlich den Kopf zerbrochen, wie er damals vierzig halbwüchsige Burschen mit einem wenig halbwüchsigen Appetit sättigen möchte, aber es war keine Rede davon, daß es ihm in diesen betrübten Zeiten gelingen konnte. Wir hatten Hunger; ich weiß nichts anderes, was wir so eindeutig hatten, wie eben Hunger. Ich weiß es mit einem gewissen beschämenden Gefühl, aber es war so. Und ob es nun wirklich der Geist war, der sich den Körper baut, das blieb hier kecklich zu fragen: in den Schulpausen jedenfalls rezitierten wir nicht das ciceronische Latein »*quousque tandem Catilina?*«, sondern wir sahen uns großäugig an und sprachen vom Essen. Und eigentlich unterschied uns in diesen Wochen nichts so sehr wie die verschiedene Art, mit dieser uns alle gleich betreffenden Wirklichkeit »Hunger« uns abzufinden. Da gab es jene Spargenies, die sich morgens gleich nach Empfang des Keidels (so hieß der Viertels-Laib, der uns zustand) diesen in vier Teile teilten und es über sich gewannen, jeweils nur das fällige Viertel zu verspeisen. Da gab es jene erfinderischen Witzbolde, die sich selber ihr Brot versteckten oder einschlossen, den Schlüssel aber einem Kameraden aushändigten mit der Beschwörung, ihn ja nicht vor zwei Uhr nachmittags wieder zurückzugeben. Da gab es – und ich selbst gehörte dazu – jene Kopfsturzfiguren der getrosten Verzweiflung, die bereits morgens um acht Uhr jedem, der es hören wollte, erzählten, daß die ganze Brotration des Tages schon wieder »klanglos zum

Orkus hinab« gefahren sei; und schließlich darf auch jener vereinzelten Wunderknaben gedacht werden, die diesem ganzen Hexensabbat unberührt gegenüberstanden, weil sie die Natur offenbar mit einem Vogelmagen gesegnet hatte; einer von ihnen zeigte uns einmal einen ganzen Laib, den er aus vier ersparten Tagesrationen zusammensetzen konnte. Wir standen um das Pult dieses erleuchteten Zwerges, schauten tiefsinnig bald auf diesen Laib, bald auf seinen Besitzer, bald einer auf den andern – es war ein Anblick niederschmetternd und erhebend zugleich, ein Anblick von homerischer Größe.

Ja, warum habt ihr euch eigentlich nichts gekauft, höre ich jemand einwerfen. Ja, warum nicht? Weil es nichts gab. Es gab nichts aus mehreren Gründen. Einmal: wir hatten kein Geld. Soviel ich mich erinnere, hatten wir alle keines. – Dann: hätten wir je auf einen Tag welches gehabt, so kam es in unser hinterweltliches Kloster durch den Postboten zu einer Zeit, da es angesichts der galoppierenden Schwindsucht des Geldwertes seinen Zweck so gut wie gar nicht mehr erfüllen konnte. Und drittens: es hätte uns auch richtiges und wertbeständiges Geld zunächst wenig genützt, denn es gab nichts zu kaufen, nichts, oder doch so gut wie nichts, eine vergleichsweise angenehme Lage für Leute, die kein Geld haben. Der bittere Anblick von Butterballen, Käsekugeln, Wurstketten, Schinkenhügeln und Feigengebirgen war uns erspart; denn in jenem Lädchen, in das eine wacklige Treppe hinaufführte und dessen Besitzerin den größten Teil des Tages nicht anwesend war, in den Stunden aber, in denen man sie dort traf, sich als stocktaub erwies, in dem Lädchen also, in dem wir unsere Schnürsenkel- und unsere Hosenknopfeinkäufe tätigten, gab es, wie mir erinnerlich ist, schlechthin nichts, nichts Eßbares außer Bonbons aus Großmutterszeiten, und Rollmöpsen fragwürdigster Herkunft: waren sie wirklich einmal in der Nordsee geschwommen? Es mußte schon lange her sein, sie würden sich dessen wohl kaum mehr erinnern.

Tantalusqualen also hatten wir nicht zu leiden, wohl aber Hunger. Der kroch in uns hinein, dieser Hunger, in die Sallustvorbereitungen, in die Virgilverse, in die französische Grammatik und in die Logarithmentafel. Mochten wir Weisheit aus schweren Schüsseln löffeln, dieser Hunger konnte uns kräftig das Gericht versalzen. Aber das freilich konnte er nicht erreichen: daß wir uns der heiteren Würde und des Galgenhumors begeben hätten, die wir uns schuldig schienen. Und während wir die Stunden zählten bis zum mittagkündenden Gongschlag, war der Geist auf der Wacht und erfinderisch am Werk.

Wer schafft Abhilfe? Taten es die Pakete, die jene drei oder vier Bauernsöhne in füglichen Abständen unten auf dem großen Posttisch vorfanden und deren Empfang sich für die ganze Stube zu einem wahren Fest der Kameradschaft gestaltete? Ach, diese Brotlaibe und was etwa sonst ihnen beigelegt sein mochte, Tropfen auf einen heißen Stein waren es, und weder der Leib noch der Geist konnten sich hier zufrieden geben.

Aber wie? Gab es nicht die köstliche Einrichtung der Urlaubssonntage, hatte man nicht diesen und jenen Kameraden am Abend eines solchen Urlaubssonntages mit sichtlich aufgepolsterten Wangen und ausgestopften Taschen durchs Dorment eilen und am Schrank niederknien sehen; hörte man es dort nicht rollen, wie Äpfel rollten, und duften, unverkennbar nach Käse duften, nach Schlackwurst, nach Bauernbrot, was sage ich, nach Kuchen? War nicht die Geschichte von Ludwig dem Träumer von Mund zu Mund gegangen, die Geschichte von der Eierlache, die ein Sturz vor dem Schrank an eben einem solchen Sonntagabend ihm verursacht hatte?

Eine vorzügliche Einrichtung war der Urlaubssonntag. Aber freilich, es war dafür gesorgt, daß nicht Krethi und Plethi nun von hungrigen Seminaristen heimgesucht wurde, und die weise Bestimmung des Hohen Ephorates lautete dahin: daß eine schriftliche Einladung vorliegen mußte, ehe man über den Sonntag beurlaubt werden konnte.

Gut. Oder vielmehr nicht gut, nicht gut für den, dessen Eltern am andern Zipfel des schwäbischen Landes (von dem ich erzähle) wohnten, und zweimal nicht gut, wenn nun auch Großeltern, Onkel, Tanten, Vettern, Basen, Vettersvettern und andere Gottweiß-wie-Verwandten einfach nicht im erreichbaren Umkreis lagen. Immerhin: man hätte die Findigkeit eines Seminaristen unterschätzt, wenn man annehmen wollte, auch nur einer hätte vor solchen Tatsachen die Waffen gestreckt. Hatte nicht erst kürzlich während der letzten Ferien im väterlichen Pfarrhaus ein Zirkel, eine Zusammenkunft, ein brüderlicher Besprechungsabend stattgehabt, war da nicht ein schwarzbärtiger Herr dagewesen, der sich als Pfarrer unweit von Kloster Schönenberg beheimatet zeigte? Er hatte ja freilich, verblendeter Greis! kein Wort davon verlauten lassen, daß ihm ein Besuch des Herrn Seminaristen angenehm sein würde. Aber das hatte er doch wohl nur vergessen, ausdrücklich zu sagen! Aber das mußte ihm doch, wo nicht auf der Zunge, so doch tiefer innen im Gehege der Zähne gelegen sein! Es würde genügen, ihm das durch eine Postkarte sänftiglich nahezulegen. »Lieber Onkel!« würde man schreiben, »wären Sie (!) so freundlich, mich für einen der nächsten Sonntage zu sich einzuladen. Sie haben mich mit Ihren anschaulichen Berichten von dem Altar in Willmanshausen ganz begierig gemacht, das Kunstwerk mir selbst anzusehen. Mit dankbaren Grüßen.« Konnte da eine Antwort ausbleiben? Mußte sie nicht lauten: »Lieber Vetter! Es würde uns freuen, wenn Du am nächsten Sonntag unser Gast sein wolltest, wir erwarten Dich am liebsten schon zum Frühstück. Ich werde Dir dann nach der Kirche gerne ausführlich den Altar zeigen, für den Du Dich so besonders interessierst. Mit herzlichem Gruß ...« Doch, so müßte sie lauten, und derlei wäre ernstlich zu erwägen.

In besonderen Fällen sahen die Anordnungen des Ephorates auch die Möglichkeit vor, bereits am Samstagabend nach abgelieferter lateinischer Arbeit gegen halb fünf Uhr noch abzureisen. Aber was waren nun besondere Fälle?

War nicht auch das ein besonderer Fall, wenn es fünfzehnjährige Seminaristen ankam, die alte Heimat wiedersehen zu wollen, das Dorf des allerersten Ursprungs, auch wenn dieses Dorf vier Wegstunden weit entfernt lag? Vier Stunden Weg sind zwar weit, aber doch nicht zu weit für rechte Heimatliebe und auch nicht zu weit für rechten Hunger. Freilich, ich kannte in dem alten Dorf buchstäblich so gut wie keinen Menschen; das heißt, ich kannte wohl welche, wenn man um den Namen wissen kennen heißt; ich kannte aber niemand im Sinn auch nur loser Bekanntschaft. Denn schon mit fünf Jahren war ich fortgekommen in die große Stadt und hatte nur noch auf Wochen das liebe alte Baiting wiedergesehen. Auch von dem Nachfolger im väterlichen Pfarrhaus wußte ich wenig genug, wußte nicht, wie der dreinschauen würde, wenn ich geradewegs auf den hohen Lebensbaum zuginge, und mich noch einmal von der Aussicht im höchsten Ast einfangen ließe. O Kindheit, Kirchturm, Buschdunkel und Birnenduft! Lebst du noch, alter Garten, alte Dornröschenhecke, alter Reinettenbaum? Und was hat man aus unserem Schützengraben gemacht? Steht sie noch, die finstere gewaltige Anschrift von des Bruders Hand: »Wer eintritt, wird erschossen«? Sie steht nicht mehr, sie soll nicht mehr stehen; wir meinen den Frieden, immer den Frieden. Aber wenn ich kommen und dort atmen werde, wird es noch einmal auf mich zugehen, selige Verwandlung, Geheimnis des Morgens?

Wie immer, einen Besuch dürfte ich wohl wagen; und kannte ich auch die Leute wenig, so kannten sie mich doch allesamt; und was den besonderen Zweck der Reise betreffen würde … nun, man würde sehen.

Das Frage- und Antwortspiel war bald beendet. Auch mein Wunsch, einen Freund in die alte Heimat mitzubringen, wurde mir erfüllt, und so sah uns denn einer von den schönen Septembernachmittagen die Honigsteige hinaufstapfen, Eugen, meinen Freund, und mich. Frühzeitig, sobald es schicklicherweise irgend ging, hatten wir unsere lateinischen Arbeiten abgegeben. Nun sprachen wir noch, wie abschiednehmend von einer Arbeitswoche, über den Text des Arguments. Es war Livius gewesen, und er hatte einige Tücken gehabt. Der Freund, von uns beiden der bessere Lateiner, gab mir Auskunft über eine besonders böse Satzkonstruktion. Ich hörte es schweigend an. Es war nicht daran zu zweifeln, daß der Freund sie richtig entwirrt hatte und daß meine Übersetzung an dieser Stelle ein Guazzabuglio ersten Ranges sein mochte. Was aber tat's?

Wir liefen rasch. Unsere Rucksäcke waren noch keine Last. Sie trugen außer dem Nachtzeug nur den dünnen Wettermantel, den wir für alle Fälle mitgenommen hatten, dazu die Mitgift aus der Speisemeisterei, eine Art abgekürzte Tagesration, Abend- und Mittagessen »in Trockenform«, bestehend aus Brot, etwas Käse und einem hartgekochten Ei. Aber wozu lang derlei im Rucksack tragen? Hinter dem ersten Hof schon schnürten wir das Bündel auf: wie gut, in sicherer Erwartung eines habhaften Abendessens jetzt um vier Uhr der lächerlichen Trockenform zu Leib rücken zu dürfen! Mit jedem Bissen verlor das hinter uns liegende Leben und Land an Ernst und Schreckgewicht. Immer harmloser, wie von farbigem Nebel bedeckt, erschien das Livius-Extemporale, immer stärker aber und heiterer zog uns das Kommende an sich, immer erfüllter auch erschien uns die Stunde; stark und septemberreif war das Antlitz der Gegenwart.

Es war ein großes Glück, so in den herbstlichen Abend hinein neben Eugen her wandern zu dürfen. Wichtiger als der heiße späte Sommerduft, der reine Geschmack des Herbstwindes, die Schwaden des Öhmdgeruches von den Wiesen herüber – wichtiger als das alles war der Duft der Freundschaft. Zarter als alle Altweibersommerfäden, unsichtbarer und zarter war dieses unser Band: Gelittenhaben und Entbehrenmüssen, aber auch Wiedergefundenhaben und Neuumfangen fehlten nicht. Und nun sangen wir, wie Jugend in diesen Zeiten sang, sich selber sang, und in den Versen Eichendorffs mochten wir wohl das Unsere finden:

»Die strebten nach hohen Dingen,
die wollten trotz Lust und Schmerz
was Rechts in der Welt vollbringen …«

Dann aber kam der Abend, und mit der jähen Dunkelheit, wie sie über Herbstabenden hereinzubrechen pflegt, hatte sich das Bild verwandelt; wir waren aus der Talsenke wieder über einen Hügel gekommen, nun lag flaches Land vor uns, die Dörfer hatten in ihren Namen etwas Bekanntes, den frühen Kinderklang. Wir sprachen nicht viel. Für mich war es Glück genug, den Freund neben mir traben zu hören, den ich mir für diesen Sonntag erkämpft hatte, erkämpft, denn es waren immer noch zwei andere Seminaristen im Kloster, die um seine Freundschaft sich bemühten. Unwillkürlich hatten wir vom Singen her Gleichschritt gefaßt und hielten ihn noch; aller militärischen Strenge aber ungeachtet, hatte ich für eine Weile die Hand des Freundes im Gehen umfaßt: so zogen wir des Wegs.

Wie weit ist es noch bis nach Baiting? hatten wir nun schon dreimal gefragt, und immer hatte es geheißen: eine Stunde, eine gute Stunde. Aber dann an einer Wegkreuzung sah ich die Bank stehen, die Bank, die ich wiedererkannte, und nun wußte ich: es kann nicht mehr weit sein. Bis zu dieser Bank reichte die Markung des Dorfes, hier hatten die allerersten Kinderreisen ihr Ziel gefunden; wäre es nicht Nacht gewesen, so hätte ich wohl auch irgendeine Messerritze entdecken können, in Ferientagen eingefügt. Eine kleine Weile setzten wir uns nieder, und die alten Sterngeister begannen mich zu besuchen, die weite räumige Deichsel des Großen Wagen schaute herab, heiter, und wie mit uns einverstanden, blinzelte der Kleine Reiter über ihn hinweg.

Aber wir wären nicht Seminaristen aus dem September 1923, wir wären unglaubwürdige Träumergestalten gewesen, wenn wir nicht plötzlich dann auch hätten aufspringen können: »Du, das Nachtessen.« Und, wie auf ein Signal »rette sich wer kann« oder »rette, was zu retten ist«, begannen wir Sturmschritt anzuschlagen und nicht abzulassen, bis wir vor dem Hause standen. Es war oben am Anfang des Dorfes, das erste Haus, viel kleiner und niedriger war es, als ich es in der Erinnerung behalten hatte, aber es war doch das alte Haus, leibhaftig und vor Augen.

Und nun standen wir im Korridor. Entgegen kam uns die Pfarrerin, eine kleine, freundliche, aber merkwürdig gedrückte Frau, gab uns die Hand, hieß uns willkommen und führte uns in die Wohnstube. Alles war anders: Möbel, Bilder, Gerät –, alles stand fremd im Raum. Mir war wunderlich und wenig wohl zumute. Dann saß man am Tisch, es war schon für uns mitgedeckt, und die Magd brachte die Suppe. »Mein Mann kann nicht mit uns essen«, sagte die Pfarrfrau, »er muß sich abends immer früh legen. Er ist ja leider viel kränklich und vor dem Sonntag muß er sich besonders schonen.« »Ihr müßt euch eben so beschäftigen«, fügte sie noch hinzu. Es war die Stimme, der Tonfall einer Frau, die selbst keine Kinder hat und die sich deshalb dem Einbruch von zwei jungen Burschen nur in wehmütiger Freundlichkeit gewachsen zeigt. Schnell genug begriffen wir und traten von da ab in aller nur möglichen Artigkeit und Zurückhaltung auf. Wir liefen gleichsam auf den Zehenspitzen in jeder Hinsicht; nur in der einen nicht: dem Abendessen, das vor uns stand, taten wir alle geziemende Ehre an, still und gewaltig räumten wir die Schüsseln. Wir sahen zwar bald, daß man hier nicht gewohnt war, kräftig zuzugreifen; aber von uns zu erwarten, daß wir uns auch den Mahlzeiten gegenüber in die bleichsüchtige Ordnung des Hauses finden sollten – nein, das war doch entschieden zuviel verlangt. Das Gespräch schlich dahin; wir merkten, mit wieviel unsicherer Erschrockenheit man hier unserem Besuch entgegengesehen hatte. Morgen im Dorf, sagte ich mir, wird alles besser sein, ja schon morgen früh, wenn ich den Garten wiedersehe, den Lebensbaum schüttele, wie man einem Lieblingspferd die Mähne kraust, schon dann wird es wieder gut sein. Nein, es war doch gut, daß wir hierher gekommen waren.

Gleich nach Tisch zeigte man uns das Gastzimmer; ich kannte

es wieder, es war einst unser Kinderzimmer gewesen. Die bunten Friese an den Wänden fehlten, dafür hing über dem Waschtisch ein Wandbehang, in den ein Bibelwort eingestickt war. »Ihr werdet müde sein«, sagte man zu uns und wünschte uns gute Nacht. Müde waren wir freilich nicht; mochten es die Füße sein, das Herz dachte noch nicht an Schlaf. Gerne noch wäre ich ums Haus gelaufen, ein Stück die Dorfstraße hinunter an der Kirche vorbei. Nun, es ging nicht, man wollte hier schlafen. Gute Nacht also, gute Nacht, Frau Pfarrer.

Wir warteten, bis sich die Schritte aus dem Korridor entfernt hatten, dann aber sahen wir uns mit glänzendem und kummerlosem Siegerblick ins Gesicht und so, als wäre die ganze betrübte Atmosphäre des Hauses nur wie eine fremde Verzauberung, die man ablegen konnte, wie man einen schwarzen Mantel ablegt, brachen wir unbekümmert um alles, was sich gehören mochte, in ein unbändiges Gelächter aus. Wir wußten wohl kaum warum. Und dann fingen wir an, in bramarbasierenden Erzählungen das Nachtessen zu feiern, welche unwahrscheinliche Heldentaten wir vor den Schüsseln des Hauses vollbracht hatten. Es hatte zunächst Reissuppe gegeben; Reissuppe, die ihrem Namen Ehre machte; das war das Wasser nicht, in dem man etwelche Reiskörner schwimmen sah, wie Schwäne auf einem Teich, das war ein sämiges, wacker geschmelztes, mit Ei abgezogenes Fleischbrühsüppchen gewesen, das herzhaft und massiv auf dem Löffel liegenblieb. Zweimal, wie sich versteht, hatten wir uns den Teller füllen lassen, danach den Mund gewischt, befriedigt dreingeschaut und innerlich numeriert, so: Numero eins wäre getan, wo bleibt Numero zwei? Numero zwei blieb nicht aus; Rosenkohl fuhr herein, Salzkartoffeln türmten sich gelblich und säuberlich, Reste eines Kalbsbratens waren zur Stelle, gute Güte, was für ein Mahl! Ach, wie reimte sich der säuerliche Rosenkohlgeschmack auf die Kartoffelsanftmut, eine Ode, eine Hymne war der Kalbsbraten, und wie männiglich mit Kräutern besetzt nahm sich die Bratentunke aus! Es war eine Musik, dieses Essen, ein Streichquartett war dieser zweite Gang. Wir musizierten mit würdigem Ernst, mit herzensmäßigem Anteil, mit Ausdruck und Opfermut. Es fielen die Kartoffeltürme, in nichts fielen sie zusammen, geschleift wurde jedwede Festung. Als aber dann eine Apfelcharlotte hereinkam, taten wir, als hätten wir uns eben erst zur Mahlzeit niedergesetzt, als wäre bisher so gut wie nichts geschehen. »Noch ein bißchen«, hatte uns still und erschrocken die Hausfrau gefragt, als wir auch hier den ersten Teller des Nachtisches seelenruhig hatten verschwinden lassen, und wir nahmen ein bißchen, man kann nicht sagen, daß es ein Bißchen war; es war dieser und jener Biß, es war ganze Arbeit, geleert wurde die Schüssel der guten Apfelcharlotte, geleert bis auf den Grund. Die Pfarrerin hatte es aufgegeben, mit unserem Appetit innerlich Schritt zu halten, sie hatte kapituliert, wie Bürgersleute kapitulieren, wenn soldatische Einquartierung ihr Werk vollbringt. Die Magd aber, ein umfangreiches Wesen namens Anna, hatte mit unverhohlener Begeisterung, mit preiswürdigem Einverständnis unsere Taten begleitet, als wäre in diesem unterernährten Haus eine Wolke von Duft und Lust und Leben, von Fülle und Gesundheit eingekehrt. Sie hatte sich nicht erlaubt, von sich aus etwas zu sagen, aber sie hatte unsere unermüdliche Hantierung mit dem gewaltigen Schöpflöffel mit frohlockenden Augen begleitet: ein Hoch auf Anna! Immer wieder von neuem ließen wir dieses Staatsnachtessen uns durch den Sinn gehen, wie wohl ein verliebter Musikant sich auf dem Heimweg vom Konzerthaus die Melodien zusammensucht, auch er kann nicht aufhören, er muß sie immer wieder singen.

Wir hatten unsere Mäntel abgeschnallt und das Nachtzeug hervorgeholt, noch aber dachte ich nicht ans Schlafengehen. Ich trat unters Fenster, öffnete, beugte mich hinaus, unten verlöschte schon das Licht. Nun waren wir allein wach und nun erst fing ich an, wiederzukehren. Was nahm mich ans Herz? Heimat nahm mich ans Herz. Ich selbst wußte von mir aus nicht viel, kaum daß ich die Namen der Hofleute nennen konnte, die da gegenüber wohnten. Aber wie nun der Wind durchs Fenster hereinzog, dieser nachdenkliche, selbst noch in der Nacht warme Septemberwind, beladen mit dem reinen Apfel- und dem schwellenden Quittenduft, wie mir aus dem ganzen dunklen Gebüsch das dunklere Dunkel reifer Rosen entgegenschaute und die hohen Stengel der Schwertlilien feierlich und kaum bewegt sich gegenüberstanden, da war es doch der Anruf der mütterlichen Welt, da war alles gut, alles innige Heimkehr. Gut war es, keinen Hunger mehr zu haben, aber besser noch war es, hier wieder angenommen zu sein, und sei es auch nur für eine Nacht und einen Tag. Und kam ich nicht reich wieder? Nicht so reich, daß ich jetzt den lieben Freund neben mir stehen hatte, durch den dies alles gleich mir hindurchging, den es gleich mir wunderlich traf und der nun, mochte er sonst strenger und spröder sein, sich gleich mir löste und zu mir hinwuchs, wie Blut zu Blut. Es war alles stille, keiner sprach. Wo die mächtigen Worte der Welt in uns auf- und untergehen, wie Sternbilder tun, die Worte: Heimat, Mutter, Freundschaft, Bruderschaft, da redet der Mund nicht. Und erst, als die Dorfstraße herauf einer von den Knechten des Nachbarhofes kam und eine Melodie vor sich hinpfiff, da lösten wir uns aus der Strenge der Erwartung, sahen uns an, lächelten und gingen zu Bett. Ob mich in der Nacht die alten Hausgeister besuchen würden? Spuk und Gespensterei und morgendlicher Traum? Lange noch lag ich wach. Die Stimmen des Tages verklangen, schöne Atemzüge vom andern Bett her taten kund, daß der Freund schlief. Nur der Wind behielt das Feld: immer wieder fuhr er in den Turmhelm der Kirche, und die Wetterfahne klirrte.

In der Frühe weckte uns die Glocke, die gleiche, die an jenem Sonntagmorgen vor fünfzehn Jahren, man hatte es mir erzählt, meinen ersten Erdenschrei begrüßt hatte; nun würde auch drüben im Kloster weniger melodisch die Glocke des Offiziars ihr rauhes Tagewerk beginnen; Ordnung und Maß bedeutete sie auch noch am Sonntag. Ein alter Klosterstundenplan besagte in vollem Ernst für den heiligen Sonntag das Folgende: »Nach beendigtem

Kirch-Gang ist bis zum Mittag-Essen unter Aufsicht des Repetenten im großen Hörsaal Lesung etlicher Kapitel Griechisches Neues Testament, in welcher vorwiegend auf die Erbauung der Zöglinge, in angemessener Weise aber auch auf den Erwerb gewisser Sprachfertigkeiten Bedacht genommen werden sollte.« Nun, er hatte seine Zeit gehabt, dieser Plan, gehabt hatte er sie, niemand saß mehr im großen Hörsaal, niemand wollte mehr Sonntags gewisse Sprachfertigkeiten erwerben. Was würde uns unsere Glocke heute einläuten? Unverzüglich traten vor die Seele neben den geistig-geistlichen Bildern auch die barbarisch irdischen, Frühstück hieß das erste von ihnen, ihm lebten wir entgegen. Zunächst freilich regte sich im Hause noch nichts, selbst Anna schien zur Stunde noch nicht auf zu sein. In früheren Zeiten hatten wir solche stillen Stunden mit Kissenschlachten ausgefüllt, nun waren wir beide, so gewiß wir fünfzehn Jahre und kein Jahr älter waren, nicht die rechten Leute dazu. Zu einem festlichen Kantus hingegen schien das Haus nicht angetan, also blieb nichts, als sich dessen zu versichern, daß auch der Freund wache, um dann noch einmal einzuschlafen. Das mochte uns geglückt sein, denn plötzlich hörten wir an der Türe das heitere Klopfen und die Stimme der preiswürdigen Anna: »Einen schönen Gruß von der Frau Pfarrer und ob die jungen Herren zum Frühstück kommen wollten.« Ich fuhr aus dem Bett, halb neun Uhr, da hatten wir also noch zwei gute Stunden verschlafen. »Ja, die jungen Herren kämen gleich«, ließen wir redensartlich Anna gegenüber vernehmen. Dann machten wir uns holterdiepolter fertig und gingen hinab.

Am Frühstückstisch trafen wir die Pfarrleute. Die kleine Pfarrfrau winkte uns nun schon wie Bekannten entgegen. Der Pfarrer, ein großer vierzigjähriger Mann mit eingefallenem Gesicht, wachsgelb in der Farbe, aber vornehm und schön in den Prägungen, begrüßte uns mit leiser Stimme, schien es aber dann zufrieden, daß wir uns den Honigbroten und dem weißen Laib widmeten. Er selbst griff mehr als einmal etwas unruhig nach dem

Manuskript; ich erkannte die zierliche Handschrift wieder, die mich kürzlich auf der Postkarte eingeladen hatte. So verlief das Frühstück schweigend, und wir waren ihm ergeben mit einem Ernst, der wußte, was er sich schuldig war, wie als dürften wir nach den gestrigen Abendleistungen heute um keinen Preis versagen. Man wird uns glauben, daß wir nicht versagten; schweigend, aber mit der Entschlossenheit von Männern, die ihren Weg kennen, stürmten wir den Berg.

Der Pfarrer hatte zu Ende meditiert, er wandte sich uns zu, fragte nach den Lehrern der Klosterschule. Vor fünfundzwanzig Jahren war er auch dort Zögling gewesen, aber aus der damaligen Zeit lebte niemand mehr am Ort außer dem alten Hausverwalter, genannt »Papa Koch«. Ob er immer noch ein gewaltiges Regiment führe, bärbeißig und seelengut? Noch immer. Daß er aber sich angewöhnt habe, seine Befehle durch griechische und hebräische Brocken zu würzen, das wußte unser Pfarrer noch nicht, und als wir ihm das »*Kumuseu*« rezitierten, da wurde auch das leidende Gesicht sehr hell, und selbst die Pfarrfrau, die doch offenkundig das fremde Wort nicht verstehen konnte, versuchte zu lachen: da aber fingen die Kirchenglocken an. Wir standen auf; der Freund, propper bis zu den Stiefelspitzen, erbat noch eine Bürste und ich, wenig geschickt für solche Kammerdienste, rieb an meinem Ärmel nur so zum Spaß auf und ab.

Wir gingen über den Kirchplatz, durch die enge Kirchtür. Gleich am Eingang war der Pfarrstuhl; man hatte uns nicht geheißen, dort Platz zu nehmen, so gingen wir denn auf die Empore hinüber, wo die jungen Burschen ihren Standort hatten. Vielleicht würde man noch den einen oder andern von ihnen kennen. Richtig, da saß schon einer, mit dem ich eine Weile die Bank geteilt hatte. Er schien mich gleich zu erkennen, gab mir die Hand und sagte leise meinen Namen. Er tat es ohne Erstaunen, wie, als hätten wir uns vor Tagen zum letztenmal gesehen. Und nun lag doch bald ein Jahrzehnt zwischen den ABC-Schützengängen zu Lehrer Taubel und dieser Stunde. Das Orgelvorspiel hatte begonnen; wir konnten jetzt nichts sprechen, aber während ich die Liednummer im Gesangbuch aufschlug, betrachtete ich den Nachbarn. Er hatte noch immer das gleiche kugelrunde Gesicht, das ich mir an ihm denken konnte, wenngleich nur sehr von Ferne. Die langen Hosen freilich und der unbegreiflich qualvolle steife Kragen, die kecke rötliche Fliege, das waren Errungenschaften, deren ich mich nicht rühmen konnte. Wo hatte ihn das Leben hingeweht? Gewiß ging er in eine Lehre, verdiente ein Taschengeld, verstand mit den Händen in den Hosentaschen abends vor der Tür zu stehen, auf den Boden zu spucken und Sapperlot zu sagen; heute Nachmittag aber würde er sich ein paar älteren Kameraden anschließen, vielleicht wäre auch irgendeine Lina oder Bertha dabei; vor dem Abend würde man noch ein Bier probieren und einen Lungenzug tun an des Bruders Zigarette. Derlei bedenkend, fühlte ich, wie ich beobachtet wurde von ihm und von einigen Hintermännern, auch meinte ich irgend etwas auf mich Bezügliches geflüstert zu hören. Dann aber sangen wir alle das Eingangslied. Gut singen konnten sie noch immer, das gehörte zur Stammesart, und ich gab ihr recht. Während der Predigt aber gingen meine Gedanken zuweilen eigene Wege, auch mochte es vorkommen, daß ich zu den Männerbänken hinüber einen Blick warf. Es waren lauter fremde Gesichter, ich sah sie einen neben dem andern sitzen; es schien kein schlechtes Holz zu sein, daraus sie geschnitzt waren. Auch daß sie noch immer die Köpfe leicht gesenkt hielten und wohl unbemerkterweise auch einmal einnickten, wollte mir, ich wußte nicht warum, nicht wenig gefallen. Auch dies schien mir, gehörte zur Heimkehr; auch hier durfte man es nicht anders antreffen. Die Frauen, die unten das Schiff füllten, konnten wir von unseren Plätzen aus nicht sehen. Es würde sich aber, dachte ich, bald genug herumsprechen, daß wir da sind; dafür mochte schon die Pfarrmagd in ihrem Teil gesorgt haben. Richtig, wir kamen noch nicht an den Ausgang des Gotteshauses, als man schon von verschiedenen Seiten aus auf mich einredete, gleichzeitig ein halbes Dutzend Fragen beantworten hieß und mich einlud, doch ja im Lauf des Tages ins Haus zu kommen. »Au hiesig?« hieß eine Frage und »kommsch au?« hieß eine andere, »wirsch au no eikehra?« eine dritte. Ja, wenn ich nur wüßte, zu wem! Ich versprach, mein Möglichstes zu tun, aber soviel sah ich schon: daß wir noch in drei Tagen da wären, wenn wir nun nach Wunsch und Willen der Leute das Dorf durchbesuchen würden, um keinen zu vergessen und keinen zu verletzen. Zunächst gingen wir also ins Pfarrhaus hinüber, gaben an, wir würden ein paar Leute im Dorf begrüßen. Ein paar Leute, gut; wir möchten um zwölf Uhr dann uns zum Mittagessen wieder zeigen. Um zwölf Uhr? Keine Sorge, wir würden zur Stelle sein.

Und nun hob jener denkwürdige Beutezug an, jenes bis in den frühen Abend währende Tohuwabohu von Begrüßung und Abschied, von Redestücken, Kunstpausen, Verlegenheiten, ein endloses Frage- und Antwortspiel. Als wir in die unteren Häuser kamen, konnte auch der Freund mit der Fertigkeit eines Bärenführers und Schloßkastellans die Geschicke der in Frage stehenden früheren Pfarrfamilie vortragen, Größe und Gewicht des jüngst erschienenen Sohnes jedem, der es hören wollte, kundtun Zum siebenundzwanzigstenmal versichern wir, daß eben besagter Sohn auf den Namen Reinhart getauft sei, daß wir hingegen uns drüben im Jagsttal im Kloster Schönenberg befänden, daß wir gestern abend gekommen seien und heute abend wieder gehen müßten. Wo einem im übrigen aber der Kopf nach diesem Fest des Händedrückens und Händeschüttelns, des Ach und Ja-Ja, des Aha und So-So stand, das wußten nun auch sturmgeübte Seminaristen nicht mehr zu sagen.

Um es aber der Reihe nach zu erzählen: wir fingen unsere Visite oben im Haus Ziegenbach an, sie hatten das erste Recht, sie waren Hausnachbarn und Milchquelle vergangener Zeiten. Hier hörte ich wieder auf den Namen Go, den alten Kindernamen, den sie sich einst vom Elternhaus her angewöhnt hatten; es war ja etwas abenteuerlich, von wildfremden Leuten mit dem Namen der Kindheit angerufen zu werden, aber es war zugleich auch sehr hübsch, es war ein Stück Heimkehr mehr. Hier kannte man, ob man gleich den Weg dieser Jahre nicht verfolgen konnte, den Ausgangspunkt dieses Weges. Hier konnte man mir kleine Begebnisse aus frühesten Jahren erzählen und tat es unaufgefordert und von Herzen. Weißt du noch? Weißt du noch?

Nun, ich wußte nicht, aber ich ließ mir sagen, ließ mir zeigen, wie man sich denn etwa ein erstes Kinderkleid hervorholen und zeigen läßt, ein wenig verlegen, ein wenig belustigt, ein wenig traurig, wer weiß warum. Und dann war die Hausfrau für eine kleine Weile gegangen und kam wieder, ein Wagenrad von Brotlaib im Arm, Butter, Messer und Teller. Dahinter aber kam, die schwarze Pfanne in der Hand, die rundliche Emilie hereingetrabt. Im Hui war gedeckt, was man da decken heißen wollte, und ohne daß wir irgend etwas sagen, wehren oder beschwören konnten, lagen jedem drei eingeschlagene Eier im Teller. »No gessa.« Wir taten, wie uns befohlen war; es war ein freudiger Gehorsam. Dann, nach getaner Arbeit, standen wir auf, gaben der Reihe nach den Hausleuten die Hand, sagten Dankeschön und B'hüt Gott und zogen in das nächste Haus, wo sich das Spiel wiederholte, nur daß – zum Glück – an die Stelle der Eier das Rauchfleisch trat. Im dritten Haus war es Milch und weißer Käse. Als aber im vierten die Hausfrau die Schürze umband und erklärte, sie wolle uns nur geschwind ein paar Eier einschlagen, da blieb uns nichts, als mit aufgehobenen Händen Halt! zu rufen, innig zu danken und zu versichern, wir seien ganz satt. Ob wir denn so wenig vertragen könnten, fragte man uns zweifelnd und mitleidig. Wenig? Ach, wenn ihr wüßtet! Nein, nein, sagten wir; wir hätten, Gott sei Dank, einen gesegneten Appetit, aber wir hätten nun schon in drei Häusern etwas bekommen und nun sei es uns mit dem besten Willen nicht mehr möglich, mit dem besten Willen nicht. Ja, aber ein Stückchen Apfelkuchen? Und schon fuhr ein Mühlrad von Apfelkuchen zur Tür herein, und was die gute Hausfrau ein Stückchen nannte, das hätte droben im

Pfarrhaus gut und gern die ganze Familie ernährt. Nun war es abgeschnitten. Eugen sah ungläubig und verstört drein, das Mädchen im Märchen vom süßen Brei kann nicht erschrockener dreinsehen und dreinrufen. »Töpfchen steh«. Aber nun kam das fünfte Haus, und siehe, welches Glück, man kam nicht ans Essen; man sprach von guten, ernsten und geistigen Dingen. Danke, sagten wir auch hier, und von Herzen danke. So ungerecht ist die Welt: eben noch träumt sie vom Schlaraffenland und hat sie's dann, so hat sie es eilig, wieder hinaus zu kommen. Dann aber, als wir im sechsten Haus ein ehrerbietiges aber festes Nein für alle irdischen Genüsse hatten, dann begann die neue Versuchung. Ach, kein schönes Kind dieser argen Welt ist einer Versuchung so schnell in die Arme gefallen, wie wir es taten. Ja, wenn wir nun schon nichts essen könnten, hieß es, dann sollten wir doch wenigstens etwas mitnehmen. Hier habe sie, die Bäuerin, uns ein paar Eier eingewickelt und hier sei ein Butter aufs Brot, das dürften wir aber nicht abschlagen. Nein, das durften wir nicht abschlagen, und so liefen wir denn vom sechsten Haus wieder zurück die Straße hinauf, schamhaft unsere Eier verbergend. Der Freund hatte taugliche Taschen in seiner Jacke, der Butter war verstaut. Ich hingegen mußte die Eier zaghaft den Hosentaschen anvertrauen. Ja, so gingen wir ins Pfarrhaus, der Freund entschlossen ausschreitend, ich recht behutsamen Ganges hinterdrein. Wir legten unsere Beute in den Rucksack und gingen noch einmal ins Dorf hinunter. Noch war es eine halbe Stunde Zeit bis zum Mittagessen. Mittagessen, sagten wir uns, aber wie? Aber in welcher Ecke des Leibgehäuses war denn noch irgendein Platz? Noch zweimal mußten wir den Weg zurückmachen, die Eierparade, das zweitemal im Arm ein gewaltiges Kuchenbrot, dann warfen wir in der Begeisterung eines Don Juan die letzte Hemmung ab und gingen, den Rucksack am Arm; wir konnten doch nicht jedesmal den Weg zurück machen, er wurde immer weiter. Wohlan denn, Herdenrücksicht und Geistesscham, laß fahren dahin.

Aber, was erzähle ich lange von dem Mittagessen, bei dem wir Anerkennenswertes vollbrachten, von dem Mosaik der Kaffeetassen, die im Lauf des Mittags vor uns aufstanden, rote, grüne und solche mit goldener Inschrift »dem lieben Jubelgreis«. Halten wir uns an Wirklichkeiten! Geben wir Ergebnisse bekannt! Als wir gegen vier Uhr in der Mitte des Dorfes umkehrten, es war höchste Zeit, uns auf den Heimweg zu machen, da taten wir gut daran, den Rucksack nicht mehr leichthin am Arm zu führen, sondern ihn seiner rechten Bestimmung zurückzugeben. Ein Höcker, ein Dromedarswulst, eine Pyramide von Gizeh starrte da in die Höhe: beherbergend Schwarzbrot, Weißbrot, Eierbrot, Schnitzbrot, Kuchenbrot, Apfelkuchen, Pflaumenkuchen, Gugelhopf, Butter, Schweizerkäse, Schinken, Schinkenwurst, Leberwurst, Schwartenmagen, Dauerwurst, Rauchfleisch und Äpfel, Birnen, Nüsse, Eier für ein kleines Regiment, wie bringen wir die Eier nur heil nach Schönenberg?

Ehe wir im Pfarrhaus in die oberen Gemächer gingen, um uns zu verabschieden, schnallten wir das gewaltige Gebilde behutsam ab und lehnten es an eine Wand im Hausgang. Es wollte uns wenig schicklich erscheinen, vor dem Pfarrer des Dorfes unsere Beute auszubreiten, so gingen wir denn also wie ein schlichter und harmloser Besuch in den ersten Stock, dankten für einen angebotenen Kaffee, dankten aber erst recht für Aufnahme und Atzung und nahmen den Gruß des Pfarrers an Papa Koch mit auf die Fahrt, um drüben zu vergessen, ihn auszurichten. Es war spät geworden, wir hatten hohe Eile. Eines aber mußte noch geschehen. Ich mußte durch den Garten, mit einem Blick noch mußte ich alles Kinderland umfassen, Lilienbeet und Lebensbaum. Einen kleinen Zweig nahm ich mit. Schöner dunkler Thujazweig: Duft aus Kinderzeiten.

Ich sah mich um. Die Pfarrerin schloß eben das Fenster, aus dem sie uns nachgeschaut hatte, noch schwankte der Gipfel des alten Lebensbaumes, ein wenig schwankte er, wie der abendliche Herbstwind Bäume schwanken macht. Wir aber schritten aus, so kräftig, als es gehen mochte unter den willkommenen Gewichten. O herrliche Beute, nun wird gesorgt sein für alle Zeiten, für alle Zeiten. Und auch der Freund war glücklich. Es waren nicht nur die Würste und die Eier, die in seinem Rucksack ruhten. Hatte er nicht auch mich neu erfahren, war er nicht auf mich einen Schritt näher herzugegangen, wenn er mit mir meine Heimat sah? Doch. Davon waren freilich nicht viele Worte zu machen: so sprachen wir denn nur wenig; aber als wir eine Stunde später an einem Waldausgang einen Augenblick Rast machten und ein Stück Apfelkuchen miteinander teilten, da trat uns tiefes Glück in die Augen; wir sahen uns an, erstaunt und wie ein wenig befangen, dann aber, als gälte es, dem Sinn der dunklen Stunde gehorsam zu sein, gingen wir aufeinander zu und küßten uns. Danach setzten wir uns wieder in Trab, und wie, als müßten wir die seltsame Rührung voreinander verstecken, fielen wir unversehens in den alten Landsknechtston; in ihm begann nun auch der Freund zu singen, und wir sangen, bis auf der letzten Höhe die Schönenberger Lichter aus der Tiefe stiegen und der Glockenschlag des Klosters uns höchste Eile befahl. Und wenig der zerbrechlichen Lasten achtend, stürmten wir talab.

Die Einladung

Gleich am zweiten Sonntag nach der Rückkehr aus den Herbstferien begannen die Einladungen. Wie von allen Gebräuchen des Seminarlebens wußte die Überlieferung auch von ihnen; in den Lehrbüchern, welche eine Promotion – so wurde diese Kursgemeinschaft von Gymnasialsekundanern genannt – der nächsten zu verkaufen pflegte, lagen als unentgeltliche Zugabe kleine Verhaltungsmaßregeln, wie sie Kundige aus dem Gefühl wissender Überlegenheit heraus an Neulinge weiterreichten, und manches hier mit roter Tinte geschriebene Wort betraf gerade auch die Umstände dieser Einladungen. Da hieß es etwa: »Beim Ephorus ja nicht zu spät kommen« und: »Schillerkragen vorher nachsehen« oder: »Frau Professor Consilius gelegentlich beim Spiel gewinnen lassen«! Weite, ja geradezu abenteuerliche Ausblicke öffneten sich hier, man durfte gespannt sein auf alles, was an diesen Sonntagabenden zwischen fünf und sieben Uhr sich ereignen konnte. So erregte denn gleich der Anschlag des Ephorus, der eines Sonnabendnachmittags am Schwarzen Brett erschien, lebhaftes Aufsehen; Neugierige drängten sich einer Traube gleich zusammen, und einer las: »Frau Ephorus und ich erwarten morgen nachmittag präzis fünf Uhr …«, sodann folgten sechs Namen, schließlich das temperamentvolle Zeichen, mit welchem die Anordnungen des Obergewaltigen versehen zu sein pflegten.

»›Präzis‹ ist echt«, bemerkte Wolfram Schubert, und sein Nachbar, Karl Schulz, meinte, das Ganze schmecke durchdringend nach Delinquentenverhör, die Herren Widmaier, Bochterle und so weiter würden nichts zu lachen haben. »Das käme noch drauf an«, warf ein dritter dazwischen, sein Bruder habe ihm versichert, der Ephorus privat sei etwas ganz anderes als der Chef vom Dienst. Geradezu gemütlich könne der sein; und die Ephora tue ja sowieso keiner Maus etwas zuleide. »Warten wir's mit Fassung ab«, sagte Widmaier, primus omnium seines Zeichens, »in vierundzwanzig Stunden sind wir um einiges klüger geworden« – und da hiegegen niemand etwas einwenden konnte, verlief sich der Schwarm in gedämpfter Ergebenheit.

Auch die Professoren Consilius und Zumstig beteiligten sich an diesen Einladungsgebräuchen und bevorzugten dabei nach Möglichkeit lässigere Formen. Zumstig zum Beispiel, unter den drei Ordinarien des Lehrkörpers der jüngste, liebte es, in Wendungen voll akademischer Freiheitlichkeit, die uns fünfzehnjährigen Fanten gewaltig zu Kopfe stiegen, von einer »umständehalber verfrühten Soirée« zu sprechen, einer Abendgelegenheit mit Tee und Geist, zu der die Herren um fünf Uhr eintreffen möchten, cum tempore, wie sich verstehe ... Professor Consilius hingegen, der Humanist dieser Anstalt, den Sechzigern nahe, eine Leuchte seines Fachs, Professor Consilius hatte eines Tages Richard Waldmüller, einen Erzlateiner, vor dem Abendessen abgefaßt: »Was ich sagen wollte, Waldmüller, meine Frau und ich würden sich sehr freuen, am nächsten Sonntag Sie mit fünf Kameraden Ihrer Wahl bei uns zu sehen. Stellen Sie eine nette Gruppe zusammen, und teilen Sie mir die Namen bis – sagen wir – Samstagabend mit. Sie werfen am besten ein einfaches Blatt mit den Namen in den Briefkasten meiner Privatwohnung«; worauf Waldmüller zu antworten hatte: »Sehr liebenswürdig, Herr Professor, wir werden uns erlauben, zu sechst zu erscheinen.«

Inzwischen waren einige Wochen vergangen, und das Einladungswesen hatte sich eingespielt. Nicht unergiebig schienen sie ausgefüllt, die zwei Stunden vor dem Sonntagabendessen, in denen während des Sommerhalbjahrs Ausgehfreiheit bestand, wohingegen sie dem Winterstundenplan gemäß der »stillen Beschäftigung« zu dienen hatten. Die Optimisten, welche von den Ephoratseinladungen Gutes erhofft hatten, waren im Recht geblieben; bei Zumstig – Feldhauptmann außer Dienst, Romanist und Hauptmusiker des Hauses – hatten sich die kühnsten Möglichkeiten verwirklicht; auch über die Einladungen im Hause Consilius lagen schätzenswerte Berichte vor, Berichte übrigens, die erheiternderweise sich vollkommen glichen, einerlei, von wem und von welchem Sonntag immer sie erstattet wurden. Man werde, begann der Consiliusbericht, vom Mädchen in ein großes Zimmer geführt, dann komme der Professor, reiche jedem die Hand, wobei in der Art seines Grußes etwas von höflicher Überraschung zu liegen scheine, wie, als sei er keineswegs darauf gefaßt gewesen, nun etwa den Zögling Andrion, Keesburger, Zeeh oder andere Insassen eines hohen Seminars zu erblicken ..., wobei doch von Überraschung nicht die Rede sein könne, denn die Namen der Ankömmlinge würden ja wunschgemäß jeweils am Vorabend beim Professor mitgeteilt. Danach werde man der Frau Professor vorgestellt, und die Teestunde nehme ihren Anfang. Dabei führe nun der Professor schön der Reihe nach mit jedem einzelnen eine Art Privatgespräch über die Heimatumstände des Betreffenden, und es sei geradezu erstaunlich, was er dann da alles wisse: wie hoch der Kirchturm von Weilersteußlingen sei oder wann in Trichtingen der große Dorfbrand stattgefunden, wer die Altarfenster auf der Komburg gemalt habe oder welche Sage dem Schäferlauf zu Urach zugrundeliege, was es mit dem Michelsberg und seiner Kapelle für eine Bewandtnis habe und auf wen die lateinische Inschrift auf dem Hohenstaufen zurückgehe ... man könne sich diese Wissenschaft nur erklären, wenn man annehmen wolle, daß er das Sonntag morgens an Hand der Liste säuberlich nachschlage, eines ums andere. Im übrigen gäbe es Marmeladebrote, Honigkuchen und schwarzen Tee, die Frau Professor spreche zu, und man könne sich's unbekümmert schmecken lassen. Punkt sechs Uhr aber stehe der Professor auf und sage: »Wie wäre es, könnten wir nicht noch ein Spiel machen?« Und gleich begebe sich dann die ganze Gesellschaft ins andere Zimmer, wo denn auch schon ein Tischkegelspiel aufgestellt sei. Man lose um die zwei Parteien, der Professor spiele auf der einen, seine Frau auf der anderen Seite mit, und so gehe das denn dreiviertel Stunden lang. Schöne Redewendungen habe da der Professor bei der Hand: seine Frau werde eine Amazone geheißen, obgleich ihr zur Amazone beim Zeus aber auch alles fehle … Sie hinwiederum gehe mit Vergnügen auf diese Tonart ein und rufe bedrohlich: »Bei Philippi sehen wir uns wieder.« Übrigens spiele sie schlecht und falle mitunter aus jeder Rolle, um von Grund aus aufzuseufzen: »Ach, Arthur, und letzten Sonntag ging es doch so gut!« – »Nun kommen Sie«, sage dann der Professor zu einem von uns, »seien Sie dessen eingedenk, daß Ihr Stoß die Feindmacht treffen muß ins Herz des Herzens.« Gehe es dann nach Wunsch, so rufe Consilius: »Thalatta«, auch könne ihm beifallen, plötzlich ganz für sich allein zu singen: »Wem der große Wurf gelungen …« So bis dreiviertel sieben Uhr. Dann, ganz gleich, ob das Kriegsglück im Augenblick bei der Amazone stehengeblieben sei oder auf seiner Seite, breche der Professor das Spiel ab und frage seine Frau: »Wie ist es, Agathe, hattest du nicht für unsere ermatteten Krieger noch eine Stärkung in petto?« Worauf sich herausstellte, daß sie in der Tat noch einen Pudding bereitgehalten habe. Also gehe man in das Teezimmer zurück und finde dort einen Flammeri vor. Der werde gegessen. Um sieben Uhr oder wohl auch drei, fünf Minuten danach sei die Lustbarkeit zu Ende, und man verabschiede sich mit Dank und Gruß.

So und nicht anders lauteten die Consiliusberichte. Man ermesse, welches Maß von Verruchtheit es wohl bedurfte, um in diesen klassischen Kreis mit der verstörenden Hand eines barbarischen Unruhestifters einzugreifen.

Und das folgendermaßen: Wolfram Schubert hatte diesmal den Auftrag erhalten, sechs Besucher des Consiliusschen Abends zusammenzurufen. Und unverzüglich sah man denn den Beauftragten damit beschäftigt, eine möglichst farbige Besetzung der Festlichkeit zu erreichen. Widmaier, ein Stern erster Größe – wir hörten schon von ihm –, hatte die humanistische Einladung noch nicht mitgemacht, er war also sofort für Sonntag festzulegen; Hartmann, das Enfant terrible der Promotion, würde das keckste Gegenstück zu Widmaiers ansehnlicher Würde bilden; dann war Rinaldo zu fragen, ein Knabe namens Reinwald, ein Musikant ohnegleichen, Klavier-, Oboe-, Fagottspieler par excellence, Dirigent des Seminarorchesters, Begleiter Professor Zumstigs bei den Hauskonzerten, Komponist kleiner Singspiele; ein toller Bursche, wenn man es so bedachte. Dazu aber würden dann aus der angenehmen Mittellage die Zöglinge Frey und Schmidle zu treten haben. Schmidle war überdies ein erfolgreicher Sportsmann und würde vielleicht in dem unvermeidlichen Tischkegelspiel etlichen Lorbeer erringen. Er, Wolfram Schubert, würde einfach den Beschluß machen. So ist der Plan. Er wurde mit den auf der Stube Hellas gerade anwesenden Kameraden – dies waren Reinwald und Widmaier – besprochen, und beide fanden die Zusammensetzung vortrefflich. »Höchst Erfreuliches hast du da komponiert, Romeo mio«, ließ Reinwald sich vernehmen, und im Feuer der Sache vergaß der Angeredete, sich dieses Beinamens nach seiner Gewohnheit zu erwehren, »wir werden einen illustren Abend erleben.« Übrigens – dies wolle er der hier versammelten Intelligenz zur Kenntnis bringen – habe Consilius bei der letzten Einladung dreimal nacheinander, man wisse nicht in welchem Zusammenhang, von Ingoslawien geredet. Er sei also vermutlich der Meinung, dieses sympathische Königreich da unten spreche sich in Wahrheit ›Ingoslawien‹ aus. Da müsse nun durchaus die Probe aufs Exempel gemacht werden. Hartmann beispielsweise werde sich dergleichen Experimente nicht zweimal sagen lassen. »Süperb«, sagte Schubert und fuhr fort: »Soeben kommt mir eine zweite Idee. Man weiß doch, daß Xerxes sich auf alle Brunnen, Kirchtürme, Inschriften und andere Altertümer an Hand des Gästezettels vorbereitet. Wie wäre es nun, wenn wir einfach diesmal mit irgendwelchen Kniffen in letzter Stunde einen Ersatzmann einschieben würden? Also etwa ich würde auf dem Zettel prangen, und der kleine Schatz –«.

»Was ist mit dem kleinen Schatz?« merkte hier vom Eckpult her der Betroffene auf.

»Ja, komm nur her, um dich handelt es sich.« – Und setzte den kleinen Schatz, einen dunkelhäutigen Missionarssohn, über ihren Anschlag ins Bild. »Der kleine Schatz also spränge für mich ein. Wo bist du her, Martin?«

»Von Odumase.«

»Odumase. Das ist gut. Odumase liegt nicht in klassischen Ländereien, von Odumase weiß Consilius nichts.«

»Gut, ich bin dabei«, sagte der kleine Schatz, und auch Hartmann und Frey, die unterdessen, von der Besprechung verständigt, eingetreten waren, brannten schon im Gedanken an diesen großen Hauptspaß des Tages. »Halt, ich verpflichte euch aber mit sieben heiligen Eiden, daß ihr mir wortgenau berichtet, auf welche Weise sich Consilius aus der Schlinge gezogen hat. Nur unter dieser Bedingung entsage ich selbst schweren Herzens der vergnüglichen Stunde.«

»Geschieht«, erwiderten die Spießgesellen.

»Du kannst mir für alle Fälle einiges über Odumase und die Goldküste sagen, kleiner Schatz«, meinte Widmaier noch, seiner Verantwortung als Primus gedenkend.

Hierauf wurde von Wolfram Schuberts unschuldiger Handschrift im Beisein der ganzen Rotte ein weißer Zettel beschrieben. Hartmann erbat sich das Vergnügen, ohne Verzug das Blättchen im Tanzschritt in den Consiliusschen Briefkasten zu befördern.

Nun hatte Wolfram Schubert diesen Vorschlag, der so bedeutendes Aufsehen erregte, nicht ganz aus der Laune des Augenblicks heraus und nicht eben ohne eigensüchtige Hintergedanken gemacht. Ihr dürft euch diesen Knaben mit seiner kummerlosen Handschrift nicht so selbstsicher und überlegen vorstellen, wie es zuweilen den Anschein haben mochte. Recht verwundbar war er, der Gute, verwundbar und schon verwundet. Verwundet von jenem Pfeil, von dem verwundet zu sein hierzulande wider alle Sitte und Regel war … mit einem Worte: sie hieß Julie, Julie Consilius, und war – es ist nicht schwer mehr zu erraten – die Tochter des Professors.

Aber dann ist es ja erklärtermaßen Wahnsinn, wütende und selbstzerstörerische Aszese, auf eine Gelegenheit, den Räumen der Angebeteten nähertreten zu können, so zu verzichten, wie es dieser seltsame Schäfer zu tun im Sinne hatte! Gemach, ihr Lieben, gemach! Unser Amoroso hatte das alles wohl in Rechnung gestellt. Er hatte aber, der Kundige, längst erfahren, daß Julie bei den Teeeinladungen im Hause Consilius nicht in Erscheinung trat. Pädagogische Weisheit, sei es des Professors, sei es die von Agathe Consilius, Professors Ehegattin, verbarg Sonntag abends die Tochter – einzige Tochter übrigens – hinter den Kulissen.

Nicht als ob Julie überhaupt den Augen der Seminaristen ferngehalten worden wäre. Eine solch türkische Manier könnten wir ja gerade vom Standort des Erziehers aus schwerlich gutheißen: das kaum Sichtbare ist zugleich das höchst Reizende, das gefährlich Gefährdende … Julie Consilius führte vielmehr einen Teil ihres Lebens unter der Seminaristengemeinschaft selbst als Gastschülerin bei einigen Fächern des Unterrichts, wobei sie die Bank mit Maria Kurz, der Tochter des Speisemeisters, zu teilen hatte, welche ebenfalls in diesem Jahrgang hospitierte. Da saßen denn die beiden Flügelwesen im kleinen Hörsaal, so verschieden untereinander, wie man nur verschieden sein konnte. Maria Kurz, das kecke Kind ihrer Zeit, beständig bereit, an jenen Streichen teilzunehmen, in denen sich klassische Jugend ihrer Würden begab, Maria zählte, genau genommen, auf der Bubenseite mit. Julie Consilius hingegen konnte ihrer Natur nach nur an den zahmsten Vergnügungen teilnehmen, und auch da nicht ohne spürbare Unsicherheit. So kam es denn, daß Maria Kurz geschätzt wurde in der Art, wie man einen guten Kameraden schätzte, und das allgemein; Julie dagegen, das große, nicht ausgesprochen schöne, aber doch sehr anmutige Mädchen mit den dunklen Zöpfen, war mehr als einmal Gegenstand bewegter Auseinandersetzungen im Seminaristenkreis. Manche äußerten Geringschätzung über so viel Zimperlichkeit, andere wieder ließen es bei gutmütiger Gleichgültigkeit bewenden, einige wenige aber ... wir nannten Wolfram Schubert, aber wir würden uns anheischig machen, noch mehr Augen zu entdecken, die, man weiß nicht wie, vor sich hinblickten, wenn Julie Consilius das Klassenzimmer betrat. Sollte dem Vater hievon etwas schwanen? Sollten Einsichten in die langsamere, aber desto gefährlichere Entzündbarkeit der spröden Naturen ihm nicht verborgen geblieben sein? Oder was sonst hätte ihn veranlassen können, so gar keine privaten Beziehungen zwischen der Tochter und den Kameraden zu ermöglichen? Bei den Einladungen jedenfalls – die Berichte hatten's überbracht – war keine Julie zu erblicken, nicht einmal im Hausgang oder von ferne.

Gut denn, sollte sie fehlen! Er, Wolfram Schubert, fehlte auch. War sie ausgeschlossen, so schloß er sich auch aus. Und sollte nicht zwischen zwei Ausgeschlossenen ein Bund zustande kommen?

Es war während jener »Ruhe im Schlafsaal«, wie sie von halb zehn Uhr an zu herrschen hatte, daß Wolfram Schubert solch kühn schweifenden Gedanken Audienz gewähren mochte. Der kleine Schatz, der im Nachbarbett schlief, hatte noch allerlei herübergeflüstert, bis Wolfram mit einem: »Jetzt wollen wir aber schlafen, Schätzchen«, einen Punkt gesetzt hatte. Nun trat das Bild des kommenden Tages vor sein inneres Auge. Er liebte Julie Consilius. Ja, ich liebe; das war der wiederkehrende Reim seines Herzens, sein schönstes Gedicht. Er liebte, wie denn eben ein Fünfzehnjähriger eine Sechzehnjährige lieben kann. Nicht eben weitmaschig war, wir sahen's, das Netz des Hauses; aber wer lieben will, findet hundert Maschen. Und Wolfram Schubert wollte lieben. Wollte? Er liebte: was gab es da noch die Frage, ob er wollte oder nicht? Er liebte. Diese Liebe – sinnlich ist sie, aber im

Sinnlichen keusch; geistig, und im Geistigen brennend. Mitternacht ging vorüber, ehe unser Liebender mit seiner Geschichte zu Rande kam:

Mit einem Löschblatt hatte sie begonnen, Schubert saß im Hörsaal neben Julie Consilius; nur ein kleiner Laufgang war zwischen den Bankreihen, ein Gang, den der Ephorus aus Pädagogik, Zumstig seinem Temperament gemäß benützte, während Professor Consilius selbst kaum das Katheder verließ. Da also war es geschehen, daß Juliens Heft ein Löschblatt entfallen war, und Wolfram, der Kavalier, hatte sich danach gebückt. Der Vorgang war der selbstverständlichste gewesen. Immerhin hatte Julie herübergeblickt und »Danke« gesagt, wobei sie leise rot geworden war. Wolfram Schubert wünschte mit Wunschesgewalt, sie möchte weitere Löschblätter verlieren. Dies kam denn auch das eine oder andere Mal wieder vor; des weiteren wurde es möglich, französische Wörter einzusagen. Es war an einem Septembertag gewesen, Schubert notierte es im Kalender des Herzens wie weiland der große Dante: am zwölften September morgens vor der Zehn-Uhr-Stunde: eben hatte der Liebende vernommen von jener Stimme, auf die zu achten er schmerzhaft genau gelernt hatte: »Maria«, hatte diese Stimme gesagt, »könntest du mir nicht ein paar Wörter sagen zu Corneille?«, worauf denn Maria nach ihrer kecken Weise geantwortet hatte: »O, non, ma chère, je suis tout à fait unvorbereitet.« Wenn sie jetzt sich an mich wenden würde, dachte Wolfram, und sein Herz klopfte gewaltig. Da hörte er auch schon die Stimme sagen: »Du, Schubert, was heißt denn délaissement?« Er beeilte sich zu erwidern, daß das hier mit »Hilflosigkeit« wiederzugeben sei, und machte sich anheischig, noch andere seltene Wörter zu nennen. Da kam Professor Zumstig herein, und das Gespräch war beendet. Aber wie gut war schon dies: eine schwache Seite der Angebeteten zu wissen! Welche Möglichkeit, nun in der nächsten Stunde in einem unbeobachteten Augenblick ein hübsches Zettelchen hinüberzureichen: Hier, Julie, habe ich dir einen Wörterzettel für die nächsten Stunden, ich habe dir das zusammengeschrieben. Wie gut, dann zu sehen, daß sie ihn in ihr Buch legte. Nun haben wir schon ein Geheimnis miteinander, dachte Wolfram Schubert, und das Feuer brannte heftiger. Er begann Wert darauf zu legen, Lobauszeichnungen zu erlangen, wie als fiele davon ein Abglanz auf die schöne Nachbarin, als wüchse dadurch sein Wert in ihren Augen. Bei Consilius selbst, dem »Schwiegervater«, gelangen ihm freilich keine beständigen Erfolge, zumal im Griechischen nicht, ein Glück, daß Julie am griechischen Unterricht nicht teilnahm. »Schwiegervater« – das war nun doch keine Vorstellung, oder nur eine erheiternde. Aber: Julie, – Juliens Bild, ihr Kleid, ihr Glanz, ihr Haar, ja ihr Haar vor allem, das drang in seinen Sinn. Was richtete dort solche Drängnis an? Ach, wer diese Bahn beschreitet, muß wissen, daß er ins Leiden geht!

Es kam der Augenblick, in dem er der Nachbarin sein französisches Lehrbuch anbot, sie hatte das ihrige vergessen. »Ich werde schon so durchkommen«, sagte er, »ich werde einfach ein anderes Buch vor mich hinlegen, nimm es nur ruhig, Julie.« – »Meinst du?« hatte sie darauf gesagt und es genommen. O Schreck! und: o Glück im Schrecken!, er wurde ertappt. »Wo haben Sie Ihr Buch, Schubert?« – »Verzeihung, Herr Professor, es muß verwechselt worden sein.« Da saßen sie denn schon im Gewitter, oh, wie drängt Gewitter die scheuesten Liebenden zueinander. Er nahm wahr, wie sie ein Blatt vor sich legte und etwas darauf schrieb. Und nun hob sie das Blatt zu ihm herüber. Und darauf stand: Schönen Dank.

Wolfram Schubert hörte es ein Uhr schlagen. Ich sollte jetzt schlafen, denkt er. Aber noch ist kein Ende abzusehen. Von diesem Tage an … ach ja: geschehen war's um ihn, hilflos geschehen. Geschehen, weil nun Flammen aus dem Dache schlugen, geschehen aber auch, weil dieses kleine Zeichen nicht unbemerkt geblieben war. Als er damals gleich nach der Stunde nichtsahnend seine Stube betrat, wandte sich wie von ungefähr Thurner, der Literat, um und sagte in artigem Tone: »Romeo kömmt.« Und nun war leider Hellas von vornherein die Stube der Schöngeister. Auf dem bescheidenen Zollern hätte kaum jemand die Anspielung verstanden. Hier aber wurde sie allsofort, durchaus nicht bösartig und ohne kindisches Gelächter, nein – und das war noch viel schlimmer –, mit ruhigem Ernst aufgenommen; und Thurner begann die Schlußverse des Dramas so zu rezitieren, daß sie danach als geflügeltes Wort in Hellas umgehen konnten:

»Und niemals gab es ein so traurig Los
Als Juliens und ihres Romeos.«

Nun hatte sich freilich Wolfram Schubert je und je mit freundschaftlichen Faustschlägen Stille erzwungen; als aber wenige Tage später auf dem allgemeinen Tisch etliche kaum leserliche Verszeilen gefunden wurden, kam Rinaldo, ohne ins Allgemeine nach dem Eigentümer zu fragen, an Wolfram Schuberts Pult, gab ihm das Blatt und deklamierte dabei mit hoher Stimme: »Es war die Nachtigall und nicht die Lerche.« Und »Achtung, Romeo dichtet« wurde zum Siegesruf der Stube, sooft nur das gejagte Wild sich über seine Papiere beugte.

Der Ärmste! Hätte er wenigstens sagen können: das ist alles Unfug! Aber es war die lauterste Wahrheit. Gedichte, ja Gedichte wurden die Zuflucht des Angefochtenen und freilich zugleich die Quelle neuer Leiden.

»Schönen Dank« hatte Julie geschrieben. Und von diesem Tag an gab es zwischen ihnen die Schmerzen der Flucht, des Ausweichens, der Selbstbezweifelung und der Mißverständnisse. Noch wußte unser Liebesschüler nicht, daß dies die Blumen sind, so allüberall auf solcher Wiese gepflückt werden, daß diese Minderungen und Mängel, diese Ängste und Anfechtungen ihre eigene Süßigkeit haben, die Süßigkeit der Kornelkirsche, daß sie, gerade sie, die unvergleichlichen Zugaben sind zum großen Liebestrank.

Was aber wollte er morgen? Etwas Unzweideutiges wollte er. Er wollte ein Geständnis. Er wollte – ja, vielleicht ein Gedicht übergeben, vielleicht »liebe Julie« sagen, oder: »Du, liebe Julie.« Und so spann er denn am Wunschtraum von morgen abend: Pfeffer, sein bester Freund, der einzig Eingeweihte, der völlig Selbstlose, Pfeffer sollte mit ihm zwischen halb sieben und sieben Uhr hinuntergehen, zu einer Zeit, wo das Mädchen (auch das wußte er, Liebende wissen alles) die Milch zu holen pflegte. Dann wird geläutet; kommt, was Gott verhüte, die Consilia, dann gibt Richard Pfeffer irgend etwas Dienstliches, sagen wir, das Klassenbuch, ab, oder einen Pack Hefte, es wird sich schon etwas auftreiben lassen, oder eine freiwillige Horazübersetzung, und er bleibt unterdessen im schützenden Dunkel des Dormentes. Kommt *sie*, dann tritt Pfeffer zurück, und er, ja er wird sein Gedicht hergeben, wird ein paar Worte sagen, wird –

Aber nun bin ich doch müde, denkt Wolfram Schubert und schläft ein. Nur die Verse sagt er noch her, diese seine eigenen Verse, morgen wird er sie abschreiben. Auf ein schönes Papier wird er sie schreiben:

Es war eine kurze warme Nacht,
Und die hohen Lilien glühten,
Da bist du von mir gegangen,
Mein Seelenfrieden.

Es war ein Traum und ist nun wahr,
Und du tratest in mein Leben,
Und all mein zitterndes Herze
Ist dir gegeben.

»Glühten« und »Frieden« reimt sich schlecht, denkt er noch, halb schon im Schlaf. Ach ja, aber das mit der Liebe reimt sich überhaupt nicht.

Der Sonntagmorgen, ein regnerischer Sonntagmorgen, war vorübergegangen. Pfarrer Gamp hatte gepredigt: Habt Salz bei Euch! Salz beschlossen sie bei sich zu haben, erhaltendes, würzendes, beißendes Salz. Um elf Uhr hatte dann unerwartete Kleiderschrankvisitation stattgefunden, bei der es Hartmann über die Maßen schlecht ergangen war; »Tohuwabohu« hatte der Ephorus gesagt und sich feindselig abgewandt. Nun würde er wohl »nicht ganz zufriedenstellend« im Ordnungszeugnis erhalten. »Was das betrifft, mich stellt auch nicht alles zufrieden«, sagte der Gemaßregelte bei Tisch. Freilich, anzumerken war es ihm doch, daß ihn der kleine Zwischenfall bedrückte. Erst um halb fünf Uhr, als die Schar der Eingeladenen sich letzten Schliff zulegte, schien er wieder der alte zu sein. »Sieh mir meine Krawatte nach, Schatz von edlem Wert«, sagte er zu Martin Schatz, »auf daß nicht der Professor Consiliarius mit Grabesstimme sage: ›Hartmann, Ihre äußere Ordnung ist nicht ganz zufriedenstellend.‹ Übrigens, wo ist denn Wolfram?« Es stellte sich heraus, daß Wolfram Schubert gleich nach Tisch zu Bett gegangen war. Seine Unpäßlichkeit war nicht ganz aus der Luft gegriffen; wir kennen seine Nacht und glauben ihm jede Erschlaffung. Arbeit des Herzens, große Arbeit. Eben läutete nun der Offiziar. Respondieren folgte, eine appellartige Zeremonie von zwei Minuten Dauer im großen Hörsaal. Alle da … Alle da … Schubert fehlt. »Schubert ist unpäßlich, liegt im Schlafsaal.« – »Rasch noch eine kleine Visite.« Die Schar betritt den großen Schlafsaal. »Hallo, Wolfram.« Aus einer Ecke tönts: »Ici, messieurs.« – »Wie geht's, magister amorosus, schon im Sterben?« rief Hartmann aufgeräumt. »Wir gehen nun zu unserer Lustbarkeit, der kleine Schatz hat Lampenfieber und fürchtet, schlecht anzukommen.«

»Laisser faire, laisser aller«, meinte Schubert, der sich von Zeit zu Zeit wie Maria Kurz französischer Redewendungen bediente.

»Also, Romeo«, rief Rinaldo im Hinausgehen, »ich werde an Julien letzte Grüße bestellen und ewig Lebewohl von ihrem Wolfram.«

»Ach was«, wandte Hartmann ein, »ich werde ihr sagen, sie möge ihre tugendsame Scheu um ein Billiges verkaufen und den Schlafsaal der Kohorte betreten, um noch einmal in Wolfram

Schuberts brechendes Auge zu blicken und zu sagen: dieser hat mich geliebt!«

Die Glastür im Professorat gab ein kleines Geläut von sich, einer Ladenklingel nicht eben unähnlich. »Griechisch-römisch-gemischtes Warengeschäft von Arthur Consilius«, sagte Hugo Hartmann nicht ganz leise. Der Morgenanpfiff wirkte noch in ihm nach, man mochte sich auf dies und jenes von seiner Seite gefaßt machen. Gut denn, die Türe ging auf, man trat seine Schuhe noch einmal ab und kam sogleich ins Teezimmer, ganz wie es die Fama überliefert hatte. Da stand denn der Professor, ein großer Mann im dunkelgrauen Anzug, mit kleinem, weißem Bart; gut sah er aus, sehr gut sogar; die Ingoslawienattacke war seiner wenig wert. »Gegrüßt«, sagte er in die Allgemeinheit, um danach jeden Einzelnen zu bewillkommen. Der kleine Schatz kam als letzter an die Reihe und sagte, nicht ohne Herzklopfen: »Wolfram Schubert ist unpäßlich, Herr Professor, und bittet, sich entschuldigen zu dürfen. Ich bin an seine Stelle eingetreten.« – »Willkommen, Schatz, aber sagen Sie, wie unpäßlich ist unser Freund? Ernstlich? Und zu Bett?«

»Vorübergehend, Herr Professor; wenn ich recht unterrichtet bin, will er zum Abendessen wieder aufstehen. Er wollte nur hier nicht erscheinen, solang er sich so wenig kregel weiß. Er möchte sich die gastlichen Freuden für einen späteren Sonntag aufsparen.«

Dieser letzte Satz war Wolframs Formulierung, sie stand dem kleinen Schatz nicht eigentlich zu Gesichte; immerhin, nun war das Sprüchlein gesagt und tat ausreichende Wirkung.

»Bedauerlich; bitte den Kameraden freundlich zu grüßen. Ich vertraue zuversichtlich, daß Sie heute Abend in jedem Betracht seinen Platz ausfüllen werden.«

Im selben Augenblick trat die Frau Professor ein.

»Wir haben eine etwas veränderte Zusammensetzung heute, Agathe. Wolfram Schubert ist unpäßlich, und Martin Schatz ist für ihn eingesprungen«, sagte der Professor; worauf denn die

Consilia sich nach der Unpäßlichkeit Wolfram Schuberts erkundigte und das Gespräch eine Zeitlang über Erkrankungen dieser Promotion sowie früherer Jahrgänge sich verbreitete. Eines Todesfalles wurde gedacht, der fünf Tage nach dem Eintritt des jetzigen Kurses sich ereignet und diesen auf eine besondere Weise zusammengeschlossen hatte.

»Aber kehren wir zum Leben zurück«, ermutigte schließlich der Professor, als er wahrnahm, daß die Erinnerung an den Verstorbenen die Kameraden ernstlich betroffen machte. Man kennt sich nicht aus, dachte der Professor einen Augenblick: droben, beim Herodotlesen, meint man immer wieder: was sind es doch genau genommen noch für Kindsköpfe, und dann plötzlich fallen sie in einen Ernst hinunter, den man so gar nicht hinter ihnen sucht.

»Was ich sagen wollte, Frey, Sie sind also aus Isny?« (Freys Mutter war am letzten Sonntag zu Gast gewesen und hatte, wie das so Sitte war, dann auch bei den Herren Lehrern vorgesprochen. So fiel diese Isny-Kenntnis schon deshalb nicht auf.)

»Jawohl, Herr Professor.«

»Da sind Sie wohl in der Nikolauskirche konfirmiert worden? Wissen Sie auch, wie alt die ist?«

»Nicht genau.«

»Großenteils über sechshundert Jahre. Da ist, wenn ich recht weiß, ein Sterngewölbe im Chor ...« Er wußte recht, er hatte es ja heute morgen auswendig gelernt, der Gute, und nun begann er von dem Sterngewölbe in der Nikolauskirche zu Isny etliches zu erzählen. Und unsere wohlerzogene Schar trug Erstaunen und Bewunderung kecklich zur Schau.

»Und Sie, Hartmann, wo stammen Sie her?«

»Aus Perouse, Herr Professor, Perouse, Oberamt Leonberg.«

»So. Aha. Waldensergemeinde, Henri-Arnaud-Denkmal, ich weiß; soll sehr schön mitten im Wald gelegen sein.«

»Verwunschen, Herr Professor, in der Tat verwunschen. Man könnte es geradezu mit einem Idyll verwechseln.«

»Verwechseln? Wieso verwechseln?«

»Schwierigkeiten, Herr Professor, Spannungen, Zwistigkeiten, das alte Welschenblut.«

»Was Sie nicht sagen, Hartmann! Das macht sich noch so deutlich bemerkbar?«

»Oh, auf fünfzig Schritte schon sind sie zu erkennen, die Welschen: schwarzhaarig, blauäugig, heißblütig. Patois sprechen freilich nur noch ein paar ganz Alte, aber sonst …«

»Hm. Sagen Sie, Hartmann, hat sich nun diese Waldenserherkunft auch im religiösen Leben des Dorfes erhalten, ist da eine besondere, wie will ich sagen, Inständigkeit der Überzeugung zu bemerken?«

»Darüber trau ich mir kein rechtes Urteil zu, Herr Professor. Ich vermute aber fast, daß es strukturell (›strukturell‹?, wo hat er nun dieses Wort wieder her, dachten die anderen, die mit verdächtiger Anteilnahme diesem Zwiegespräch folgten; sie wußten gut, worauf Hartmann hinauszukommen gedachte, und wollten nur sehen, wie er sein Ziel erreicht) strukturell sich ähnlich verhält wie bei den Siebenbürger Sachsen, die doch auch sehr ordentlich ihr Eigenstes zu wahren gewußt haben und das nicht nur insoweit, als es ihre famosen Kostüme angeht …«

»Jaja, lieber Hartmann; dennoch möchte ich meinen, es müsse die westliche Leidenschaft – wie sagten Sie: schwarzhaarig und blauäugig? das ist eigenartig –, dazu das durchlittene Glaubensleid ihrer Frömmigkeit ein eigenes Feuer verliehen haben; ich würde an Ihrer Stelle nicht versäumen, dieses Völkchen in ihrer Kirche zu beobachten, bei ihren Gesängen, ihren Gebeten.«

»Werd ich, Herr Professor. Ich darf Ihnen dann nach den Weihnachtsferien darüber berichten? Um aber noch einmal auf die Siebenbürger Sachsen und die anderen südostdeutschen Volksgruppen zu kommen –«

An dieser Stelle begann Reinwald das Taschentuch zu zücken, um hinter solch schützendem Vorhang seine Mundwinkel zu verbergen, Schmidle aber stierte unverwandt in den Abgrund seiner

Teetasse, während die anderen mit angestrengtem Ernst bei der Sache zu sein schienen.

»Meinen Sie nicht, Herr Professor, daß das Volkstum starker Nationen sich durchsetzt, selbst gegenüber geschickten Angleichungsbestrebungen des jeweiligen Staates?«

»Ich weiß nicht, ob nicht die Nordamerikanische Union Ihrem Satz widerspricht.«

»Ja, aber gerade in den Balkanstaaten –«

»Wo das ja besonders gut beobachtet werden kann, seit sich durch den Vertrag von Trianon so starke Veränderungen der Landkarte ergeben haben –«

Frey war es gewesen, der biedere Frey, der durch diesen Satz sehr kräftig an Hartmanns Seil ziehen half. Widmaier unterstützte die Bemühungen durch kleine anfeuernde Gesten; Rinaldo dagegen schien am Ende seiner Kraft und befürchtete für den nächsten Augenblick eine Explosion.

Der Professor: »Ja, ja, da hat Rumänien doch wohl bedeutenden Zuwachs erhalten, und dann die Neubildung Ingoslawiens –«

»Eben dies«, sagte Hartmann, höchst zweideutig, um dann mit einer Kälte ohnegleichen das Thema fallen zu lassen. Der Humanist, weit entfernt davon zu begreifen, welcher Büberei er da zum Opfer gefallen war, wunderte sich wohl über die Sprunghaftigkeit der Jugend. »Revolutionskinder«, dachte er, wie er das schon oft gedacht hatte. Dann beschloß er, sich dem Nächsten zuzuwenden; der Nächste aber hieß Schatz, Martin Schatz aus Odumase, und war das untergeschobene Kuckucksei dieses Tages.

»Und Sie, Schatz, wo haben Sie das Licht der Welt erblickt?«

»In Odumase, Herr Professor.«

»In –?«

»Odumase, auf der Goldküste. Meine Eltern waren dort in der Mission.«

»So. Odumase. Goldküste … Ja … Jawohl … Ich … Auri sacra

fames.« Es war eine kleine Weile still, Consilius überlegte. Überlegte sich, ob er nun durch diesen Gegenstand hindurchreiten soll als wie durch den afrikanischen Wüstensand, oder ob er einfach beim Nächsten – dies war Reinwald aus Balingen und da befand er sich auf sicherem Grund – fortfahren könne. Aber damit hätte er den Zögling Schatz ohne ersichtlichen Anlaß unhöflich übergangen. Er besann sich eines anderen und erhob sich, um ins Nebenzimmer zu gehen. Die Schar sah ihm betroffen nach; in diesem Augenblick schämten sich alle ihrer kindischen Spiele, und Widmaier, den die Frau Professor in ein Gespräch über eine Exkursion verwickeln wollte, gab ihr zerstreute Antwort. Wenn der Professor auch nur das Geringste gemerkt hat, sind wir für ewige Zeiten die Geschlagenen. Er wird es uns nie spüren lassen, und doch nie vergessen; so ist er. Einen Augenblick dachte Widmaier daran, ein einfaches Geständnis abzulegen; aber freilich dies wäre rücksichtslose Spielverderberei gewesen, und dann war da ja auch Wolfram Schubert noch mit von der Partie. Er atmete auf, als er den Professor dem Anschein nach heiter zurückkommen sah; er trug ein kleines, blaugebundenes Buch in der Hand.

»Ich habe hier, meine Herren Lateiner – das fiel mir bei dem ›auri sacra fames‹ ein –, eine kleine Sammlung von apte dicta, schöne Wendungen der lateinischen Sprache; schon lange wollte ich einmal unsere strengen Sallustvormittage damit würzen, immer kam es nicht dazu. Sie kennen ja meine Auffassung: daß wir Lateinisch lernen nicht nur, weil es – wie die Wendung heißt – ›den Kopf ausputzt‹ und das Denken lehrt, erst recht nicht aus simplem Lehrplangehorsam, sondern dem Geisterspiel zulieb. Unnützliches muß geschehen, und keiner darf fragen: was bringt's mir ein? Sie werden das heute noch nicht begreifen, aber später werden Sie mir recht geben: nicht Lateinisch können, das ist beinah: nicht tanzen können im Geiste –«

Und damit schlug er das Büchlein auf: »Wollen Sie hören?«

Und nun hörte man einen Sternenfall von lateinischen Wortspielen, Schüttelreimen, Distichen und Epigrammen, Artigkeiten und Spitzbubenstreichen. Es war klassische und mönchische Erfahrung zuhauf; Scholaren hatten ihre Wandersprüchlein dazugetan, und treffliche Magister der letzten Jahrhunderte hatten sich eingestellt. Goethe-Gedichte waren hier übersetzt, und schwäbische Sprichwörter hatten die römische Toga sich umgetan, ein Unfug sondermaßen. Consilius aber las wie einer, der in seine Heimat zurückgekehrt ist aus Ingoslawien und Odumase, mit einer jugendlich-blühenden Stimme las er die Einfälle vor. Lediglich den lateinischen Text las er, wobei es denn nun Sache der Gäste war, Geist zu bezeigen und an der richtigen Stelle zu lachen. Widmaier strahlte. Nicht nur, weil er selbst natürlich mühelos mitkam; er strahlte, weil der böse Spuk so allerquickend verging. Dies war die Stunde des Professors Consilius, die Stunde seines humanistischen Triumphes. Wenn er nichts gemerkt hat, dachte Widmaier, so hat ihm ein Gott dieses Büchlein in Erinnerung gerufen. Hat er's aber gemerkt und nimmt nun so seine zierliche Rache, so ist er in Wahrheit der größte Pädagog, den die Sonne bescheint.

Da schlug es sechs Uhr. Der Professor machte Anstalt, das Buch wegzulegen, Widmaier suchte ihn noch aufzuhalten mit einer artigen Wendung – man habe geradezu Lust bekommen, noch mehr zu hören, ob der Herr Professor …

»Variatio delectat, lieber Widmaier. Ich meine, wir sollten noch ein kleines Spiel machen; wie wärs mit Ping-Pong, auch Quartette sind zur Stelle, oder käme das Tischkegelspiel in Betracht?«

»Ach ja, Arthur, ich glaube, Julie hat bereits das Tischkegelspiel aufgebaut«, warf hier die Professorin ein und öffnete die Tür ins Nebenzimmer.

Es war ein runder Tisch, um den es nun Platz zu nehmen galt. Die neun elfenbeinernen Kegel waren aufgestellt, sehr hübsche, etwa spannenlange Figuren, den König in der Mitte zeichnete eine Krone aus, die Kugel war ihrer Rundreise zupaß aus zwei verschieden schweren Hälften zusammengesetzt. Man kennt die Reize des Spiels: daß es der Geschicklichkeit Raum gibt und das

Beste dann doch dem Glück überläßt, daß es nicht einzelne gegeneinander stellt, sondern Parteien, die unter sich zusammenhalten müssen, daß besondere Fertigkeitsübungen sich durch hohe Punktzahlen belohnt machen und zuletzt eine eigentümliche Zählweise dem Sieger zu Hilfe kommt.

Die Parteien waren rasch erlost, der Professor wurde mit Schmidle, Widmaier und Frey zusammengewürfelt, während Rinaldo, Hartmann und Schatz der Professorin zur Seite standen.

»Alea jacta est«, rief der Professor, als seine Kugel den Spielanfang machte; und wie als könnte er die schon seinen Händen Entlassene auf ihrem Wege lenken, blieben seine Finger in der Spielstellung, während seine Augen aufmerksam dem rollenden Schicksal folgten und die Verwüstung betrachteten, die auf dem Spielfeld angerichtet wurde. Nun hatte sich für die Abendeinladungen der Gebrauch entwickelt, jedem Spieler zwei, der ganzen Partei also acht Würfe zu gestatten. So war es schon bei mittlerem Kriegsglück möglich, zweimal die ganze Platte zu fegen und wohl auch noch an der dritten einen Anfang zu machen; worauf denn achtzehn oder etliche zwanzig Punkte zu notieren waren, falls nicht besondere Glücksfälle eine höhere Ziffer erheischten. Freilich, es gab auch Partien genug, die an einem einzigen, auf dem Feld übriggebliebenen Kegel mit fünf, sechs Würfen scheiterten; der Kugel kam es zu, immer von neuem zu narren, und der wohlberechnetste Anstoß konnte mißglücken.

Der Professor war am Zug gewesen, seine Kohorte war gefolgt, das Ergebnis war leidlich geworden. »Nun, Agathe« – welchen Namen er zuweilen formstreng auf der letzten Silbe betonte –, »es wird dir nicht schwerfallen, unsere Siege zu überstrahlen.«

»Nun, nun«, gab die Angeredete zurück und stieß die Kugel ab. Aber o weh! sie erreichte jenes imaginäre Eck nicht, das umfahren werden muß, wenn der angerichtete Schaden zählen soll. Sieben Kegel fielen um, aber unbarmherzig mußten alle von neuem aufgerichtet werden, Consilius beteiligte sich an der Wiederherstellung mit milder Schadenfreude. »Jetzt aber«, war der energische Kugelsegen, den die Altmeisterin für die zweite Fahrt bereithielt.

»Steh, du segelst umsonst«, rief der Professor, Agathe aber überließ Reinwald das Feld. »Machen Sie's besser«, sagte sie ergeben, und Reinwald machte es besser. Und so ging es denn unter wechselndem Glücksgestirn weiter im Spiel, vom Professor jeweils mit römischem Hilfswort begleitet; in welche Tonart denn bald auch seine Partei mit einstimmte: »Ich werde kein zweites Cannä überleben«, hieß es da, oder: »Ämilius Paullus gibt sich den Tod.«

Die Professorin war heute von besonderem Mißgeschick verfolgt. Mit zusammengepreßten Lippen war sie bei der Sache, genaue Berechnungen gab sie, sich selbst Mut zusprechend, wie Tagesbefehle an ihre Mannschaft; ach, das Ergebnis war betrüblich zuerst und bald genug bestürzend. »Ach, Arthur, und letzten Sonntag ging es so gut«, hatte sie nun schon zweimal gesagt, was der Professor jeweils mit einem lateinischen Hinweis auf die Laune der Götter quittierte. »Ihr müßt mich jetzt entschuldigen«, sagte sie schließlich, »Martha ist fort, ich glaube, ich sollte noch nach dem Pudding sehen, Julie wird kaum damit allein zurechtkommen.«

»Oh, du willst gehen? Das ist schmerzlich. Aber dann muß Julie für dich einspringen!«

»Meinst du?«

»Ja, sonst entsteht Ungleichheit der Parteien; schicke sie uns nur noch eine Weile. Auf daß wir sie besiegen!«

»Oder sie euch«, gab die Professorin zurück, froh, mit diesem Satz einen forschen Abgang gefunden zu haben. Dann kam Julie.

Wie? Die geheiligte Ordnung wurde durchbrochen? Ja. Sie wurde durchbrochen.

Schmidle legte soeben einen solennen Kranz auf den Tisch – »Kranz« nennt man jene Figur, die den König allein auf dem Spielfeld stehen läßt –, aber niemand nahm ihn wahr; es galt, Juliens Eintritt zu feiern. Dem Augenschein nach geschah zwar nichts, nicht einmal die Hand wurde wechselseitig gereicht; doch herrschte unversehens herzbewegende Stille.

Der Professor begrüßte sie: »Die Mutter hat offenbar noch zu tun, du solltest hier für sie einspringen.«

Julie: »Auf welcher Seite soll ich denn spielen?«

»Hier bei uns«, rief Hartmann, »wir sind ins Hintertreffen gekommen und warten auf das Glück.«

»Da werdet ihr nicht auf mich warten dürfen.«

Und nun spielte Julie Consilius. Alles sah auf ihre Hände, alle Blicke verfolgten die Reise ihrer ersten Kugel, und als acht Kegel umfielen, gab es ein allgemeines Bravo, sogar die Gegenseite konnte nicht umhin, Beifall zu klatschen.

Was ging vor? Ging nur Ritterliches vor? Oder war nun doch die Strömung verborgener Liebe im Raum, von der wir sprachen? Da stand sie, in einem weinroten Kleid mit ihren dunkelblonden Zöpfen, ein kleines Haargekräusel kränzte ihre kluge Stirn, da war sie nun wider alles Herkommen in den Spielkreis geraten. Julie Consilius, lachte mit, klagte mit, hoffte mit. Dachte jetzt wohl einer an Wolfram Schubert? Hatte Julie erfahren, daß er auf der Einladungsliste gestanden hatte? Vermißte sie ihn? Wir wissen es nicht und hüten uns, vermuten zu wollen, wo das Herz im Zwielicht geht. Eine leise Dämpfung der Stimmen aber, eine zarte Erwärmung des Raumes meinen wir immerhin wahrzunehmen; nur der Professor blieb römischen Sinnes. »Widmaier, die Sache ist zu den Triariern gekommen«, rief er laut, »Sie müssen ein Pharsalus liefern.« Und Widmaier griff nach dem Ruhm, den König aus der Mitte zu holen. Ganz glitt die Kugel auf den König in der Mitte zu, ganz leise neigte der König sein gekröntes Haupt. Im Fall stieß er zwar an seines linken Vordermannes Fuß, der zitterte wohl, doch fiel er nicht mit seinem Herrn. Die Kugel kehrte zurück. Dies zählte vierundzwanzig Punkte. Dies war Pharsalus.

Zum drittenmal war Julie an die Reihe gekommen. Sie hatte eben ihren ersten Wurf getan, der war erfolglos geblieben, da, wie sie zum zweiten einsetzte, ging die Glocke. Sie gab der Kugel unbedenklich einen Stoß, wartete aber die Wirkung nicht ab, lief vielmehr hinaus, um zu öffnen. Draußen stand Wolfram Schubert.

Da stand er, unser Liebesschüler. Wir blicken ihm nicht ins Herz, genug, wenn wir ihm auf seine Hände sehen. Diese Hände, die eine Birne halten, eine ungeheuer große, goldene Birne. Dazu ein gefaltetes Blatt Papier.

»Guten Abend. Ich wollte mich nur noch geschwind bei deinem Vater persönlich entschuldigen, ich war für heute angemeldet und bin nicht gekommen.«

»Ja. Komm nur herein.«

»Und da, Julie« – und hier senkte sich seine Stimme, denn er hatte wahrgenommen, daß aus der Küche ein Lichtspalt drang, auch meinte er, dort einen Schritt zu hören –, »hab ich dir etwas mitgebracht.«

»Wofür denn?«

»Ach, nur so.«

»Eine Birne.«

»Ja, und hier: ein Gedicht. Von mir. Für dich.«

Von mir. Für dich. Die alten Weltworte. Sie kamen ihm langsam über die Lippen. Wie sollten sie auch über fünfzehnjährige Lippen anders als langsam kommen?

»Aber hör einmal, Wolfram.«

Und dann hatte sie mit Blitzeseile die Birne in einen kleinen im Dunkel stehenden Korb getan, das Gedicht in den Halsausschnitt ihres Kleides gesteckt und rasch die Tür aufgeklinkt. Wolfram Schubert folgte ihr auf dem Fuße.

»Ach, unser filius dolorum«, begrüßte ihn der Professor, und Wolfram Schubert wurde puterrot. »Filius dolorum« – das heißt, je nachdem man es übersetzt, »Sohn der Schmerzen« oder »Sohn der Listen«, und das Schlimme war, daß es der Professor nicht übersetzte …

»Ich wollte mich nur noch persönlich entschuldigen wegen meines Fehlens heute abend.«

»Sehr schön. ›Er ist da, er lebt, sie behielt ihn nicht‹, die Krankheit nämlich … Aber nun bleiben Sie doch noch die letzten zwanzig Minuten bei uns, das Spiel hier wird nachgerade zu Ende gehen müssen. Julie, du könntest eigentlich unserem Auferstandenen deinen Platz einräumen.«

»Meinetwegen. Dann kommst du jetzt gleich hinter Hartmann an die Reihe, Schubert.« Zum Professor: »Ich sehe inzwischen noch nach der Mutter.«

Und damit ging sie hinaus. Wolfram Schubert stand in tiefster Befangenheit im Kreise. Hartmann hatte gekegelt und danach mit einem heiteren »Auf, in den Kampf, Torero« dem Kameraden die Kugel übergeben. Der hatte denn auch, ungeschickt genug, das Spiel begonnen, freilich, ohne sich irgend um das Ergebnis zu kümmern. Die Vorstellung, daß heute, gerade heute, wo er hätte dabei sein können und wo er – dreimal vernarrter Narr! – sich selbst ausgeschlossen hatte, Julie mitgespielt hatte, er mit Julie hätte spielen können, die Vorstellung war übermächtig, übermächtig seine Betrübnis.

Aufatmend hörte er das Wort des Professors: »Ich glaube, wir hören auf. Welche Partei hat gewonnen?« Nur von ferne noch nahm er zur Kenntnis, daß seine, Juliens Partei, verloren hatte – seine, Julie, verloren … wie alle Worte plötzlich Gewicht bekommen, wenn sich ein erschrockenes Herz an sie hängt!

Die Tür ging auf, und Frau Professor erschien. »Ja, wie hat sich denn nun das Treffen entschieden?« fragte auch sie unverzüglich, mit gefaßter Heiterkeit vernahm sie von ihrer Niederlage, und gleichermaßen heiter begrüßte sie den Knaben Wolfram Schubert. Aber freilich, wie sie dann fragte: »Nun, geheilt?«, da wollte ihm – überscharf hört zu, wer mit klopfendem Herzen zuhört – diese Frage so verdächtig klingen wie das Consiliussche »filius dolorum«. Ist es am Tage: wissen sie alles? Hat der Professor das Spiel durchschaut? Sollte diese Julie –.

»Wir wollen noch einen Pudding essen«, sagte Frau Professor Consilius, und man betrat das Teezimmer von neuem. Wolfram

Schubert setzte sich als letzter von den Kameraden, aber gerade dadurch kam er, der Glücklich-Unglückliche, in Juliens Nähe. Er hatte es wahrhaftig nicht so eingerichtet, und Reinwald hatte keinen Grund, so unverschämt heiter zu ihm herüberzublinzeln. Er senkte den Blick. »Filius dolorum«, ging es ihm durch den Sinn. Und »Nun, geheilt?« Und: »Was soll das, Wolfram?« – »Was soll das?« – war das ein Tadel, eine Zurechtweisung? »Wolfram«, der Vorname, zum erstenmal der Vorname, das war der Dank, war das Glück, war die Seligkeit.

Niemand behelligte ihn. Die Kameraden redeten droben mit dem Professor. Von was redeten sie wohl? Und wie war es mit Ingoslawien gegangen? Und mit Martin Schatz aus Odumase? Recht gesittet löffelten sie jetzt ihren Schokoladenpudding, die Abenteurer. Er aber – ach, wenn alles verraten wäre! Verraten, verloren. Nein. Es konnte nicht alles verloren sein. Solang mein Herz sich nicht verloren gibt. Solang mein Herz sich nicht verloren gibt: Wolfram Schubert sagte diesen Satz immer wieder vor sich hin, er wurde gewahr, daß es die erste Zeile eines kommenden Gedichtes sein könnte. »Liebt« würde sich diesmal darauf reimen. So ist das also. Solche Ängste und Anfechtungen müssen ausgestanden werden, ehe sich in der Liebe eine Zeile reimt. Da ging die Einladung zu Ende.

Sie waren aufgestanden. Unter der Türe verabschiedete man sich. Zuerst von der Professorin, dann vom Professor, zuletzt von Julie, zum erstenmal gab er Julie die Hand. Sie war kühl, sie verriet keine Bewegung des Herzens, und auch er wagte nicht stärker zu drücken, als die Sitte zuließ. »Auf Wiedersehen. Vielen Dank.«

Unter dem großen, schmiedeeisernen Gittertor, durch welches der Consiliustrakt von den Amtsräumen getrennt war, blieb Wolfram stehen. Morgen wird es sich zeigen. Für alle Fälle, denkt er, für alle Fälle will ich meinen Herodot noch einmal genau überlesen, gleich jetzt nach dem Abendessen. Professor Consilius soll sich nicht über mich zu beklagen haben, morgen.

Das zersplitterte Fenster

Der Zusammenstoß zwischen Peter Andrion und Doktor Martens, dem naturwissenschaftlichen Lehrer am Seminar, kam nicht völlig unerwartet. Nicht nur, daß ganz im allgemeinen eine eigentümliche Gereiztheit in diesen föhnigen Februarwochen um sich gegriffen hatte, daß es scheinen mußte, als sei in das erregbare Blut der Sechzehnjährigen, die unmittelbar vor ihrem Übergang in das Oberseminar standen, ein Tropfen Gift geraten, der die merkwürdigsten Fieber begünstigte; auch ganz persönliche Gegensätze gerade zwischen diesem Lehrer und diesem Schüler waren längst zutage getreten: es wäre mit wunderlich milden Dingen zugegangen, wenn diese Gegensätze nicht doch noch einmal aufeinanderprallten, ehe sich freundlich-versöhnende Ferne zwischen ihnen auftun würde.

Dabei waren nun solche Zusammenstöße keineswegs an der Tagesordnung. Vielmehr hatte sich im Laufe der gemeinsam erlebten Jahre ein zuverlässiges Vertrauensverhältnis entwickelt, sowohl unter den Zöglingen wechselseitig als auch zwischen ihnen und der Lehrerschaft. Ernstliche Anlässe zur Bestrafung waren überhaupt nicht eingetreten, und was die kleinen Geldbußen betraf, die auf Versäumnisse und Flüchtigkeiten gelegt waren, so sorgte die Geldentwertung – unsere Geschichte spielt in jenen betrübten Zeiten – dafür, daß sie in keinem Fall empfindlich treffen konnten: am Wochenende, da sie fällig und vom Fiskar einzuziehen waren, bedeuteten sie auch bei dem Ärmsten kein spürbares Opfer mehr; und die Drohung des Doktor Martens: »Sie zahlen nach dem Dollarstand«, war zu rasch als heiter-geflügeltes Wort in Umlauf gekommen, um je ernstlich verwirklicht werden zu können.

Auch war sie wohl von vornherein nicht allzu böse gemeint;

denn niemand kann Doktor Martens nachsagen, daß er sich dem Geiste des Hauses, der ein Geist der guten Laune, der Erziehung zur Freiheit, der Persönlichkeitsachtung und der Großzügigkeit war, in irgendeinem Stück widersetzt hätte. Höchstens könnte man gegen ihn anführen, daß er mit dem Salz der Ironie, einem nicht ganz ungefährlichen Gewürz, zuweilen nicht haushälterisch genug umging; auch in unserem Fall wird dies, wie wir wahrnehmen werden, mit in der Suppe sein.

Andrerseits war nun Peter Andrion einer von jenen frühreifen, überselbständigen Schülern, die schon als Sechzehnjährige mehr nach ihrer Wahl studieren als im Gehorsam lernen, und so bei einem Teil der Lehrer hoch geschätzt, beim anderen dagegen mit berechtigtem Mißtrauen betrachtet werden. Es mußte – dies können wir Doktor Martens von vornherein zugute halten – den Widerspruch des Mathematikers herausfordern, wenn er wahrnahm, wie ein reichbegabter Schüler der Welt der Sprachen, der deutschen wie der fremden, sich mit allen Organen zu öffnen wußte, während er den mathematischen, physikalischen und chemischen Erkenntnissen und Formeln nichts als kühle Ablehnung entgegensetzte. Andrion hätte den alten Erziehervorwurf, daß er sehr wohl anders könne, wenn er wolle, schwerlich zurückgewiesen: doch schien sein Entschluß, nicht zu wollen, unabänderlich zu sein.

Nun geschah folgendes – und die erschrockenen Teilnehmer und Kameraden jener Jahre können noch heute Ort und Zeit zuverlässig bestimmen –: an einem Donnerstag also geschah's. In der Pause fanden die aus den Lehrsälen zurückkommenden Schüler ihre Mathematikhefte auf dem kleinen Tisch im Gang vor. Die letzte Klausurarbeit war korrigiert und sollte nun, gleich nach der Pause, besprochen werden. Wer am Tisch vorbeikam, suchte sich sein Heft und reichte wohl auch dem einen oder anderen Kameraden das seine entgegen. Andrion erschien am Platze, als nur noch wenige Hefte dalagen; er hatte, wie wir uns denken können, geringe Eile gehabt, sein Heft in die Hand zu bekommen. Gleichmütig öffnete er und fand seine Arbeit mit einem knappen »gut« zensiert. Drei von den vier gestellten Aufgaben waren richtig gelöst, und selbst bei der vierten hatte er noch eine Art Ansatz zuwege gebracht. Nun, ihm galt es wenig, das »gut«, wie denn auch ein »ungenügend« ihn nicht aus der Fassung gebracht hätte. Unterdessen ging die Pause zu Ende, und die Mathematikstunde nahm ihren Anfang. Zunächst lief alles seine gewohnte Straße, die mathematischen Leuchten rechneten vor, da wurde plötzlich Peter Andrion aufgerufen: »Wollen Sie das noch einmal an der Tafel lösen, Andrion? Ich sehe, daß Sie sich zu einem Obermathematikus entwickeln, insoweit als ich Selbständigkeit bei Ihren schriftlichen Bemühungen voraussetzen darf, heißt das.«

Andrion hatte sich auf den Anruf seines Namens hin erhoben, nun stand er in seiner ganzen Länge starr und streng in seiner Bank. Er erwiderte zunächst nichts, dann aber kam es, unheimlich beherrscht und leise von seinen Lippen: »Ich möchte den Herrn Doktor bitten, nach seinen Worten sehen zu wollen.«

»Was soll das heißen?«

Martens hatte die Kreide weggelegt und starrte in die Klasse, wie als habe er nicht recht gehört, oder wie als habe er zwar den Wortlaut des Satzes vernommen, weigere sich aber, ihm den Sinn zu geben, der doch offenkundig mit ihm verbunden war.

»Ich habe nur zu sagen, daß ich Sie bitten muß, nach Ihren Worten zu sehen.«

Der gleiche Satz wie vorhin, auch im Ton kaum verändert. Andrion stand regungslos da, regungslos stand ihm Doktor Martens gegenüber, regungslos verharrte die Klasse. Nur Barnus, der Nebensitzer von Peter Andrion, versuchte einen beruhigenden, einen beschwörenden Blick zu seinem Nachbarn hinüberzuwerfen.

»Wissen Sie eigentlich, mit wem Sie reden?«

Martens hatte die Stimme erhoben, wie als müsse er den Schüler Andrion aus einem unnatürlichen Schlaf aufwecken. Aber der war wach, und ganz wach gab er denn zurück: »Durchaus. Doch scheinen Sie, Herr Doktor, nicht mehr zu wissen, daß Ihre Verdächtigung eine Ungehörigkeit ist, die ich mir nicht gefallen lassen kann.«

»Andrion!«

Der Schüler hatte auch den letzten Satz mit einer kalten Ruhe gesprochen, die mehr beunruhigen mußte als der offene Zorn des Lehrers, der nun den Namen schrie, nichts als den Namen.

Mit der Wirkung, daß der Angeschrieene das Buch, das vor ihm lag, zuklappte und sich zur Türe wandte.

»Sie bleiben!«

Und nun überschlug sich die Stimme des Lehrers: »Ich gebe Ihnen den dienstlichen Befehl, zu bleiben!«

Andrion: »Ich nehme von Ihnen keine dienstlichen Befehle entgegen.«

Martens war ebenfalls an die Türe gelaufen. Dort standen sich beide gegenüber, gleich groß, Schüler und Lehrer. Martens griff nach der Türklinke, um seinem Befehl Gehorsam zu erzwingen. Da war es mit Andrions Fassung zu Ende. »Platz da«, brüllte er nun plötzlich und warf zugleich mit der Wucht seines Leibes die Türe auf. Die Türangeln zitterten, und das Holz schien zu splittern. Im nächsten Augenblick hörte man das Klirren des großen Glasfensters im Gang, das offenkundig getroffen und in tausend Scherben zerschlagen war. Gleichzeitig vernahm man einen fürchterlichen unartikulierten Schrei von Andrion, es schien, als habe ihn ein Weinkrampf befallen, dann krachte die Türe auf Stube Burgund, dann war Stille, lautlose Stille. Doktor Martens stand noch immer am gleichen Platz. Nun erst löste er sich langsam aus der erschreckenden Starre, auch die Klasse atmete einen Augenblick auf, dann gab er mit tonloser Stimme den Auftrag, einige schriftliche Wiederholungsübungen anzufertigen. Wir schlugen unsere Bücher auf. Kein lautes Wort fiel in der Stunde, nur das Geräusch der Zirkel und Winkelmaße durchbrach das Schweigen. Martens stand an der Seite, unbeweglich, das Gesicht dem Fenster zugewandt. Ohne Gruß verließ er das Klassenzimmer, als die Stunde – endlich, wie uns schien – ihr Ende gefunden hatte.

In der folgenden Stunde hatte Professor Consilius Unterricht. Das Fehlen Peter Andrions wurde weder bemerkt noch gemeldet: niemand konnte ausmachen, ob der Humanist schon verständigt war, ihm sah man keine Gemütsbewegungen an. Auch beim Essen fehlte Andrion. Ebenso Doktor Martens, der für die Regel am Aufsichtstisch seine Mahlzeit einnahm.

Um zwei Uhr begann die stille Arbeitszeit, Andrion betrat wenige Minuten nach Beginn die Stube Burgund; bald darauf öffnete sich, dem Brauch gemäß, die Verbindungstür zwischen dem Zimmer von Doktor Martens und dem Arbeitszimmer der hier wohnenden Schar. Martens machte seinen Umgang; er schien Andrion nicht bemerken zu wollen. Der stand am Pult und blickte nicht von seinen Papieren auf.

Gegen drei Viertel vier Uhr aber, kurz vor Schluß dieser Arbeitszeit, wurde Peter Andrion aufs Rektorat gerufen. Der Lektor, welcher den Wochendienst hatte, richtete ihm den Befehl aus. Unverzüglich, wie als habe er darauf gewartet, verließ Andrion das Zimmer.

Über die Rektoratsbesprechungen verlautete zunächst nichts, doch hatte sich das Gerücht des Falles bemächtigt: man munkelte, Andrion solle stehenden Fußes entlassen werden. Andere wieder meinten, Doktor Martens werde sich nicht mehr halten können; nur vereinzelte Stimmen wollten für einen Vergleich sich hervorwagen. Was Recht und Unrecht betraf, so schien es der Kameradschaft mit beiden wunderlich bestellt zu sein: daß nämlich die beiden Betroffenen ebenso recht wie unrecht haben, war ihre gemeinsame Überzeugung.

»Nein, Andrion hat recht, durchaus recht hat er«, warf einer von den Stubenältesten ein, und diese Stimme, der einiges Gewicht auch bei Verhandlungen – falls es denn zu solchen kommen sollte – gehören würde, wurde aufmerksam vernommen; »Andrion konnte sich das nicht gefallen lassen, und daß zuletzt der Gaul mit ihm durchging – je nun, ein Fenster ist da kein unersetzliches Möbel.«

Es hatte sich gezeigt, daß das Fenster wider die Vorschrift nach innen geöffnet gewesen war, auch Unvorsichtigkeit hätte die Scheibe zersplittern können. Freilich war an dem Umfang der Zerstörung die Gewalt zu erkennen, mit welcher der Türstoß vor sich gegangen sein mußte. In der Mittagspause waren die Scherben durch den Hausmeister aufgekehrt worden, nun war nichts als ein mannshohes Loch zurückgeblieben, der Februarwind, ein heißer Föhn, blies herein.

Andrion war von der ersten Rektoratsbesprechung nach einer Stunde zurückgekehrt, als die griechische Arbeit im großen Hörsaal geschrieben wurde. Er hatte seinen Platz eingenommen und begann mit der Übersetzung des vervielfältigten Textes. Von Zeit zu Zeit suchte einer von den Kameraden seinen Blick, teils um ihn seines persönlichen Wohlwollens zu versichern, teils um Einblick zu gewinnen in den Gemütszustand des Empörers und in den Verlauf der Verhandlungen; doch gelang es keinem, bis zu Peter Andrions Augen vorzudringen. In ihnen regierte noch immer die Starre, welche schon am Morgen bestürzend hervorgetreten war; darüber aber hatte sich eine Art Schleier gelegt, welcher das eigentliche Licht des Angesichtes verbarg. Auch am Abend des Tages, als eine kleine Gruppe von Kameraden sich um Andrions Pult scharte, um Rede und Antwort zu suchen, kam es nicht zu irgendwelchen Klärungen. Andrion schien sein Verhalten weder rechtfertigen noch entschuldigen zu wollen, er schwieg sich aus, schwieg vor allem wie das Grab über die Meinung des Rektors.

Von der wurde erst etwas bekannt auf dem Umweg über die Stubenältesten, die sich nach einer Aufforderung hiezu ebenfalls aufs Rektorat begeben und dort zwei Besprechungen gehabt hatten: eine mit dem Rektor allein, eine zweite mit Doktor Martens im Beisein des Rektors. Man habe mit großer Offenheit reden können, sagten die Ältesten, und auch Doktor Martens zeige sich weder halsstarrig noch unversöhnlich. Er gebe zu, daß Ton und Wortlaut seiner Frage falsch gewesen seien und finde sich bereit, das auch Peter Andrion gegenüber zu bezeugen. Andererseits müsse dann freilich auch Andrion einen Schritt entgegenkommen, und dazu scheine der Zögling, unversöhnlich wie Achill, zur Stunde noch nicht fähig zu sein. So werde man denn warten müssen und in der Zwischenzeit darauf achthaben, daß keine unübersteigbare Mauer sich im Hause auftue. Dergleichen meine auch der Rektor. Es habe in Fällen, in denen ein verletztes Ehrgefühl mitspreche, wenig Sinn, die Dinge übers Knie brechen zu wollen. Miteinander leben, die Freunde hätten es gesehen, heiße: miteinander schuldig werden. Da sei es müßig, abwägen zu wollen und auseinanderzuklauben, was in eins geworfen sei, so wahr wir eines sind: Erzieher und Zöglinge. Er denke nicht daran, etwas zu befehlen oder eine feierliche Versöhnungsszene mir nichts dir nichts einzuleiten, er habe nichts zu sagen, als was er auch schon dem Kameraden Andrion gesagt habe: daß wir kein Recht haben, daß keiner ein Recht habe, sich beiseitezustellen. Im übrigen stünde, wie man wisse, sein Zimmer und sein Rat in jedem Augenblick zur Verfügung. Dies berichteten die Stubenältesten und fügten in ihrer sechzehnjährigen Tonart hinzu, es habe sich wieder gezeigt, daß der Rex der feinste Kerl im ganzen Hause sei.

Diese Mitteilungen hatten etwas Beruhigendes an sich, und wirklich schien das allgemeine Ungewitter im Hause sich überraschend schnell wieder zu legen. Die nüchterne Regelmäßigkeit der Hausordnungen tat das ihre dazu, so daß der Gang Peter Andrions auf das Zimmer von Doktor Martens, als er einige Tage später wahr wurde, von niemand groß beachtet werden mochte. Auch wurde über diese Aussprache so wenig bekannt wie über die bisherigen Unterredungen, Schweigenkönnen gehörte zu den vornehmsten Pflichten dieses Hauses. Das einzig sichtbare Ergebnis der Besprechung war dies, daß Andrion, der eine Woche lang in den Unterrichtsstunden von Doktor Martens als stummer Gast teilgenommen hatte, nunmehr wieder in der Reihe lief, gefragt wurde und Antwort gab, nicht mit betontem Eifer, dies gewiß nicht, doch in ritterlichem Ernste.

So wäre der Fall beigelegt gewesen und langsam vom Tagesgeschehen überdeckt worden, wenn nicht täglich und stündlich das riesige Loch im Gang das Gedächtnis der Tat frisch erhalten hätte. Und dieses Loch nahm denn auch der Rektor zum Anlaß, ein einziges Mal vor der ganzen Hausgemeinschaft auf die Sache die Sprache zu bringen. Auf etwas ungewöhnliche Weise, sagte er, sei das Loch entstanden, es könne nicht gut auf dem gewöhnlichen Wege wieder verschwinden. Er meine, Begebenheiten wie die nunmehr hinter uns liegenden könnten nur von allen Beteiligten, nicht aber von und vor fremden Kanzleiaugen verantwortet werden. Er möchte keine Meldung an die Behörde machen, keinen Ersatz dort erbitten, wo er denn die Umstände begründen müsse, die Armut sei groß … kurz, man verstehe ihn: wer ersetzt die Scheibe?

Wir, sagte die Hausgemeinschaft. Sie sagte es nicht im Chor und nicht zur Stunde, aber sie sagte es mit der einfachen Tat guter Kameradschaft. Peter Andrion verzichtete für diese letzten Wochen des Schönenberger Seminardaseins auf sein Taschengeld, sie, die Kameraden, verzichteten ihrerseits auf eine Wochenlöhnung. Diese Wochenlöhnung, für die Regel Freitag abends ausgegeben, war wichtig für den Kauf kleiner Notwendigkeiten und kleiner Erfreulichkeiten; gut denn, es mußte darauf verzichtet werden an diesem kommenden Freitag: wir wissen unseren Platz.

Und »Wir« sagte auch die Erzieherschaft, die den jungen Doktor Martens nicht allein lassen wollte und erst recht nicht dem Schülerkreis die ganze Umlage aufzubürden gedachte. Denn man wußte es wohl: wir stehen uns nicht gegenüber, Lehrer und Schüler, sondern zur Seite; hier ist die halbe Summe.

Als der Glaser die neue Scheibe brachte – sie wurde auf einem Wagen hergeführt mit aller Behutsamkeit –, da ergriffen viele Hände das Ungetüm und trugen sie die hohen Treppen hinauf, und wie als gälte es die Aufrichtung eines neuen, wichtigen Gebäudes, blieben sie bei der Arbeit stehen und schauten zu. Auch

Doktor Martens, der wie zufällig vorüberkam, gesellte sich zu ihnen: sie sprachen nichts, nicht viel.

Es bedurfte ja auch keiner Worte. Durch dieses Fenster, das wußten sie alle, würde der Blick hinausgehen in helleres und weiteres Land. Und wenn es wahr ist, daß Jünglinge gewagt werden müssen, damit Männer werden, so müssen wohl je und dann auch Fensterscheiben gewagt werden auf dem Wege des gemeinsamen Lebens und der gemeinsamen Schuld, damit sich das Haus der echten Dienste festige und erneuere.

Der Abschied

Kalender, sinnreich angelegte, an welchen jeden Morgen ein Tag auszustreichen war, Maßbänder, die täglich um einen Zentimeter verkürzt werden durften, das waren die ersten Zeichen, die auf den bevorstehenden Abschied hindeuteten; Zeichen auch dafür, daß wir diesen Abschied willkommen hießen, wie denn siebzehnjährige Jugend jeden Abschied willkommen heißen mag: um der Veränderung willen, die er herbeiführt. Denn schon hatten wir unsere Segel ausgespannt, neuen Ländereien entgegen, Zukunft rief uns an, starker Atem wehte von kommenden Freuden und Erschütterungen her, wir waren gewillt, ihn anzunehmen.

Letzte, für das Schlußzeugnis maßgebende Arbeiten wurden gefertigt, briefliche Verbindung mit Ermsau, der Stätte des Oberseminars, begann sich einzuspielen, und der Bücherkauf für die beiden letzten Gymnasialjahre nahm seinen Anfang; auch jene Jüngsten, die hier in Schönenberg als unsere Nachfolger einrücken sollten, meldeten sich als Bücherliebhaber, ohne jedoch schon bindende Zusagen machen zu können: denn noch hatten sie ihren Rubikon nicht überschritten, das unerbittliche Landexamen nicht bestanden, und was hülfe die guterhaltene Homerausgabe, die man sich für zwei Mark vom Seminaristen Bochterle sichert, wenn eine buchstabengenaue Prüfungskommission den Eintritt in die Schönenberger Gefilde gnadenlos verweigert? Wir nun meinten freilich schon den Briefen, die da anfragten, es anzusehen, wieviel Gewinnaussichten ihre Schreiber haben würden, doch hatte man da mit Überraschungen zu rechnen: leichthin konnte es einem unbeholfenen und wenig lebensklugen Knaben beifallen, die griechischen Unregelmäßigkeiten alle am Schnürchen zu haben und in lateinischen Argumenten »sese«

und andere Feinheiten zu setzen, ohne mit der Wimper zu zukken.

Des weiteren galt es nunmehr, an eine geziemende Abschiedsfeier zu denken. Reinwald, der für das letzte halbe Jahr zum rector musices bestimmt war, besprach sich mit den Herren Langenbach und Zumstig über die musikalischen Darbietungen; die Hauspoeten liefen, mit Händen und Füßen skandierend, im Dorment auf und ab, wobei Thurner versicherte, der Anapäst sei das einzig angemessene Versmaß; Maler und Zeichner hatten ein Wesen mit Plakaten, Schattenrissen und Bilderbogen bestürzenden Umfangs. Widmaier und Kißling aber, die beiden Anwärter auf den Platz des Primus, brüteten über bedeutenden Leistungen abschiedsfestlicher Beredsamkeit, wobei Kißling Aufsehen erregte mit der Versicherung, wenn er für die abendliche Tischrede in Betracht komme, so werde er sie beginnen mit »Meine Damen und Herrn«, so wahr er Bernhard Kißling heiße.

»Aber du bist doch kein Präsident eines Autoklubs, Kißling«, sagte dann wohl einer, »und überhaupt: was heißt hier schon ›meine Damen‹? Soll das Agathen und der Ephora wohl tun? Oder wem sonst in diesen unseren Triften, wenn du nicht gerade an die allenfalls eintreffenden Altvordern denkst bei deinen höfischen Manieren.«

»Halt, halt«, rief Hartmann, der eben eingetreten war und den letzten Satz noch vernommen hatte: Kißling habe so unrecht nicht mit seinen Vorbereitungen. Es sei etwas im Gange, es entwickle sich etwas, man höre etwas läuten, man könne sich auf etwas gefaßt –

»Nun, so red doch schon, Mensch, was solls denn, was gibts denn?«

»Außerordentliches und Unvorhergesehenes.« Eine Dame solle eintreffen, eine Sängerin, eine Altistin, eine Frau oder Fräulein Ristling, sie werde mit uns singen; das Weitere werde Langenbach uns zu wissen tun, noch heute, eben habe Reinwald die Kunde mitgebracht aus dem Rate der Götter.

Eine Sängerin, eine Altistin? Das wäre in der Tat außerordentlich und unvorhergesehen. Eine Dame soll auftauchen im Männerstaat Schönenberg? Da wollen wir doch hören.

Es war an dem. Aus Langenbachs, des Musiklehrers, eigenem Munde vernahm noch am gleichen Nachmittag eine staunende Promotion, man habe beschlossen, zu den Abschiedsfestlichkeiten diesmal einige auswärtige Kräfte beizuziehen. Da es in der Promotion erfreulicherweise einige Spieler seltener Instrumente gäbe, wäre es schade, wenn diese Talente nicht noch einmal in corpore zur Geltung kämen. Wir spielen also eine kleine Symphonie von Friedrich dem Großen, ein Streichquartett von Haydn, einige Klaviermusik, vielleicht auch etwas auf zwei Klavieren. Darüber hinaus aber sei ihm der Gedanke gekommen, ob es nicht möglich wäre, Chor und Orchester zu einer gemeinsamen Aufgabe zu vereinigen: die Auswahl der Werke, die dafür in Betracht kommen, sei nicht allzugroß, es habe sich aber etwas gefunden. Wir haben im Sinn, die Altrhapsodie von Brahms aufzuführen, eine Sache für Altsolo, Männerchor und Orchester; es sei ihm geglückt, die Kammersängerin Leonore Ristling für diesen Abend zu gewinnen, und das Neckarbronner Stadttheater würde für Posaune, Cello und Kontrabaß drei Mann Unterstützung schicken. Alles übrige aber wird unsere Sache sein. Heute abend halb acht Uhr Orchesterprobe, viertel neun Uhr der Chor. Noten durch den rector musices, gleich nachher, kleine Durchsicht erwünscht. Guten Abend.

Nun, das konnte gut werden. Wer es einzurichten wußte, kam gleich nach dem Abendessen in den großen Hörsaal; die Instrumentalisten hatten dort schon vorgearbeitet. Als Langenbach erschien, begann man unverzüglich den Geigenpart vorzunehmen, die Celloeinsätze zu proben, Rinaldo saß an der Oboe und tönte mit Maßen. Gleich nach acht Uhr aber war alles versammelt, Langenbach klopfte mit einem »genügt zunächst« ab und hielt eine kleine Einführung in das Werk.

»Der Text ist von Goethe, wer kennt ihn schon? – Sie, Barnus?

Gut. Dann lesen Sie ihn bitte einmal vor. Es ist nur ein Bruchstück aus dem Gedicht ›Harzreise im Winter‹.«

Barnus nahm den Klavierauszug zur Hand und begann: »Aber abseits, wer ists?« Und dann folgten die stockenden Sätze, die von dem Unbekannten sprachen, – von wem sprachen sie wohl? –: »Ins Gebüsch verliert sich sein Pfad, / Hinter ihm schlagen / Die Sträuche zusammen, / Das Gras steht wieder auf, / Die Öde verschlingt ihn.« Dann Klage, wie nur je einmal Klage aufsang: »Ach, wer heilet die Schmerzen / Des, dem Balsam zu Gift ward? / Der sich Menschenhaß / Aus der Fülle der Liebe trank.« Und weiter, mit quälender Genauigkeit weiter: »Erst verachtet, nun ein Verächter, / Zehrt er heimlich auf / Seinen eignen Wert / In ungenügender Selbstsucht.« Bis dann, gleich dem Aufgang des allerhaltenden Sonnenlichtes über den Bildern einer verdüsterten Welt, das Fürbittgebet ohnegleichen anhebt: »Ist auf Deinem Psalter, / Vater der Liebe, ein Ton / Seinem Ohre vernehmlich, / So erquicke sein Herz!«

Für wen bittet der winterliche Harzwanderer da? Langenbach erzählte uns die Geschichte, unvergessen ruht sie uns im Gedächtnis. Wie Goethe im Winter des Jahres 1777 eine herzogliche Saujagd verläßt, um einen hypochondrischen jungen Mann, der ihm Briefe geschrieben hatte, den am Wertherfieber erkrankten Pfarrerssohn Plessing aus Wernigerode, zu besuchen. Wie er zu ihm kommt und mit ihm spricht. Wie er sich ihm nicht zu erkennen gibt. Wie er dann zurückreitet, nun den Freunden nach, und dabei an einem hellen Wintertag den Brocken besteigt, tiefbeschäftigt mit dem Schicksal des Verwundeten, mit dem eigenen viellinigen Weg, beschäftigt auch mit dem kecken Ruf der Freunde von fern her und mit dem Bilde großer Landschaft. Junge Hörbereitschaft schöpft das Weltgedicht nicht aus, doch sieht sie sich plötzlich in ungekannte Zusammenhänge eingeweiht wie über Nacht.

Langenbach gab Andeutungen von der Brahmsschen Musik. Erdstöße waren da, Vorhalte, Verschlingungen, chromatische

Gänge, Auswegloses und Zerrissenes, darüber aber der Himmel einer seligen Tröstung. Dann begannen die ersten Tenöre noch zu singen, aber kaum, daß sie recht eingesetzt hatten, machte die Glocke des Offiziars der Stunde ein Ende.

Niemand nämlich darf meinen, die Abschiedsvorbereitungen hätten eine allgemeine Lockerung des seminaristischen Lebensgangs mit sich gebracht: gestern wie ehegestern lief der Tag nach seinem Stundenplan dahin, vom Glockensignal des Famulus früh um sechs bis zur »Ruhe im Schlafsaal«, abends neun Uhr fünfundzwanzig. Zwar brach Professor Consilius mit der Lektüre des Thukydides ab und kehrte noch einmal zu den homerischen Gesängen zurück; das mochte, wer wollte, als poetische Entspannung deuten und als Vorzeichen des Endes; Zeus Kronios aber schien die Zügel eher noch zu straffen, und unter bedrohlichem Zittern seiner Augenbrauen gab er ein- oder zweimal zu verstehen, daß es eine »besondere Feinheit« sei, in den letzten vierzehn Tagen nicht nachzulassen. Aber wie sollte nicht die Gewalt des Abschieds durch alle Fugen dringen und die Freunde befallen wie ein süßes Fieber? Da waren die Märztage, violettfarbener Hauch über dem Wald, hellgrünes Licht im Lande. Anemonen blickten aus hellen Augen auf, vom Kreuzberg brachte man die ersten Veilchen nach Haus, heftig aber und wie aus Schmerz und Verrat dufteten die roten Zweige des Seidelbast. Und die alten Wege waren da, Neusaß lockte, Jagsthausen und das Götzenschloß, der Aldermannshof novemberlichen Angedenkens und Reisach, das Dorf auf der Höhe; Freunde, wenn ihr noch einmal alle die Wege gehen wollt, so müßt ihr euch beeilen! Und nun steht es schon am Schwarzen Brett zu lesen: Mittwoch elf Uhr Feierliche Verabschiedung der Promotion im Großen Hörsaal; abends sechs Uhr Abschiedsfeier im Refektorium. Gut, so hole man den Wäschekorb herab und die große Kiste, gebe die letzten Bibliotheksbücher zurück, räume den Schrank aus. Abschiedsbesuche ziemen sich: bei Apothekers erscheint man in kleinen Gruppen, im Forstamt desgleichen, beim Postwirt, beim Ökonomierat; die beiden alten Fräulein Hähnel haben Tee und Biskuit bereit; hätte man sich nur rechtzeitig dort angefreundet! So wie die Dinge jetzt stehen, kann eben nur Hubert Fischer, der entfernte Vetter der Fräulein, hingehen und allenfalls mit Anstand zwei Freunde mitbringen – der Biskuits wegen. In der alten Abtei aber bei Monsignore Pieper gäbe es sicheren Verlautbarungen nach eine leichte Abschiedszigarette, etwas Unerhörtes und höchst Erziehungswidriges; Hartmann, enfant terrible von Berufs wegen, hast du denn gar keine römischen Neigungen? Herzlich gerne ginge ich in die alte Abtei, wer mag mich begleiten?

Der vorletzte Tag brachte dann die Ankunft der Herren Eltern. Nicht so zahlreich wie vor zwei Jahren, wo kaum einer von den Zöglingen ohne Begleitung erschienen war, aber noch immer in erfreulicher Anzahl fanden sie sich ein. Und man sage selbst: wäre es denn überhaupt ohne Herrn Oberzollinspektor Widmaier – wir kennen ihn – gegangen? Ohne Frau Keesburger, die nun Frau Dekan hieß und von ihrer Rangerhöhung Gebrauch machte, indem sie mißvergnügte Sätze über Unerfreulichkeiten in ihrer Wohnung einzuleiten liebte mit der Wendung »bei uns im Dekanat«? Nein, es hätte dem Abschied etwas gefehlt ohne diese wohlgekleideten Bürger und Bürgerinnen alle; diese Väter, die mit Gebärden eines strengen Stolzes die Zeugnishefte in die Hand zu nehmen wußten (»Geschichte genügend? Was soll das, Eugen? Sogar ich weiß noch die Schlacht von Mantinea?«); diese Mütter, die ihre Augen kundig auf die Bettstücke richteten und auf die Wäsche aus dem Wäschesack: »Martin, da finde ich nun schon das dritte Taschentuch, das mit fremden Buchstaben gezeichnet ist, E. S., von wem hast du nun das wieder dir ausgeliehen?« Nicht zu vergessen die wenigen Schwestern, die an Elternstatt eintrafen: junge Fräulein, für die der Seminarist Kißling kecklich seine Anrede in petto halten durfte; solche, die sich dem jüngeren Bruder gegenüber aufzuspielen wußten in forscher Tonart, und andere, die nicht unempfänglich waren für die Anflüge von Galanterie, welche vor allem von den Stubengenossen bisweilen versucht wurden. Schließlich sei ein Trupp alter Seminaristen erwähnt, neugebackene Muli zumeist, die hier in ihrer jungen Pracht erschienen waren. Sie führten ein vom Repetenten soeben angebotenes »Du« gehörig im Munde und boten von Zeit zu Zeit ihren nunmehrigen Nachfolgern in Ermsau Mysterien aus dem Obertempel, dem eben von ihnen verlassenen, dar.

Wichtiger aber noch war die auf halb drei Uhr gemeldete Ankunft der Sängerin. Um fünf Uhr sollte die erste, um acht Uhr die zweite Probe der Rhapsodie stattfinden, und jedermann sah diesen Proben entgegen als einem kleinen Ereignis. Es war, wie sich versteht, in den letzten Wochen mehr als einmal auf die Unbekannte die Rede gekommen. »Hier setzt dann der Alt ein« oder »die Oboe begleitet an dieser Stelle den Alt«, – solche Wendungen waren unvermeidlich. Thurner – wie hätte es anders sein können –, aber Thurner durchaus nicht allein, gab nun der Sache eine persönliche Note, indem er statt von »dem Alt« von »der Altistin« oder von »Frau Ristling« oder gar von »Leonore Ristling« zu sprechen liebte; Langenbach mochte mehr als einmal denken: was hab ich da angerichtet? Ein Glück, daß Willkomm und Abschied zusammengepreßt sind in einen einzigen Tag; allzuviel Porzellan kann nicht zerschlagen werden. Immerhin fragte am Abend jenes Tages Frau Langenbach ihren Mann. »Nun; wie viele Herzen hat denn dieser Fidelio heute entflammt?« Worauf Langenbach ihr heiter anschaulichen Bericht gab von der Szene der Ankunft und den weiteren Ereignissen des Nachmittags.

»Ja, ich kam auf den Bahnhof hinaus, und da war denn auch schon die halbe Promotion versammelt. Nur ließ sich freilich nicht ausmachen, wie viele ihrer Angehörigen wegen gekommen waren und wie viele der Sängerin zulieb, die meisten werden gedacht haben: man tut das eine und bekommt das andere obendrein. Reinwald kam auf mich zu. ›Wen erwarten Sie?‹ fragte ich ihn. Darauf er: ›Ich weiß nicht, ob mein Vater schon jetzt kommt oder erst heute abend. Für alle Fälle könnte man sich ja als Träger des kammersängerlichen Gepäcks nützlich machen.‹ Aha, denke ich und sage: ›Durchaus, Reinwald, halten Sie sich nur zu mir, wir werden die Dame in Empfang nehmen.‹ Und da kam auch schon der Zug. Väter, Mütter und dergleichen schauten aus den Wagenfenstern, Herr Vetter, der Kontrabassist –«

»Wo schläft denn der?« unterbrach Frau Langenbach.

»Ich glaube, in der alten Abtei beim Katholikus. Herr Vetter winkte heraus, wohlgelaunt wie immer, dahinter kamen auch schon Schleinitz und Munderan. Gleichzeitig aber hatte sich das Zweite-Klasse-Abteil geöffnet, und die Ristling entstieg ihm. Reinwald sagte: das wird sie sein, und schon sprang er, jeder Zoll ein Kavalier, auf die Wagentreppe, machte eine Verbeugung und ergriff das Gepäck. Dann kam die Ristling vollends auf den Erdboden, begrüßte mich und nickte mit ihrem Konzertlächeln ins Allgemeine, wo die Väter und Mütter, bürgerlich erschreckt, herüberblinzelten; ich hörte gerade, wie Dierlamm, das gute Kind, zu seiner Mutter sagte: ›Das ist unsere Sängerin, Mama.‹ Unterdessen hatte ich die Neckarbronner Orchestermitglieder vollends begrüßt und mit der Sängerin bekannt gemacht; Munderan, der dicke Posaunist, mußte natürlich gleich wieder schwerenötern von ›versäumter Gelegenheit‹, und ›siehst du, Schleinitz, was sage ich von jeher, Vetter, was habe ich gesagt: immer Zweiter fahren auf kleinen Strecken, sag ich, immer Zweiter fahren‹. Nun, wir machten uns auf den Weg, Reinwald schien ein Palaver mit Munderan zu haben, Fink und Lützing, die offenbar niemand Angehöriges finden konnten, säumten unsere Parade zur Rechten und Linken; die Neckarbronner machten der Ristling den Hof, daß die Balken sich bogen, ich aber nahm mit Vergnügen wahr, daß die Sängerin dann und wann nach meinen Buben hinüberblickte und also schon gemerkt hatte, aus was für einem Holz die waren. Ja, und dann kamen wir herauf, und das Weitere weißt du ja selbst.«

»Und bei den Proben?«

»Ging es recht achtbar. Zuerst wollte sie noch einige Zierereien aus der großen Stadt beibehalten, aber dann ließ ich die Jungen singen, und da merkte sie, daß hier nicht so getan wird, als ob, daß hier nur das gilt, was einer wirklich so meint, wie ers singt, und so sang sie denn beim zweitenmal recht geziemend. Übrigens hatte ich entdeckt, daß die Neckarbronner dabei saßen, jeder als ein kleiner Herrwasbinich, und auf unsere Buben herunterschauten. Denen muß ich doch einen kleinen Dämpfer geben, dachte ich. Ich klopfte also ab, machte meine Ausstellungen und sagte dann so ganz nebenbei, ich wolle ein bißchen zuhören. ›Reinwald, machen Sies einmal‹, sagte ich, gab ihm den Taktstock und verzog mich in den Hintergrund. Die Stadtfräcke schauten gewaltig auf, Vetter vom Kontrabaß blinzelte ein wenig ungläubig, Reinwald selbst wurde feuerrot, gab aber dann ganz sicher den Einsatz und führte die ersten fünfzig Takte durch, ohne Fehler, der wunderbare Bursche. Die Ristling kam erst im achtzehnten Takt an die Reihe: sie hatte begriffen und sang gerade noch einmal so schön wie zuvor. Dann hab ich die Probe zu Ende geführt. Und heute abend, da ging es dann so, daß wir zufrieden sein wollen, wenn es morgen halbwegs auch so geht. Mit der Entflammnis ist es aber gottlob nicht so weit her, die Ristling selbst ist ja eine gesetzte Person und kein Feuerwerkzeug …«

Rinaldo aber, von seinen Kameraden auf Hellas stürmisch befragt, wie es denn gewesen sei, sagte: über die Ristling lasse sich nicht viel sagen, aber da sei der dicke Munderan mit ihm vom Bahnhof her gelaufen. Erst habe er, Reinwald, sich angeboten, ihm die Posaune zu tragen, sei aber abgewimmelt worden. Nö, min Jung, habe der Dicke gesagt, das sin Heiligtümer. Und dann, wie aus schwindelnder Höhe herab: auch von der Zunft, was? »Drauf ich: Ja, ein bißchen. Er: Klavizimbal oder Wimmerkiste? Ich: und so weiter …«

»Und so weiter«, ist großartig, sagte Waldmüller.

»Ja, und wie ich dann mit der Oboe auftauchte, riß er seine kleinen Augen schon ordentlich auf, und als mich schließlich Langenbach, der famose Hecht, noch ans Dirigentenpult stellte, da … jenun, nichts weiter davon, zum Renommieren ist morgen Zeit.«

Wir versagen uns eine Schilderung der nun folgenden vorletzten Nacht: sie unterschied sich – im Gegensatz zur allerletzten, auf die noch die Rede kommen wird – durch nichts von den Alltagsnächten des Seminarlebens als etwa durch eine gewisse Unruhe in den beiden Klosterwirtschaften, dem »Hof« und der »Post«, wo etliche Altvordern sich zusammengesetzt hatten zu mäßigem Gebecher; auch war nicht auszumachen, welche Stimme oder welcher Chorus denn noch zwischen Glock elf und Mitternacht angefangen hatte, ins schlafende Land hinaus zu singen. »Mit jedem Schritt wird weiter die rasche Lebensbahn«; sollte es vielleicht doch im großen Schlafsaal gewesen sein wider alle Dienstordnung? Genug, wenn wir uns am folgenden Morgen im Großen Hörsaal wiederfinden, alle, auch die mit dem Frühzug eingetroffenen Gäste; der Ephorus und die Professoren in den wohlbekannten Gehröcken – sie würden noch manche Promotion überdauern –, im blauen Anzug die Söhne des Hauses, und bei ihnen war es in keinem einzigen Fall mehr derselbe, den sie vor zwei Jahren getragen hatten. Vor zwei Jahren! Gute Güte, wann war das gewesen? Und was hatte sich seither ereignet? Dies und das, siebzig Sachen oder mehr! Eben sprach der Ephorus davon, seine Stimme klang gewaltig als die des Weltenlenkers, Zeus Kronios war es, heute und immerdar. Dann hielt Thurner den Schlußvortrag – Widmaier hatte den Auftrag krankheitshalber abgeben müssen –: er sprach über »Gottfried von Berlichingen und Goethes Götz«. Er hatte bis zuletzt in seiner Stube damit gedroht, er werde die berühmte Stelle im dritten Akt bei des Donnerers Zorn und ohne Schonung weiblicher Nerven ungekürzt darreichen. Dergleichen geschah freilich nicht; er ließ es genug sein mit einer behutsamen Anspielung auf die klassische Antwort, bei der das Fenster zufliegt. Schöne Musik hatte sich angeschlossen, ein Bachchoral – vom Chor gesungen – gab den gültigen Ausklang.

Dann ergriffen nach ausgegebener Anweisung die vierzig Seminaristen sämtliche Stühle, um sie ins Refektorium zurückzuschaffen, wo heute abend an großen Hufeisen die Abschiedsfeier statthaben würde. Fürs erste freilich war nun noch das letzte Mittagessen zu feiern; wieder, wie vor zwei Jahren, gab es Braten, Nudeln und Salat; wieder standen die Eltern von ferne und sahen zu. Den Nachmittag füllten Packereien aus, letzte Abschiedsbesuche, Freunde liefen noch einmal selbander durch das Frühlingsland, und manchem Vater wurde wohl auch der stattliche Aschenhügel auf dem Storchenturm gezeigt, allwo vorgestern abend die Schulhefte dem Feuer überantwortet worden waren, Schulhefte, und was sonst noch einer nach redlicher Erwägung zurücklassen wollte. Waren Gedichte dabei, Briefe, Dramenentwürfe, Tagebuchblätter, wer wirds jetzt gewahr? Der Aschenhaufen ist schwarz und verschwiegen.

»Wir eröffnen unsere Festivität mit der D-Dur-Symphonie von Friedrich dem Großen«, rief Repetent Süskind, der das Präsidium des Abends innehatte, und dann klang eine helle, stürmische Musik auf, Rokoko-Musik; flötend über Abgründen, doch nicht so, als gäbe es die Abgründe nicht. Wohl aber so, daß den Lichtern von Sanssouci nicht verboten wird zu funkeln, auch wenn Sorge am Tisch des Monarchen sitzt, Musik des Triumphes also, königliche Musik. Die Musikanten gingen stürmisch voran, der Schillerkragen des ersten Geigers verkroch sich, und das Blatt des Flötisten schwankte, lediglich die Neckarbronner Streicher spielten ungerührt wie immer, halbäugig und nur wie aus besonderem Entgegenkommen zu Langenbachs Taktstock aufblickend, fehlerlos freilich und mit rundem Ton. Es gab Beifall die Menge, herzliche Heiterkeit war entfacht. Süskind begrüßte, danach wurde geschmaust, und vielstimmige Unterhaltung nahm ihren Anfang. Gegen Ende der Mahlzeit aber bildete sich in der Gegend Kißlings eine Insel der Stille. »Ja, ihr habt jetzt gut euren Mund halten«, sagte der dann wohl, »ich aber muß nunmehr aufs

Seil.« Und nachdem Süskind herübergeblickt und eine halbe Zustimmung empfangen hatte, gab die Glocke ein Zeichen: »Das Wort hat Seminarist Kißling.«

Da stand er in seiner ganzen Länge, fühlte die hundert Augenpaare auf sich gerichtet, aber schon war das Lampenfieber, das ihn vorher befallen wollte, verflogen, und nun begann er, seine Ankündigungen selbst noch weit übertreffend, mit vierfacher Anrede begann er seine Rede: »Sehr verehrter Herr Ephorus, verehrte Lehrer, liebe Kameraden, meine Damen und Herrn« »Bravo« riefen einige, der alten Auseinandersetzungen auf Staufen gedenkend, Hartmanns Stimme ließ sich vernehmen mit einem »Sehr richtig«, was nun Anlaß gab zu allgemeinem Gelächter. Dann ging die Rede vonstatten, ohne Stockung und Zwischenfall. Sie begann leicht und heiter, um im weiteren Verlauf ernst und festlich zu werden, mit Wohlgefallen ruhte sie auf Höhepunkten des Seminardaseins aus, an Zitaten war kein Mangel, die Suada eines Sechzehnjährigen – Kißling war in der Tat erst sechzehnjährig und der Jüngste im Kreise – konnte sich nicht erfreulicher entfalten. Gut denn, nun war sie zu Ende, Zustimmung setzte ein, selbst S. M. blitzte anerkennend herüber. Kißling hatte sich gesetzt und starrte in seine Teetasse, verlegen und doch mit gespieltem Gleichmut. Der Repetent rief zu neuen musikalischen Darbietungen auf, ein Freundespaar bot vierhändige Klaviermusik, danach blieb die Stille gewahrt, und Langenbach gab das Zeichen für die Altrhapsodie.

Vielfältiges Stühlerücken, Notenausteilen, Instrumentestimmen. Frau Ristling hatte sich erhoben, die Neckarbronner desgleichen. »Na, dann will ich mal nach meiner Kleinen sehen« hatte Munderan, wie immer zum Unernst neigend, gesagt, und mit der Kleinen seine Posaune gemeint. Dann war Stille, Süskind kündigte die Aufführung an, und Barnus las, wie einst vor der ersten Probe, den Text. Das Orchester setzte ein.

Es war die Landschaft, die zuerst aufstand: die tiefe Einsamkeit, das Unwirtlich-Unwegsame. Aber ist nicht auch kalte Helligkeit in dieser Landschaft, winterliche Strenge und selbst durchsichtige Klarheit? O ja. Diese Landschaft wäre nicht so bestürzend, wenn nicht die Landschaft des Herzens sich reimen wollte auf alles Ausweglose mit bitterem Reim. Da singt es die Stimme: »Aber abseits, wer ists?« Sinds nicht sie, von denen die Stimme da singt? Ists nicht ihr Weg, der Weg, der nun hinausführt aus Schönenberg, morgen, und wohin? Ists ihr Schicksal nicht, das da gesungen, das so schmerzhaft genau beschrieben wird? Ist die Pflanzschule, der sie zwei Jahre lang angehört haben und die sie nun mit einer zweiten gleichen Ranges zu vertauschen gedachten, ist sie nicht doch der fragwürdige Nährboden für ein treibhausartiges, lebensgefährdetes Wachstum? Die Verborgenheit des äußeren Lebens, die Fülle der geistigen Begegnungen, die lutherische Gewissensgenauigkeit – man nehme diese Umstände in eines und begreife, daß sie Not schaffen, Not nicht aus Entbehrung, sondern aus Fülle, und so denn tiefere Not. War nicht dunkler Wind in den Saal gefahren, der es über den hellen, aufgerichteten Stirnen dieser klugen, prinzlichen Knaben hinwehte, das Wort von der Armut aus Reichtum, jener Armut, die Menschenhilfe nicht lindert und heilt?

Aber davon sangen sie nicht. Davon sang die Altstimme allein, und sie schien, ob sie gleich redlich und ergriffen sang, dieses Loses unteilhaftig; und sie, in deren Sinn es fiel, sie waren zu ihrem Glück zu jung, um dergleichen von Grund aus zu begreifen, auch war des Unbekannten und Erregenden zu viel um sie, als daß sie jetzt davon betroffen werden konnten. Da war die Stimme, die sang, der Anhauch von großer, fremder, öffentlicher Welt, der von dieser Frau ausging; da waren die Eltern, die da unten saßen, die Lehrer, die zurückblieben, und die Freunde, die mitgingen; da waren Fest und Wehmut des Abschieds. Dann aber kam der Einsatz des Chors, und nun sangen sie selbst: sie sangen die Bitte, es möchte dem, den kein irdischer Trost erreicht, der Psalter des Vaters der Liebe tönen, es möchten die tausend Quellen sich öffnen »neben dem Durstenden in der Wüste«. Und wenn das, was vorhin die Altistin sang, über sie hinwegfuhr wie der schwarze Wind hinwegfährt über den Häuptern der Wanderer – und keiner weiß woher und wohin –, dies, was sie selbst zu singen hatten, war für sie kein ungewisses Wort. Denn dessen hatte der Stand in diesem Hause, hatten die Botschaft des Evangeliums und das Lied der Christenheit sie gewiß gemacht: wo der Vater der Liebe angerufen wird, da hat er ihn hundertfach auf seinem Psalter, den »Ton, seinem Ohre vernehmlich«. Zwar würde der Dämon des Zweifels zu keiner Zeit dieses Haus verschonen; aber auch diese Stimme, die Stimme gläubigen Aufgesangs, würde niemals zum Schweigen kommen.

Sie hatten längst geendet und ihre alten Plätze eingenommen, aber niemand vermochte die Stille zu brechen; endlich tat es Professor Consilius, Arthur, der Tischkegelspieler mit dem Märchenwissen um Trochtelfingen und den Michelsberg und nun wohl auch um Odumase und – wer weiß – um Jugoslawien; – er erhob sich und hielt eine höchst elegante lateinische Ansprache. Nicht alle vermochten so mir nichts dir nichts zu folgen, selbst Repetent Süskind schien einige Male ängstlich zu blicken, als wollte er sagen: einen Taler gäb ich, wenn ichs nur so alles verstünde. Aber auch wer gar nichts verstand, wie die mancherlei Nichtlateiner im Saale, fand Wohlgefallen an dem sauberen Getön, und der Beifall war stürmisch. Herr Munderan freilich faßte sich an den Kopf und blickte zum erstenmal an diesem Abend ernstlich betroffen um sich: daß Leute so ins Blaue hinein lateinisch reden, ging denn doch entschieden zu weit und über jegliche Hutschnur; er beeilte sich, Schleinitz, seinem Nachbarn zur Linken, zuzuflüstern, daß sich da doch Verschiedenes aufhöre. Waldmüller dagegen, der Seminarist Waldmüller, für Lateinisches zuständig, wußte, was er zu tun hatte: keine Viertelstunde war vergangen, als er sich erhob und eine Adresse zurückgab, eine kleine Erwiderung. Daß sie nicht im Magister-, sondern im Scholarenlatein abgefaßt war ohne kunstvolle Perioden und heikle Introversionen, empfand niemand als Mangel, Süskind zum Beispiel lächelte dankbar, da er diesmal alles verstand, und auch Arthur, der Unvergleichliche, gab sich zufrieden. Dies also, mochte er denken, dies wenigstens war gewiß sein Werk und seiner Arbeit Frucht.

Frau Ristling sang nun, von Langenbach begleitet, einige Lieder; dann stand einer von den Vätern auf und machte den Sprecher der dankbaren Gäste; danach kamen die Repetenten an die Reihe, um aus einem großen alten Reisesack, der plötzlich erschienen war, kleine Abschiedsgeschenke an ihre Zöglinge auszuteilen; jedes Geschenk war mit einem Zweizeiler begleitet, der kecklich verlesen wurde, denn für den letzten Abend war Narrenfreiheit gegeben; unbekümmert also um alles, was vorausgegangen war, durfte Doktor Martens der alphabetischen Reihenfolge nach beginnen mit der Überreichung eines hochgestimmten Temperamentsvogels an Peter Andrion; der Vers dazu aber lautete:

Des Vogels Schwanz und Schnabel spricht:
Zertrümmre keine Fenster nicht.

Schubert, der unter Süskinds Obhut fiel, erhielt ein hübsches Heft für Poeme, dazu den höchst anzüglichen Reim:

Bang kommt ins Haus Consilius
Schubert, dolorum filius.

Bei einem dritten, dessen Name schon zu solchen Spielen aufforderte, hieß es:

Deuterogoethe hebt die Stimm,
Und Johann Wolfgang selbst sagt: Hm!

Und so ging es denn, bis der Seminarist Herbert Zeeh den Schlußkalauer in Empfang genommen hatte:

Bis zu dem großen Zeeh
Tut mir der Abschied weh.

Dann aber, ohne weitere Pausen abzuwarten, ging die Promotion zum Gegenangriff über, die Lehrerschaft wurde, alter Erlaubnis gemäß, gerupft, daß es eine Art hatte. Poeme wurden vorgetragen, Moritaten über Arthur, den Vielgewandten, über Zumstigs feldhauptmannschaftliche Lieblingswendungen, über Zwischenfälle selbst im Walten des Donnerers, über Süskinds Pfeife und den Dollarstand von Doktor Martens; Langenbach blieb nicht geschont, die Schönenberger Honoratioren wurden, wenngleich glimpflicher, unter Feuer genommen, Maria und Julie mußten daran glauben. An Zeichnungen und musikalischen Einlagen war kein Mangel, und wir können getrost zugeben, daß zuweilen ein starker Tabak geraucht werden mußte. Sah man deshalb unwirsche Gesichter, beleidigte Mienen, gezwungenes Lächeln? Läutete die Glocke des Präsidenten Sturm und Redeverbot? Mitnichten! Rühmen wirs noch einmal – denn wir haben nun nicht mehr viel Zeit, den genius speciosi montis hoch leben zu lassen, und müssen es drum heute abend tun! –, daß es zu den Reichtümern dieses Hauses gehörte, daß hier bestanden wurde von allen, die dabei zu bestehen hatten. Das Geheimnis des Humors, so will uns dünken, ist eingebettet in das Geheimnis der Gnade: Humor wird dort zur Lebensmacht, wo der »Vater der Liebe« angerufen und geglaubt wird; und so war es denn noch einmal offenkundig, daß dies miteinander zusammenhing, daß es helle Wasser waren aus derselben Quelle: diese Abendspiele von heute und der Morgen- und Abendernst von Psalmton, Evangelienbuch und Bittgebet in all dieser Zeit.

Plätze wurden gewechselt, und plötzlich begann eine kleine Schar zu singen. Es war das Lied von gestern Nacht, Goethes Tischlied wars, das nun von Seminaristentenören und Männerbässen vereinigt gesungen wurde: »In allen guten Stunden« Dann kam Volkers Nachtgesang an die Reihe, danach das Lied von der Krone im tiefen Rhein, dann die Soldatenlieder ohne Namen und Zahl. Und immer weiter zog sich der Kreis der Singenden. Sie sangen das Vaterland. Das Vaterland: daß es in diesen Jahren in mancher Verborgenheit und Beschattung lebte, war nicht zu vergessen, aber es lebte, und es lebte in uns. Wohl bedurfte es noch anderer Kräfte als derer, die uns gegeben waren, um ein Neues zu schaffen auf dem alten Grunde; aber auch wir, die wir hier saßen, waren nicht tatenlos. Wer in seinem Bewußtsein und seinem Leben die Denkmale aufrichtet für Gernot und Giselher, Heinrich und Otto, Martinus und Johann Sebastian, wer über die Vaterlandserde hinwandert offenen Auges, ja schon wer nur wissend die geliebte Sprache des geliebten Landes spricht, der gehört ihm zu und vergißt nicht.

Aber nun muß es doch wohl schon spät sein. Der Ephorus steht auf und sagt ein Schlußwort. Die Götterdämmerung sei ja heute nachmittag schon hereingebrochen, und der Donnerer habe keine Regierungsgewalt mehr. Bescheidentlich also und nur gleichsam in Klammern möchte er anmerken, daß es halb elf Uhr geworden sei, daß der Zug für die meisten Freunde schon gleich nach drei Uhr in der Frühe gehe, wenn also von Nachtruhe überhaupt noch die Rede sein solle, so müsse sie bald beginnen. Übernächtige Gesichter, dies sei seine unmaßgebliche Meinung, seien kein erquicklicher Anblick. Und wirklich erhoben sich etliche von den Vätern und Müttern, danach auch zögernd einige von den Jungen, diese freilich nur, um noch einmal durch das Vestibül hinauszugehen und die mondhelle Märznacht wahrzunehmen: weiß stand die riesige Fassade der Klosterkirche vor aller Augen. Wie? Und da sollte man noch in die Federn zu des Fleisches Erbauung? Aber der Märzwind macht müde, und so gehen sie denn zuletzt doch ins Haus zurück und zu Bett.

Auch im kleinen Schlafsaal, jenem Dormitorium, das im Consiliustrakt des ersten Stockwerks lag, war gegen halb zwölf Uhr Ruhe eingekehrt. Doch schien es mehr die Ruhe der Besinnlichkeit zu sein als die Ruhe des Schlafes, denn als Waldmüller, einer von den fünf Insassen dieses bevorzugten Raumes, so aufs Geratewohl fragte: »Schlafet ihr eigentlich?«, da wurde ihm die Antwort: »Das nun freilich nicht« zuteil.

»Wie spät ist es wohl?«

»Es geht auf zwölf Uhr.«

»Ja, es wird nicht mehr viel werden mit dem Schlaf, und wir werden morgen doch als übernächtige Wesen auf dem Bahnhof Mühlendorf stehen, ein Glück, daß Zeus Kronios –«

»Amici, mir kommt ein Gedanke. Wir haben in diesem Kastell einige hundert Nächte zusammen geschlafen, dergleichen nimmer kommen werden. Ich schlage vor, wir feiern diese letzte nach Art der berühmten Tausendundeinen und erzählen uns etwelches. Und zwar erzählt jeder wahrheitsgetreu ein eigenes Schönenberger Erlebnis, irgend etwas Wichtiges; jeder schildert eine merkwürdige Stunde, einen erfüllten Augenblick, soweit sich dergleichen berichten läßt. Was denket ihr dazu?«

»Sehr guter Vorschlag«, sagte Peter Andrion, der hier Stubenältester war. »Sehr guter Vorschlag, doch müßten sich alle verpflichten, über die Berichte zu schweigen in strengstem Stillschweigen. Verborgen bleibe jedes Wort wie die Münze unter der Totenzunge. Und wer fängt an?«

»Nun, du, Petrus. Zu was hast du zwei Jahre hindurch Würde und Amt eines princeps huius loci verwaltet und hundertmal gerufen: jetzt wird's aber still. Also wir warten. Ihr andern seid doch einverstanden?«

Und Fischer, Schatz und Schubert riefen: »Durchaus.« Danach war es eine gute Weile still, Andrion hatte Zeit, sich zu besinnen, und auch die andern erwogen bei sich, wie dem wunderlichen Befehl Genüge zu leisten sei. Dann begann Peter Andrion mit seiner tiefen, männlichen Stimme:

»Ihr könnt das nicht wissen, aber es war so, daß ich nicht gerne hierher gekommen bin. Als man bei mir daheim vor dreieinhalb oder vier Jahren anfing, vom Pfarrerwerden zu reden, vom Landexamen und vom Seminar, da hab ich lange Zeit überhaupt nichts und schließlich, als es ernst werden sollte, ›ich will nicht‹ gesagt. Aber da war dann einer, ein alter Marbrunner, der jetzt im Stift ist, der kam in jeder Vakanz zu mir und erzählte, wie es im Seminar sei, wieviel man lerne, wie viel Freiheit man habe, und dergleichen mehr. Der sagte dann auch wohl zu mir: über den Beruf sei ja überhaupt nichts entschieden, das könne man ja von einem Dreizehn-, Vierzehnjährigen nicht verlangen, daß er sich darüber schon schlüssig sei. Nun, da überlegte ich mir das Ding und dachte schließlich: versuchst es halt einmal. Ja, und so kam es zu dem Apriltag fragwürdigen Angedenkens, an dem ich auf dem Weg nach Schönenberg mich befand. Begleitung hatte ich mir dankend verbeten; ich fuhr ganz allein, und erst in Mühlendorf stieß ich auf einige von euch. Ihr alle hattet Eltern um euch, und die meisten brachten schon Freunde mit. Ich kannte niemand. Da, an dieser Bettstelle, von der ich mich jetzund verabschiede, fand ich in der schwungvollen Handschrift unseres geliebten Bakelmann geschrieben meinen Namen, oben am Pult in Burgund desgleichen; ich bezog mein Bett, gab den heiligen Händedruck im Hörsaal I und setzte meinen Namen unter ein Schriftstück: zu war die Mausefalle. Am Schauessen sah ich euch alle löffeln und schwatzen, als hättet ihr nichts anderes getan seit Jahr und Tag. Nach Tisch aber hatte ich Eile, dieses wenig schätzenswerte Domizil zu verlassen, ich lief hinaus, allein natürlich, am Nepomuk vorbei, jagstabwärts dem Wehr entgegen. Ich dachte an alles, was mir nunmehr bevorstand. Mir war wunderlich zumut. Was wollte ich? Was zum Beispiel wollte ich werden? Ich wollte einen Beruf finden, bei dem es nicht auf das Schwatzen ankam: ein Jäger wollte ich werden, ein Förster, ein Reiter, ein Fechtmeister, ein Tänzer, was weiß ich. Nur nicht Hosentrommler, Pandektenriecher, Kanzelredner und so weiter. Aber nun war also da fürs erste dieser Schönenberger Lebtag. Alles wird zugemessen: Morgenpsalm und Mittagsnudeln, Ausgehzeit und ciceronisches Latein, alles nach bewährten Rezepten gemischt, der Kuckuck soll es holen, das eine wie das andere. Aber dann war auch der Fluß da, die Jagst, die meine wilden Selbstgespräche mit anhörte, recht geduldig. Ich legte mich ins Gras, ganz nah ans Wasser hin legte ich mich, da drüben war das Wehr, und schaute. Ich sah zu, wie die Sonne sich spiegelte in der silbernen Schneide, wie das schwarze

Wasser daher kam und als weißes Wasser da drunten weiterfloß. Schwarz wurde weiß, laut wurde still, und so war und so blieb es, immer im gleichen. Einmal lief eine Wolke über die Sonne, da lag unversehens das ganze Wehr in einer schiefergrauen Beschattung; dann kehrte die Sonne wieder, schwarz wurde weiß, und so würde es bleiben in beständigem Wechsel: April, Mai, Juni … Ja, weiter war es nichts. Aber als ich heimlief, da schien mir alles gewonnen. Es war etwas da, etwas Richtiges, etwas, das gewiß nicht log, etwas Klares. So könnte man bleiben. Und so bin ich denn geblieben.«

Andrion senkte die Stimme zum Zeichen dafür, daß die Geschichte zu Ende war. Keiner sagte ein Wort, allen aber klang nun der Fluß im Ohr. Ja, es ist wahr, es wären nicht dieselben Schönenberger Jahre gewesen, wenn ihnen dieser Fluß gefehlt hätte, dieser weithinleuchtende –.

»Und was hast uns du zu reichen, Martine, Scheherezadus dieser erstaunlichen Nacht?«

»Eine Liebesgeschichte.«

»Was, Schätzchen, du eine Liebesgeschichte? Stille Wasser. Weiser Knabe, wie sehr begreifst du den Rhythmus der Stunde. Eine Liebesgeschichte! Silentium für das Schätzchen und seinen Schatz!«

»O nein. Dies denn doch nicht. Aber halt! Meinet ihr nicht, meine Teuren, wir würden uns morgen recht wunderlich in die Augen blinzeln, wenn wir uns jetzt dergleichen erzählen?«

»Aber warum denn? Warum soll denn nicht erzählt werden, Martine? Nil humanum …«

»Also: es war zu Beginn des letzten Sommers. Wir hatten in Reisach droben vor dem Dorf zwei Mädchen getroffen, und nur weil die eine von beiden sich eben mit einem Messer gehörig in den Finger geschnitten hatte, kamen wir überhaupt dazu, sie anzusprechen. Köstlin zieht sein frisches Taschentuch heraus, legt der Verwundeten, einem achtzehnjährigen Geschöpf, dunkelhaarig und nicht unhübsch, einen Verband an, dann gingen wir unserer Wege, merkten wohl auch, wie die Mädchen stehen blieben und sich ein paar Mal nach uns umwandten. Unwillkürlich dreh auch ich mich noch einmal um, allein; und siehe, im selben Augenblick kehrt sich auch die Schöne mit dem Verband zu mir her, nickt mir ernsthaft und aufmerksam zu, winkt wohl auch ein wenig mit der Hand. Das war alles. War aber immerhin genug, um mich am nächsten Sonntag wieder nach Reisach hinauf zu treiben, mich allein. Ich traf sie wie zufällig mit ihrer Freundin wieder, wir grüßten uns, und ich sagte, wie so im Weitergehen: ›Nun, wie gehts dem Finger?‹ – ›O der ist wieder heil. Könnten Sie nicht Ihrem Freund das Taschentuch zurückgeben?‹ – ›Ja, gern. Haben Sies da?‹ – ›Nein, aber warten Sie geschwind, ich hols Ihnen.‹ – ›Gut, ich warte da draußen.‹

Sie liefen ins Dorf zurück, die beiden Rotgewandeten, nach einer kleinen Weile aber kam sie ohne Freundin zurück, gab mir das Taschentuch, ich sagte danke, und dann streckte sie mir die Hand hin. Nun war alles geschehen, was geschehen konnte. Aber nun war freilich eigentlich schon zu viel geschehen.«

»Einen Augenblick, Schätzchen«, unterbrach da Waldmüller. »Es wird unerläßlich zu wissen, wie die Schöne heißt. Die ganze Geschichte erquickt mich nicht, wenn es sich dabei um eine Lene handelt, während ich mir eine Sophie vor Augen stelle.«

»Sie hieß Lore.«

»Ausdrücklich Lore?«

»Gut, Lore. Das ist hochwichtig.«

»Schwatzet nicht. Ruhe für Schatz!«

»Ich sehe nun freilich, ich muß die Geschichte im abgekürzten Verfahren erzählen, sonst erleben wir das Ende nicht. Also am nächsten Sonntag treffen wir uns wieder; diesmal laufen wir kecklich ein Stück zu zweit, dann sitzen wir eine Stunde nebeneinander im Gras. Sie erzählt, ich höre ihr zu. Bald weiß ich, was man so wissen kann aus ihrer Welt: Geschwister, Pflegemutter, Freundinnen; wir sagen dann, ich weiß auch nicht wie, ›du‹ zueinander, und dann und wann halten wir uns ein bißchen an der Hand. Mehr zu wollen wage ich nicht. Sie fragt mich in einem Gemisch aus Neugier und Bewunderung nach der Seminarwelt, es war, wie wenn der Sirius und die Wega sich miteinander besprechen würden, ja, wahrhaftig, so war es. Nun, das ging so seinen Gang. Dann kamen die großen Ferien, und ich schrieb ihr einen Brief. Sie schrieb zurück. Sehr hübsch schrieb sie, ihre kleinen Dorfmädchensätze klangen, wie wenn sie mich ein wenig bemuttern wollte, aber dazwischen waren die Lebensneugier und wohl auch ein Auftakt zum Spiel mit dem Feuer. Anfang September kamen wir zurück, und der erste Sonntag sah mich dann gleich wieder auf dem alten Weg. Das Gras war abgemäht, ich konnte über die Wiesen zur Katzenmulde laufen, dort hatten wir uns zuweilen getroffen. Zunächst war weit und breit kein Mensch. Ich hatte Muße, über meine Lage nachzudenken. Eine eigentümliche Bänglichkeit wollte mir nicht aus der Seele kommen. Sechs Wochen sind eine lange Zeit: daheim waren die Schwestern da gewesen, hatten Freundinnen mitgebracht, ich hatte Gelegenheit genug gehabt, heimliche Vergleiche anzustellen. Nicht daß mir das Herz nicht noch gewaltig gebrannt hätte für Lore, aber Bänglichkeit, ich kanns nicht leugnen, war in dieser Liebe. Da kam sie über den Feldrain her. Lore, Lore am Arm eines anderen, eines Bauernburschen, eines großen jungen Mannes, der zwanzig Jahre zählen mochte oder mehr. Ich sah sie. Ich sah zu, wie sie stehenblieben, sich zulachten, sich küßten. ›Lore‹ möchte ich schreien. Aber dann schrei ich nicht. Ich denke nicht daran, daß es Prügel setzen könnte, wenn ich einen Angriff auf den Nebenbuhler wagen wollte; ich denk überhaupt nicht an ihn, auch an Lore denk ich nicht. Ich fühle nur, wie mir in diesem Augenblick eine Fessel unversehens gesprungen ist. Ich war frei. Lore hatte gefunden, was ihr zu finden zukam; ihr wohl, nicht aber mir. Für mich taten sich andere Wege auf, und sie schienen Wichtiges anzukündigen, Notwendiges für jetzt und heute. Ob Lore mich noch gesehen hat, wie ich aus der Katzenmulde hinausschlich, weiß ich nicht. Ich weiß nur, daß ich in großen Sprüngen den Berg hinunterstürmte, daß ich danach eine Stunde Nachen fuhr wie ein Besessener, dann aber vergnügt wie schon lange nicht mehr ins Kloster zurückkehrte. Lore lebte, ich lebte; niemand war Leids geschehen.«

»Hübsche Geschichte.«

»Und was für ein erfreulicher Ausgang.«

»Möchte es also ergehen allen Liebenden und allen Geliebten. Sela –.«

»Nun du, Waldmüller.«

»Ja, amici, ich habe die Sache vorhin angestiftet und war wohl nicht ganz bei Trost, als ichs tat. Aber nun muß ich eben mithangen und will euch in Ermangelung von Besserem eine Hörsaalgeschichte erzählen.«

»Sei belobt.«

»Keine Vorschußlorbeeren. Die Geschichte will nichts anderes, als einen glücklichen Augenblick in Erinnerung rufen, ich weiß wirklich nicht, ob sie für euch irgend etwas bedeuten kann. Es muß Juni gewesen sein, der erste Juni hier. Denn auf unserem Tisch in Hellas standen Rosen, und diese Rosen gehören mit in die Geschichte. Die Morgenpause war zu Ende, wir gingen zu Arthur ins Griechische. Es war zu der Zeit, da wir den sechsten Gesang der Odyssee lasen.«

»Die Ankunft bei den Phäaken?«

»Eben die. Wir lasen im kleinen Hörsaal, die Fenster standen offen, der Juni duftete herein, Consilius schwärmte vom Väterchen Alkinoos. Die Strandfahrt der Nausikaa vollzog sich vor unseren Augen, die Mäuler liefen des Wegs, leicht glitt der Wagen dahin. Da ruhte der geißlederne Schlauch für den Wein und da der für das Salböl – Hartmann übersetzte ›Hautfunktionsöl‹, und Arthur bekam ungefähr Zustände –. Da kommt eine Stelle – noch vor dem Auftreten des nackten Odysseus –, wo sie Ballspiele machen und singen, Nausikaa allen voran, die weißarmige:

›*τῇσι δὲ Ναυσικάα λευκώλενος ἤρχετο μολπῆς*‹

heißt es dort, und dann wird sie mit Artemis selbst verglichen:

›Über allen erhebt sie ihr Haupt und herrliches Antlitz
Und ist leicht zu erkennen im ganzen schönen Gefolge:
Also ragte vor allen die hohe blühende Jungfrau.‹

Michel hatte den Text gelesen und übersetzte nun, Consilius hätte mich nicht aufrufen dürfen im Augenblick, obwohl ich so aufmerksam war wie nur einer. Ich sah. Ich sah diese Landschaft des Phäakenlandes, den über und über blühenden Garten des Alkinoos, ich fühlte das Zittern des weißen Lichtes vom Himmel herab. Das Unwirklich-Schwerelose fühlte ich, das Äolische. Freilich, das ist die Welt ohne Barmherzigkeit. Keine Gnade kennt das unerforschliche Schicksal, und zu den Göttern Homers beten wir nicht. Aber diesen Morgen hab ich behalten, den Hauch der Weltfrühe, der mir entgegenglänzte; und Nausikaa, die weißarmige, ist, ich weiß nicht was, für mich geblieben in all dieser Zeit: eine lebendige Gestalt, eine große Ruferin –.«

Auch diese Geschichte wurde still aufgenommen. Jeder mochte auf seine Weise an die odysseeische Helligkeit denken. Schließlich sagte Waldmüller selbst, diesmal aber im Ton des Biesinger Haarschneiders:

»Der näächste Härr, bitte.«

Hubert Fischer kam an die Reihe.

»Das war im letzten Herbst. Mir ging es aus manchen Gründen nicht eben gut; das ganze Unternehmen spie mich an, die Gesichter alle waren mir zu trist geworden –«

»Danke gehorsamst für das Kompliment, Hubertus.«

»Das Essen konnte mir gestohlen werden, mit den Zeugnissen war es Matthäi am letzten, S. M. hatte an meinen Papa geschrieben, er müsse ihn darauf aufmerksam machen und so weiter ... Dann war der Brief von zu Hause gekommen; Beschwörungen Erwartungen Ermahnungen Bitten. Vater, Mutter, Schwester hatten in die Tinte getunkt –.«

»Schwester, hör einmal, Schwester, das ist stark!«

»Nun also, und da passierte die Geschichte mit dem Aufsatz.

Bis dahin hatte ich mit meinen Aufsatzzeugnissen immer einiges andere decken können, und nun sollte dieses Fell mir auch noch davonschwimmen. Wir mußten eines Mittwochnachmittags in der Klausur einen Aufsatz machen, Wahlthemata gab es keine, nichts lag vor als das Wort von Rückert: ›Willst du, daß wir mit hinein / in das Haus dich bauen, / laß es dir gefallen, Stein, / daß wir dich behauen.‹ Zu anderen Zeiten hätte mir dieses Thema nicht schlecht gefallen, aber damals hatte ich einfach eine gelbe Wut im Bauch, ich wollte nicht und nichts. Lange Zeit malte ich Kringel auf mein Konzeptpapier, schließlich schrieb ich, und zwar gleich als Reinschrift: o nein, ich ließe es mir durchaus nicht gefallen, es läge mir auch gar nichts daran, daß man mich ins Haus hineinbaue, ich könne getrost als Findlingsblock für mich stehen und so weiter. Es waren fünf gute, giftige Sätze, die ich so hinschrieb, dann schlug ich das Heft zu, und nur mein guter Geist bewahrte mich davor, gleich abzugeben. Denn dann hätte Süskind gewiß unverzüglich den Erguß gelesen. Nein, ich behielt das Heft, und erst in den letzten fünf Minuten, als auch die anderen abgaben, legte ich das meine auf den Stoß: fahr wohl. Draußen aber packte mich das heulende Elend. Ein Kamerad auf Burgund, ich will seinen Namen nicht nennen, fragte mich, als wir in der Pause allein waren, was denn los sei. Ich sagte ihm, soundso, und nun hätte ich mir also auch noch das Aufsatzzeugnis verhunzt, der Skandal sei im Anzug mit jeglichem Zubehör. Der Kamerad hörte aufmerksam zu und meinte schließlich, das ließe sich vielleicht noch ins Lot bringen. Ich achtete nicht groß darauf, aber am nächsten Tag lud er mich nach Tisch zu einem Spaziergang ein und sagte: er habe etwas getan, er habe die Sache ins Gleis gebracht.«

»Ja, aber wie denn, beim Zeus, wie denn?«

»Nun, er habe sich wach gehalten, bis die Repetenten im Bett waren, sei dann auf Süskinds Bude geschlichen, habe beim Schein einer Taschenlampe das Heft gesucht und zu sich nach Burgund hinübergenommen, dann zuverlässig abgedunkelt, so daß kein

Lichtschein nach außen fallen konnte. Danach habe er sich meinen Stil in früheren Aufsätzen angeschaut, schließlich meine Handschrift eine Weile geübt, das habe nichts auf sich, das sei so seine Spezialität, und zuletzt drei Seiten geschrieben.«

»Frei nach Sherlock Holmes, der reinste Kriminalroman.«

»Ja nun, ich bekam denn auch einen gehörigen Schrecken. Aber siehe da, vierzehn Tage später bekamen wir die Aufsätze zurück, und der meine war mit ›befriedigend bis gut‹ zensiert. Er schien wie aus einem Guß. Meine unwirschen Sätze waren als die Meinung eines Außenseiters gleichsam in Anführungszeichen gesetzt und nicht anders widerlegt, als ich selbst es zu anderen Zeiten getan hätte. Übrigens waren wir vorgestern, ehe die Hefte ins Feuer kamen, noch bei Süskind und haben ihm die Sache gestanden. Er hat sich versöhnlich gezeigt und fast gerührt wie Dionys, der Tyrann. Ja, das ist die Geschichte –.«

Nun kommt Wolfram Schubert. »Wolfram von Eschenbach, beginne!« Keine Antwort. »Ich glaub, der Kerl macht Verse.«

»Schätzchen, sieh nach ihm.«

»Unfaßlich, aber wahr: der Mann schläft.«

»Schläft zur hellichten Mitternacht, wenn alte Barden sich Historien reichen.«

»Schläft und entzieht sich seiner Dienstpflicht.«

»So weckt ihn doch.«

»Ach, nein, laßt ihn, vielleicht träumt er von Julia.«

»Nun denn also. Schließen wir unser Rundgespräch, es war ergiebig.« – »In der Tat.«

»Allerseits beste Nachtruhe.«

»Gleichfalls.« – »Gute Nacht, gute Nacht.«

Und so schliefen sie ein. Aber schon gegen zwei Uhr stand Andrion auf und machte sich am Bettzeug zu schaffen. Danach begann auch Waldmüller nach seinen Kleidern zu tasten, und die anderen wurden geweckt, nur Wolfram Schubert, der Mitternachtsschläfer, der nicht mit dem Frühzug zu fahren gedachte, schlief auch jetzt weiter. Es lag nur eine Stunde zwischen Einschlafen und Erwachen: aber die hier erwachten, das waren die feurig trunkenen Rhapsoden von gestern abend nicht mehr, fröstelnde Gesellen waren es, die Eile hatten: letztes Gerät war einzupacken, im nächtlichen Speisesaal stand das Frühstück, verstreutes Chrysanthemenlaub lag auf der Flügeldecke. Nun ergriffen wir Koffer, Waschkorb oder Schachtel und gingen dann zum letztenmal durch die drei Tore hinaus. Morgennebel hing über der Landschaft, und die gelben Lichter, welche den Zug ankündigten, schienen im Unbestimmten zu verschwimmen. Der Zug lief ein; er hatte, die Abreise der Seminaristen berücksichtigend, zwei Wagen angehängt, die wurden nun bestiegen, dann ertönte der Pfiff, und das Geläut begann, das kleine Zuggeläut: es kam jedoch nicht auf gegen den Gesang, der sich erhoben hatte, denn die dreißig Kameraden im Verein mit ihren Angehörigen, die eingestiegen waren, die hatten das Lied der Prager Studenten zu singen begonnen, Eichendorffs Herbstlied sangen sie mitten in allem Frühling, und es tönte in den nebligen Morgen hinaus: »Nach Süden nun sich lenken die Vöglein allzumal.« An der Biegung schwenkte einer die Mütze und rief: »Vale speciosus mons«, und die andern riefen im Chor: »Ja, vale, lebe wohl, lebe sehr wohl, du teures Höft, auch uns gelüstet es, weiterhin sehr wohl zu leben.«

Wolfram Schubert aber, unseren Freund, ihn haben wir ja ganz aus dem Aug verloren. Er hatte die Mitternachtsberichte der Kameraden noch vernommen, deutlich die ersten drei, ungenau auch noch den vierten, dann aber hatte ihn eine innere Stimme daran gehindert, selbst ein Erlebnis darzureichen. So unbegreiflich es auch sein mußte, diese Stimme schien ihm sagen zu wollen, sein Schönenberger Erlebnis stehe ihm noch bevor. Wann freilich sollte dies sich ereignen? In sieben, acht Stunden, noch am Vormittag des eben anbrechenden Tages, gedachte auch er sich auf den Weg zu machen, ins Kochertal hinüberzuwandern,

Freunde zu treffen und dann langsam durch den schwäbischen Frühling hin heimzuziehen.

So war er denn in den Schlaf geraten, und als er aufwachte, blickte der frühe Tag zum Fenster herein. Der Schlafsaal war leer, verschnürtes Bettzeug lag allenthalben, kein Hausdiener gab ein Glockenzeichen, und nirgends schien sich eine Stimme zu regen. Wolfram erhob sich rasch. Im Waschsaal traf er auf Eberhard Dunker. »Es sind scheints nicht mehr viele hier«, sagte er zur Begrüßung. »Ja, im Schlafsaal sind noch fünf oder sechs, und auf Burgund kochen zwei einen Kaffee, jedermann ist eingeladen; du kommst doch auch?«

Der Burgunder Bochterle war es – auch sonst dafür bekannt zu wissen, was gut sei –, der die Eintretenden mit munteren Redensarten dazu vermochte, sich einen Stuhl zu holen, desgleichen eine etwa noch vorhandene Tasse oder das Zahnputzglas, um sich an der Morgenfestlichkeit zu beteiligen. In weiser Voraussicht dessen, daß sie eines Katers Katerschwanz am letzten Morgen umschlingen werde, habe er sich von seiner alten Dame Bohnenkaffee zusenden lassen, ausdrücklich zum Behufe einer Morgenlabung. Auch Zucker sei da, Kuchen und Gelee, köstliche Beikost, man möge den Göttern opfern und hernach gewaltig schmausen.

So saßen sie eine ganze Stunde noch beisammen, viel gesprochen wurde nicht, dann standen einige Kameraden auf; es galt, sich auf den Dreiviertelneunuhrzug, der nach Franken hinauffuhr, zu richten. Wolfram begleitete die Abschiednehmenden auf den Bahnhof, auch Repetent Süskind hatte sich eingestellt. Wieder kam das Einsteigen, das Händedrücken, das Winken und das Zurückbleiben. Wie von ungefähr entdeckte sich Wolfram Schubert, als er sich umwandte, neben dem Repetenten, und plötzlich war auch wieder die leise Stimme der Nacht bei ihm, die ihm ein besonderes Erlebnis versprechen wollte.

»Wann gehen Sie, Schubert?« fragte der Repetent.

»Jetzt dann gleich, Herr Repetent, ich will noch Freunde in Eherstein besuchen.« Dann, nachdem sie eine Weile schweigend nebeneinander gegangen waren, fuhr Wolfram fort: »Komisch ist das. Komisch, Herr Repetent, daß jetzt alles vorbei sein soll.«

»Ja. Ich erlebe es heute zum drittenmal und möcht nun auch nicht noch ein viertes Mal diesen Auszug erleben.«

Sie kamen am Refektorium vorbei. Süskind sagte: »Ihr habt euch gut gehalten gestern abend.« Dann gingen sie hinauf. Am Repetentenzimmer blieben sie stehen, Schubert wollte sich verabschieden und setzte mit einem »Also, Herr Repetent« ein, da sagte Süskind: »Wart einmal; ich hab wohl noch eine halbe Kanne Tee vom Morgen her, komm, trink mit!«

Sie traten ein. Die Repetentenstube war mitten in der allgemeinen Auflösung unversehrt wohnlich. Rembrandts ›Titus‹ hing da, und die Pfeife war zur Stelle; nur das Heftkonsol war leer. Süskind, der offenbar heute noch nicht zu reisen gedachte, zog nach seiner Gewohnheit die Hausjacke an, aus der einstigen Offizierslitewka geschneidert. Indes er die Pfeife stopfte, sagte er: »Nimm Platz, Wolfram, hier Tee, Brot, Butter.« Gut, dachte Wolfram, da war sie noch einmal, diese rauhe Stimme, die an Winterabenden vorgelesen hatte: »Die Hochzeit des Mönchs« und »Die drei gerechten Kammacher«; die an einem anderen Tag den Kriegsbericht des Leutnants Süskind zu erstatten wußte in schmucklosem Ernst. Sie hatte dann freilich auch das Wort gehabt bei einigen peinlichen Gesprächen unter vier Augen, ein Glück, wenn man bei ihnen nicht aufgefordert worden war, sich zu setzen; sie konnten nicht kurz genug sein. Aber nun war sie auf eine neue Weise da, mit dem plötzlichen und wunderbaren ›Du‹ und sagte:

»Nun möchte ich wohl wissen, wie der Wolfram Schubert in einem Jahr aussieht oder in zwei Jahren, eigentlich sollte er sich da einmal wieder vorstellen.«

»Gern, Herr Repetent, ich werde Sie dann schon finden.«

»Und nun würd ich gern noch zum Abschied ein Wort mit dir sprechen, man kann es nur auf du sagen, und auch so ist es schwer genug. Ich habe dich sehr gern gehabt, Wolfram Schubert, und das ist nicht nur mir so gegangen. Sie haben dich hier ja ›Liebling der Götter und Menschen‹ geheißen.«

Wolfram wurde rot: »Woher wissen Sie das?«

»Nun, dergleichen sickert doch durch, auch durch die Repetententüre.

Ja, ich weiß, es ist dir gegeben, andere Hände zu ergreifen, Menschen aufzuschließen, Freundschaft zu halten. Eine große Mitgift. Vielleicht, Wolfram, wirst du nun ein Leben lang an dem anderen Teil lernen müssen: Menschen loslassen zu können, die deiner nicht mehr bedürfen und deren du nicht mehr bedarfst. Der Mensch bedarf des Menschen, o ja. Aber die Begegnungen der Menschen sind von ewiger Hand gelenkt, und die weiß auch ohne mich und dich zum Ziel zu kommen; keiner ist unentbehrlich im Geflecht des Lebens. Dieses Haus hat dir und uns allen vieles gegeben, du wirst erst später völlig wahrnehmen, wie vieles. Eines aber hat man dich hier nicht lehren können: das Neinsagen, das Abschütteln, das lebensnotwendige Verzichten. Ich sage nicht, daß die Luft dieses Hauses eine weiche Luft sei. Aber dazu war sie nicht herb genug. Scheu dich nicht, Wolfram, zur geheimen Stunde – du wirst erfahren, wann – ›nein‹ zu sagen, ›leb wohl‹ und ›ade‹, sonst trinken dir die Dämonen das Blut aus. Willst du's so verstehen, dann sag ich dir zum Abschied: ›Landgraf, werde hart‹. – Nach Eherstein willst du noch vor Mittag? Dann wirst du dich auf den Weg machen müssen. Leb wohl, Wolfram, und sei Gott befohlen. Steck dir noch die Taschen mit gedörrten Zwetschgen voll.«

»Bhüt Gott, Herr Repetent, und vielen Dank für alles, alles.«

Dann ging er nach Hellas hinüber. Es war nun völlig still geworden, er war der letzte, der hier die Stube verließ. Die Lehrer waren in ihren Wohnungen, Zeus Kronios mochte im Ephorat thronen, Julie Consilius war unsichtbar. Gestern abend hatten sie noch einmal Blicke getauscht, traurig-erschrockene von seiner, unsicher-verlegene von ihrer Seite.

Wolfram ging übers Dorment hin. Jemand rief: »Auf Wiedersehen, Herr Schubert.« Es war der Hauswalter, Papa Koch war es, der, von Frau und Tochter unterstützt, begonnen hatte, mit breitem Besen am Werk zu sein; auf Athen nahm der Kehraus seinen Anfang. Nun blinzelte er mit seinen kleinen Augen herüber, wie als wollte er sagen: Ja, ja, junger Herr, dem alten Koch macht ihr nichts weis, der weiß Bescheid. Bescheid weiß der.

Und nun vollends hinaus. Nicht mehr den Torweg, sondern gleich durch den Klosterhof die Honigsteige hinauf. Es hatte sich aufgehellt. Als Wolfram auf halber Höhe noch einmal zurückschaute, sah er die Kreuze auf den beiden Türmen im Morgenlicht funkeln. In der Luft war Frühling. Vom Studentenwäldchen herüber sang eine Amsel.

Die steinerne Hand

Seit Efeuranken die einzelnen Finger der steinernen Hand umgrünen, hat sie ein Weniges von ihrer Unheimlichkeit verloren; aber noch immer ragt sie unübersehbar aus dem hochaufgerichteten Grabstein im Kirchgarten, und noch immer kann kein Andächtiger, kein Taufzug und kein Brautpaar ins Gotteshaus hinein, ohne an dem wunderlichen Mahnzeichen vorbei zu kommen. Und wenngleich auch hier die Gewohnheit ihre Macht bewährt, so sind es doch nicht nur die Fremden, sondern immer von neuem auch die Dorfleute selbst, die – zumal durch den Mund ihrer Kinder – sich fragen: was soll die steinerne Hand?

Die steinerne Hand soll dies: dem Gestern, dem Heute und dem Morgen sagen, daß der Weg in das Gotteshaus christlicher Gemeinde nur dann zum Ziele führt, wenn er die großaufgetane Hand, deren Finger wie zum Wurf gekrümmt sind, nicht übersieht, diese Wurfhand, die – leer ist. »Welcher unter Euch ohne Sünde ist, der werfe den ersten Stein« – so geht es Jedem durch den Sinn, der das seltsame Zeichen sieht. Und »Mein Jesus – Barmherzigkeit«, diese drei Worte, die auf der steilen Fläche des Steins zu lesen sind, sie sind wie das Amen über einer solchen Warnung. Die sind noch immer zu erkennen. Überwachsen aber ist die Zahl, die Jahreszahl, die über diesen drei Worten eingeschrieben steht: 9. April 1749. Und von der Geschichte, die der Stein bekundet, ist nur noch wenig Deutliches im Bewußtsein der Gemeinde. 1749: auch die ältesten Leute im Dorf haben Niemand mehr gekannt, der die Geschehnisse aus den Ostertagen des Jahres 1749 wirklich miterlebt hat; und so ist man denn ganz auf der Leute Mund angewiesen, auf dieses unverläßliche Gemisch von Trauer, Furcht, Zweifel und Vertrauen, das schon damals allein das Feld behielt, das dunkle Feld ohne die Leuchte irgendeiner Gewißheit. Denn wirklich gewiß war nichts, außer dem furchtbaren Tatbestand selbst: daß in der Karfreitagnacht des Jahres 1749 dem Kirchenältesten Johann Martin das Haus und mit dem Haus das Weib und dies in Kindsnöten verbrannt war. Nicht gewiß: wie das Feuer entstanden sein konnte – und wenn Brandstiftung zu vermuten war, welcher Teufel in der Nacht der Niederkunft ein Feuer legt? Und wenn – scheinbar nicht auszudenken und doch wahrhaftig – ein Verdacht auf den Mann fällt, den Mann, den ersten Kirchenältesten der Gemeinde, untadelig in Ruf und Wandel, wie sich ein solcher Verdacht auch nur im mindesten rechtfertigen läßt? Fragen, Rätsel, unlösbar nicht nur für uns, unlösbar schon für die zu Tode erschrockenen Teilhaber dieser Osterwoche. Denn wenn auch ein Dorfgesicht im Lauf der Zeiten Krieg und Frieden, Arbeit und Feier, Lust und Schuld eingeritzt bekommt wie Knabenfalten und Greisenrune, und von solcher Prägung unbeweglich wird und alterfahren, groß und ergeben wie ein Baum im Buchenwald, so war dergleichen nun doch nicht vorbereitet im Wechsel der Sommer und Winter. Rätsel also, unlösbar vor allem dann dadurch, daß der Kirchenälteste Johann Martin fünf Tage später tot in der Kammer seines Bruders gefunden wurde, in der er seit der Unglücksnacht Zuflucht gefunden hatte. Zuflucht: das mochte weiß Gott nicht der rechte Ausdruck sein für diese Kammer; Zuflucht vor den Fragern und Häschern, Geräuschen und Gerüchten, Zuflucht mochte wohl nur im Tode sein. In diesen Tod war er denn eingegangen zu unbekannter Stunde der Nacht und aus unbekannter Ursache, und wenngleich das Leutgeschrei durch den still gewordenen Mann noch weit mehr Nahrung bekam, als der Lebendige ihm je hätte reichen können, so blieb doch Tod Tod und Dunkel Dunkel.

Daß er es getan hat und sich nun das Leben genommen, sagten die Einen und sagten's nun mit steinerner Gewißheit. Daß er's nicht gewesen sei, daß es ihm aber das Herz gebrochen habe, glaubten die Andern desto fester zu wissen. Das Kirchenbuch aber vermeldet:

am 10. April *anno Domini* 1749 unter großem Zulauff des volks von allen Orten unter gewohnlichen Ceremonien zu Grabe getragen Johann Martin, Beywohner dahier, auch Kirchenältester und Rath. Selbigem wurd, obschon unter Verdacht erschröcklicher Blutschuld nicht durch ein ordentlich Beicht gereinigt, in Ansehung eines gottsfürchtigen und erbaren Wandels, auch bedenkend, daß er seit besagtem Unglücke bei Tag und Nacht wie von Sinnen gewesen, ein ordentlich Begräbnis nicht verweigert, jedoch nicht in der angefangenen Reihe auch nicht wie es doch *more et consuetudine* schicklich wäre, an der Seite seiner im Feuer umkommenen Frau (dieweil dies der Vadder genannter Ehefrau unter keinem Umstand haben wollte, auch gesagt, ihn treff der Schlag bei der Leich, so es also vorgenommen würd) vielmehr an einem sonderlichen, jedoch nicht unehrenhaften Platz nahe der Kirchen, ist selbiger betrübliche Vorgang einem hohen Consistorio gemeldet und von ihm, wenngleich freilich *post factum* gut geheißen worden, alt 47 Jahre, 9 Monate, 8 Tage, Gott sei Seyner Seel gnädig, Amen.

So das Kirchenbuch, das seine strenge Regel und Spalte unterbricht, wie denn nun eben hier das Leben selbst seinen geziemenden Gang unterbrochen hat.

Und nun, so berichtet die Überlieferung, hätten die Kirchenältesten der Gemeinde einem Steinmetzmeister in der nachbarlichen Reichsstadt den Auftrag gegeben, über dem eingefriedeten Grab dieses Mal zu erstellen: den Stein und die Hand, die aus dem Steine ragt. Auf den Stein sollte zu stehen kommen die Jahreszahl und der Schrei des Herzens: Mein Jesus – Barmherzigkeit Der Name? Nein, kein Name. Denn dieses Mal, so mochte wohl die Ältesten dünken, gehöre nicht einem Einzelnen zu, es wolle auch nicht entscheiden, was nicht entschieden werden könne von menschlicher Unweisheit, es wolle vielmehr zu eigen gegeben sein der ganzen Gemeinde, den Lästerern und den Verteidigern, auf daß die Lästerer der Lästerung, die Verteidiger aber der Verteidigung sich begäben, beide aber dies Geschehnis dem anheimstellen, »dem, der da recht richtet«. Auch an des Johannes Martin Statt ist Jesus Christus getreten, und würfest du den Stein, so träfe er den Herrn.

Möchte man aber wissen, was denn nun dieser Stein für eine Wirkung getan hat im Leben der Gemeinde, so wird man freilich behutsam auftreten mit seinem Wort. Nicht als ob es in seiner Macht gestanden wäre, den dunklen Strom der Schuld versickern zu machen; auch die Chronik der späteren Geschlechter weiß noch genug von verfinstertem Leben: Ehebruch, Totschlag, Selbstmord, Zauberwerk, böse Nachred und Dorfunfried hörten nicht auf. Wenn aber immer wieder Väter und Mütter, so sie ihren Groll bis ans Kirchläuten hin nicht zu bedecken gewußt hatten, ihn nun doch nicht mit unter die Kirchtür nehmen konnten, sondern noch im Hineingehen zueinander sagten: »es soll wieder recht sein, meinst du nicht auch?« – wenn den keckesten Burschen noch im Vorübergehen Ernst ins Gesicht drang, ein ganzer Ernst, wenn Kinder, wie als wär's Übereinkunft, wo immer sonst bei den Gräbern, so doch nicht hier ihr unverstandenes Lachen hatten, so darf man darin doch ein wenig davon sehen, daß die Ältesten es gut mit ihrer Gemeinde vorgehabt hatten, als sie das Mahnmal stifteten. Und wenn es auch denen im Dorf nicht weniger schwer eingehen kann als aller andern menschlichen Art, das große Grundkapitel von des Menschen Schuld und Christi Kreuz, so will doch das Zeichen immerwährende Botschaft davon tun – und tut's. Und Väter geben's den Söhnen und Söhne den Enkeln und Enkel denen, die nach ihnen kommen. Die von gestern haben es uns gegeben und wir dürfen's nicht behalten, sondern weiter will's geworfen sein in offener Hand.

Zuweilen, wenn von drinnen heraus das Lied der Gemeinde dringt, dann will es dem Einen und Andern scheinen, als singen sie hierzulande mit dunklerer Stimme als anderswo, als seien die Steine in ihren Händen, die Einer auf den Andern werfen möchte und die sie nicht von sich brachten vor diesem Gesang, als seien sie schwer wie der Stein vor der Kirchtür, als stünden sie wer weiß wie bedrohlich mitten in ihren Herzen. Und daß Erde Erde ist, Erde und nicht Paradies, daß Leben Ketten kennt, Ketten und Riegel, die auch Holzfällershände nicht brechen und biegen, das wissen sie wohl. Aber – ob nun mit dunkler oder mit heller Stimme – daß es gut ist, Kyrieleis zu singen und zu wissen, wem dieses Kyrieleis entgegengeht, das wissen sie auch. Und so fiele es Niemand ein, den Stein beiseite rücken zu lassen oder auch nur von ferne zu meinen, seine Zeit sei um. Denn wenn auch die Zahl vom Efeu überwachsen ist, die Zahl, die eine Zeit anzeigt, eine vergangene Zeit, die Zahl, die ihre Zeit hat wie jede Zahl, so ist doch »Mein Jesus – Barmherzigkeit« noch offen zu lesen. Und »Mein Jesus – Barmherzigkeit« ist ohne Zeit.

Der Glöckner Matthäus Armbruster

Es waren damals zunächst praktische Erwägungen, die den Rat der Kirchenältesten von Niederhollsheim dazu vermocht hatten, dem zugewanderten Matthäus Armbruster die erledigte Mesnerstelle zu übertragen. Matthäus Armbruster war ein alleinstehender Mann und als solcher, wie sich versteht, billiger zu haben als irgendein Familienvater, wobei freilich so oder so die kleine Kirchengemeinde keinen Mann voll beschäftigen und voll besolden konnte. Nun fügte es sich aber, daß zu gleicher Zeit damals der Posten des Totengräbers bei der bürgerlichen Gemeinde frei wurde, und es kam hinzu, daß man von seiten des Gutes einen Mann suchte, der Rüsselkäfer sammelte. Tat man nun diese drei Aufgaben zusammen, so mochte allenfalls einem einzelnen Mann Arbeit und Brot gesichert sein. – Matthäus Armbruster also hieß der neue Mann, und bald stand über ihn das Urteil des Dorfes fest: man konnte mit ihm in jeder Hinsicht zufrieden sein. Die Gräber waren sauber gemacht, der Rüsselkäferplage wurde erfolgreich zuleibe gegangen; wir haben uns hier vor allem um sein Mesneramt zu kümmern.

Man weiß, daß ein Mesner neben mancherlei handwerklichen Verrichtungen vor allem das Amt hat, die Glocken zu läuten; und wenn nun die Mesner im Rufe stehen, besonders geruhsame und gelassene Leute zu sein, so mag man dies gerade auch auf ihren Glöcknerdienst zurückführen. Über gute und böse Zeiten, Ernten und Mißernten, Eintracht und Tod, über Tage und Dunkelheiten hinweg hatten die Glocken zu läuten, viermal des Tages: in der Frühe, um elf Uhr vor Mittag, um vier Uhr vor Feierabend und zuletzt als Betglocke in der Dämmerung. Es mochte wohl ein Herz still und getrost machen, in solcher Ordnung bündig zu erfahren, daß alles seine Zeit hat. Nun hat man von den Amtsvorgängern des Matthäus Armbruster nichts sonderlich Erwähnenswertes zu hören bekommen; sie haben schlecht und recht das Befohlene getan, sie haben geläutet mit einer Glocke, wenn es die Stunde wollte, mit allen drei Glocken zusammen aber am Sonntag, vor dem Sonntag und schließlich noch, einem alten Brauche gehorsam, am Freitag um elf Uhr, gedenkend an den Todestag des Herrn und an die Stunde, von der es hieß: »und die Sonne verlor ihren Schein«. Gewohnheit freilich – wie könnte es anders sein – macht gedankenlos. Aber gerade darum muß nun die Geschichte des Matthäus Armbruster erzählt werden.

In der eingangs erwähnten Sitzung waren nämlich die Kirchenältesten fürs erste nicht so recht von dem Gedanken angetan, einem fremden Manne dies Amt anzuvertrauen. Wenn der Pfarrer dennoch auf dieser Wahl bestand, so hatte das für ihn ernstere Gründe: es wäre ihm nicht eingefallen, sich auf den biblischen Namen zu verlassen. Denn zu oft schon war ihm ein Johannes ohne Liebe oder ein Michael ohne Gottesmut begegnet. Für ihn war es vielmehr die Erinnerung an den ersten persönlichen Eindruck, die ihn beredt machte. Er sah vor sich das Gesicht des stillen Mannes, vom Schein einer Petroleumlampe behutsam erhellt, dieses von der Zeichnung eines Lebens, von dem dunklen Geflecht der Falten wahrhaft merkwürdig gewordene Gesicht; er hörte wieder die Stimme, die so ganz zu dem Gesicht zu gehören schien, mit der er, wie vor sich hinsprechend, Rechenschaft abgelegt hatte von seinem bisherigen Leben. Kindheit und Knechtsjahre, Heirat und Witwertum stand da. Zuletzt dann die unbegreifliche Wanderschaft. Ein Verwandter seiner verstorbenen Frau sei plötzlich gekommen, habe ihm den Stuhl vor die Türe des eigenen Hauses gesetzt und gesagt, der Habenichts sei nun lang genug in dem fremden Nest gesessen. Die Nachbarn hätten dann freilich von Recht und Gericht gesprochen; aber das sei nichts für ihn. Und so sei er denn gegangen und nun hierhergekommen. Ob er denn hier irgend jemand kenne? Nein, keinen Menschen. Er habe nur von dem kleinen Haus gehört, und weil der Mensch nun eben einmal ein Dach über dem Kopf brauche, habe er's genommen. Hier sei es ja dann auch nicht so weit von daheim. Und Arbeit, vielleicht finde sich doch irgendeine Arbeit.

Ohne nun Anvertrautes aus diesem Abendgespräch preiszugeben, hatte der Pfarrer seine Fürsprache stark gemacht, und wenn zuletzt auch ganz nüchterne Berechnungen den Ausschlag gegeben hatten, so war durch dieses sichtbare Vertrauen des Pfarrers dem neuen Manne mancher Dienst geleistet, mancher Stein aus dem Wege geräumt. –

Inzwischen war nun Matthäus Armbruster ein Mann des Dorfes geworden. Ihm gehörte so gut wie den Alteingesessenen das dörfliche Du. Er hatte seine Freunde und seine Feinde. Da er aber von verträglicher Gemütsart war, gewiß mehr Freunde als Feinde. Und als er nun eines Tages, es war Anfang August, gefährlich erkrankte, da war das für die Niederhollsheimer keine Sache, von der man viel Aufhebens zu machen hatte. Es wurden jedes Jahr viele Leute im Dorfe krank, warum sollte es nicht auch einmal den Armbruster treffen? Ungeschickt war es freilich für den Augenblick: denn Anfang August, das hieß Erntebeginn, und da brauchte man jeden Mann, genau genommen jede Hand. Und weiter: wer wollte den Mesnerdienst tun gerade in diesen strengen Sommerwochen? Man darf es deshalb den Niederhollsheimern nicht weiter verübeln, wenn sie mit ihrer Teilnahme nicht so recht aus sich herausgingen. Man hatte einfach keine Zeit dazu. Es war alles mögliche, daß die Nachbarsleute sich für den Kranken um ein vierzehnjähriges Mädchen bemühten, ein selber etwas kränkliches Ding, das sowieso für die Feldarbeit nicht recht in Betracht kam, das aber dann doch hier im Haus das Nötigste tun konnte: einmal am Tag etwas Warmes kochen, die Kissen schütteln und dann und wann hereinschauen. Übrigens war ja – und das mochten sich die Dorfleute zu ihrer Entlastung sagen – der Armbruster das Alleinsein gewöhnt. Im Wald draußen und bei seinen Gräbern hatte er auch keine menschliche Gesellschaft.

Damit hatten die Leute ja auch recht, und wenn diese Krankheit bei Matthäus Armbruster nun doch so Betrübliches zeitigte, so hatte das andere Gründe als den einer allzu kärglichen Pflege. Es hing dies nämlich unmittelbar mit den Glocken zusammen. Man muß dazu wissen, daß Matthäus Armbruster zu den Glokken, die zu läuten seines Amtes war, in einer ganz besonderen Beziehung, man könnte wohl sagen in einem Herzensverhältnis stand.

Niemals hätte er sich zu der groben Meinung verstanden, jedermann könne Glocken läuten, oder was etwa daran zu erlernen sei, gehöre in den Bereich der Geschicklichkeit, die auch dem Gottlosesten offenstehe. Für ihn gehörte Glockenläuten so unmittelbar zu den heiligen Handlungen des Gottesdienstes, daß ihn schon jede unehrerbietige Haltung ein offenes Unrecht dünkte. Daß man im Glockenraum wortlos und mit gezogener Mütze sein Werk verrichte, war noch das wenigste. Man erzählte sich da, Armbruster habe einmal einen von den Buben, die er für das Zusammenläuten anzusprechen hatte, kurzerhand vorher wieder heimgeschickt und sich später verantwortet mit der knappen Bemerkung: der passe nicht dazu. Dann aber weiter: er achtete jedesmal darauf, daß die Glocke zuletzt noch drei deutlich unterscheidbare Schläge tue, was bedeuten sollte, daß dieses Geläut geschehen sei im Namen des Vaters und des Sohnes und des Heiligen Geistes. Beim Zusammenläuten aber, dem Golgathaläuten am Freitag also etwa, ging es so zu: zunächst läutete die mittlere Glocke, Stimme der Zeit und der Geschicke, nach einer kleinen Weile ließ Armbruster die hohe Glocke einfallen mit dem Ton der Verheißung, die über Leben und Sterben ergangen ist. Dann erst, wenn diese beiden Stimmen sich ineinandergesungen hatten, fing er selbst mit der tiefen Glocke an, und jeder ihrer Schläge sollte wohl ans Herz klopfen, heiße Mahnung und heimlicher Befehl.

Wie muß das gehen, wenn nun der kranke Mann viermal des Tages die Glocken von fremder Hand herzlos, achtlos, andachtslos geläutet hören muß, seine Glocken? Er sieht den Küfer Jakob im Glockenhaus stehen, die Zigarette zwischen den Lippen, die Gedanken wer weiß wo; bös durcheinander stolpern die Glockentöne, und keine drei Schläge schließen dies Geläut ein in den Glauben an den dreieinigen Gott, wie sich's für ein christliches Geläute gehört. Das kann nicht gutgehen, wir verstehen es wohl.

Matthäus Armbruster litt, er litt körperlich an dem inneren Schmerz. Ihm war zumut wie einem Bauern, dem der böse Nachbar Unkraut in den Acker sät, und er kann's nicht wehren. Und so war's zuletzt ein Akt der Verzweiflung, daß er – immer noch hochfiebernd – eines Abends in der Dämmerung nach seinen Kleidern griff und in den nassen Oktobertag hinaus zur Kirche ging, um selbst wieder die Glocken zu läuten. Er mußte im Gras sitzend – stehen konnte er noch kaum – warten auf den Jakob, der die Schlüssel hatte. Der ließ lange auf sich warten, es war schon fast Nacht, als er daherkam. Der Armbruster stand vom Gras auf und sagte, er sei wieder da. Drauf der andere: ob er ihm das nicht vorher hätte sagen können, nun habe er umsonst den Weg her gemacht. Dann aber mit einer spöttischen Freundlichkeit: »Jetzt läut nur du wieder, heiliger Matthäus.« Danach war er verschwunden.

Matthäus Armbruster nahm den Schlüssel, er fühlte sich sehr kalt an in seinen glühenden Händen, schloß auf, zog die Mütze und sprach sein Gebet. Dann fing er an zu läuten, es kostete alle seine Kraft. Man war doch noch recht schwach. Einen Augenblick fuhr's ihm durch den Sinn: mochte es jetzt auch nur ein Mensch im Dorf merken, daß er wieder am Seile stand, daß es ein anderes Läuten ist? Es kommt nicht darauf an, sagte er sich dann. Es geht nicht um Verdienst und Dank. Genug, daß man wieder da sein konnte. Wie er aber an die drei Schläge gekommen war, da sagte er – er wußte nicht welchem Geheiß gehorsam –: »Von Erde bist du genommen, und zu Erde sollst du werden, und aus der Erde sollst du auferstehen.«

Der letzte Ton verklang, in der Richtung des großen Waldes horchte er dem Tone nach, jetzt war er versunken in dem mächtigen Föhrenrauschen im Spätherbstwind. Er schloß die Türe und wankte heim, ein kranker Mann, oh, ein alter Mann. Wenige Tage später aber hieß es: der Armbruster ist um seinen Verstand gekommen.

Es war an einem Freitagabend gewesen, die Betglocke hatte geläutet, es war – schon dies recht merkwürdig – die tiefe Glocke gewesen, die nach der Ordnung nur geläutet wird, wenn ein Totes im Dorfe liegt; niemand aber wußte ein Totes, und nun, eine Stunde später, fing es noch einmal zu läuten an. Die Leute liefen aus den Häusern auf die dunkle Straße: »Wo brennt's?« fragten sie einander.

»Nirgends«, beruhigte jemand anderes. »Beim Armbruster im Kopf«, antwortete ein Vorübergehender.

Dies wiederholte sich in den nächsten Tagen noch zweimal. Beim drittenmal gingen die Leute entschlossen ins Glockenhaus. Kein Matthäus. Man ging die gebrechliche Kirchenstiege hinauf. Rufe. Keine Antwort. Endlich, oben, dicht unter der Glocke stehend, fand man den Mann. Man schrie: »So hör doch auf!«; man schrie noch einmal. Schließlich mußte ihn einer vom Seile wegreißen.

Daß der Armbruster also wirklich seine fünf Sinne nicht mehr beieinanderhabe, das war das Gespräch des Backhauses und der Wirtshäuser in diesen Tagen. Daß man ihn vom Amt tun müsse, war das nächste Wort. Man könne keinen verrückten Glöckner brauchen. Ob man vielleicht nachts um zwölf Uhr aus dem Bett herausgeläutet werden wolle, fragte der Rankbauer. Er jedenfalls bedanke sich dafür.

Es war ein herber Gang für den Pfarrer, als er – es blieb nichts anderes übrig – dem Matthäus Armbruster eröffnen mußte: solange diese Krankheit dauere, müsse man sich nach einem anderen Glöckner umsehen. Die sonstigen Mesnerdienste wolle man ihm freilich gerne lassen; aber daß es mit den Glocken nicht anders gehe, das müsse er wohl selber einsehen. Es sei ihm sehr leid, das sagen zu müssen. Der Armbruster aber sagte nichts und nickte nur.

Und jetzt ging es nach dem Spruch, daß ein Unglück selten allein kommt. Die Sache mit den Steuergeldern – ganz klar war sie wirklich nicht, von Anfang an nicht, und nachträglich sagte man sich, man habe zu schnell seine Schlüsse gezogen. Kurz, eines Tages konnte sich Matthäus Armbruster nicht mehr gegen den Verdacht wehren, einen gewissen Geldbetrag veruntreut zu haben. Das heißt: wehren konnte er sich wohl, und er tat es auch, zäh und verzweifelt; aber wo er denn das Geld hatte, konnte er freilich auch nicht sagen.

Nun war es klar, daß ein Mann, über dem der Verdacht der Untreue hing, nicht mehr im öffentlichen Dienst bleiben konnte. Daß man ihm die Aufgabe, seine Käfer weiter zu sammeln, nicht auf der Stelle nahm, das war weniger Barmherzigkeit als die Angst der Gemeinde vor einer neuen Armenlast.

Es gab nun ja in dieser Jahreszeit draußen im Wald nicht mehr viel zu tun. Matthäus Armbruster aber hielt sich trotzdem in den folgenden Tagen von früh bis spät irgendwo im Wald verborgen. Seine Gedanken waren bei seinem sommerlichen Waldgeschäft, bei den Käfern, den Verderbern. – – Diese kleinen Käfer gewannen in seinem wunderlichen Sinn immer mehr Leben und Gewalt. Ja, sie schienen ihm mehr und mehr ein Gleichnis des Bösen überhaupt zu sein, das den Menschen von allen Seiten umgibt und annagt. Er fühlte sich freilich in der Sache, die man ihm zur Last legte, unschuldig. Aber wer will da ja und nein sagen, schuldig und unschuldig, wo das Böse so mächtig ist?

Es war acht Tage später, da kam der neue Aushilfsmesner – es war nicht wieder der Küfer Jakob – mit einem Briefumschlag ins Pfarrhaus. Den habe er droben bei der Uhr gefunden. Siehe, es war das vermißte Geld, der ordnungsmäßige Beleg zeigte es an. Nun gab der Pfarrer dem Manne – man hieß ihn den Winkelhans – den Auftrag, auf jede Weise dafür zu sorgen, daß es sich gleich im Dorf herumspreche, der Armbruster sei völlig unschuldig, das Geld habe sich gefunden. Dann machte er sich auf, seinem Schützling die Freudenbotschaft selbst zu bringen.

Oh, er sagte ihm alles Gute, was man sagen konnte. Von der Unschuld, vom Wiederantritt seines Dienstes, von seiner Freude. Aber das alles schien den Mann so wenig zu berühren wie etliche Wochen vorher die Nachricht, man müsse ihm das Glockenamt nehmen. Erst nach einer Weile sagte er mit einer schier erloschenen Stimme: er danke dem Herrn Pfarrer für die gute Meinung; aber es sei jetzt schon, wie es sei. Dessen sei er freilich froh, daß er nun wenigstens ohne Schande gehen könne.

»Was, Ihr wollt gehen, Armbruster?« fragte der Pfarrer erschrocken.

»Ja«, sagte drauf der Mann. Und fügte hinzu: es sei jetzt doch nicht mehr das richtige. Seit er nicht mehr bei den Glocken sein könne, leide es ihn nicht mehr am Ort. Übrigens könne er sich jetzt alles gut denken, auch das mit dem Geld. Er habe am letzten Tag, wo er noch einmal läuten durfte, droben bei den Glocken einen Besuch gemacht, sozusagen zum Abschied, und da sei er im Turm eingeschlafen. Am nächsten Morgen, das wisse er noch gut, da habe es sehr geeilt. Er mußte doch vor dem Frühläuten dem Winkelhans den Schlüssel an den Fensterladen hängen. Und da werde ihm wohl droben der Geldbrief aus der Tasche gefallen sein. So sei das wohl gekommen, ja. Und jetzt wäre es ihm am liebsten, wenn er dem Herrn Pfarrer gleich Behüt Gott und Danke schön sagen dürfe.

Am nächsten Morgen waren die Fensterläden von dem kleinen Armbrusterhause zu. Dem Pfarrer aber war es, als sei nicht irgendein Mann, sondern wirklich der Evangelist aus dem Dorfe gewichen. Und unter den Kanzelverkündigungen des nächsten Sonntags kam zum Verwundern der Niederhollsheimer ein Wort über den Mesner Armbruster vor, ein Wort des Dankes für die Dienste, die er mit Treue und Herzensfrömmigkeit geleistet habe. –

Dies hörte Matthäus Armbruster nicht mehr. Er wanderte.

seine winzige Habe auf dem Rücken, schon fern von Niederhollsheim. Die Weite schlug mit ihrem stürmisch wehenden Atem um seinen Schritt, die Sonne, eine späte gütige Novembersonne, tat ihm wohl; irgendwo war jede Nacht eine Suppe warm und ein Lager gut für müde Leute. Wohin es ging, er wußte es nicht. Er lief, ja sein Leben lief einer Genesung entgegen, das spürte er wohl. Jene Verwirrung, die er mit dem Verlust seines Glockenamtes bezahlt hatte, sie wich von ihm. Mit großer durstiger Bereitschaft nahm er Land und Menschenwesen auf, Dörfer und Märkte, Lärm und Singsang, böse Menschen und freundliche Menschen. Viele Male blieb er stehen und hörte den Klang fremder Glocken. Immer schwangen für ihn die Niederhollsheimer Glockentöne mit.

Eines Tages kam er auf eine Anhöhe, von der aus man viele Stunden weit ins Land hineinsehen konnte. Er betrachtete die Dörfer, die Wiesen, den winterblauen Bergrand, und mit einemmal entdeckte er, daß er im Kreis gegangen sein mußte. Denn was dort drüben lag – es konnte keine Täuschung sein –, das war Niederhollsheim, er erkannte es an der besonderen Form seines Kirchturms. Einen Augenblick lang griff ihm die Entdeckung mächtig ans Herz, er dachte an Rückkehr, jetzt gleich, noch heute. Aber nur so lange währte das schmerzliche Glück, bis er in sich begriffen hatte: man soll nicht wiederkehren, man kann nicht wiederkehren. Während er aber dann zum zweitenmal, und diesmal – wie er wußte – endgültig Abschied nahm von dem Dorfe Niederhollsheim, gewann zum erstenmal wieder ein anderes Dorf Gewalt über ihn: die eigentliche Heimat, die nun schon lang verlassene, der einzige Ort, von dem es nicht gilt: man kann nicht wiederkehren. Diese Heimat – sie konnte nicht weit von hier sein, auch wenn man sie jetzt nicht sah. Und so entschied sich hier die Wanderschaft des Matthäus Armbruster, und es war eine klare Entschlossenheit, mit der er von Stund an Fuß vor Fuß setzte: er durchwanderte fast eine ganze Nacht. Nur gegen Morgen schlief er eine Weile in einer Waldhütte am Weg. Feucht vom Nebel war sein Mantel, als er aufwachte. Und nun weiter, die Heimat rief!

Rief sie wirklich? Er hatte fast nichts mehr von ihr gehört in all den vergangenen Jahren. Nur daß auf dem geraubten Hof kein Segen gewesen war. Der Blitz hatte eingeschlagen. Niemand wollte wieder aufbauen. Zuletzt hätten dann Fremde das ganze Anwesen gekauft.

Die Heimat, auf die der Mann im Mantel zuging – wunderbare Straße, an der die Kilometersteine immer vertrautere Namen nennen – hieß Weiler und war auch wirklich nichts als ein Weiler. Sie hatten dort keinen eigenen Bürgermeister, keine Kirche, keine Schule, keinen eigenen Friedhof. Das alles lag eine halbe Stunde weit fort in dem Mutterdorf. Man wird nicht gerade hochwillkommen sein, sagte sich Armbruster, in so einem kleinen Dorf, wo keiner Brot übrig hat; aber schließlich würde es gehen. Ganz könnte man ihm wohl doch nicht die Türe weisen. Oh, es war auch Verzagtheit in dem Manne Matthäus Armbruster: wäre nur erst der Anfang überstanden, dachte er, der erste Gang durchs Dorf, das Erkennen und Erkanntwerden; aber es war doch die Heimat, und es war schon so: sie rief.

Da fängt eben die Markung an. Und hundert Schritt weiter: da ist einmal sein Feld gewesen. Und dort auf dem Seitenweg, da geht es dem Wald zu. Als Buben haben sie sich dort Flöten geschnitten, und später als Liebesleute waren sie oft genug droben gewesen, er und die Elise, sonntagnachmittags. Jetzt kommt das erste Haus. Das stammt nicht aus seiner Zeit. Dort drüben aber, ja, also dort hat man ein paar Jahre lang sein Leben zugebracht.

Still stand Matthäus Armbruster und hat nichts gehört, wie einst droben im Glockenstuhl, wo sie alle um ihn sich gedrängt hatten, warum nur? Und hat auch die Schritte nicht gehört, die auf ihn zugingen.

»Hallo, wir sollten uns doch kennen. Seh ich recht, du bist doch der Armbruster, oder nicht?« sagt jetzt eine Stimme, und eine Laterne leuchtet ihm ins Gesicht.

»Ja, der bin ich.« – »So, das ist schön, daß man dich wieder einmal sieht, komm nur herein, wo bist du denn zur Zeit?« – »Nirgends.« – »So. Nirgends. Ja nun, jetzt bist du ja wieder daheim. Nur auf deinem Hof, Matthe, da sitzen Fremde.«

Der Armbruster hört die Anrede und denkt: wie lang hat niemand mehr »Matthe« gesagt zur mir. So hat früher die Mutter gerufen. Ich bin richtig heimgekommen, denkt er. Aber er sagt nur: »Hab's schon gehört.«

»Ja, warum hast du dich auch damals so mir nichts dir nichts forttreiben lassen?« – »Ist jetzt schon geschehen.« – »Ja, jetzt ist's freilich zu spät. Aber nun komm doch herein, hungrig und müd wirst du sein.« – »Wohl. Bin's.« – »Und alt geworden bist du, hör einmal.« – »Kann schon sein.«

Und dann saß er in der Stube beim Hauptbauern des Weilers, und es ging alles viel besser, als er gefürchtet hatte. Eine Zeitlang dauerte es, bis der Bauer den Mut fand, seinem einstigen Nachbarbauern eine Stelle als Knecht auf seinem Hofe anzubieten; aber dann tat er es, und Armbruster nahm ohne viel Umschweife an. –

Der Bauer hatte es nicht zu bereuen. Denn es erwies sich in allen Stücken, daß der Armbruster auf dem fremden Hof mit dem Verantwortlichkeitsgefühl eines einstmals selbständig gewesenen Bauern arbeitete. Mehrere Male mußte man ihm billigerweis den Lohn erhöhen. Das Seltsamste aber war, daß Armbruster seit der Wiederkehr seine alte Klarheit und seine frühere Kraft wiedergewann. Es war etwas wie eine zweite Jugend. Ja, wer ihm ins Herz sehen könnte, der würde wohl sagen: er lebt wie einer, der mit einem heimlichen Eifer auf ein Ziel zugeht. Ein Ziel, das keiner außer ihm zu wissen braucht, das ihm aber alle seine Tage schön erleuchtet.

Dazu kam, daß man hier im Dorf ihn besser verstand als in Niederhollsheim. Er war nicht der einzige, der an den Sonntagnachmittagen Wirtshaus Wirtshaus sein ließ und sich in der Bauernstube mit den Männern des Orts zusammensetzte. Keiner nahm ihn anders als einen freien Bauern. »Matthe, sing!« sagten die Männer, und dann sang er, ein Lied nach dem andern. Und immer mehr wurden es der Kinder, die mit ihrer ganzen Liebe an Matthäus Armbruster hingen, einer Liebe, die er ihnen mit seiner besonderen Treue dankte: wahrhaft unerschöpflich war er für die Kinder bereit zu Rätseln und Spielen und bunten Geschichten. Nur auf dem Kirchweg blieb er der stille, ganz in sich gekehrte Mann, als der er gekommen war. Und manche im Dorf wollten ihn dann und wann gesehen haben, wie er in der Dämmerung vors Dorf hinausgelaufen sei, bis an das Brücklein, wo man den Schall der Dorfkirchenglocke deutlich hören konnte. Bis in den Weiler selbst drang ihr Klang nur an seltenen Tagen bei besonderem Wind. –

Es war geraume Zeit verstrichen, Matthäus Armbruster gehörte nach Weiler, wie er einst nach Niederhollsheim gehört hatte; er gehörte noch tiefer hierher, er war hier wirklich daheim, man hatte ihn lieb und hörte auf sein Wort so gut wie auf das seines Bauern. Eines Besonderen freilich versahen sich die Leute im Dorf nicht von ihm, aus seinem Niederhollsheimer Leben war kaum etwas bekannt geworden, niemand vermutete, daß Matthäus Armbruster noch einmal in den Mittelpunkt der Dorfgespräche rücken sollte. Das fing aber schon an, als es eines Tages hieß: der Matthe baut mit ein paar Zimmerleuten an der Straße. Baut er ein Haus? Höret einmal, wo soll er denn so viel Geld her haben? Was baut er nur? Es sehe aus wie ein Turm, sagten einige. Er solle es ihnen doch sagen, baten die Nachbarn. »Matthe, was baut Ihr nur«, fragten auch seine besonderen Freunde, die Kinder. Der Matthe aber lächelte nur in sich hinein und sagte nichts. Nur der Bürgermeister des Mutterorts schien eingeweiht, er sagte: die Frager werden sich schon noch eines Tages wundern, über die Maßen werden sie sich wundern. – –

Nun richtig, das wurde ein Türmlein, ein niederes Türmlein. Aber was sollte in Weiler ein Turm? Es blieb dem Dorf ein Rätsel bis an jenen Sommerabend, den die Weiler Leute so schnell nicht vergessen werden.

Am Morgen nämlich jenes Sommertages hatte man den Matthäus mit dem Fuhrwerk seines Bauern zum Dorf hinausfahren sehen, angetan mit seinem Sonntagsstaat. Die Zimmerleute, von denen bisher keine richtige Silbe zu erfahren gewesen war, arbeiteten mit höchstem Eifer, ohne sich heute eine ordentliche Mittagspause zu gönnen. Am Nachmittag aber, es ging auf vier Uhr, da kamen ein paar Buben vom Feld herein: »Der Matthe kommt, der Matthe kommt. Ganz langsam fährt er den Weilerberg herauf.«

Wie ein Fürst fuhr Matthäus Armbruster in Weiler ein. Auf dem Wagen aber stand, über und über geschmückt, eine Glocke.

Eine Glocke? Eine richtige Glocke, eine eigene Glocke für Weiler, und für die Glocke also den Turm? Wo das nur der Matthe her hatte?

Ja, und warum denn eine Glocke?

Schwere Stricke hingen bereit, und langsam, ganz langsam zog man die Glocke in ihren Stuhl hinauf.

Es war Dämmerung geworden, drüben vom Mutterort her hörte man die Betglocke, der Westwind trug heute den Ton schön herbei. Da trat Matthäus heran, nahm den Hut ab und fing an zu läuten. Das ganze Dorf aber stand dabei und hörte zu, keiner sagte ein lautes Wort. Dann aber, als der letzte der drei Schläge, mit denen das Geläute endete, verklungen war, sagte Matthäus Armbruster in die Dorfstille hinein diesen Spruch:

Komm in diesem Glockensegen,
Herr, uns allen du entgegen,
Daß wir gehn in deiner Gnad,
Eh der finstre Abend naht.

Tu dein Licht zu unsren Händen,
Daß wir treu das Werk vollenden,
Bis du, der du ewig wachst,
Bei uns allen Abend machst.

Und dann wurde es Nacht. In dieser Nacht aber schlief Matthäus Armbruster nicht. Spät stand er noch einmal auf, trat auf die Straße hinaus und ging hin zu seinem Turm. Es war eine mondhelle Nacht, ein kleiner Wind fuhr sacht durchs Gebälk, es klirrte ein wenig in dem frischen Holz; aber es gab keinen Ton. Einst hatte er, um eine verstörte Glocke zu trösten, in einer solchen Nacht geläutet. Es war eine seltsame Geschichte gewesen, er konnte sich selbst nicht mehr so genau an sie entsinnen. Jetzt würde er warten können bis morgen früh, niemand würde ihm wehe tun mit falschem Geläut. Er selbst war wieder Glöckner. Es war alles gut.

Es war noch immer Nacht, da stand er wieder da. Mit der Glocke würde er steigen und fallen und enden. Und sie könnten es alle hören, die Leute in Weiler, wie ihr Leben beschlossen ist in der großen Barmherzigkeit Gottes.

Es ist nicht mehr viel zu erzählen. Daß Matthäus Armbruster sieben Wochen später starb, das kam so überraschend, wie alles mit ihm gekommen war: einstens sein Auszug aus Weiler, dann seine Rückkehr, zuletzt noch seine seltsame Stiftung. Diese freilich hatten die Leute im Dorf schon völlig angenommen. Es war ihnen lieb, daß die Glocke wie eine ewige Stimme ihr Leben ordnete, daß sie gemahnt wurden an Gottes Gebot und an ihr Gebet.

Über seinem Sterben blieb ein Geheimnis, nicht anders, als ja auch über seinem wunderlichen Leben manche Hülle gelagert hatte. Die Nachbarn hatten ihn nach dem Betläuten heimgehen sehen. Dann aber hatte die Frühglocke auf sich warten lassen. Ein heller Augusttag brannte im Frühlicht. Da trat man in seine Kammer und fand ihn tot.

Als man ihn zwei Tage später ins Dorf hinübertrug, da fing in dem Augenblick, als die Träger den Sarg aufhoben, die Glocke des Matthäus Armbruster zu läuten an. Die Kinder des Dorfes standen im Turm und läuteten. Sie wechselten behutsam ab, so daß die Glocke keinen Augenblick aussetzte. Am Abend aber baten sie, wie Erwachsene eine Bitte tun, um das Recht, von nun an für das Läuten sorgen zu dürfen, und man gab ihnen die Erlaubnis. Denn man sagte sich, es würde noch den Heimgegangenen freuen, wenn er wüßte, daß Kinderhände die Glocke, seine Glocke, in der Heimat läuten.

Der Taubblinde

Als ich heimkam, fand ich auf dem Steinboden einen unter der Haustür durchgeschobenen Zettel vor. Mit Bleistift war darauf geschrieben: »Bitte, kommen Sie um drei Uhr nach Wöhrden. Gruß Luise.«

»Wöhrden« hieß jener Teil der Stadt, den die beiden Donauarme gleich einer Insel umflossen; die großen Gerbereien, von denen der Ort seinen Ruf hatte, lagen dort; es roch nach Lohe und Leder, nach Holz und Wasser. Unmittelbar daneben, von den großmächtigen Schuppen ins Eck gedrückt, standen an die zwanzig Häuser, einstöckige und ziemlich dürftige Gebäude. Sie waren als einzige beim großen Stadtbrand vor hundert Jahren stehengeblieben und nahmen sich nun in ihrer aufstrebenden Umgebung wunderlich aus. Einige waren, wie man es von den Altstädten her kennt, zusammengebaut; das Haus zum Beispiel, in dem Luise wohnte, war von zwei etwas größeren Geschwistern in die Mitte genommen worden, es mußte gutgehen, wenn man seine Hausnummer nicht übersah. Dort also lebte Luise, ein Fräulein in den sechziger Jahren, mit ihrer jüngeren Schwester zusammen. Seit Menschengedenken wohnte sie dort und würde auch dort wohnen bleiben bis an ihr Ende. Man zieht nicht um, wenn man gelähmt ist, und mit Luise stand es so, daß sie in ihrem zweiten Lebensjahr einer schweren Lähmung anheimgefallen war; ein Wunder, daß sie überhaupt das Leben behalten hatte.

Ich war erst wenige Male in der Wöhrdenstube zu Besuch gewesen. Viel öfter aber hatte ich draußen, in dem sogenannten Leben, Gelegenheit bekommen, an Luise zu denken. Sooft nämlich da die Frage nach den Gehemmten und Geschwächten, den halben Kräften, den Überzähligen und Beiseitestehenden unter uns aufgetaucht war, die Frage: warum gibt es dieses Heer der Blinden, Lahmen, Lebenslänglich-Kranken, und sooft dieses Gespräch eine Wendung zu Mitleidsbezeigungen mit diesen »bedauernswerten Geschöpfen« nehmen wollte – immer dann erschien das Bild der gelähmten Luise vor meinen Augen, und ich glaubte es anders und besser wissen zu dürfen. Zu der Bezeichnung »bedauernswertes Geschöpf« jedenfalls hätte Luise selbst den Kopf geschüttelt, sie verstand sich darauf.

Sie hieß Luise. Der Vater- und Muttername, den sie trug – es war ein und derselbe für die meisten eingesessenen Bürger dieser Stadt –, führte sein Leben in den Amtslisten, auf Briefumschlägen und wohl auch an einem kleinen Haustürschild, zu ihr selbst gehörte er nur von ferne. Sie hieß Luise, und damit genug. Auch »Fräulein Luise« sagte kein Mensch zu ihr. Sie hatte das Vorrecht der Fürstinnen und der Heiligen, sich mit einem Vornamen begnügen zu dürfen.

Ihr Haus, ich sagte es schon, ist nicht ganz leicht zu finden. Es ist aber im Laufe der letzten vierzig Jahre, in denen so viel Leben und Lieben und Leiden über den Planeten und also auch über die Menschen dieser Stadt gekommen war – es ist vieltausendmal gesucht und gefunden worden. – Mädchen, die sich das Heiraten überlegten, waren hier eingetreten, das Bild des Bräutigams in der Tasche: »sie müsse ihn doch eh noch der Luise zeigen«. Mädchen mit ihrem ersten großen Liebeskummer, und Mädchen mit einem Kinde in ihrem Schoß, die nicht wußten, wo aus noch ein. Frauen waren gekommen, schön in ihrem Frauenglück und hilflos in ihrer Frauennot; solche, die um ihre Männer im Zweifel waren, und andere, die überhaupt verzweifeln wollten »an Gott und Welt«. An Winterabenden dann, wenn es nicht gerade ein jeder sehen konnte, hatten auch Männer hierher gefunden; junge Männer, die am liebsten ›Mutter‹ sagen würden, weil man doch zu jemand ›Mutter‹ sagen möchte – aber sie sagten ›Luise‹ –, und ältere, was man so heißt gestandene Männer, die diesen Gang bärbeißiger, als ihnen ernst war, vor sich selbst rechtfertigten: man müsse doch von Zeit zu Zeit mit einer vernünftigen Person sich aussprechen können; alte Leute schließlich kannten die Wöhrdenstube, wie sich versteht. Wohl diese alle waren hier über die untere Donaubrücke gegangen und dann links seitabgebogen.

Es schlug dreiviertel drei Uhr. Nun ging auch ich auf denselben Weg.

Als ich ins Zimmer trat – man kommt in diesen Häusern zunächst in eine Art Gangküche, erst an der eigentlichen Wohnstubentür wird geklopft –, sah ich als erstes das von früheren Besuchen her bekannte und stets unveränderte Bild: Luise, die gelähmte Luise, in ihrem Lehnstuhl, das Gesicht dem Eintretenden zugewandt. Im Hintergrund stand Karoline, eine leibarme und regsame, grau gekleidete Jungfer. Zwischen den Schwestern aber saß ein Mann von mittelgroßer, kräftiger Statur, mit rundem Kopf und grauem, zurückgebürstetem Haar; ein Mann in den fünfziger Jahren, wie mir schien. Eine dunkle Brille allerdings, die seine Augen verdeckte, mochte ihn älter aussehen lassen, als er in Wirklichkeit war.

Ich hatte Luise und ihre Schwester mit der Hand gegrüßt und war dabei, auch dem Gast die Rechte entgegenzustrecken, als mich dessen völlige Regungslosigkeit zögern ließ. Ich wollte mich eben an Luise wenden, als diese schon selbst mit einem Wort der Erklärung mir zu Hilfe kam. »Gustav ist heute bei uns«, sagte sie, »und ich habe gedacht, den müssen Sie auch kennenlernen. Ich freu' mich, daß Sie gekommen sind.« Und setzte hinzu: »Sie müssen wissen, Gustav ist taubblind.«

Taubblind – es verging einige Zeit, ehe ich mich mit dem Wort auch nur notdürftig zurechtfand. Blind, so begann ich innerlich zu buchstabieren, das hieß: in der Nacht sein. Die Blumen nicht sehen können und die Wolken nicht, nicht die Sterne und nicht das Menschengesicht. Ich schloß unwillkürlich die Augen und ging so, selbst blind geworden, in Gedanken der Reihe nach die Blinden durch, die ich kannte. Ein Klavierstimmer fiel mir ein, der zu uns ins Haus gekommen war; ein Mädchen, das die Blindenschrifttexte so unfaßlich schnell und sicher zu lesen vermochte, daß sie wohl in einer Klasse von Sehenden kaum aufgefallen wäre; eine Witfrau schließlich, die auf ihre alten Tage noch das Augenlicht völlig verloren hatte und nun in der Ecke ihrer Kammer saß in gespenstischer Einsamkeit. Ich gedachte weiter zurück des blinden Teiresias, des Sehers aus der Unterwelt; und hieß es nicht auch von seinem Sänger, von Homer selbst, er sei blind gewesen? Wie war es nun mit diesen Blinden? Freilich, sie lebten in der Nacht. War es aber nicht, wenn man so sagen kann, eine erfüllte Nacht, eine Nacht voll Klang und Laut und Stimme? War nicht diesen Geschädigten eine Art Ausgleich zuteil geworden, ein ungewöhnlich zartes und wachsames Gehör oder sonst eine überaus entwickelte Gabe? Sodann geriet ich in den Bereich der anderen Silbe, an die ich füglich zuerst hätte denken sollen. ›Taub‹ – das bedeutete also: dem Wort entfernt sein. Alsogleich mußte ich an Beethoven denken, an die wilden Klagelaute seines Heiligenstädter Testaments, von der Taubheit diktiert. Und hier, wie ich mich auch besann, wollte mir kein versöhnendes Gegengewicht vor Augen kommen. Wie aber mußte es nun erst um einen doppelt Versehrten, um einen Taubblinden bestellt sein?

Ich kam nicht mehr weiter in meinen Gedanken; Karoline hatte den Mann an der Schulter berührt und seine Hand genommen, um sie mir entgegenzuführen. Einen Augenblick lang wollte mich diese Gebärde marionetten- und schreckhaft anmuten, dann aber veränderte sich dabei der Gesichtsausdruck des Mannes, eine Stimme klang auf, dunkel und klar zugleich, und fragte in den Raum hinein: »Ist jemand gekommen?«

Mit einer ungeheuren Feierlichkeit stand in der kleinen Wöhrdenstube die Frage dieser Stimme. So hatte man sich wohl den Anruf des Propheten zu denken, des göttlichen Botschafters, des mächtigen, weltverwandelnden; und daß ich nicht antworten konnte, schien ganz zu dieser außerordentlichen Begegnung zu gehören. Eine nie gekannte Furcht war dabei, von meinem ganzen Menschen Besitz zu ergreifen. Mir war zumut, als ginge es nicht darum, einem absonderlich Hilflosen auf irgendeine Weise mein ›Ja‹ zuzumitteln, nein: ich kam mir vor wie ein im Angsttraum Verstummter, der, zur Rechenschaft gezogen, das eine rettende Wort nicht über die Lippen bringt. Zu allem hin hatte ich Luise in meinem Rücken. Sähe sie jetzt mein Gesicht, so würde sie ohne Wort meinen Zustand erkennen und ihm ein Ende bereiten. Oder hat sie gar einen Grund, mich diese Not so erfahren zu lassen?

Karoline legte sich ins Mittel. »Sie müssen ihm in die Hand schreiben«, sagte sie, »sehen Sie, so –«, und dabei nahm sie meine Rechte und zog im Innern der Handfläche große, lateinische Druckbuchstaben.

Ich zögerte einen Augenblick, das gleiche meinem Gegenüber anzutun. Mir war, als träte ich ihm als einem Unbekannten zu nahe, wenn ich so von mir aus seine Hand herüberholen würde. Schließlich aber überwand ich meine Scheu und ergriff die noch immer halb vorgeschobene Rechte, drehte ihre Fläche nach oben und begann meinen Namen zu schreiben. Es war eine langgestreckte, schmale Hand, in die ich schrieb, eine Hand, wie man sie nicht eigentlich bei dem gedrungenen Körperbau des Mannes erwartet hätte; sollte sie gar eine Handwerkershand sein, so wäre sie vollends ungewöhnlich. Freilich, wie kam ich darauf, den Mann so ohne weiteres dem Handwerkerstand einzugliedern? Er hieß Gustav, fiel mir ein. Und hieß wohl so auf die gleiche Weise, wie die Gelähmte Luise hieß. Führte dann nicht der freischwebende Vorname ihn von vornherein aus den menschlichen Standesordnungen hinaus?

Ich zeichnete meine lateinischen Lettern, machte zwischen Vornamen und Nachnamen eine Pause, die den Zwischenraum kennzeichnen sollte – Gustav wartete noch eine Weile nach der letzten Linienführung, dann sprach er meinen Namen aus, und schon in diesem Augenblick schien ein milderes Licht die Stube zu erfüllen. Die Furcht, die sich meiner nach der Eingangsfrage bemächtigt hatte, war gebannt: mein Name war ausgesprochen, ich war angenommen.

Dennoch rückte ich nun mit meinem Stuhl ein weniges zur Seite, um Luise ins klare Blickfeld zu bekommen. Daß sie unsere Begrüßung schweigend begleitet hatte, durfte mich nicht wundern. Schweigen, das wußte ich ohnehin, gehörte von Grund aus zu ihren Lebensdiensten; manche Beichte innerhalb dieser vier Wände war gewiß gerade dadurch zustande gekommen, daß hier jemand sich auf das tätige Schweigen verstand. Nun aber drängte ich nach unmittelbarer Verbindung. Schließlich war sie es ja gewesen, die mich hierher gerufen hatte, und wenngleich es ihr heute auch nicht um ein Gespräch mit mir, sondern um diese Begegnung mit dem Taubblinden ging, so war es doch nicht von ungefähr, daß diese sich unter ihrem Dache vollzog und nicht etwa unter dem von Gustavs Bruder. Dieser Bruder, von dem mir Karoline berichtete, war ein Lohgerber und bewohnte das elterliche Haus drüben am Markt. Übrigens sei er höchst gesund, er sehe und höre gleichsam für zwei.

Gustav hingegen, erklärte daraufhin Luise, sei blind geboren und in seinem achten Lebensjahre als Folge eines Scharlachfiebers ertaubt. Seit über dreißig Jahren lebe er nun in Munden in der Blindenanstalt, fahre aber ein- oder zweimal im Jahre heim. Der Bruder leide ihn dann wohl zu Hause, nur freilich abgeben könne man sich dort nicht groß mit ihm. So komme es denn, daß Gustav viele Stunden seines Urlaubs in der Wöhrdenstube zubringe. »Wir haben einander immer viel zu erzählen«, schloß Luises Bericht, und der frohlockende Ton, in dem das gesagt wurde, bestätigte jedes Wort. Es war am Tage, auch Gustav gehörte zu den Wöhrdengängern, auch er war in den Kreis des Vertrauens gezogen, der diese kleine Stube so wunderbar in die geheime Stadtmitte rückte und es so wenig erlaubte, ein Geschöpf bedauernswert zu finden, dessen Leben sich selbst verschenken konnte.

Der Taubblinde mußte gleich gespürt haben, daß die Schwestern sich mit mir unterhielten, denn er blieb längere Zeit ganz ruhig. Dann begann er, auch weiter jedes Wort schön und ohne mundartliche Tönung formend: »Es freut mich, daß Sie mich besuchen.« Woraus ich entnahm, daß die beiden ihn auf mein Kommen vorbereitet hatten. Ich schrieb als Antwort: »ICH FREUE MICH AUCH.« Und nun kam wahrhaftig ein richtiges Gespräch zustande. Ich schrieb meine Fragen, Gustav antwortete, fragte dann selbst weiter, worauf ich wieder zu antworten hatte. Die Schwestern saßen dabei und unterbrachen uns kaum. Einmal hatte ich gefragt, wie er sich fühle. Darauf er: »Danke, mir fehlt nichts.« Und wie als müßte unsrem zweifelsüchtigen Sinn ein solches Geständnis bestätigt werden, wiederholte er: »Mir fehlt nichts.«

Die Grund- und Sinnfrage freilich, die gleiche, die uns draußen so häufig bestürzt hatte, hing ja längst über diesem Zimmer in ihrer Rätselgestalt, die Frage nach dem Warum und Wozu. Ich wagte sie aber nicht aufzurufen, und auch Luise und Karoline, sonst jede auf ihre Weise solchen Grundbesinnungen ergeben, schienen ihr heute ausweichen zu wollen. Gustav selbst aber mußte wohl die Stockung wahrgenommen haben, die unversehens eingetreten war. Denn mit einemmal sagte er unvermittelt: »Kann auch ein Weib ihres Kindleins vergessen, daß sie sich nicht erbarme über den Sohn ihres Leibes? Und ob sie desselben vergäße, so will ich doch dein nicht vergessen. Siehe, in die Hände habe ich dich gezeichnet. Jesaja neunundvierzig, Vers fünfzehn.«

Im ersten Augenblick wollte mich ein Lächeln ankommen ob des schülerhaften Ernstes, mit dem in gleichem Atem Bibelwort und Fundstelle genannt wurden; gleich darauf aber löste sich dieses Lächeln auf, Staunen befiel mich, wie es nun bei einem taubblinden Mann zu einer so genauen Schriftkenntnis gekommen sein konnte; schließlich aber ging auch das Staunen über in die Bereitschaft, mich der Gewalt dieses Wortes hinzuhalten. Es war jetzt nicht die Stunde, mein eigenes vielverschlungenes Verhältnis zum biblischen Zeugnis zu überprüfen, der mancherlei Zweifel- und Abfallswege zu gedenken, die alle ich zu Ende zu laufen hatte, bis auch mir dieser Satz in seiner unergründlichen, einfach aussagenden Herrlichkeit strahlen konnte; auch die Trauer darüber, daß noch immer, und immer von neuem, Schatten solche Sicht verstören durften, gewann jetzt kein Recht über mich; ich hatte nichts anderes zu tun, als Gustavs Hand zu fassen und darein zu schreiben: JA. Worauf Gustav zurückgab: »Denn es heilte sie weder Kraut noch Pflaster, sondern dein Wort, Herr, welches alles heilt. Weisheit sechzehn, Vers zwölf.« Auf diesen Spruch gab ich keine Antwort; doch konnte der Taubblinde, der Alleserfühlende, wissen, daß die ganze Stube mit all ihren Bewohnern seinem Vertrauen dankte.

Noch einmal griff Karoline ein. In einer kurzschriftartigen Andeutungsweise äußerte sie den Wunsch, Gustav möchte uns noch etwas vorlesen, und reichte ihm ein schwarzes Buch. Ich nahm zunächst an, es sei die Bibel. Es waren aber die Briefe des Matthias Claudius, in Blindenschrift übertragen. Schon waren die großen Tausendpunktblätter vor dem Manne aufgeschlagen, gleich, so sah ich es kommen, würden seine Hände ihr Werk beginnen, die Worte des Wandsbecker Boten, mir lieb und nahe wie Lampenlicht und Sternenschein, würden leuchten, ohne zu brennen, sie würden diese Stunde milde beschließen. Vergessen würde ich, daß mir ein Mann im tiefsten, engsten Gehäuse, ein wahrer Kerkermann, gegenübersaß, hatte ich's nicht schon halb vergessen? – Da aber ging die Türe auf, und ohne angeklopft zu haben, trat fremder Besuch ins Zimmer.

Ich stand auf und bot dem Neuling meinen Platz an. Es war ein älterer Mann, und er hätte wohl Gustavs Schulkamerad sein können. Ein Gespräch mit ihm zu führen, war freilich nicht meine Absicht; ich mußte danach trachten, in die Stille zu kommen: inständig riefen mich heimliche Befehle.

Was war denn geschehen? Nicht viel, möchte man sagen. Ich hatte Gustav, den Taubblinden, kennengelernt. Wir hatten miteinander geredet, er hatte mir versichert, daß ihm nichts fehlte, er hatte zwei Worte der Schrift gesagt. Und doch schien mir, als sei in dieser Stunde eine Mauer durchbrochen worden, und eine nie gesehene Tür weise – weise wohin?

Ehe ich nun aber mit meinem Besuch zu Ende kam, geschah folgendes: Gustav, dessen Hand ich zum Abschied ergriffen hatte, fragte mich plötzlich noch: »Ist es heute schönes Wetter?« Worauf ich, nun schon ganz geübt in der Verständigungsschrift, rasch erwiderte: »JA, DIE SONNE SCHEINT.« Da war es, als ob Gustav unversehens seine Leichtigkeit verließe; er stockte. Und Luise sagte, unsere Verwunderung deutend: »Da merkt man nun, dass er sie noch nie gesehen hat, die Sonne.« Ganz ruhig hatte Luise diesen Satz gesagt. Wir andern aber waren mit eins wie von einem verstörenden Geist berührt. Auch um den Neueingetretenen hatte das Ereignis den Kreis des Schreckens gezogen. Wir sahen uns an, und unsere Augen lasen: er hat sie noch nie gesehen, die Sonne.

Zum Glück war jetzt keine Zeit dazu, diesem Schrecken Raum zu geben. Ich wischte, wie auf einer Schiefertafel, meine erste Antwort aus und schrieb: »JA, ES IST WARM.« Und gleich darauf: »LEB WOHL, GUSTAV.«

Als ich mich von Luise verabschiedete, sah sie mich lächelnd an. Und sagte: »Da weiß man doch, worauf man wartet.«

Darauf gab ich ihr schweigend die Hand und ging. Ich wußte, daß sie jetzt keine Antwort von mir verlangen würde. Was hätte ich auch auf dieses getroste Wort erwidern sollen? Aber ich nahm es mit wie ein anvertrautes Gut.

Unterdessen war es Abend geworden; weißes Gewölk lag groß und ruhig unter dem sacht erblassenden Himmel. An der Donaubrücke standen Heckenrosenbüsche, längst verblühte: es war Spätherbst, die Hagebutten leuchteten zart. Ein Vogel flog auf und entschwand hinter Wöhrden mit großem Ruf. Im Wasser funkelte siebenfarbiges Licht. Ich blieb stehen, ich horchte, ich sah. Mir schien, als würde ich alles dessen zum erstenmal gewahr.

Die Begegnung

Sie wußten voneinander, aber sie kannten sich nicht. Sie hatten voneinander gehört, aber es mochte wohl nicht in alle Wege gut und richtig sein, was sie über einander gehört hatten. Ein Schmied sei der Vater des Tochtermannes, so wurde dem Winzer, dem Vater der Tochter, gesagt. Bräunlichen Angesichtes sei er und der Mann harter Fäuste. Schweigsam und unzugänglich, auch stet und verläßlich, der Arbeit zugetan um der Arbeit willen. Mitunter aber sei es, als breche schwarzes Feuer aus ihm wie aus seiner Esse. Dann sehe man ihn an einem Abend über Feld gehen, die Hände auf dem Rücken, das Gesicht der Erde zugekehrt, jener Erde, die nur unter Mühen Frucht trug, dem immerbewölkten Himmel gegenüber.

Wenig erfreulich dünkte ihn dieser Schmied zu sein, er trug kein Begehr, in den Umkreis der großen, durchdringend blauen Augen des Mannes zu geraten.

Dem hinwiederum hatte man den Winzer geschildert als ein schwarzhaarig hurtiges Männlein, launisch und keck, fleißig wenn es darauf ankam, aber bequem so oft es sich machen ließ; ein Spitz lief ihm in seinen Weinberg voraus, dessen Sprünge waren wie die Schnurren, die sich der Herr in der Morgenfrühe durch den Kopf wirbeln ließ, blau war der Tag, blau die Trauben, unbekümmert und verschwenderisch gingen Licht und Labung in die Welt.

Nicht *mehr* wußten sie voneinander, dies war nicht genug. Wie konnte man sich da begegnen, ja wie konnte man sich da begegnen *wollen*?

Ihre Kinder aber waren sich begegnet. Martin hieß der Sohn des Schmieds, Margot hatte der Winzer seine Tochter genannt, seine Frau hatte so geheißen, die war im Kindbett gestorben, eine

Margot mußte im Hause sein. In einer fremden Stadt hatten sich die Beiden getroffen, es war eine Liebe gewesen, keine, um davon in Büchern zu schreiben, eine unheimliche Liebe war es gewesen: Ineinandergekrallt- und Verfallensein. Näheres, wie man so sagt, nein, Näheres war nicht zu erfahren gewesen. Nicht von ihrem gemeinsamen Leben und nicht von ihrem gemeinsamen Tod. Nachbarn hatten nach den zwei Seiten hin Nachricht zu geben gehabt, dann hatte man sie begraben, Not genug, daß kein Eigenes am Grabe stehen konnte.

Vierundzwanzig Jahre, zählt der Winzer, seit keine Margot mehr in seinem Haus gewesen, zwanzig seit der Tochter Tod. Der Schmied in seinem Dorf hat nicht gezählt, aber sooft er den Hammer in seine alten Hände nahm und mit geringem Atem ins Feuer blies, dachte er an den Sohn, der hier stehen sollte, an seiner Statt oder an seiner Seite. Ja, wahrhaftig, hier sollte er stehen, was hat er in der fremden Stadt bei der Fremden zu liegen, so fremd, so still, so todesstill? –.

Der Friedhof lag draußen vor der Stadt, Friedhöfe im Frühling muten nicht böse und trostlos an, die beiden Gräber zumal waren gepflegt, aus mildgrünen Beeten standen erste Blumen auf, es war ein warmer März. Für die Pflege der Gräber hatten die Väter von der Ferne her Sorge getragen mit Geldbeträgen, Briefen, Anweisungen und Rückfragen; der Winzer hatte sich gleich, nachdem ein Stein gesetzt war, ein Lichtbild fertigen lassen. So fand er bald, was er suchte, als er am Morgen des Tages in den geöffneten Friedhof getreten war, am Abend vorher war er in der Stadt angekommen und hatte im Gasthaus übernachtet.

Da nun trafen sich die Väter. Sie wußten es allsogleich. Der Schmied, der schon eine Weile am Grab seines Sohnes gestanden hatte, war nur ein wenig zusammengezuckt, als er den andern auf sich zukommen sah. In einem einzigen Augenblick hatte er wiederholt, was seit dem Todestag zwischen ihnen geschehen war. Einige Briefe hatten sie gewechselt, mühselig genug hatten die Absender ihre Empfänger gefunden, Briefe gefrorener Trauer, mißtrauischer Fragen, kaum noch verhaltener Bezichtigungen, danach Schweigen, der Schmied war zuletzt am Zug geblieben.

Er schien auch jetzt schweigen zu wollen. Es war noch nichts geschehen. Ihre Hüte hatten sie ohnehin in der Hand, auf den Gruß des Ankömmlings hatte der Schmied nur stumm, halb zur Seite blickend geantwortet. Was sollte denn geschehen? Sollte man sich vorstellen, den Namen sagen, wie die Stadtleute tun? Nein. Er weiß, wer ich bin. Ich weiß, wer er ist, es ist gewiß, es ist so gut wie gewiß.

»Die verraten nichts mehr.« Der Schmied erschrak über seine eigene Stimme, die da plötzlich in dem Gräbergarten stand, eine rauhe, geborstene, eine dreimalgestorbene Stimme.

Drauf der andere – und das Wort ging ihm lang nicht so geschwind vom Munde, wie der Schmied erwartet hatte, und wärs auch nur, weil er die Worte in einer ihm halb fremdgewordenen Sprache zusammensetzte, man merkte es wohl: »Tät auch nicht gut. Wird nicht leichter dadurch.«

»Dadurch?«

»Wenn man … wenn wir wüßten, wie und was.«

Da hatte er mit »man« begonnen, dann aber mit eins ein »wir« daraus gemacht. Nun stand da »wir« – eine Brücke, eine schwache Brücke, kann man auf dieser Brücke gehen?

Ja, man kann. Oder nein: »man« kann nicht, aber die Beiden können es. Sie tuns.

Zwanzig Jahre machen nicht nur alt, und nicht nur hart. Sie führen auch an die Grenze, da steht: Leiden und Gelittenhaben. Und da ist es dann nicht mehr weit.

Was haben sie miteinander gesprochen? Fragt nicht. Haben sie sich die Hand gegeben und mehr als die Hand? Vielleicht, vielleicht nicht. Vielleicht noch nicht. Aber das waren sie ihren Toten schuldig und noch viel mehr waren sie es ihrem Leben schuldig, sie wußten es: sie durften sich nicht mehr aus den Augen verlieren.

Der Grundstein

Es war noch dunkle Nacht, als der Maurermeister Johann Caspar Murthum am Morgen des 5. Januar 1439 durch die Hauptstraße von Atterdingen lief und danach die alte Weltenbucher Steige bergauf zu gehen sich anschickte. Er hatte Grund, so in frühester Frühe seine Reise zu beginnen: denn einmal mochten die tief-vereisten Waldwege nach dem Tauwetter der letzten Tage schlüpf-rig und schwer begänglich sein, dann aber war es ja auch an guten Tagen ein Marsch von fünf Stunden bis Tübingen, und ob der Meister Heinrich ihn nun gleich über Nacht behalten würde, war recht ungewiß. So rechnete er damit, noch am gleichen Tage den Heimweg antreten zu müssen, und wollte wenigstens beizeiten in der Stadt sein, um eine ruhige Stunde vor dem Abend zu behalten.

Der Wind, welcher während der letzten Tage ununterbrochen in südlichem Feuer vom Neckartaleck her über die weite Hochfläche hin gebraust hatte, war auch an diesem Morgen kräftig am Werk. Er bog die Baumkronen über dem Morgenwanderer hin und her, und das Eis brach allenthalben unter seinem heißen Atem auf, also, daß es in tausend kleinen Rinnsalen über den Weg hinströmte. Durch den Sinn des Mannes aber ging es gleichermaßen in großen, stürmischen Bewegungen. Er gedachte der gestrigen Besprechung, in der zwischen den vier Ältesten des Ortes die lang erwogene Sache zum Abschluß gekommen war. »Im alten Jahr haben wir geredet und gerechnet«, hatte der Schreiner Martin Stollsteimer gesagt, und das war denn auch die Meinung der drei anderen gewesen, »jetzt aber im neuen Jahr wird gehandelt, so wahr ich Martin Stollsteimer heiße.« So war denn beschlossen worden, daß gleich am nächsten Tag der Jüngste unter ihnen, eben er, Johann Caspar Murthum, sich auf den Weg machen solle um dem Meister Heinrich in Tübingen den bündigen Bescheid der Atterdinger zu überbringen. »Komm und hilf«, sollte dieser Bescheid lauten, »es gilt einen Turm.«

Ja, wahrhaftig, nicht von heute auf morgen war diese Sache beschlußreif geworden. Mehr Wenn und Aber hatten ihr im Weg gelegen als Wackersteine im Neckar, da, wo er am breitesten ist. Der Maurermeister Johann Caspar Murthum mußte dabei alsbald an seinen Nachbarn, den Weber Bastian Stäbler, denken, der immer über den Schiffchen des Webstuhls seine Rechnung machte: zehn Meter Turm kosten achthundert Goldgulden, zwanzig Meter Turm ... dazu der Innenbau, die Grundmauern ... Und sogleich fiel ihm denn auch ein, wie er eines Tages in das windige Webergesichtlein hinein gesagt hatte: »Jetzt, Bastian, jetzt rechne doch nur vollends aus, was den Jakob die Himmelsleiter gekostet hat. Paß auf, der hat sie gar nicht verzahlen können.« Worauf der Bastian tief gekränkt die Fensterläden geschlossen hatte. Mehr als einmal hatte es dann wohl im Lauf der Verhandlungen so ausgesehen, als ob die Wenn und Aber es ganz und gar gewinnen würden. Da war es dann der vier Ältesten Sache gewesen, im Verein mit dem Herrn Kaplan den Wunsch und den Eifer wachzuhalten, Ernst und Klarheit zu verbreiten, Zweifel und Bedenklichkeiten niederzuringen. Was ihn selbst betraf, so war sein Sinn niemals ernstlich schwankend geworden. Sollte aber doch einmal der Unmut auch ihn verstört haben, so bedurfte es nur der Erinnerung an jene erste Stunde, in der er aus dem Munde des Meisters Heinrich selbst den Turmplan vernommen hatte.

Das lag jetzt – und der Morgenwanderer hatte Zeit, sich die Monate an den Fingern abzuzählen –, das lag jetzt schon drei Jahre zurück. Ein Herbstabend wars gewesen, an dem er im Hause des Gießers Schlechtdolch den Meister Heinrich zum erstenmal getroffen hatte. Er erinnerte sich: damals war er zum Schlechtdolch gekommen mit der Bitte um einen neuen Werkstattleuchter; siehe, da sitzt einer am Tisch in einem dunkelblauen Samtwams, eine Kette um den Hals wie ein Ratsherr, mit blondem

Haar über einer hohen Stirn, ein wunderbares Jugendangesicht, voll Eifer, Plan und Feuer. Woher und Wohin hat man gleich gefragt, aber nicht mit drei Worten konnte der Unbekannte darauf antworten. Man antwortet nicht mit drei Worten, wenn man eben von einer großen Reise aus Welschland heimkommt. Was für Namen, was für Städte kamen in dem Bericht des Mannes vor: Chartres und Reims und Amiens, und hernach Straßburg am Rhein. In welcher Zunft aber der Blonde da seine Reise getan hatte, das war leicht zu erfahren. Ein Baumeister war das, einer, der in den Städten und Dörfern die Kirchen kennt, die Rat- und die Richthäuser und die Zehntscheuern, die Kirchen aber vor allem. Was sie in Chartres – einem Ort hinter Paris, dreißig Tagreisen von hier – was sie da für eine Kirche haben, was für Pfeiler, was für Kapitäle, was für Glasfenster, was für einen Turm! Und dann erzählte der im Samtwams weiter, erzählte, wie er in einer Nacht nach Straßburg am Rhein gekommen sei, allwo ein Münster stehe mit einem Turm, der reiße einem schier das Gesicht vom Kopf und den Kopf vom Leib, wenn man nach seiner Spitze suche. Ja, und ein Mann sei ihm dort in die Hände gelaufen, der hätte ihn zu einem Straßburger Wein in die Taverne genommen, und hätte ihm von diesem Münster berichtet, haarklein alles, was er wußte, von dem Münsterbau, von der Bauhütte, und dabei habe er auch mit einer Stimme aus lauter Andacht und Ehrfurcht den Namen des großen Erwin von Steinbach ausgesprochen. »Komm, Kamerad«, habe er zum Schluß gesagt, »wir gehen hinaus und sehen noch einmal, was der Erwin von Steinbach da gebaut hat. Nicht für die Ewigkeit, Kamerad, aber für die Zeit und für mehr als unsre Zeit!« Mächtig hatten die Augen des Blonden, dunkle Augen übrigens, gefunkelt, und dann hatte er in den Spiegel des Weines geblickt, der vor ihm stand in der Stube des Gießers Schlechtdolch zu Atterdingen. Da waren sie eine Zeit lang ganz still gewesen, alle drei. Danach hatte der Unbekannte von neuem zu reden begonnen. »Das müßt ihr auch haben«, hatte er angefangen, »ihr Atterdinger, einen Kirchturm! Wohl, ihr habt eine Kirche, eine schöne Kirche, soweit ich das seh, aber wem zulieb habt ihr sie, wem zu Ehr? Euch zulieb, euch selber allein! Ein Haus ist das, ein Haus der Gemeinde des Herrn, nützlich eingerichtet. Nun gut, ihr habt die Altäre geschmückt, den der Barbara, den der Katharina, den der allerheiligsten Jungfrau. Möchte aber wissen, ob ihr dabei an Gottes Preis und Ruhm gedacht und nicht nur an die mancherlei Gunst, welche euch die lieben Heiligen zuwenden sollen. Ja, wenn ihr einen Turm hättet, einen rechtschaffenen Turm, einen Finger Gottes, das wäre eine wahre Andacht, ein steinerner Lobgesang: ›Allein Gott in der Höh sei Ehr‹. Seliger Überschwang wärs, Verschwendung eurer Herzen, und also wahrhaft erst Gott gefällig. Denn wenn ihr euch selber dienstbar seid, was ist das weiter? Aber ein Turm! Drunten in der Stadt und drüben in Tübingen haben die Chorherren dergleichen auch begonnen. Und ihr Atterdinger dürft wohl bedenken, wie erhaben ein solcher Turm auf eurer Höhe stünde, recht als der Höchste, als Zeuge des Höchsten!«

So hatte das damals angefangen. Und er, Murthum, hatte gleich gedacht: Recht hat er, recht hat der goldene Kettenmann. Ich sollt' nur gleich den Stollsteimer dahaben und den Schmid, und den Herrn Kaplan Drupbacher, was die wohl dazu denken würden? Und dann war der Meister gegangen, und über ein paar Wochen, da war er wiedergekommen, und war, Gotts Wunder, in seiner Stube erschienen. »Ein Mann, ein Herr«, hatte die Lene gesagt, die Christiane war aus der Stube geschlichen, der Leonhard aber, sein Sorgenleonhard, hatte sich ganz zutraulich an der Kette des Gastes zu schaffen gemacht. »Nun, wie stehts mit dem Turmbau?« hatte der Meister gefragt. Und er hatte berichten dürfen, daß sie schon kräftig den Boden beackert und da und dort ein Wörtlein hätten fallen lassen, es sei auf keinen schlechten Boden gefallen, wolle aber, wie der Meister wohl wisse, Weile haben, solch gut Ding. »Nur nicht allzu lange Weile«, hatte darauf der Meister gesagt, »sonst möchte drüber der jüngste Tag hereinbrechen. Sind ja etliche Zeichen der Art, daß man meinen möchte, er sei nicht weit.« Und der Turmplan war weitergedrungen. Kamen sie vom Beihinger Markt herüber oder von den Barmhäusern, so hörten die wohl die Geschichte um den Atterdinger Turm: so und so hoch werde er, und so dick, und ein Wahrzeichen, daß wir nicht nur für die Erde da sind, und daß er stünde als von uns allen gebaut und daß sie noch in fünfhundert Jahren daran denken würden. »Sei aber doch recht bedenklich«, warf dann etwa ein Barmhäuser ein. »Sei eine arge Versuchung zu geistlicher Hoffart, welcher Gott widerstehe, wie erst kürzlich an Exaudi vom Herrn Pfarrer kräftig exemplifizieret.« Vielleicht aber waren nun die Atterdinger gerade durch solche Stimmen des Zweifels erst recht in ihrer Sache gefestigt worden; denn als dann kürzlich – es war im letzten Herbst gewesen – die Listen umgegangen waren, in denen ein jeder Haushalt eintragen sollte, was er zum Turmbau beisteure, da schloß sich kein Haus aus. Und die Ältesten hatten feuchte Augen der Rührung bekommen, der Rührung über sich selbst und über ihre ach so gute Bürgerschaft, wenn sie nun lasen: acht Tage Fron – zwanzig Tage – zwölf Tage – den Erlöß von meinem besten Stück Vieh ungeschmelert welches ich bezeige mit eigener Hand – einen silbernen Leuchter – eine güldene Kette von meynem Großvatter übermacht – zehn Goldgulden – Waß mir die Studgarder Hofabodeke für meine Sommerkräuter zalt, alles – und das war die Katharina Stiefbold, eine Witfrau. Und der Herr Kaplan sagte, daß sie wahrhaftig der Witwe im Evangelium gleiche, welche eingelegt »alles, was sie hatte«.

Unter solchen Erinnerungen war der Murthum über Steinbrunn hinausgekommen und ging jetzt auf die Weltenbucher Talsenke zu; langsam begann es Tag zu werden. Etliche Weltenbucher gingen mit dem Kienspan in den Stall und boten dem Wanderer die Zeit. Da droben steht nun das Haus des gestrengen Herrn, des Waldvogts, denkt der Murthum, und gleich fällt ihm der Gang ein, den sie zu dritt im letzten Sommer noch hatten tun müssen, dem Turmbau zulieb. Denn Treppe und Gebälk sollten aus dem starken Holz der Heimat gefertigt werden. Da hatte der gestrenge Herr – nachdem er sie eine Stunde lang hatte warten lassen – gotteslästerliche und unzüchtige Reden vor ihnen geführt, bis zuletzt der Bürgermeister Markus Auchschwelg aufgestanden war und gesagt hatte: »Wenn unsre Knechte daheim solche Reden im Mund haben, so lehren wir sie Mores mit dem Ochsenziemer, halten zu Gnaden.« Worauf es dann sehr still geworden war in dem Jagdsaal des gestrengen Herrn. Bleich war er geworden, der Herr, hatte sich erhoben, zum Fenster gewandt, nach einer Weile aber sich wieder umgekehrt und gesagt: »Ihr habt recht. Es war unziemlich. Nehmt von meinem Holz, soviel Ihr wollt, und was die Bezahlung betrifft, so habt Ihr, Bürgermeister, mich heute ja auf Gulden und Kreuzer bezahlt. Ich will, es gilt mein Wort.« Worauf sie heimgegangen waren und zueinander gesagt hatten: es liegt ein Segen auf unsrem Turmbau. Und der bibelfeste Kaplan meinte, es gemahne ihn dieser Vorfall in Wahrheit an eine Verheißung aus Jesaja, wo es heiße: Wölfe werden bei den Lämmern wohnen.

Voran denn. Und wirklich, die Hauptklötze waren aus dem Weg geschafft. Die Reise zu den Herzögen lag hinter ihnen. Was den Ludwig anging, so hatte er durch seinen Kanzlisten sagen lassen, es sei genehmigt; der Ulrich aber hatte sich huldvoll mit der Abordnung unterhalten, nach den Umständen gefragt, nach der Bausumme, die sie beisammen hätten, auch hatte er in Aussicht gestellt, zu gegebener Stunde in seine Schatulle greifen zu wollen. –

Unser Wanderer war ein gutes Stück vorangekommen unterdessen, und der Wind wehte von Bebenhausen her. Kalt zog es herauf. »Ja, ja«, dachte der Murthum, »die Bebenhäuser verleugnen sich nie, nicht einmal in ihrem Morgenwind.« Die Bebenhäuser, das war das Kloster als die geistliche Obrigkeit für die Atterdinger, die hatten sich zuletzt in der Turmbausache als die allein noch Widerspenstigen erwiesen. Ganz erschöpft war der Drupbacher, ihr guter Herr, von dem Bittgang nach Bebenhausen zurückgekommen. Der Himmel weiß, aber nein, auch der Himmel wirds nicht wissen, warum der Abt auf seinem Nein verharren mochte. Nicht einmal ein Bibelwort des Vergleichs hatte der Drupbacher in seinen Bericht einzuflechten gewußt (hätte er freilich eines gewußt, so würde ihn wohl die Ehrerbietung, die er auch ungereimten Oberen schuldig war, daran gehindert haben, vor seinen Pfarrkindern ein solches Wort fallen zu lassen). Die Ältesten hatten dann wohl gemurmelt: da ist auch noch nicht aller Tage Abend, oder: gutes Holz fällt nicht beim ersten Streich, und: wo viel Gedörn, da viel süße Rose. Worauf denn freilich der Drupbacher einfach den Mund verzogen habe. Nein, habe der Abt gesagt, basta, nein. Er wollte es nicht leiden, daß man in Atterdingen habe, was einer Abteikirche sehr wohl anstehe, einen gotischen Turm! Den Eifer der Atterdinger in Ehren, aber ein Unterschied müsse bestehen, sozusagen eine Distanz! »Ich habe gesprochen!« Der Drupbacher habe dann von den Läuften und den Zeiten geredet, vom Hussitenwesen und von den Raubrittern, und wie eine solche Gottesburg das Gesindel abhalte. Aber der Abt war unerbittlich geblieben. – Mißtrauische Gesellschaft, dachte der Murthum, indes er nun durch den Klosterbereich schritt und zu beiden Seiten mehr als ein Augenpaar stechend auf sich gerichtet fühlte. Ja, Pfäfflein, wenn du wüßtest, was der Bauer da bei sich trägt, und wohin ers trägt! Zeter würdest du schreien, und mich bei deinem Abbas anschwärzen. Schrei zu, ich geh meinen Weg! So war er denn schier in den Übermut geraten, und danach zur milderen Schwester des Übermuts, zur klaren Zuversicht. Recht zuversichtlich klang es drum, was er dem Meister unter der Türe im Haus von Pfluggasse 8 als erstes Wort zurief: »Meister«, hieß es, »Meister, wir fangen an!«

Es war verabredet worden, am 16. Januar als am Tage des heiligen Marcellus den Grundstein zu legen. Bis dahin sollte der Bauplatz vorbereitet, Baumaterial aufgeschichtet und Bauleute gedungen werden. Und nun war der Vorabend des 16. Januar gekommen, und man war so weit, wie man sich vorgenommen hatte. Nahe bei der Kirche hatte seit alters die Burg der Herren von Atterdingen gestanden, ein mächtiger Bau. Seit es aber am Ort keine Herrschaft mehr gab – und nur die ältesten Leute konnten sich noch erinnern, daß einige Male der Burgherr selbst gekommen war – und seit auch die Vogtei derer von Tegen nicht mehr groß nach Bau und Einkünften sah, war die Burg ein Unterschlupf der Eulen und Käuze geworden. Nun aber war es gelungen, den Abbruch der Burg zu erwirken: die Steine sollten nach Möglichkeit unversehrt hinübergenommen werden in den Turmbau. Schon in den letzten Tagen hatte man mit dem Abbruch begonnen, es galt, Geduld und Vorsicht zu üben, damit möglichst vieles erhalten bliebe.

In der Dämmerung ging Meister Murthum, dem die örtliche Bauleitung zugefallen war, auf den Turmplatz hinüber. Morgen – so sah er es vor seinem geistigen Auge – morgen nachmittag, wenn der Meister Heinrich gekommen sein wird, dann versammelt sich die ganze Atterdinger Bürgerschaft in der Kirche zu einem rechten »*Oremus Dominum*«, hernach auf diesem Platze, und dann würden sie den Grundstein setzen nach überlieferter Weise. Der Meister würde den ersten Spruch tun, danach der Pfarrer, danach er, danach die anderen Ältesten, danach die übrigen Steinmetzen und Gesellen. Murthum ging umher, das Dunkel begann nach ihm zu greifen mit unbekannter Hand. Plötzlich redete ihn eine Stimme an: »Noch immer keinen Feierabend, Murthum?« Das war der Hochwürdige selbst. Ihn hatte es offenbar auch noch hierher getrieben. »Oh, Ihr seids, Herr. Hat mich wahrhaftig erschreckt! Feierabend? fragt Ihr; o doch, freilich, das heißt …« »Ihr habt Fieber, Murthum, Herzensfieber. Geht Euch nah an die Seel, die Sach mit dem Turm. Begreifs wohl. Ist jetzt so lang herüber und hinüber gewendet worden in Eurem Sinn und soll nun morgen wahr werden. Auch mir wills lieb sein. Schön ists zu denken, daß der große Turm aufsteht über unser aller letzter Lagerstatt. Daß wir Frieden finden werden in seinem Schatten und Schutz. – Wann kommt der Meister?« – »Morgen, mit dem frühesten, will er sich auf den Weg machen, hat er gesagt. Ich denk, wenn wir auf die zweite Nachmittagsstunde die Gemeinde zusammenrufen, wirds recht sein.« »Ist gut. Werd sodann den Turm der heiligen Dreifaltigkeit befehlen. Gute Nacht, Murthum. Grüßt Eure Frau und Eure Kinder.« »Gute Nacht, hochwürdiger Herr.«

Der Maurer trat in die dunkle Kirche ein, betete bei seiner Schutzheiligen, der mächtigen Katharina, ein Paternoster und schloß dabei den Turmbau in Sonderheit in sein Gebet ein: »daß solches begonnen und vollendet werde zu Gottes Ehre und der Menschen Wohlgefallen«. Im Heimgehen aber umfaßte er noch einmal alles mit einem einzigen Blick, einem seherischen Blick freilich, in dem der Turm selbst schon stand, und es mußte geschehen wie in der Stadt Straßburg am Rhein, daß es einem schier den Kopf vom Leibe riß, wenn man die Spitze des Turmes suchen wollte mit seinen Augen. Dann schickte er sich an heimzugehen. Er ging langsam, es eilte ihm nicht mit dem Nachhausekommen. Er wußte zu gut, was auf ihn wartete; und kaum daß er in die Schustergasse eingebogen war, hörte er von seinem Haus her, was er zu hören nachgerade bitter gewohnt war: Stimmen, laute Stimmen … eine scheltende, eine bittende, eine wimmernde Stimme. Das Herz zog sich ihm zusammen, und wer ihn jetzt gesehen hätte, der hätte gesagt: wie eingefallen sieht nur der Murthum aus! Lene war das, seine Frau, diese alte Frau – sie war fünfzig Jahre alt, ihrem inneren Alter nach aber älter; und Christiane war die andere, das Kind, und Leonhard, sein achtjähriger Sohn. Christiane mochte mit der ganzen ernsten Liebe ihrer zehn Jahre für ihren Bruder gebeten haben, aber sie mochte bitten, was sie wollte, das Gewitter war heraufbeschworen und entlud sich nun über dem Knaben Leonhard, wer weiß wegen welcher Geringfügigkeit … Der aber saß – und Murthum brauchte das Haus nicht zu betreten, um das Bild vor Augen zu haben, ach, er hatt' es immer vor dem inneren Auge: der saß auf seinem Schemel, Leonhard mit den argen Gebresten, sein armes Söhnlein: Leonhard mit der Hasenscharte, mühselig sprechend, schwerhörig dazu, mit dem furchtbaren nächtlichen Wimmern aus unbekannter Angst heraus. Seit einigen Monaten schien sich das Leiden zu verschlimmern, und das Stöhnen – Stöhnen eines alten Mannes, dachte Murthum zuweilen und stöhnte dann leise selber mit – dieses Stöhnen brach auch am Tag scheinbar unvermittelt aus ihm. Es ist ja mit solchen Schmerzenskindern allerorts dasselbe: man möchte sie lieb, ja lieber haben als die anderen, die im starken Leben stehen, weil man fühlt, daß sie dessen bedürftig sind, aber man kann es nicht, man kann es nicht so einfach nach seinem Möchten und Wünschen. Dies zu können ist Gnade. Der Meister ging auf das Haus zu und faßte mit der Hand eines Mannes, den das Beben anwandelt, das Vertrauen aber immer erneut stärken kann, den Türgriff an. Da bauen wir den Turm in die Höhe, zu Dir, Herr unser Gott. Ja, beides werfen wir steinern Dir entgegen, unsere Angst und unser Vertrauen. Es ist Dir doch ein Kleines, neu anzufangen in Deiner Barmherzigkeit mit uns allen. Warum lässest Du uns hier so unbegreiflich warten? Und: wie lange, mein Gott, wie lange?

In dieser Nacht, der Nacht vor dem Marcellustage 1439, wurde nicht nur im Hause Murthum unruhig geschlafen. Die Gedanken, die sonst im nächtlichen Dunkel sich erquickten, waren mit dem kommenden Tag beschäftigt, und schon die Morgendämmerung sah unruhig-tätige Leute. Man lobte das Wetter, welches eigentümlich lind geblieben war seit dem letzten Witterungsumschlag und also günstig für ein Vorhaben, bei dem man trockene Tage brauchte und offenen Boden.

Auch in der Tübinger Pfluggasse war um diese Zeit schon Leben. Der Meister Heinrich wußte sich zu beeilen. Heute war es seine Sache, den Fünf-Stunden-Weg unter die Füße zu nehmen. Er hatte die Atterdinger zu dem Wagnis bewogen, so mußte am Fest der Grundsteinlegung sein Gruß ertönen.

Mit einem Vorsprung von anderthalb Stunden aber liefen in diesen Morgen noch zwei andere Füße hinein: die gehörten dem Frater Anselmus zu, einem Laienbruder aus dem Chorherrenstift Bebenhausen; und weil das unruhige Gewissen in der Welt immer noch ein wenig hurtiger ist als der heilige Eifer, so gelang es dem Tübinger Meister nicht, diesen ungeladenen Besucher des Festtags einzuholen und abzuwehren. So mußte denn die Sache ihren Lauf nehmen.

Der Frater trug einen Brief vom Vater Abt bei sich, den er dem Herrn Heinrich Drupbacher höchstpersönlich in aller Frühe überbringen sollte. Um was für eine Sache es sich handle, war ihm freilich nicht mitgeteilt worden. Doch hatte ihm der Abt Urlaub von der Prim gewährt, weil die Sache so außerordentliche Eile habe ... Außerordentliche Eile? So mochte ein wenig Gefahr und Roßtäuscherei leichtlich mit am Werke sein. Wäre das Faltblatt nur nicht so ungemein sorgfältig gesiegelt, so wollte der Frater Anselmus hernach im Morgenlicht wohl innewerden, was für ein Postillchen er da so mir nichts dir nichts in das Dorf da hinauftrage. Nun, er *würde* es innewerden. Er würde in Bescheidenheit an der Tür verharren, indes der Empfänger den Brief vor sich hinlesen würde. Dann muß man nur noch auf ein paar Fragen klug antworten, die Ohren spitzen, und schon ist ein Schläuling der Sache auf den Grund gekommen. Oder – man muß eben den Horcher an der Wand machen. Nein, der Frater Anselmus, der da in den Steinbrunner Morgen hineinläuft mit aller Neugierde seines jungen Lebens, der vertraut seiner Geschicklichkeit und denkt: heut abend bin ich klüger als heute morgen.

Unterdessen kam Atterdingen ins Blickfeld, es war Tag geworden, und der Eintritt ins Dorf konnte nicht mehr geheim bleiben. Daran lag auch dem Frater nichts, im Gegenteil, ihm war es darum zu tun, mit einem rechten Aufwand von Eifer und Wichtigkeit sich nach der Wohnung des geistlichen Herrn hindurchzufragen. Und da nun an diesem Morgen ohnehin dem Meister Heinrich zuliebe mehr als ein Augenpaar auf die Tübinger Straße gerichtet war, so wurde denn auch der Bruder und sein Brief gebührend vermerkt. Nicht, daß man allzu höflich und devot seinen hoheitsvollen Gruß erwidert hätte ... mancher von den Steckroth, Stollsteimer und Hertfelder, die da so zwischen Haus- und Stalltür dem Dahinschreitenden nachblickten, dachte mehr grimmig als ergeben an den Herbstzehnten für Bebenhausen, an den Sack schönsten Mehls, an die fetten Martinigänse, an das Schwein für Februar. Auch war einiges durchgesickert über die abweisende Haltung des Klosters in der Turmbausache; die Ältesten jedenfalls (und die Häuser von Stollsteimer und Schmid lagen an diesem Teil der Dorfstraße) versahen sich zu nichts Gutem auch über diesem Besuch ... Müssen uns zum Herrn Kaplan begeben, sobald der Graurock wieder verschwunden ist, dachten sie, ein jeder für sich; und dachten: daß er doch nur unsren Herrn nicht ins Bockshorn jagen möchte.

Ganz umhüllt von der Wolke des Wohlgefallens an sich selbst war unterdessen der Frater bis an die Pfarrhaustüre gekommen, und nun stand er einen Augenblick still, nicht ganz ohne Bänglichkeit. Sind ja zuweilen etwas rasch, die geistlichen Herren, und wer kauft mir das Wetter ab, das ich über mein unschuldiges Haupt ergießen lassen müßte? ... Sachte also, fein sachte, *piano pianissimo*, sagt der Pater Chorregens in Bebenhausen. Recht bescheidentlich also klopft er an der äußeren Haustür; unerwartet rasch wird aufgetan; und nun standen sie sich gegenüber, der Frater Anselmus und Drupbacher, der Atterdinger Kaplan. »Was gibts?« fragte der Kaplan, mit einer etwas kurzen Höflichkeit, nachdem er den Gruß erwidert, den der Frater nach der Ordnung dem Geweihten zuerst erwiesen hatte. »Eine Botschaft habe ich zu überbringen vom Vater Abt.« Dies war klug. So mußte ihn der Drupbacher wohl oder übel mit ins Studierzimmer hineinnehmen; dadurch würde denn nun auch er, Anselmus, Kunde über die Botschaft erhalten, die noch immer nichts für ihn war als ein vielversiegeltes Blättchen. »Tretet ein!« hieß es jetzt. »Einen Brief hab ich zu überbringen«, fuhr darauf der Frater fort wie einer, der sich in einer Rolle gefällt. »Reicht her, setzt Euch. Seid früh aufgestanden. Werdet müde sein.« O Schmerz, der ist kurz angebunden, denkt der Frater, da werde ich auf keine Schliche kommen. Und nun liest er den Brief auch noch am Fenster und so, daß er mir den Rücken zuwendet; also kann ich selbst aus dem Gesicht nichts ablesen. Ein gewitzigter Herr scheint mir das zu sein, der Herr von Atterdingen.

»Es ist gut.« Gut auch noch? »Ich werd' Euch eine Antwort schreiben.« Und das so schnelle? Was weiß denn der so leichthin zu antworten? Aber sieh, schon sitzt er am Schreibtisch, fliegt mit der Feder übers Blatt, besinnt sich einen Augenblick, vollendet dann. Streusand, Siegellack. Nun steht er auf, geht an das Stehpult, nimmt zwei Münzen aus einer Büchse, Anselmus weiß gar nicht recht, wie ihm geschieht, so Hals über Kopf geht das alles. »Hier, Frater, überbringet dem Vater Abt diesen Brief. Geht zuvor hinüber ins Rasthaus und lasset Euch Zehrung geben und einen Becher Wein; ich hab dergleichen nicht im Hause. Und hiemit Gott befohlen.«

Ach, da stand er nun, unwissend wie zuvor, der Frater Anselmus mit seinem endelosen Fürwitz ... Und muß, besondere Pein, nun gerade auch mit ansehen, wie zwei Dörfler im Nachtmahlsrock in die Pfarre eingelassen werden, herzlich bewillkommt von ihrem Hirten. Die werden jetzt alles inne, denkt der Anselmus. Was bleibt übrig? Ein Becher Wein; ja ein Becher Wein, das ist das Beste.

In der Tat, die beiden Dörfler, es waren unsere Ältesten, Stollsteimer und Schmid, die wurden nun alles inne. »Ich habe einen Brief vom Vater Abt aus Bebenhausen erhalten, er scheint Wind von unsrem Unterfangen bekommen zu haben, davon nämlich, daß wir trotz seiner Abrede beginnen wollen. Nehmet Platz, Ihr Herren.« Und Drupbacher las:

Wir, Rupertus, Abt von Bebenhausen, und mit Uns in einmütiger Übereinstimmung die hochwürdigen und hochgelehrten

Herrn Patres Unsres Kapitels erklären und versichern in Unsrer Eigenschaft als geistliche Oberhirten der Pfarrei und Kaplanei von Atterdingen, daß Wir dem von der Bürgerschaft besagten Ortes befremdlicherweise eigenmächtig beschlossenen Kirchturmbau-Unterfangen auf Grund Unsrer höheren Einsicht und tieferen Weisheit auf das entschiedenste widerraten. Wenngleich es ja zu Unsrem ernstlichen Bedauern Uns nicht zusteht, ein solch willkürliches Handeln von Amts wegen und in aller Form zu verbieten – welch väterliche Strenge Uns hernach die Atterdinger Bürgerschaft danken würde – so möchten Wir denn doch keinen Augenblick länger zögern zu versichern –

»Aha, er weiß scheint's, daß es höchste Zeit ist«, warf hier der Stollsteimer ein, und brummte dabei etwas vor sich hin, was »Fuchs« heißen konnte.

zögern zu versichern, daß Wir für solchen Turmbau Unsrerseits nicht mehr Verantwortung übernehmen können und wollen als für den Höhlenbau der Füchse und Dachse in Unsren Waldungen; daß Wir auch, falls sich eine selbstherrliche Bürgerschaft Unsrem väterlichen Rat widersetzen und dennoch dem Bau nähertreten sollte, aus dem reichen Klosterschatz, welchen Wir gemeiniglich gehorsamen Söhnen öffnen wollten –

»Haben bis jetzt nicht viel davon gemerkt«, ließ sich an dieser Stelle der Schmid vernehmen.

öffnen wollten, für dieses Mal keinen Gulden, ja nicht einen Kreuzer verwilligen würden. Wir sind nun so gut wie gewiß, daß eine solche Warnung von Unsrer Seite die besonnenen Seelen unter Euch dazu vermag, von dem Vorhaben abzustehen, möchten aber, zur Stärkung solch untertäniger Regungen Euch etliche geistliche Einsicht in diesem Kapitel nicht vorenthalten. Ersten Mosis im Eilften ist berichtet, daß etliche sich zusammenrotteten, um in ihres Sinnes Verblendung den Turm von Babel zu bauen, der bis an den Himmel reichen soll; haben selbige aber, wie wohl bekannt, umsonst gebaut, dieweil der Herr herniedergefahren, um das Gemächte ihrer Hände zu zerstören, den Frevlern aber ihre Sprache zu verwirren, wie noch heutigen Tages wahrzunehmen. Wiederum steht im Neuen Bunde geschrieben, Lucae im Dreizehnten, daß der Turm von Siloah eingestürzt und ihrer achtzehn unter sich begraben habe. Wir stellen dieses in Ausmalung der Schmerzen unmündiger Waisen und bekümmerter Witwen den Steinmetzen und Handlangern zu Atterdingen vor Augen. Das Kloster, milden Sinnes und barmherzigen Herzens wie es ist, müßte dieses Mal vor dem Heulen derer, die keinen Ernährer haben, taub bleiben als wie die Steine in Unsrem Refektorio. –

»und das wollen Christenmenschen sein« – der Stollsteimer konnte nicht länger an sich halten und rief es in offener Empörung.

Sollte aber auch handkräftiges Unheil nicht sich einstellen, so sei den Allzukecken in den Sinn gerufen, was Lucae im Vierzehnten von denen gesagt ist, welche den Grund zu einem Turmbau gelegt haben und nicht hatten, daß sie's hinaus führten. … Sollte aber in etwa eine Atterdinger Bürgerschaft nicht wissen, wohin mit ihren Reich- und Besitztümern, so möchten Wir nicht unterlassen, des gar mageren Herbstzehnten Erwähnung zu tun, und hierin inskünftig Besserung zu erwarten. Untertänige Söhne umfassen Wir allezeit mit all Unsrer oberhirtlichen Liebe, ungehorsame aber müssen wir blutiger noch beweinen denn tote, dieweil dieselbigen zeitlich tot sind und ewiglich. Gegeben am 15. Januar 1439 in der Abendstunde.

»Amen«, sagte Heinrich Drupbacher, grimmig das Schriftstück zusammenfaltend. »Und nun, meine Herrn?« Die beiden sahen unmutig drein, antworteten aber nicht sogleich. Schließlich fragte Stollsteimer: – »Und – was habt Ihr geantwortet, Hochwürden?«

– »Ich habe geschrieben, daß ich den Brief mit allem schuldigen Respekt empfangen und gelesen hätte, daß ich aber in dieser Sache ohne meine Ältesten nichts beschließen könne und wolle.«

»So muß sich das Kollegium versammeln. Auf den Hertfelder werden wir verzichten müssen, er ist krank. Aber den Murthum können wir nicht entbehren.« – »Ja, der Murthum muß befragt werden. Ich seh's kommen: der wird zäh sein wie Hasenleder, und rundweg nein sagen, wenn er von diesem Handel hört. Und wenn er's tut, mein Seel, ich müßte ihm recht geben, wenn er's tut.«

Der Murthum hatte seine Wohnung seitab von der Hauptstraße; so konnte die mönchische Visite ihm verborgen bleiben. Zudem war er bereits am frühen Morgen auf den Burgplatz gegangen, um mit dem Abbruch fortzufahren; es gab da mancherlei Arbeit, die zur Not auch ein einzelner für sich tun konnte. Er hatte daheim hinterlassen, man möge ihn unverzüglich benachrichtigen, wenn der Meister Heinrich gekommen sei, vorher aber wolle er in Frieden gelassen werden. Sein Sinn stand ihm danach, den Tag in ernsthafter und arbeitsamer Stille zu beginnen.

Noch immer standen hier die Umfassungsmauern der Burgruine, auch von den Zwischen- und Wandelgängen war ein guter Teil unversehrt geblieben. Seit einigen Tagen aber war das Gelände nicht mehr ganz ungefährlich. Viele Steine hatte man freigelegt, der Mörtel war weggekratzt, in der Winterfeuchte hatten sich viele Zwischenräume von selbst ausgespült, man mußte wissen, wohin man trat. Murthum freilich, der Bauleiter auch dieses Abbruchs, konnte mit der Geschicklichkeit einer Laufkatze von Mauerloch zu Mauerloch klettern, unbekümmert jeden unversehrten Stein prüfen, mit der Spitzhacke da und dort nachlokkern, er fühlte sich sicher.

Es war ein heller Morgen, und der Meister, aus einer gramvollen Nacht ins Leben zurückgekehrt, drängte mit allem, was er hatte und was er war, diesem Morgen und diesem Tage entgegen. Sein Herz war voller Fest und Anbeginn. Es lebte.

Eben war er in den Ostflügel geraten, in dem gestern die Gesellen mit der Arbeit am weitesten vorangekommen waren. Hier lagen, wie noch zu einem Erker zusammengefügt, große, gelbliche Steine. Es war unvorsichtig, diese Steine so aufeinanderzulegen, daß leicht genug ein Unkundiger an dieser Stelle eine sichere Brüstung vermuten mußte. Murthum beschloß, die Steine abzutragen. Das war nun eine rechte Morgenarbeit für einen Mann allein am heiligen Marcellustag, wenn man wollte, daß die Zeit vergehe. Ja, hier verging die Zeit, Murthum achtete ihrer nicht. Er war ganz von dieser Arbeit umfangen, er hörte und sah nicht zur Rechten und Linken. Da geschah es – er hatte eben bei dem Gang über das innere Leitergerüst einen flachen Stein in der Hand, einen Stein von beträchtlicher Größe, er konnte eben noch von einer Hand getragen werden –, daß eine Stimme aus nächster Nähe »Vater« rief.

Was nun folgte, dauerte nur einige wenige Augenblicke. Freilich waren es Augenblicke jener Art, von der wir sagen, daß sie uns »eine Ewigkeit« dünken; darauf berufen wir uns übrigens, wenn wir, schwerfällig genug, nicht in wenigen Augenblicken schildern können, was sich ereignete. Es begann damit, daß der Johann Caspar Murthum, von dem völlig unerwarteten Anruf erschreckt, auf dem schmalen Gerüst, wo er stand, das Gleichgewicht zu verlieren drohte. Eben noch gelang es ihm, sich an einer Mauerritze festzuhalten, dabei aber glitt ihm der Stein aus der Hand. Im gleichen Augenblick wandte er sich um, und nun sah er. Sah seine beiden Kinder im Hof stehen. Christiane stand weitab und außerhalb von jeder Gefahr. Leonhard aber befand sich unmittelbar unter dem Zwischengang in der Mitte in höchster Gefahr: hier konnte jeder Stein treffen, ohne daß von oben aus eine klare Übersicht zu erlangen war. Hier mußte – mußte nun dieser Stein treffen, das war, so wie Murthum stand, in furchtbarer Klarheit und Gewißheit zu sehen. Leonhard, das schwerhörige Kind steht unten, und wenn nicht ein Wunder geschieht, so trifft ihn der Stein. Murthum, Johann Caspar Murthum, der Vater des

Knaben Leonhard, schreit; aber der Schrei löst sich nicht von den Lippen, es scheint, als sei der Rufer im maßlosen Schrecken gelähmt. »Laß das Wunder geschehen«, möchte Murthum schreien, was denn sonst? Und doch, Johann Caspar Murthum wird hundert Jahre alt werden können und wird wissen, daß zugleich auch die andere Bitte da war, die Bitte: »Laß es nicht geschehen! Laß es ein Ende nehmen, das nächtliche Wimmern, lösch es aus, dies stille und erschrockene Angesicht eines kranken Knaben.« Ja, so ist es mit unsren Gebeten auf Erden. Wir bitten das Eine und das Andere, das Fromme und das Entsetzliche; und da sage noch einer, daß Satan sein Werk nicht verstehe, wenn er sich gar einschleichen kann in Händefalten und Stoßgebet.

Unerbittlich mußte der Stein fallen, einem von den großen Quadern entgegen, die da in Manneshöhe im Laufgang ruhten. Aber nein, die ruhten ja nicht, die waren ja schon aus den Fugen geraten, ein Stoß, ein Aufprall eines anderen Steines mußte sie in Bewegung bringen. Entweder – Murthum sah es, und ihm war, als gerönne ihm das Blut – der Stein fällt auf der Fläche des Quaders auf und springt dann zur Seite, oder: er berührt den Quader an der Kante. Dann stürzt der Quader selbst, und dann … ja, dieses »Und dann« kann keiner zu Ende denken.

In der Tat stürzte der Stein auf den großen Quader. Und zwar nicht mit der Breitseite, sondern mit seiner schmalsten Kante. Was aber Murthum von oben nicht sehen und nicht mit einrechnen konnte (die winzige Spur, welche uns bewahrt, können wir nie mit einrechnen), war dies: zwischen diesem Quader und dem nächsten war eine besonders tief ausgefegte Rille, man hätte wohl zwei Hände dazwischenstecken können. In diese Rille fiel der Unglücksstein. Es gab ein mächtiges Zittern im Quader, dann aber war es, als rühre eine gewaltige Hand beide Steine an und bringe sie zur Ruhe, den großen wie den kleinen. Und sie standen still.

Und still, ganz still stand der, der sich soeben zunächst einen Augenblick lang selbst mit zerschmetterten Gliedern in der Tiefe gesehen hatte, und der danach seinen Sohn sehen mußte, vom kleinen Stein getroffen oder vom großen zermalmt – im einen wie im andern Fall vom Todeslos ereilt – und der Sohn stand still und hatte nichts begriffen, und Christiane, die aufgeschrien hatte, stand still, und auch sie schien noch nicht zu begreifen. Und dann stieg der Johann Caspar Murthum mit zitternden Knien, langsam, ganz langsam auf dem behutsamsten Weg herunter, und die Knie zitterten ihm noch, als er schon lang wieder Erdboden unter den Füßen hatte. Dann ging er zu Leonhard, blickte zu den Steinen, die da in der winterlichen Morgenstille ruhten, als hätten sie nicht eben noch ein Schicksal beherbergt in ihrem Elemente, nahm dann den Sohn, der mit stummem Schrecken an ihm hinaufblickte, hob den leichten Leib zu sich hin und preßte ihn an sich, als wollte er ihn erdrücken. Der Knabe aber schien bis in seine arme Düsterkeit hinein zu begreifen, daß es diesmal nicht wie sonst zuweilen im Zorn geschah, dieses Umfangenwerden, sondern in Dankbarkeit und Liebe.

So trafen ihn die vier Männer, welche nun eben durchs Südtor der Burg hereintraten: der Meister Heinrich noch im Reisemantel, Drupbacher, Stollsteimer und Schmid. Lange sprach keiner ein Wort. Dann setzte der Vater den Sohn sanft zur Erde, winkte der Tochter, daß sie ihren Bruder mit heim nähme, und wandte sich an die Männer mit ruhigem Morgengruß.

»Schöne Geschichte höre ich da«, begann nun der Meister Heinrich, und man wußte nicht, ob er im Zorn oder im Spott so sprach, »ich komme nach Atterdingen, um mit Euch den Grundstein zu legen, und finde Zauderer, wohin ich blicke. Wie habt Ihrs, Murthum? Muß ich Euch auch auf die Totenliste setzen?«

Da sah nun freilich der Murthum drein wie einer, der nicht begreift, und der Kaplan mußte ihm zu Hilfe kommen. »Der Meister«, sagte er, »weiß noch gar nicht, was heute früh geschehen ist.« Und dann erzählte er, was sich ereignet hatte, erzählte wie einer, den die Zweifel versehren, und dem es doch nicht recht ist, daß diese Zweifel auch ihn versehren können. »Hier ist der Brief«, schloß der Bericht, »Ihr könnt ihn lesen.«

Aber Murthum machte eine Handbewegung, die dies alles abwehrte, und redete dann einige Sätze, und dergleichen Rede meinten die Ältesten noch nie aus seinem Mund vernommen zu haben: »Hochwürden, ich will den Brief nicht lesen; weiß ohnehin, was die zu Bebenhausen denken. Wiegt nicht schwer. Wir fangen an. Denn Gott, müßt Ihr wissen, Gott hat schon angefangen, und das heutigen Tags. Fragt jetzt nicht. Kann Euch jetzt nicht Red und Antwort stehen. Müßt mir's schon glauben, das Zeichen vom Anbeginn Gottes. Das da« – und nun deutete er auf den Quader, auf den Stein der Hilfe, der den Stein des Schrekkens aufgehalten hatte – »das gibt unsren Grundstein. Liebe Herren, helfet das Gebälk anlegen, holet die Seile, wir wollen ihn herabziehen. Steine, Ihr Herren, Steine des Schreckens, Steine im Abgrund, Steine aus der dunklen Schuld. Wahr ist's. Aber – und nun, Hochwürden, lasset mich auch ein Bibelwort sagen, steht, wenn ich recht behalten habe, beim Propheten Daniel: *Aber es ist ein Gott im Himmel.* Ob unsre Augen noch den Turmhelm sehen oder ob uns eh der liebe Jüngste Tag überrascht, was liegt daran! Den Eckstein aber, Christus, Vergebung der Sünden, Anbeginn neuen Lebens, den müssen wir in den Grund einmauern, heutigen Tags.«

Dies waren Johann Caspar Murthums Worte. Die Männer aber gingen hin und spannten sich in die Seile.

Leuchter und Laterne
Eine Erzählung auf Christtag

Unausweichlich sind beide: die Stunde der Geburt und die Stunde des Todes. Vom Tode freilich kann keiner sagen, wo, wie und wann er ihn trifft, und der junge Graf Berthold von Marktbronn hatte sich seiner wohl nur von ferne versehen, als er zu den Waffen gerufen wurde im frühen Herbst. Die Stunde der Geburt hingegen weiß sich anzukündigen, und die Gräfin Imogen erschrickt vor so viel einsamen Winter- und Frühlingstagen, wie sie ihr gegeben sind, um Kissen zu säumen und die Wiege zu schnitzen; ihre Nachbarin aber, die Frau des herrschaftlichen Försters Michael Pflüger – der auch im Heere steht – tut gut daran, seit einer Woche schon ihr Schwesterkind Elfriede bei sich schlafen zu lassen: Saat aus Frühlingsnächten geht um Christtag auf; gewiß ist gewiß.

Sie darf nicht klagen, die Frau Regine, ihr Mann lebt ja noch, und sie klagt auch nicht. Nur das kann sie nicht hindern, daß das Heimweh wächst wie um die Wette mit dem Kind in ihrem Leib: Hält denn kein Apotheker ein Kraut dawider feil? »Wenn du dein Kind hast, Regine«, so tröstet dann wohl Mathilde ihre junge Schwester, die Försterin, »wenn du dein Kind hast, dann wird's besser mit dem Heimweh. Und darauf wirst du ja nicht mehr lange zu warten haben.«

Nein, nicht lange mehr. Ungeduldig genug klopft das kleine Wesen an die Leibeswand; es kann morgen ernst werden oder noch heute nacht. Geduld, Kleines, Geduld; du kommst schon noch früh genug auf diese Welt. Aber da ist keine Geduld. Da sind die Füße, die Eile haben, über diese Erde zu wandern, da der Leib und der vorwärtsstoßende Kopf: neue Augen warten auf das Licht ihres Tages, und eine Stimme will laut werden, eine neue Stimme.

»Ob ihr wohl auf Weihnachten schon zu zweit sein werdet?« hatte ihr Mann im letzten Brief geschrieben. »Ich möchte freilich gern auf den Heiligen Abend heimkommen, weiß aber nicht, ob es möglich sein wird.« Wie behutsam er das geschrieben hat: »auf den Heiligen Abend«; das hat er mir zulieb getan, denkt sie und denkt an den Namen, mit dem sie im Dorfe von ihm sprechen: Rübezahl.

»Wie, du willst mit dem Waldgeist Hochzeit machen, Regine?« hatten sie ihre Freundinnen gefragt, damals vor drei Jahren. Und wirklich hatte auch sie zuweilen die Furcht anwandeln wollen vor diesem riesigen Mann, der in seinem langen Mantel wahrhaftig gemahnen konnte an den unheimlichen Sagengast des Riesengebirgs. Aber da war dann seine Stimme gekommen, eine gute, leise Stimme: nicht fürchten, Regine. So guten Menschen wie dir tut der Waldgeist nichts. Pilze hat er dir mitgebracht; und wenn du willst, so zeig ich dir eine Brombeerhecke, schwarz wie Pech, droben im Dachswald. Und ein anderes Mal hatte die Stimme gesagt: Wenn ich dann nicht heimkomme bei Nacht, Regine, in der Föhnzeit oder während der Brunft, dann weißt du ja, wo ich bin. Sorg dich dann nur nicht. Im Futterhaus liegt immer schon eine Matte bereit; die Hütte hat mein Vater gebaut, und nie war ich so stolz wie damals, als ich zum erstenmal allein draußen schlafen durfte, in einer Julinacht in meinem neunten Jahr.

Es wird Zeit, ins Bett zu gehen, denkt sie weiter. Elfriede schläft schon eine gute Stunde; und wer weiß, wie diese Nacht vorübergeht. Indes fährt ein großer Windstoß daher und macht das Fenster klirren. Sie beugt sich hinaus und holt die Fensterläden ein für die Nacht. Sterne sind gekommen, und Gewölk fliegt rasch und hell vorbei. Das wäre eine Nacht für ihn; ja, wahrhaftig, das ist ja seine Nacht, diese Thomasnacht, die erste unter den alten Zwölfnächten.

Das ist jetzt gerade drei Jahre her. Ganz feierlich war es gewesen und geheimnisvoll. Geh heute abend mit mir, Regine, hatte ihr Mann gesagt. Wohin mit? In den Wald. In den Wald, jetzt in der Nacht? Ja, jetzt in der Nacht. Frag nicht, geh mit. – Und sie war mitgegangen. Sie weiß es noch alles: Tannen standen im Mondlicht, strenge Schatten warfen sie auf die Wiese, und der Wind lief hurtig über ihre Wipfel hin. Schweigend waren sie gegangen einen langen Weg. Und plötzlich war da eine Lichtung, und auf dem freien Platz in der Mitte war Holz geschichtet und Reisig. Gib acht, Regine, hatte Michael gesagt, und dann den Stoß entzündet, hochauf hatte das Feuer gebrannt. Und immer neues Reisig war ins Feuer gewandert und neues Holz, gut tat der warme Atem der Flamme in der Dezembernacht. Und gut tat der Glanz in den Augen ihres Mannes: da hatte sie also ihm etwas Liebes getan, daß sie mitgegangen war in seine Wald- und Feuernacht.

Auf dem Heimweg hatte er dann zu sprechen begonnen. Von den Bäumen. Wie alt sie seien, welche geschlagen würden im kommenden Jahr, was für Pflege sie not hätten; und auf einmal war es gar nicht mehr um die Bäume gegangen, sondern um ihn selbst. Und der gleiche Mann, der sonst so sehr zu schweigen verstand, da redete er nun auf einmal von seinem Leben, von dem was getan sei und was neu begonnen werden müsse. Diese Stunde am Feuer war seine Verwandlungsstunde, Reisig und Holz, hast du's gesehen, Regine, die kommen im Feuer um. Wir aber müssen fester herauskommen und geläuterter. Man braucht so ein Zeichen, Regine. Zünde du nur deinen Christbaum an und sing die Bethlehemslieder; ich nehm' sie dir nicht. Unsereiner muß sein Weihnachten im Walde haben, beim großen Feuer. Ja, so hatte er damals gesprochen, und sie weiß noch, daß sie sich nach diesen Worten enger zu ihm hingedrängt hatte, nicht so ganz aus Liebe, sondern weil sie die Furcht angekommen war vor ihm: Rübezahl. Gerne hätte sie damals erwidert, daß es um uns doch noch anders bestellt sei als um die Bäume im Wald. Daß es bei Weihnachten nicht um das gehe, was wir an uns tun, sondern um das Gottesgeschenk. Aber wie soll sie das dem riesigen Manne sagen?

Das Kind Elfriede schläft den guten Schlaf ihrer acht Kinderjahre, die Stimme weckt sie nicht auf, die nun zu singen beginnt: »Den geboren hat ein Magd / hat der Welt das Leben bracht / und den bösen Feind verjagt / und aller seiner Macht beraubt. / Suse su susu, schlaf mein liebes Kindelein.« Das hat er vor einem Jahr auch mitgesungen, fällt ihr nun ein. Ja, das hatte er wirklich getan, wie er denn auch immer mit ihr in die Christmette gegangen war. Ein stummer Pakt war geschlossen: Ich geh mit dir in den Wald und du mit mir in die Heilig-Abend-Kirche. Im Herrschaftsgestühl saßen sie dann nebeneinander, Förster und Försterin; der goldene Hirschfänger funkelte im grünen Rock, und geradeaus ging des Mannes Blick. Die Kinder sagten die Prophetenworte auf, der Prediger las die heilige Geschichte, die Gemeinde sang, und auch er sang mit, leise. Nein, er war nicht nur zum Scheine da oder ihr zuliebe; ihr schien, er sei bereit, Halali zu blasen für die himmlischen Heerscharen, wenn es geboten war. Aber wie singt einer von Grund seines Herzens »Christ, der Retter ist da«, der so festen Schritt tun kann über Wurzeln und nächtliche Wege?

Was für Schritte tust du jetzt, Michael; in dieser Nacht? Ach, wenn es doch Schritte auf Marktbrunn zu wären, wenn du doch kämest! Was es auch für Schritte sind, hab gute, gute Nacht. Und Gott behüte dich.

Das sagt sie immer zuletzt noch vor dem Einschlafen.

Aber was ist das? Kommt er da nicht wirklich? Ja, das ist er: Eben reitet er herein ins Dorf Marktbrunn; da drüben ist das Schloß des Grafen Berthold, den sie begraben haben im Wald an der Weichsel. Aber nein, der ist ja auch mit dabei. Was ist denn? Ach, das ist ja schon viele Jahre her, der Abend von der Hubertusjagd ist's, und der Förster hat den Meisterschuß getan und reitet ein wie ein Sieger. Und sie stehen am Weg und winken, und nachher sagen die Freundinnen alle: dir hat er zugewinkt, Regine. – Halt, nein, es ist anders, es ist ganz anders. Das ist nicht die Hubertusjagd, das ist – Barmherzigkeit!, da schießen sie ja wirklich,

Menschen auf Menschen. Und auch Marktbrunn ist nicht mehr da. Wald ist da, sein Wald, ein Baum stürzt um, und da reitet er wirklich gerade darauf zu, auf den umstürzenden Baum: aber das kann doch nicht sein, daß den Förster Michael Pflüger ein Baum erschlägt: Bäume, ihr müßt doch sehen, wer da kommt; der ist doch ein ganzes Leben lang bei euch gewesen, Barmherzigkeit! Nein, er reitet weiter. Und nun stößt wieder ein Baum – Michael!

»Michael!« Das hat sie nun laut gerufen, und Elfriede war daran aufgewacht. Sie fährt auf und fragt: »Was ist denn, Tante Regine?« »Schlaf nur weiter, Kind, ich habe, glaub' ich, geträumt.«

Aber das war nicht geträumt. Das war das Kind, das sich in diesen Stößen meldete. Es war Zeit. – Sie steht auf, im Augenblick ist sie völlig wach; die Wiege wird hereingerückt, alle wichtigen Gerätschaften stellt sie bereit. Es geschieht alles ganz ruhig, als ginge dies eine andere an, nicht sie; und nur wie ihr Blick unversehens in den Spiegel fällt, indes sie sich wäscht, begreift sie: es ist meine Stunde. Zuletzt weckt sie Elfriede, die längst wieder eingeschlafen war: »Zieh dich rasch an, Kind, und hole die Mutter. Deine Sachen darfst du mitnehmen.«

»Wenn aber das kleine Kind da ist, Tante Regine, dann darf ich es doch gleich, gleich sehen.«

»Ja, gleich, Elfriede, ich versprech dir's, wenn alles gut geht.«

»Wie: gut geht?«

»Das kann ich dir jetzt nicht erklären; mach dich fertig und rufe die Mutter.«

Und nun geht Elfriede, und ihre Mutter kommt; und die Mutter geht, um die weise Frau zu benachrichtigen, und kommt zurück, viel zu lange dauert es nun, das Fortsein, für Regine, die Gebärende. Und die alte, gute Frau Susanne kommt; einst, vor vierundzwanzig Jahren war sie dabeigewesen, als Regine zur Welt kam; nun kommt Regines Kind. Wieder ist Krieg, aber immer noch geht das Leben weiter unter Mutterschmerzen und Mutterfreuden. –

»Sei froh, Regine, dein Kind lebt. Ein Mädchen, groß und gesund, und was es für dunkle Augen hat, deine Augen.«

»Und seines Vaters helles Haar, wie mir scheint«, fügt die Schwester hinzu.

»Und heißen soll es –?«

»Für heute nur: Kind, mein Kind. Morgen wollen wir dann an den Namen denken.«

Jetzt weiß es Michael vielleicht: länger als drei Tage soll keine gute Botschaft reisen müssen. Er wird denken: ein Kind, ein Glied an der Kette. Und wenn ich heute nacht falle, so lebt in diesem Kind ein Stück von mir fort. Aber noch will ich selber leben. Noch ist der Sohn nicht da, der Michael heißen soll und herrschaftlicher Förster werden muß, wie sein Vater und sein Großvater; die Wälder warten auf ihn. Er wird ganz zuversichtlich glauben, daß er bewahrt bleibe, bis – ja, bis ihr Leib den Sohn empfangen hat. Und sie wird mit ihm glauben.

Nun ist Heiliger Abend, und alle sind zur Christmette gegangen. Elfriede soll auch eine Verheißung sagen; noch eben vorhin hat sie daran gelernt, hier in der Wochenstube: »Das Volk, das im Finstern wandelt, siehet ein großes Licht, und über die, so da wohnen im dunklen Lande, scheinet es helle.« Ein Licht wird sie in der Hand halten, das Prophetenwort sprechen und dann die Kerze zum Christbaum tragen, ein wenig stolz und ganz feierlich. Und wenn sie auch nicht weiß, was das ist: »Volk, das im Finstern wandelt«, so sieht sie doch ein großes Licht. Es ist wahr: Christtag ist mehr ein Fest für die großen Leute, »so da wohnen im dunklen Lande«; aber wie gut, daß das Licht hell scheint für alle Augen!

Ganz still ist dieser Abend. Nur der Atem des schlafenden Kindes geht ruhig auf und ab, und ihr eigener Atemzug. Tiefer Schnee liegt seit zwei Tagen im Dorf Marktbrunn, kein Schritt ist vernehmbar, auch wenn er nah am Haus vorübergeht. Fast unbemerkt vermag ein Gast bis an die Tür zu kommen, und erst das

Klopfen kündigt ihn an. So ist die Christmette schon zu Ende, denkt Regine. Und: Wer mag kommen, Mathilde klopft nicht an. »Herein.« Da tritt die Gräfin ein.

Schweigend und wie Vertraute grüßen sich die beiden Frauen, und dann ist nichts im Raum als die Bewegung wunderbarer und schmerzlicher Liebe, mit der sich die Gräfin über die Wiege des Kindes beugt.

»Ich bin so froh, daß Sie es gut überstanden haben«, sagt sie nun und gibt der Försterin die Hand, rückt sich einen Stuhl ans Bett, nimmt Platz, öffnet ihre Tasche; Christstollen kommt zum Vorschein und eine Flasche. »Brombeersaft«, erklärt sie, »das ist ein Rezept meiner Mutter: Brombeersaft für Wöchnerinnen, herb, kräftig, und angenehm zu trinken. Meine Mutter ist eine Waldfrau, müssen Sie wissen, mit hundert Kräutern, Beeren und Pilzen gut Freund, und ich hab' ein wenig dergleichen geerbt.«

»Es ist sehr lieb von der Frau Gräfin, daß sie heute nach mir schaut.«

»Ich bin so froh, daß in unsrem Schloß – und Sie gehören ja mit zum Schloß – ein Kind da ist, gerade jetzt. Ich glaube, es wird mir so leichter« – sie stockt einen Augenblick – »mein eigenes Kind zu erwarten. Und gerade jetzt, ich meine am Christtag, man möchte doch so gerne sehen, daß es ein wenig heller wird.«

»Ach ja«, sagt Regine, »aber die Frau Gräfin –«

»Nein, kein Aber. Ich bin so froh, daß ich mich auf das Kind freuen darf. Und muß ich nicht froh sein? Schon dem Kind zulieb? Und wir Mütter müssen einander darin beistehen, soweit wir's vermögen. Nein, sie dürfen keine Tränenkinder werden.«

Und nun schweigen beide.

»Haben Sie schon den Baum angezündet? Die Ärzte sagen ja, das Kind selbst sehe noch nichts davon, aber was tut's? Ihm müssen die Weihnachtslichter in die Wiege blicken«

»Ja, bitte, Frau Gräfin, zünden Sie an.«

Sie steht auf und geht zum Baum hin, entzündet ein Licht, und mit dem einen dann die anderen alle.

Willst du auch einen Baum dies Jahr, hatte noch neulich der Schwager gefragt; hatte wohl erwartet, ein »Nein« zu hören, und ein »O freilich« verwundert aufgenommen.

Alle Lichter brennen, und die Gräfin fragt: »Kennen Sie das: ›Den geboren hat ein Magd‹ ...?«

»Ja, das haben wir immer gesungen, und den ganzen Abend über hab ich schon dran gedacht, daß mir meines Mannes Stimme dazu fehlt.«

»Hat er das gesungen?« fragt die Gräfin, und Regine denkt: sie weiß also schon, was man so vom Waldgeist sich erzählt, und sagt:

»O ja, der Rübezahl kann auch Weihnachtslieder singen, Frau Gräfin.«

»Den geboren hat ein Magd« – es ist nur erst eine halbe Stimme, die da in der Stube aufsteht, aber jetzt kommt eine zweite dazu, was für eine getroste Stimme: »hat der Welt das Leben bracht«, – und nun regt sich auch das kleine Leben, das da drüben in der Wiege schlief, und das große Leben aus dem Lied ist Leben auch für dieses kleine Leben; noch weiß es dieses kleine nicht, aber das große weiß es – »und den bösen Feind verjagt und aller seiner Macht beraubt«. An dieser Stelle aber werden die Augen der Gräfin Imogen tränenblank, sie kann's nicht wehren. »Suse su susu, schlaf, mein liebes Kindelein.« Das gilt dem Kind im Zimmer; und richtig, es beruhigt sich wieder: »suse su susu.«

»Er hat ja immer noch Macht«, sagt die Gräfin, wie sie zu Ende sind, »der böse Feind, ein wenig Macht, nicht mehr sehr viel. Nein, nicht mehr sehr viel. Liebe Frau Pflüger, in denen da muß es noch heller werden, in den Kindern, die nach uns kommen. Dürfen wir das nicht glauben, müssen wir das nicht wünschen? Ich wünsche ihm so sehr –«

Sie hört selbst mitten im Satze auf und greift noch einmal nach ihrer Tasche.

»Ich hab' Ihrem Kind noch etwas mitgebracht. Ein Patengeschenk, wenn Sie so wollen.«

Ein alter, dunkelgoldner Leuchter enthüllt sich unter den Händen der Gräfin, eine handgetriebene Kostbarkeit.

»Ein Erbstück; ich fand ihn dieser Tage erst beim Öffnen einer Kiste, die aus großmütterlichem Gut mir hierher gesandt wurde. Eine Inschrift ist in den Leuchterhals einziseliert, die hat mir so gefallen, sie ist beinahe ein Patenwunsch für das Christtagskind.«

»Sol dir liuhten diser schin
muost du selp im liehte sin.«

liest Regine; und dann hält sie den Leuchter fest in ihren Händen, als sei er ein Bürge dafür, daß des Kindes Weg im Lichte steht. Sie weiß nicht ganz, wie ihr geschieht, mit dem Besuch der Gräfin und nun gar mit diesem Patengeschenk; aber sie begreift, daß es Geschenke des Lebens gibt, deren man nicht wert wird dadurch, daß man sie annimmt mit beiden Händen. Und wie um dies zu bezeugen, richtet sie sich ein wenig auf, ergreift mit beiden Händen die dargereichten Hände der Gräfin. Junge Frau, denkt sie, wie sie es gedacht hatte im Sommer, am Jakobustag, da die Kutsche im Schloßhof hielt und die junge Herrin ausstieg, leichten Fußes; aber diesmal denkt sie junge, junge Frau noch anders, ganz schwesterlich diesmal. Und dann küßt sie die Rechte, die ihr zunächst auf der Decke liegt.

Da hört man die Türe gehen, Schuhe klopfen sich den Schnee ab, Mathilde tritt ein, und ihre Kinder, Elfriede, Ernst und Jochen, folgen ihr auf dem Fuße.

»Tante Regine«, verkündet Jochen, der Jüngste, mit schallender Stimme noch unter der Türe, »die Elfriede sagt, dein kleines Kind gehöre ihr, ihr ganz allein. Und ich hab ihr gesagt, nein, es gehört mir gerade so und dem Ernst und der Mutter, ja und dem Onkel Michael und – und dir.«

»So, mir auch, das ist schön von dir, Jochen, daß du es mir auch ein bißchen gönnen willst.«

Und dann kommen sie her und begrüßen die Tante Regine,

ihre geliebte Spiel- und Singsangtante; ist sie denn krank? Und begrüßen, ein wenig furchtsam, die Frau Gräfin; danach aber stellt sich Elfriede unter den Weihnachtsbaum, die Kerzen brennen noch, kreuzt die Hände nach Schulmädchenart über dem Rücken, richtet einen festen Blick auf die Mutter und einen sorglichen noch auf die schöne Frau Gräfin und hebt an: »Es begab sich aber zu der Zeit, daß ein Gebot von dem Kaiser Augustus ausging …« Und weiter geht es im Texte, ohne Stocken, bis zu den Hirten auf dem Felde. Da kommt der Bruder Ernst an die Reihe, und beim Lobgesang der Heerscharen stimmt auch Jochen noch mit ein, und wie als gäbe es kein Jahr des Krieges und kein Grab im Wald an der Weichsel, so stehen die Worte der Verheißung in der Wochenstube zu Marktbrunn – »und Friede auf Erden und den Menschen ein Wohlgefallen«. Danach kommt noch ein Lied, das alle miteinander können. »Vom Himmel kam der Engel Schar«, und erst, als das »geduldig, fröhlich allezeit« aus der sechsten Strophe, recht fröhlich, aber doch schon ein wenig ungeduldig verklungen war, dürfen sie ihren Korb aufmachen und zum Bett der Tante zurück: »Und das hab' ich dir mitgebracht, und das hab' ich dir mitgebracht …«

Die Gräfin, die ganz fröhlich zugehört und bei dem Lied herzhaft mitgesungen hatte, steht auf, lädt die Kinder auf morgen nach Tisch zu sich ins Schloß, wofür Jochen sie mit feurigen Augen bedenkt, und verabschiedet sich dann, noch einmal mit einer Gebärde der Schmerzensliebe das Wiegenkind umfassend. »Einen schönen Abend noch.« Dann nimmt der Schnee ihren Schritt zurück, lautlos.

Die Kinder dürfen noch ein wenig dableiben; auch in diesem Jahr hat das Forsthaus-Christkind gut und genau gewußt, was Elfriede, Ernst und Jochen sich wünschten; und der Leuchter wandert von Hand zu Hand und von glänzendem Blick zu glänzendem Blick, dann heißt es Gute Nacht für heute.

Danach werden die Christbaumlichter gelöscht, und nur die Kerze im neuen Leuchter brennt, solange das Kind an der Mutterbrust trinkt. Dann verlöscht auch die, und Mathilde geht hinüber, um im eigenen Haus den Kindern zu bescheren.

Regine aber möchte hinausblicken in die Welt ihres Kindes. Welche Sterne werden über ihr stehen, welche Lichter wärmen und leuchten? Welche Schrecken, Enttäuschungen, Niederlagen? Welche Überwindungen und welche Hoffnung? Und wie wird dir jenes große Licht aufgehen, dem das Volk entgegenblickt, das im Finstern wandelt? Wird es zu dir finden, wird es dich ins Lichte ziehen, wird es dich getrost machen und frei, auch wenn manch irdisches Sternbild auseinanderflirrt und untergeht? Und um den Preis welcher Erfahrung würde dir dies zuteil? – Noch im Dunkeln strahlt das Gold des Leuchters aus dem Schloß: – »mußt du selbst im Lichte sein«. Wie, wenn du nun aber im Dunkel wärest?

Da hört sie von neuem die Türe gehen. Mathilde, – oder? Einen Augenblick fährt eine Hoffnung hoch, süß und schmerzhaft, wie als spränge sie als Blutstrahl aus der Herzschlagader auf; es sind Männerschritte. So kommt er doch noch auf den Heiligen Abend! Sei willkommen, sei willkommen. Aber da ist es die Stimme ihres Bruders, des Soldaten Tobias: »Darf man noch guten Abend sagen, Schwesterchen?«

»Ja, Tobias, komm nur herein.«

Tobias tritt ein. »Geradewegs von den Soldaten, Tobias?«

»Nicht ganz geradewegs, Regine, aber alle Wege führen nach Marktbrunn.«

»So setz dich und erzähl.«

»Halt, halt, erst kommt die Anbetung der Hirten. So, du Christkind, du kleines, und schon die Augen aufmachen kannst du, schwarze Augen, nun da weiß man doch woher. So hat das meine auch dreingeschaut am zweiten Tag.«

Wie? denkt Regine, der Tobias spricht von seinem Kind? Was ist da vorgegangen? An dies Kind nämlich wollte er, solang sie sich denken konnte, bei seinem Zorn nicht erinnert werden. Und nun erinnert er selbst daran –

Die Geschichte des Bruders Tobias ist die Geschichte des

Glückskinds. Immer wieder ist in den Geschwisterkreisen eines, dem es besser geht als den andern, dem alles zufällt. Immer wieder gibt es den schönen Burschen, der sich heute das Herz des Vaters, morgen den Gehorsam der Geschwister, übermorgen den ersten Platz in der Schule und am dritten Tag die Bewunderung der Mädchen erobert, und alles wie ohne Mühe. Ach, daß so unversehens am Weg die Falltür droht! Und Schande bringt Schrecken, und Schrecken bringt Furcht, und Furcht bringt die Ferne: Spanien, Kamerun, wer weiß, wo er sonst noch gewesen sein mag über neun Jahre hin! Im Sommer war er zurückgekehrt, Gemeindeschäfer gedachte er zu werden, da kam ihm der Krieg zu Hilfe, lieber das Gewehr tragen als die Schippe des Hirten.

»Sie haben mich ein bißchen heimgeschickt, die vom Lazarett, Schwesterchen.«

»Du bist verwundet?«

»Nein, nur krank. Das alte Afrikanerfieber hat wieder einmal ›ich bin noch da‹ gesagt. Schade; und dann doch auch wieder nicht schade. Was hast du denn da Schönes? Einen Leuchter? Vom Schloß? Und der Graf ist gefallen? Schad um ihn. Ach, und sogar eine Inschrift:

›Sol dir liuhten diser schin
muost du selp im liehte sin.‹

So, so. Was hat sich wohl dieser Versemacher gedacht dabei?«

»Aber Tobias, wie redest denn du? Ist das nicht ein schönes Geschenk?«

»Oh, nichts gegen das Geschenk.«

»Aber?«

»Siehst du, Schwesterchen, das ist eine besondere Geschichte, und ich erzähl' sie dir einmal. Es gehört dann auch ein Mitbringet dazu; das kann ich dir morgen geben, dir – aber für dein Kind. Eine kleine elende Glaslaterne, wie man sie hinten im Schwarzwald kennt. Nicht zu vergleichen mit diesem prächtigen Leuchter; und dann doch wieder zu vergleichen.«

»Erzähl mir doch davon, Tobias.«

»Nein, ich glaube heut nicht mehr; ich müßt' dir viel erzählen. Von dem dienstfreien Oktobernachmittag. Wie ich in den Schwarzwald hinauflief, das Fieber im Leib. Wie ich achtgab auf den Rückweg, bei jeder Kreuzung von neuem. Wie es dann doch alles ganz anders ging. Wie mich das Fieber geschüttelt hat, daß ich meinte, sie könnten mich in den Wurzeln begraben. Wie es Nacht wurde und ich keine Hand mehr vor den Augen sah. Wie es aus und vorbei war mit dem alten Tausendsassa und Stehaufmännchen Tobias Käppeler aus Marktbrunn. Und dann, Regine, ging ein Licht auf, irgendwo weit drüben, noch mitten im Wald.«

»Und du hast es gefunden?«

»Sonst säß ich nicht hier. Es ging auf, mitten in dieser pechfinsteren Nacht. Und ging aus, wie es aufgegangen war. Und ich lief der Spur nach, über Abhänge und Gräben hin durch Hecken und Dickicht. Und dann kam eine Hütte, schwarz wie die Nacht, und aus der Hütte drang das Ächzen eines Menschen. Ist da jemand, rufe ich. Und noch einmal: ist da jemand? Und da setzt das Ächzen aus. Und ein Schritt schlurft ans Fenster. Und ein Lebewesen erscheint und starrt zu mir her. Ich habe mich verirrt; können Sie mir ein Licht geben und den Weg zeigen? Wie kommst du denn hierher, fragt die Stimme. Ich habe vorhin einen Lichtschein gesehen aus dieser Richtung. Drauf die Stimme: ja, der elende Husten. Komm herein. Wärm dich. Und ich trete ein, und der Mann macht Licht; eben fällt ihn der Husten wieder an, und er zählt zehn Tropfen ab und nimmt sie auf einen Löffel. Ein erbärmliches Laternchen, Regine, gerade recht, um so lang zu leuchten, daß man zehn Tropfen auf einen Löffel zählen kann – und manchmal hängt ein ganzes Leben daran an so einem erbärmlichen Laternchen.

Nun, er gibt mir sein Licht, einen Wacholdergeist dazu und sagt mir den Weg. Und so komm' ich, eh es Tag wird, ins Quartier zurück, das Fieber nimmt mich in die glühende Zange fünfzehn Tage lang. Zuletzt aber entläßt es mich noch einmal, und auch der Schrecken dieser Nacht geht vorüber, und nur das Beste bleibt.«

»Welches Beste, Tobias?«

»Daß ich nun angefangen habe, zu begreifen, wie das mit dem Lichte ist. Es ist nämlich noch ein bißchen anders als der Dichtersmann da weiß, der von dem Leuchter. Man kann nicht viel davon sagen. Man wird eben einmal ganz arm gewesen sein müssen, ganz in der Nacht, ganz in der Irre. Dann fängt es an. Dann begreift man, daß im Grunde alles Geschenk ist. Man kann nichts dazu tun. Man kann es nur annehmen. So wie die Hirten auf dem Felde.

Morgen bring' ich dir die Laterne, Regine. So eine kleine Laterne. Wenn das Kind ein wenig den Verstand hat, sollst du ihm die Geschichte erzählen. Es braucht nicht dreiunddreißig Jahre alt zu werden, eh es das Wichtigste begreift, was es in diesem Leben zu begreifen gibt. Und nun gute Nacht, Schwesterchen. Hoffentlich hab' ich dich nicht zu müde gemacht.«

»Nein, Tobias, ich danke dir schön, und komm wieder zu mir.«

»Ja, ich muß euch ja die Laterne bringen.«

»Gute Nacht.«

Tobias ist gegangen, und Regine möchte nachdenken über alles, was er ihr gesagt hat. Aber sie kann dem Schlaf nicht länger wehren. Und nicht wehren kann sie, daß nun die Gedanken und Bilder sich alle ineinander schieben. Sie denkt an die heilige Geschichte, wie sie vorhin die Kinder aufgesagt haben. – »Kam die Zeit, daß sie gebären sollte« … »und es waren Hirten«, ja, der dort, der bräunliche Hirte, wem gleicht er doch nur … ach, das ist ja Tobias, der Bruder. »Und sie fürchteten sich sehr.« … »und das habt zum Zeichen«, und da brennt sie ja, im Stall von Bethlehem, die kleine Laterne. Und weiter: »Gold, Weihrauch und Myrrhe«, und das Gold war das vom goldenen Leuchter. Aber nein; ich bin das ja nicht, dem die Gabe gilt, und mein Kind ist es nicht. Oder doch? Ist es doch für uns wahr? Gilt das für uns: »Zuletzt müßt ihr doch haben recht,/ ihr seid nun worden Gottes Geschlecht«?

»Seit wann bist du denn im Zimmer, Mathilde?«

»Eine gute halbe Stunde schon. Du schliefst ganz fest.«

»Ja, ich habe wohl geschlafen. Und auch geträumt, richtige Christnachtsträume. Nun gib mir das Kind.«

»Immer nur ›das Kind‹. Weißt du denn immer noch keinen Namen? Der Bürgermeister hat heute schon gefragt; es ist jetzt der dritte Tag.«

»Ich habe schon gedacht, ob wir es nicht ›Christin‹ heißen können, einfach Christin. Da doch bei einem Namen ein Wunsch soll sein. Daß sie werde, was ihr Name sagt: eine Christin.«

»Das gefällt mir wohl. Aber meinst du denn, daß da dein Rübezahl auch damit einverstanden ist. Will er mit seinen Feuern und seinen Zwölfnächten und was man sich da so alles erzählt, nicht ganz wo anders hinaus?«

»Wie wir alle, Mathilde; solange bis das große Licht unsern Weg bescheint.«

Begegnung in Ungarn

Das war, als wir dem polnischen Winter, diesem harten, grauweißen Winter, zu Beginn des Jahres 1944 entronnen waren. Ein Marschbefehl, den wir angesichts der russischen Heere, die auf Lemberg vorstürmten, wie eine Rettung empfanden, hatte uns nach Ungarn entführt. Zehn Tage waren wir unterwegs, und schon schien es uns, als seien wir auf einem anderen Stern. Drüben hatte der Ostermorgen noch Schnee gebracht, hier aber war in diesen ersten Maitagen schon Sommer, ungarischer Sommer, Jubel und Überschäumen; Blühendes in allen Gärten, Farben in allen Gassen, Heiterkeit unter allem Himmel. Nicht ungedämpft freilich war diese Heiterkeit, das sahen wir wohl, nicht unbeschwert auch hier. Nicht wenig erschrocken blickten sie uns entgegen, die Magyaren ringsum, und ob wir nun als Verbündete kamen oder als Feinde, das war so ausgemacht noch lange nicht, wie das die Herren der Länder meinten. Was bringt ihr mit, und was führt ihr im Gefolge? Englische Luftangriffe gewiß, und wann steht die Rote Armee am Duklapaß?

Und da war es auch, daß wir zum erstenmal wieder Juden trafen, wohlgekleidete Juden, und man erkannte sie auf zehn Schritte. Denn eben war auch hier das Höllenzeichen eingeführt worden, der gelbe Stern. In einer ansehnlichen Stadt hatten wir uns einzurichten, ein Wein- und Kornparadies schien die Landschaft in der Theißmulde zu sein. Quartiere wurden gemacht, und ein Befehl belegte in den vornehmen jüdischen Häusern einige Zimmer für uns. Sandor-Petöfi-utca 11 – so las ich's auf meinem Quartierzettel – und darunter den Namen Dr. Lajos. Ich lief des Weges, suchte mich zurecht, gedachte dabei Petöfis, des ungarischen Goethe, und wünschte mir, dies und das aus seinem Werke kennenzulernen. Nummer 11: da war zunächst nichts als eine kahle

Hausmauer, einstöckig, und ein hochgeschlossenes Hof- und Gartentor, nichts, was einladen mochte auf den ersten Blick. Kaum aber war man durch das Tor eingetreten, so gewahrte man einen wohlgepflegten Gartenbereich und ein stattliches Haus, dessen Fenster und Türen ins Lilien- und Rosengeheg wiesen. Ich stieg einige Treppenstufen hinauf und trat vor die Schwelle. Die Türe öffnete sich, und zwei Männer standen mir gegenüber, Vater und Sohn, wie sich auf den ersten Blick erkennen ließ; die Hausherren, Ärzte beide, die Schilder wiesen es aus.

»Guten Tag.« Befangen genug tauscht man den Gruß und nennt Namen und Stand. Die Verständigung ist möglich. Die Juden sind fast die einzigen Leute in diesem Teil des Landes, die der deutschen Sprache mächtig sind. Sie hören, welchem Stand ich angehöre, und der Alte faßt sich ein Herz zu sagen: »Es ist uns sehr lieb, einen Geistlichen künftig im Haus zu haben.« Kleine Verbeugung. Man hatte uns keine Befehle gegeben, wie wir uns zu verhalten hätten … und was hätten sie auch bedeuten können? In solcher Lage tut jeder nach der Weise seines innersten Lebens.

Sie führten mich in das Zimmer, das mir zugewiesen ist. Ein sehr großes, unpersönliches Zimmer, dunkle, kalte Pracht. Seltsam, gleich in der ersten Stunde schmeckt alles nach Aufbruch, Abschied, Ende. Mich fröstelt mitten in dem strahlenden Tag. Ein schöner grüner Teppich bedeckt fast den ganzen Boden, die Schränke sind schwer, alt und dunkel, sie sind abgeschlossen und scheinen gefüllt zu sein. Mein Küster kommt, wir richten uns notdürftig ein. Es ist in der Tat nirgends recht Platz für die eigenen Sachen, die Bücher stehen auf der Marmorplatte eines Büfetts, Schwinghammer, der hilfreiche Soldat, bemängelt mit entschiedenen Worten diese Situation; ich freilich merke wohl, daß ich unfähig bin, auch nur Wünsche zu äußern in diesem Hause, zu schweigen ganz von Befehlen und eigenmächtigen Korrekturen. »Behelfen wir uns so«, sage ich, »es wird schon gehen.«

In einer Stunde haben wir das Wichtigste hier getan. Großes, goldenes Licht scheint nun durchs Fenster herein, spätes Licht schon, es geht dem Abend entgegen. Jemand klopft. »Bitte!« Die beiden Ärzte kommen herein. Der Vater, siebzigjährig, wie man denken möchte, doch von der zähen Rüstigkeit seiner Rasse, große, dunkle, schmerzlich verschleierte Augen. Der Sohn, den Vater um eine Haupteslänge überragend, mit weicheren Zügen, ein Mann in meinem Alter – beide machen einen gebildeten Eindruck. Ob ich alles nach Wunsch gefunden habe. Ich möge nur äußern, was mir etwa noch fehle. »Herr Pfarrer soll sich hier wohl fühlen.« Ich murmle etwas davon, ob sich vielleicht in diesem Schrank ein Fach frei machen ließe für meine Wäsche. – »Ach, das ist noch nicht geschehen? Das ist ein Versäumnis. Verzeihen Sie. Es ist hier im Hause keine Frau, das heißt nur eine Wirtschafterin, die tagsüber für einige Stunden kommt. Ich bin Witwer, und mein Sohn ist noch unverheiratet. Es wird morgen Platz geschaffen. Natürlich, das muß sein. Verzeihen Sie.« Ich sage etwas Verbindliches, ein Wort des Dankes. Nun gehen die beiden rückwärts und halb unschlüssig der Türe zu.

Plötzlich steht die Frage im Zimmer, ich wußte es ja, daß sie nun kommen würde: »Nicht wahr, Herr Pfarrer, Sie werden uns schützen?« Lieber Gott, was für eine Frage! Was für eine Vorstellung! Wir wußten ja, jeder auf seine Weise, was mit dieser Frage gemeint war. Wir wußten, wie hinter uns, auf den Fersen folgend, ganz andere Verbände Einzug halten würden. Nicht Lazarettleute, sondern Mordkommandos. Die Schurkerei der Judenpogrome, wie lange würden sie noch auf sich warten lassen? Einen Monat vielleicht noch, oder, wenn es hoch kommt, auch zwei. Und da sollte ich sie nun schützen? Rührende Erwartung, beklemmende Vorstellung.

Was sollte ich erwidern? Ich erwiderte: »Ich gehöre zum Roten Kreuz. Sie wissen, wir sind ein Lazarett. Von uns geschieht Ihnen nichts Böses.« Reden. Ausflüchte. Sie wußten es so gut wie ich.

Sie fingen wieder an: »Sie sehen ja, wir müssen jetzt den Stern tragen, wenn wir uns auf der Straße zeigen. Es wird Einschränkungen geben in der Praxis, und auch sonst. Wir fürchten, daß das alles nur der Anfang zu Schlimmerem ist, wir wissen nicht …«

Ach ja, sie wußten nicht. Wir – wie war es mit uns? Wußten wir? Nein, wir wußten ja auch nicht viel. Freilich, wir kamen aus der Ukraine, wir hatten, von ferne nur, aber doch noch nah genug, Schreckliches gehört, Unsägliches. Nächte, im Fleckfieberlazarett durchwachte Nächte, kamen mir in den Sinn. Geständnisse der Hochfiebernden, der Irren. Wie hatte der immer phantasiert, der SS-Polizist, der in den ersten Tagen, da sich seine Krankheit harmlos anließ, immer so verkniffen dreingeschaut hatte, wenn ich den kleinen Krankensaal betrat …? Dann war das Fieber auch über ihn gekommen, rote Feuerglocke, und er rief in die Krankennacht hinein seine Satzfetzen, mochte einer zusammensetzen, was immer: »nicht – nicht – bitte nicht schießen – laß doch, ich habe doch immer geholfen –« … dann wieder: »ausziehen – nackt – nackte Frauen – hinlegen – Gesicht nach unten –« Eine Vision nur war es in dieser Abendstunde im ungarischen Mai. Eine Schreckminute … Ein Bild. Hieronymus Bosch.

Da standen sie. Vater und Sohn. Ärzte beide. Kluge Gesichter, leiderfüllte Gesichter. Juden. Verse stürzen über mich her, Franz Werfels Verse vom jüdischen Schicksal:

Ich selbst, ohne Volk, ohne Land,
Stütz nun meine Stirn in die Hand.

Nun ist das Licht schon im Abschiednehmen. Es ist so dunkelgolden, wie es nur selten einmal bei uns drüben in Deutschland zu sehen sein kann. Die Kuppel der Synagoge ist wohl zu erkennen von dem Platz aus, an dem ich stehe. Mir fällt ein, daß hierzulande Judesein immer zugleich auch Israelitsein bedeutet, Gliedschaft im Alten Bund und Gesetz. Mose, denke ich, David, Jeremia. Immer wieder Jeremia. Und dann sage ich plötzlich in die Stille hinein: »Schema, Jisrael, Adonai elohenu Adonai aechad.« Das alte »Höre, Israel, der Herr, unser Gott, ist ein einiger Gott«;

– das Wort, das sie einst auf ihr Handgelenk geschrieben hatten, feierliches Wort ihres Bundes. Ihres Bundes und unsres Bundes.

Da geschieht dies: kaum, daß ich das Wort ausgesprochen habe, kaum, daß hier in dieser ungarischen Stube die hebräischen Laute verklungen sind, geht eine Bewegung durch die beiden. Tränen stehen dem Vater in den Augen, und der Sohn blickt zu mir her mit einer erschütterten Glut. Sie gehen auf mich zu. Sie geben mir die Hand. Was Fremde war und Angst – es ist alles versunken. Der Herr, unser Gott, ist ein einiger Gott.

Sonne, stehe still

Eine ganze Zeit schon war das Gespräch her und hin gegangen, das Gespräch über das Wunder. Einer hatte gesagt: Wunder geschehen allerorts und zu aller Zeit; worauf es ankomme und was offenbar selten geworden sei, das sei der Blick für das Besondere, das Auge, das fähig werde, das Besondere wahrzunehmen als das göttliche Geheimnis. Ein anderer hatte entgegnet: Nein, es sei doch wohl so, daß der Himmel in unsrer Weltzeit nicht gleichermaßen geöffnet sei, wie etwa in den Tagen des Neuen Testaments.

Da geschah es, daß die Pastorin ins Gespräch eingriff.

Sie mußte einem gleich von Anfang an auffallen, die Frau mit dem dunklen Haar, dem Erdgesicht und den kräftigen Händen; Bildhauerhände, dachte ich einen Augenblick lang. Man wußte von ihr, daß sie als Flüchtling aus dem Osten sehr schwere Zeit hinter sich hatte: zwei eigene Kinder hatte sie ins Grab legen müssen, ihr Mann war in den letzten Tagen des Krieges gefallen; sie aber hatte, noch fast ein Jahr nach der Besetzung des Landes durch die neuen Machthaber, in der alten Heimat ausgehalten, hatte, weil niemand ihr diese Aufgabe abnehmen konnte, das Amt ihres Mannes versehen: an zehn, zwölf Wiegen hatte dieses Amt sie geführt und an hundert Gräber; auf die Kanzel: zum Lesegottesdienst zuerst, dann aber, weil es des unmittelbaren Wortes bedurfte, zur freien Predigt, und auch zum Sakrament des Altars.

»Ich will«, begann die Pastorin, »zu dem, was hier vom Wunder gesprochen wurde, eine eigenerlebte Geschichte beitragen. Ich erzähle sie, wie sie mir geschehen ist, und nur, soweit das allgemeine Schicksal dabei eine Rolle spielt, will ich ein paar Spuren verwischen. Ich will weder Ort noch Provinz noch Nation beim

Namen nennen; dergleichen könnte nach Klage und Anklage aussehen, und es geht mir nicht um Klage oder Anklage, sondern um den Ruhm Gottes, um den allein.

Es war in jenen Februartagen gewesen, in denen der Winter noch einmal von neuem eingesetzt hatte mit Kälte und Schnee, als es mir durch mancherlei Zeichen gewiß wurde, daß die Aufgabe hier abgebrochen werden mußte. Ich wollte den Dienst an der Gemeinde, die Arbeit meines Mannes, fortsetzen, so lang es irgend gehen würde. Nun kam das Ende. Woher ich es wußte, daß hier aufzuhören war – nun, das ist eine Geschichte für sich, es gehört nicht hierher: genug, ich setzte selbst einen Reisetag fest und packte ein Bündel. Da, am Vorabend des vorgesehenen Reisetages: Haussuchung! Die fünfte innerhalb weniger Wochen. Nicht mehr lärmend ging es dabei zu, wie in der ersten Zeit der Besetzung, dafür lauernd, kalt, unheimlich; nicht schön, mit einem Wort. Von Zimmer zu Zimmer nahmen sie mich mit, weiß der Himmel, wonach sie suchten.

›Was ist das? Aufschließen!‹ so hieß es in einem fort. Sonst wurde kaum gesprochen, aber Stille kann ja ärger sein als Getös. Ich wußte es plötzlich: das ist das Ende. Nicht erst morgen muß gegangen werden. Morgen wird es zu spät sein. Heute oder nimmermehr. Nun waren wir ins Gartenzimmer gekommen; es hieß Gartenzimmer, weil eine Tür unmittelbar in den kleinen Garten auf der Rückseite des Pfarrhofs führte; auch gab es als Zugang zu dieser Tür einen Weg vom Dorf her, den man von der Straßenseite aus nicht gewahr wurde. Um so lieber war er den Dorfleuten gewesen. Das Gartenzimmer war in den letzten Jahren selten mehr bewohnt worden und hatte fast nur noch als Abstellraum gedient. Trotzdem kam kein Fremder unbemerkt ins Haus: die Eingangstür hatte es auf sich, so zu knarzen, daß jeder Eintretende sogleich ohne Glocke gemeldet war. – Ich stand nicht weit von dieser Tür entfernt. Wenn es einen einzigen unbewachten Augenblick gäbe, so wäre ich draußen … aber nein, die knarzende Tür würde mich verraten.

Die Schar hatte sich eben über meinen Gartenschrank hergemacht. Ein altes, halbverschimmeltes Stück. Aber Sie wissen ja, man hat damals mit Vorliebe in den unansehnlichen Möbeln seine wertvollen Sachen aufgehoben. Hier nun hatte ich einigen Schmuck verborgen, den mir Freunde von einer Ostreise mitgebracht hatten; ein paar kostbare Dinge befanden sich darunter, andere waren mehr bunt und in die Augen stechend; aber gerade dieser farbige Zierart war es, der jetzt hurtige Wirkung tat. Es war, wie wenn in die beutegierigen Gesichter der Miliz ein Zug von Entdeckerfreude gekommen wäre, ein fast kindlicher Zug, etwas von Knabenzeit und Heimat. Noch sehe ich diese Gesichter, und es ist mir fast lieb, sie so im Gedächtnis zu behalten, so abgelenkt und neu beschäftigt. Damals aber wußte ich: keinen Augenblick Zeit darf ich jetzt verlieren. Ich wage es nicht, mich umzudrehen, rückwärts taste ich mich zum Türgriff. Noch ein prüfendes Umherschauen, jetzt drücke ich die Klinke. Welcher Gotteswind hatte sie aus ihren Angeln gehoben, die ewig knarzende Tür? Lautlos geht sie auf, vollkommen lautlos. Ich trete, immer noch rückwärts gehend, hinaus; die Tür bleibt angelehnt. Ich bin im Freien, ich bin in der Nacht, ich bin in der Freiheit.

In der Freiheit? Aber sie werden mich finden. Ich husche die Hecke entlang, ich weiß sofort, was ich tun werde: zur alten Ochel werde ich gehen, in ihrer Ausgedingstube wird man nicht nach mir suchen. Morgen aber, noch eh' es Tag wird, muß ich weiter. So tat ich. Später hörte ich übrigens, sie hätten in dieser Nacht viele Häuser im Dorf durchsucht und nach mir gefahndet. Zur alten Ochel waren sie nicht gekommen. Eine Mauer um uns bau –.

Die Alte hatte mir geflicktes, warmes Überzeug gegeben. ›Nehmen Se, nu nehmen Se schon, Frau Pastorin‹, hatte sie gedrängt. So lief ich denn, angetan mit dem Schultertuch der Ochel, zwei Stunden vor Tagesanbruch, in der Februarkälte, auf Wegen, die nur wir Einheimischen kannten, in westlicher Richtung.

Aber wohin?

Zuerst zur Andreasmühle, dachte ich. Die lag am äußersten Ende des Pfarrsprengels, eine gute Stunde vom Dorf entfernt. Ich kannte den Weg; erst vor drei Monaten war ich ihn noch einmal gegangen, da es galt, den Erstgeborenen der Müllersleute dort zu taufen, früher hätte man gesagt: den Erben. In Sicherheit war ich freilich auch dort nicht. Schon bei der Taufe waren mir die fremden Gesichter begegnet, ringsum auf dem Anwesen finstere Blicke, flinke, arglistige Blicke nach der ›pastorowa‹ … Immerhin: dort konnte ich ein kleines Hab und Gut von neuem mir zusammentun: Wäsche, eine Decke, etwas Geld. Ich lief rasch, ich mußte unter Dach sein, ehe der Tag in der Mühle beginnt. Ein Glück, daß ich die Schlafstube der jungen Eheleute kenne, dachte ich noch. Und wieder ein Glück, daß sie zu ebener Erde liegt: ich werde am Fenster klopfen, niemand wird mich entdekken. Ich kam hin, ungesehen kam ich bis an das Fenster, ich klopfte. Die Müllerin öffnete, erschrocken starrte sie in das blaue Halbdunkel der Februarfrühe: ›Frau Pastor, Frau Pastor, Sie sind's? Nu, gutes Gottchen, wenn man Sie tut sehen! Mein Mann, was mein Mann ist, den haben sie schon gestern Nacht geholt, Frau Pastorin suchen.‹

›Müllerin, ich bitt' Sie, machen Sie auf, ich muß nur einen Augenblick –‹

›Nun ja, nu ja, ich werd' aufmachen. Nicht da … hinten … wenn einer Sie tut sehen. Viel böse Leute auf dem Hof.‹

Sie machte auf. ›In Christi Namen, Frau Pastorin.‹ Freilich: in Christi Namen, wie denn sonst?

Und nun eine Bügelkammer, ein Stuhl am Fenster, nicht zu nah am Fenster, doch mit dem Blick zum Hoftor. Drei Tage und drei Nächte lang konnte ich mich kaum von diesem Platz rühren. Manchmal aß man, was ein alter Knecht brachte, manchmal, wenn die Müdigkeit übermächtig wurde, schlief man eine Stunde; sonst nichts als diesen Blick auf das Hoftor: wann kommen sie, mich zu holen?

In einer anderen Kammer meines Bewußtseins aber arbeitete

jeder Sinn wach und scharf: drüben, jenseits des Waldes, gut dreißig Kilometer entfernt, wohnt Doktor Ossendowski, der alte Freund. Vielleicht ist er noch da. Vielleicht hat man ihm sein Automobil gelassen. Vielleicht kann er mich zu einer Bahnstation bringen. Vielleicht gelingt es, in einem Zug einen Platz zu bekommen. Vielleicht ... Aber freilich: dreißig Kilometer wollen zurückgelegt sein, und ich bin müde. Und es ist sehr kalt. ›Bittet aber, daß eure Flucht nicht geschehe im Winter‹, ging es mir durch den Sinn.

Und soviel war mir klar: hier im Haus kann ich nicht bleiben. Hier haben die Fremden völlig die Oberhand, die Müllersleute selbst sind wohl nur noch Knechte im eigenen Anwesen, und jetzt ist der Müller unterwegs, mich aufzuspüren. Wann wird er mich finden, hier in der Bügelkammer seines Hauses?

Am Morgen des vierten Tages fing es zu schneien an und es schneite ohne Aufhören bis in den frühen Nachmittag hinein. Dann klärte sich der Himmel auf und in der Stunde der Dämmerung stand der volle Mond gerade über dem Hoftor. Und da waren sie denn auch, die Erwarteten, die mit Schrecken Erwarteten; uniformierte Gestalten, ein paar Bauern vom Ort daneben, der Müller auch unter ihnen. Traumwandlerisch sicher tat ich nun, was zu tun war. Der Griff nach dem Bündel. Der Weg durch den Keller. Das Binden des Kopftuchs, während ich schon lief. Da, das Gehölz. Den Weg zum Mühlbach hinunter hatte mir die Müllerin wieder und wieder beschrieben, ich fand ihn. Ich fand den Baumstamm, den sie über das Wasser gelegt hatten, seit die Brücke fehlte. Jetzt die Schlucht, hangaufwärts ohne Weg. Einen Augenblick lang aufatmen, hier darf ich es noch, hier ist noch keine wirkliche Gefahr. Gefahr, wirkliche Gefahr, die begann erst da oben, wo das Untergehölz zu Ende ging und ein weites Blachfeld sich bis zum Wald hin erstreckte. Sie können sich das vorstellen, denk ich. Sie wissen, es gibt nichts, was einen so gnadenlos nackt, so allen Blicken ausgeliefert sein läßt wie ein Schneefeld in der Vollmondnacht. Nachher, der Wald, der ist groß und gut, lauter Dunkel und Zuflucht. Aber ich komme nicht ungesehen über das Feld.

Nun bin ich am Schluchtrand, im Schatten einer Erle halte ich ein letztes Mal Ausschau. Weiß, unsinnig weiß ist das Licht vor meinen Augen, Sterne sind aufgezogen am Abendhimmel. Orion und Sirius grüßen, wolkenlos ist das Himmelsgewölbe. Schweigen. Einen Augenblick ist es, als halte die ganze Welt den Atem an, einen Augenblick nur. Dann aber höre ich Stimmen; ich merke, die Mühle ist nahe, und auch dieses Feld scheint zu leben. Da … auf Schneeschuhen eine Patrouille … heiliger Gott.

Die Angst, ich geb es zu, die Angst schlug mir nun bis an den Hals herauf; aber in der gleichen Sekunde stand das Wort vor mir, das ich erst kürzlich noch gelesen hatte, Josuas Befehl: ›Sonne, stehe still zu Gibeon und du, Mond, im Tale Ajalon!‹ Und da ereignete es sich. «

Was ereignete sich? Niemand gedachte die Frage zu stellen. Die Pause, in welcher die Erzählerin nach den richtigen Worten zu suchen schien, schwang lautlos aus.

»Eine schwere Wolke schob sich unversehens über den vollen Mond, eine weiße Wolke zuerst, jetzt aber eine dunklere, dann eine schwarze, eine gelbgraue zuletzt. Und nun stürzte, von einer Minute zur anderen, Schnee aus diesem Himmel. Das war kein Schneefall, wie er im Laufe der Tage niedergegangen war, ein Schneetreiben war das, wildes windiges Schneetreiben. Kein Weg war zu erkennen, keine Richtung. Nichts mehr war als vor mir die Nacht. Keinen Feind könnte ich sehen, aber auch mich sieht jetzt keiner, und jede meiner Fußtapfen ist im Augenblick verwischt und zugedeckt. Und so laufe ich über das offene Land und Gottes Wolke hüllt mich ein.

Eine Stunde später war ich im Wald, das Schneien hatte aufgehört, wie weggefegt waren die Wolken, und der Mond stand von neuem am Himmel, wachsamer Wegweiser für diese Nacht. Ich kam unbehelligt in das Dorf, und ich traf den Doktor Ossendowski, unseren Freund, sein Automobil gehörte ihm freilich nicht mehr, aber er fand ein Gefährt und führte mich weit. Das sind nun schon neue Glieder an der Kette des Wunders. Ihr Anfang ist das Geheimnis von der lautlosen Tür und die Stunde, da der Mond seinen Schein verlor.«

Das war es, was die Pastorin erzählte, und es drängte uns nicht, noch weiter zu sprechen.

Karfreitag 1945

Solange wir leben, wird es für uns keinen Frühling mehr geben ohne eine Erinnerung an die Märztage des Jahres 1945; und gerade Karfreitag können wir nicht begehen, ohne daß nicht der letzte Kriegs-Karfreitag uns vor die Seele tritt: in einer Gebärde, einem Duft, einem Tonfall, einem Wort – vielleicht auch in einem ganzen Bündel der Mahnung und des Gedenkens.

Seidelbast wächst allerorten auf, und Anemonenbeete gibt es in jedem Märzwald, auch der verhaltene Vogelton kehrt wieder mit jeder Frühlingsfrühe; es ist eigenwillig, dergleichen stets auf den Passionsweg zu beziehen, und zweimal eigenwillig, mit jedem Schritt allsogleich im Theyatal bei Znaim zu sein, aber wer vermag etwas auszurichten gegen die Übermacht seiner Erfahrung?

»Sind Sie für morgen früh noch frei?« hatte am Fernsprecher die Stimme des fremden Offiziers gefragt. »Unsre Truppe kommt aus Budapest, sie hat ziemlich böse Wochen hinter sich, ich hätte es gerne, wenn Sie uns einen Karfreitagsgottesdienst hielten. Wir liegen hier draußen. Einen Raum? Nein, ich denke, es ist schöner: Gottesdienst im Freien. Ich lasse ein Kreuz aufrichten, ja? Einen Tisch ... Ob Sie das Abendmahl austeilen sollen? Natürlich. Die Zeit? Neun Uhr. Paßt Ihnen neun Uhr?«

Und dann war der Morgen gekommen, und es gab den Weg durch das Theyatal in das übernächste Dorf hinaus. So muß die Luft sein am Morgen des dreißigsten März, so viel abziehender Winter darin, feuchte Kühle, entschwindende Schneeklarheit, so viel Kommendes auch, herbe Süße, leise Bitternis. Und so lautlos muß wohl der Fuß in das Erdreich einsinken an diesem Tag. Und so allein geht ein Soldatenpfarrer seines Wegs.

Der Platz war leicht zu finden. Schon von weitem sah man das Bild, nicht oft mehr würde ich es sehen, denn es ging dem Ende zu: die Truppe angetreten wie einst zur Vereidigung – im offenen Rechteck.

Groß und hell das Birkenkreuz. Vor mir ein breiter Tisch, weiß gedeckt. So decken sie zur Stunde drüben in meiner schwäbischen Dorfkirche den Altar, und ich bin's nicht, der dort Dienst tun darf. Mein Platz ist hier bei den schwarzen Panzersoldaten, zweihundert mögen es sein oder zweihundertfünfzig. »Wissen Sie, was Sie da vor sich hatten, Herr Pfarrer?« fragte der Oberstleutnant, als wir nach dem Gottesdienst in sein Quartier gingen. »Das war eine Division ... der evangelische Teil, will ich sagen, einer ganzen Division. Nicht mehr viel übrig, wie?«

Wir hatten gesungen, was sie in tausend Feldgottesdiensten an diesem Morgen sangen: in Norwegen, in Norditalien, auf ihren verlorenen Inseln, auf den Schiffen, und vielleicht auch im Kampfgebiet an der Oder und am Rhein, soweit da noch Singens Zeit war: Paul Gerhardts Passionslied – es stand wie ein Lebenszeichen, Kriege überstehend, jenen Dreißigjährigen einst, etliche danach und diesen: »Wenn ich einmal soll scheiden, so scheide nicht von mir«. Und was wir da sangen, das wußten wir wohl. Dann war die Austeilung des Abendmahls gekommen. Gruppe um Gruppe war vor den Tisch getreten, ich reichte die Hostien und den Kelch, sprach die Worte der Spendung, und nur zwei-, dreimal, wenn das Jauchzen einer Amsel aus der Nähe uns zu übertönen suchte, stockte die Stimme. Wir lauschten. »Als die Sterbenden, und siehe, wir leben«, ging es mir durch den Sinn, während ich mit meinen Augen aufmerksam von einem Antlitz zum andern wanderte. Später kommt das Vergessen; gut, *daß* es kommt. Aber diesen Morgen vergessen wir nicht.

»Ich lasse Sie rasch zur Stadt zurückbringen«, hatte der freundliche Kommandeur gesagt, »vielleicht kann uns dabei unser Kurier doch noch etwas Post holen. Wir wissen schon gar nicht mehr, wie Post aussieht.« So waren wir denn ohne Verzug gefahren und bald nach elf Uhr in die Stadt gekommen. Ich ging sogleich in mein Lazarett und fand jedermann mit dem Ausladen eines frischen Verwundetentransportes beschäftigt. »Schön, daß Sie da sind«, hieß es an der Pforte, »gehen Sie bitte rasch auf Zimmer 26, man hat nach Ihnen gefragt.« Ja, ich kam wahrhaftig nicht zu früh. Ein Sterbender wollte eben noch einen Brief diktieren. Zwei, drei Sätze flüsterte er. »Die Adresse, Kamerad?« Er konnte sich nicht mehr besinnen, deutete aber mit letzter Anstrengung auf die Soldbuchtasche seiner Feldbluse. »Ist schon gut«, sagte ich. Nein, es war nicht gut. Eine Viertelstunde später, der Mann war schon tot, nahm ich das Soldbuch zur Hand: ein Dorf im tiefsten Hinterpommern war die Heimat des Toten. Das Dorf war längst von den Russen besetzt, und dieser Brief kommt nie mehr an.

Dann zu Tisch. Dort ist Karfreitag ein Tag wie alle Tage. Wir essen unser Gemüse, wir trinken eine Tasse Kaffee, rauchen eine Zigarette – es ist bescheiden; aber es ist maharadschahafter Reichtum, dies alles, wenn wir an Königsberg denken, an Dresden, ja schon an Wien, und Wien ist nahe.

Zum Friedhof. Fünf Totenscheine habe ich in der Tasche, aber neun Särge stehen draußen. Das ist der Tod von 1945, der namenlose, der wuchernde, der maßlose Tod.

Jetzt ist Pause, bis zum Abendgottesdienst. Ich gehe in die Stadt zurück und denke: es ist die Stunde der ›Matthäuspassion‹. Nicht hier, o nein. Aber drüben, einst. Da saßen sie in der Stiftskirche, gedrängte Menge zwischen den Pfeilern, in den Nischen, im Chorgestühl, auf den Klappsesselchen überall, ihre Blätter hatten sie in der Hand und ihre Klavierauszüge. Chor und Orchester waren zur Stelle, jetzt kam der Dirigent, jetzt gebot sein Taktstock Stille, lautlos erhob sich der Chor, da fiel der e-Moll-Akkord nieder, und man schloß die Augen.

Der Raum versank nicht, aber er weitete sich. Sonne brannte, farbige Gewänder brannten in dieser Sonne, Klage und Widerklage, fahle Bitternis und klopfende Angst, lärmender Haß und schweigender Haß: sie alle stiegen den Berg der Schmerzen hinauf, und der Herr ging mit. Die Geigen strichen die Klage, die

Flöten tönten die Klage, die Oboen, die Violen, die Bässe, immer wilder stand die Klage auf, immer unerbittlicher, schier heiseren Lautes zuletzt: Wort mußte sie werden und wurde Wort: »Kommt, ihr Töchter, helft mir klagen ...« Wie ist das fern! Sie haben längst kein Lied mehr, die Herrscher dieser Stunde, die Todfeinde des Kreuzes, und was sie noch schreien, ist Wüstenwort und Hyänengeschrei: daß man in den Abgrund springen möge, ihnen, den falschen Totentänzern zulieb; du, ich, wir alle, die ganze Nation.

Der Standortgottesdienst ist vorbei, ich bin sehr müde, nun, da ich aus der Sakristei ins feuchte Abenddunkel hinaustrete. Wie gut, daß ein Zimmer auf mich wartet, ein eigener Raum. Wie gut, die Augen zumachen zu dürfen, jetzt sogleich, für eine Stunde zumindest. Danach könnte man noch unter Menschen gehen und so den ernsten Tag beschließen.

Ich war wirklich eingeschlafen, hatte im Traum Anemonen im heimatlichen Wald gepflückt, war in mein Pfarrhaus zurückgekehrt und wollte gerade die Blumen in einer Glasschale ordnen – da ging die Tür. Es war aber nicht die Tür im württembergischen Pfarrhaus, sondern die Tür hier im Hause, Bahnhofstraße 15, zu Znaim, an der Theya. Christoph, der Freund, stand vor mir.

»Willkommen, Christophore, wie spät ist es denn?«

»Viertel nach acht. Du hast geschlafen?«

»Ja, es war ein bißchen anstrengend heute. Aber komm, setz dich.« Christoph setzte sich. »Es ist jetzt soweit«, sagte er.

»Wann? Wohin?«

Christoph war Leutnant in einem Lehrregiment; Woche um Woche hatten wir miteinander gebangt und gehofft, geglaubt und gezweifelt: würden sie noch drankommen, er und seine jungen Fahnenjunker? Würde man sie vergessen? Man vergaß jetzt so vieles, man vergaß alles Wichtige; man vergaß, was man der Zukunft des Vaterlandes schuldig war ... Könnte man da nicht auch ein Lehrregiment an der tschechischen Grenze vergessen?

»Am Ostermontag. Nach Wien.«

Nach Wien. Das hieß: Barrikaden, Straßenkämpfe, Feinde auf allen Dächern, Feinde in allen Kellerluken; das Schlimmste ungefähr, was man sich denken konnte. Wir wußten es beide. Aber wir sprachen es nicht aus.

Dafür redeten wir nun von Sibylle, das war Christophs Frau, und von Peter, dem Sohn, den sein Vater eben erst noch selber getauft hatte, von den Freunden hier im Kreis. Nichts war anders als sonst.

Alles war anders.

»Tule will am Ostermontag noch einmal kommen.«

»Schön, dann seh ich sie vielleicht gerade noch. Schade, daß es mir zu Nicola nicht mehr hinüberreicht.«

»Aber Nicola hat Telefon. Dann könntest du ihr doch Ade sagen.« (Schlimm, daß alle Worte mit einem Mal so voll Doppelsinn und Schwere sind. Kann man das nicht vermeiden? Nein, man kann es nicht vermeiden.) »Wir wollen es doch gleich versuchen, vielleicht bekommen wir noch Verbindung.«

Ich nehme den Hörer ab. »Meinen Sie, Sie kommen noch durch?«

»Ich will's versuchen«, erwiderte die Stimme am Klappenschrank, eine freundliche Frauenstimme, »es ist ja ziemlich still heute.«

Christoph erzählt von seinem Karfreitag, ich von dem meinen, da schrillt der Apparat. Nicola.

»Ja?«

»Höre, Nicola, es ist wunderbar, daß wir dich noch erreicht haben. Christoph sitzt hier und möchte dir Lebewohl sagen. Und ich ja eigentlich auch.«

»Was ist mit dir?«

»Mit mir: vorderhand noch gar nichts. Aber Christoph muß gehen.«

»Wohin?« fragte die Stimme.

Christoph legte mir die Hand auf den Mund, nahm den Hörer und sagte in einer Art von klirrender Entrüstung: »Gnädige Frau, haben Sie schon einmal etwas vom militärischen Dienstgeheimnis gehört?«

Ich verstand nicht, was Nicola erwiderte. Nur dann Christophs Wort: »Schade, daß wir dich nicht hören können.«

Nicola, die Gutsfrau, sang. Sie hatte eine Stimme ohne Schwere. Sie konnte nichts von sich sagen. Aber sie konnte singen. Was sie sprach, klang mühsam und nicht selten widerspruchsvoll, scharf und verquält. Aber wenn sie sang, so war alles klar, alles gelöst, alles gut. *Ein* Lied vor allem war es, das sie zu singen verstand, ein Lied von Johann Sebastian Bach, halb Arie, halb Choral. Es steht im Magdalenenbüchlein, ein Lied aus dem siebzehnten Jahrhundert, beginnend mit den Worten: »Wie wohl ist mir, o Freund der Seelen –«. Wir hatten es manches Mal miteinander gesungen, ich hatte der Freundin auch die weiteren Verse des Liedes, die nicht im Notenbüchlein standen, zugänglich gemacht.

Christoph gab mir den Hörer zurück. »Ja«, sagte ich, »du müßtest uns noch einmal deinen Bach singen.«

Da antwortete Nicola, drüben, drei Wegstunden von hier: »Paßt auf, ich singe noch einmal einen Vers.«

Und jetzt sang sie. Ich sah sie, die Zarte, die Tizianrote, in geringer Entfernung von der Sprechmuschel hielt sie sich und sang. Ich hörte:

Lenkst du durch Wüsten meine Reise,
Ich folg und lehne mich auf dich –

Dann gab ich dem Freund den Hörer in die Hand, und er vernahm, wie es weiterging:

Du gibst mir aus den Wolken Speise
Und labest aus dem Felsen mich.

Dachte er wohl an diese Worte, der Freund, als er fünf Tage nach diesem Karfreitag irgendwo in den Vorstadtstraßen von Wien lag, ein Sterbender unter Sterbenden?

Und dann für mich wieder:

Ich traue deinen Wunderwegen –

Und als dann die große Reise begonnen hatte und dreimal im letzten Augenblick noch Rettung kam, da sang ich vor mich hin, wie Nicola gesungen hatte:

Sie enden sich in Lieb und Segen,
Genug, wenn ich dich bei mir hab –

Zuletzt noch einmal an Christophs Ohr (– und warum gerade dies für ihn?):

Ich weiß, wen du willst herrlich zieren,
Und über Sonn und Sterne führen,
Den führest du zuvor hinab.

Nicola hatte den Hörer aufgelegt. Wir saßen eine kleine Weile, ohne zu sprechen. Es schwieg sich leicht mit Christoph. Und es war ja auch, nachdem dies Lied zu uns gekommen war, nichts mehr zu sagen.

»Alsdann«, sagte Christoph schließlich, stand auf, nahm Mantel, Gürtel und Mütze, und ich tat wie er. Schweigend gingen wir miteinander durch die Straßen der Stadt, der Burgkaserne zu, wo das Lehrregiment lag. Der erste Frühlingsvollmond stand groß am Himmel. Übermorgen war Ostern. Aus den Vorstadtgärten kam der Hauch von neuem Leben, süß und bitter zugleich. Und uns, die abendlichen Karfreitagswanderer, rührte eine große Tröstung an. Drüben, in Nicolas Lied, war sie gewesen, und jetzt im späten Vogelton klang sie nach.

Was wird morgen sein?

Was wird morgen sein? Eine Ungewißheit weniger, die Ungewißheit über den morgigen Tag, der dann ›heute‹ heißt, und eine Ungewißheit mehr, die über den kommenden Tag, den neuen.

Aber das ist ja eine furchtbare Antwort, wenn sie dem erteilt wird, der unter der Ungewißheit leidet! Nein. Es ist die Antwort der Wahrheit, und, wenn wir ihr nur inständig genug zuhören, so vernehmen wir eine tröstliche Botschaft.

Wir haben das ja wohl im Ohr, was einer sagt, was unzählige sagen: alle Klarheit, so sagen wir, alle Gewißheit, auch die bitterste will ich tragen, jeden Schmerz will ich aushalten, nur die Ungewißheit, die lähmt, die zermürbt mich. Das ist viele Male ausgesprochen worden in bangen Nächten, auch von uns selbst.

Und nun sollen wir etwas dazu sagen und haben uns hoch und heilig gelobt, daß wir keine leidigen Tröster sein wollen, daß wir nichts Unerprobtes weiterreichen dürfen: Angefochtene haben ein Recht darauf, daß man mit ihnen nicht umgeht wie mit Täuschungsbedürftigen, nicht, wie man mit Kindern – nein, wie man eben auch mit Kindern gerade nicht umgehen darf.

Freilich, leicht zu hören ist das nicht: gerade diese Ungewißheit, vor der du auf jede Weise fliehen möchtest, sie gerade birgt in sich den ganzen Reichtum der Möglichkeiten, golden erglüht die finstere Höhle. Ungewißheit ist die Jünglingsgestalt des Lebens, Gewißheit seine Greisengestalt.

Ich muß von dem Pianisten aus Saal Siebzehn erzählen. Von ihm habe ich gelernt.

Habe ich von ihm gelernt, eine Antwort auf die Frage ›Was wird morgen sein?‹ zu geben? Nein, das freilich nicht. Aber ich habe gelernt – nein, hören Sie zu:

Er war mit einem Lufttransport geradewegs von der Front zu

uns in unser Kriegslazarett gekommen, wir lagen damals in Kiew, die Türme der heiligen Lawra, des großen, uralten Klosters, prangten im Frühlicht. Gleich in unsrem ersten Gespräch hatte er mich nach den Mönchen gefragt, die hier, einige wenige nur noch, ein Schattendasein führten. Von den unterirdischen Gängen wollte er wissen, von den Glassärgen; vor allem aber fragte er nach allen Musikinstrumenten, die man hier hören – und am liebsten gleich spielen sollte, und ich war betrübt, daß ich ihm da nur ungenügend Antwort geben konnte. Musik war seine Welt, sie war das einzig Wirkliche für ihn; dieser Krieg und aller militärische Wirrwarr in ihm schien diesen Patienten überhaupt nicht zu berühren, und auch seine Schußwunde am linken Arm, eine Ellbogenverletzung, beschäftigte den Arzt, die Sanitäter und die Schwestern – nicht ihn.

Man weiß, wie es in den Lazaretten zugeht: am ersten und am zweiten Tag wird jeder Neukömmling von den Altsassen geprüft, leise, unmerklich, mit Gutmütigkeit, mit halbem Scherz, mit kleinem Spott. Unser Pianist merkte auch davon nur wenig; er gab heiter und willig Auskunft über alles Wer und Woher, und da er, in allen seinen Gedanken die Musik umkreisend, einiges von seinem Professor, dem Pianisten Serkin, erzählt hatte, selbst aber einen schwierigen, kaum buchstabierbaren Namen trug, so fand er sich unversehens selbst mit dem Rufnamen ›Serkin‹ ausgezeichnet: er hatte die Kameradschaftsprüfung bestanden, wer einen Übernamen bekommt, ist angenommen.

Ich hatte ihm eine Freude bereiten können. Ein Mozartbild war mir in die Hand gekommen, das schenkte ich ihm. Er befestigte es sogleich an seinem Bett und ließ es viele Stunden lang nicht aus den Augen. Mozart über seinem Tag, Mozart über den Fiebernächten.

Fieber: das war im Saal Siebzehn nichts Außergewöhnliches, denn es war der Saal der Amputierten. Aber Fieber ohne Besserung, das konnte kein gutes Zeichen sein, und die Veteranen des Zimmers, die jeden Blick des sehr schweigsamen Stabsarztes zu deuten vermochten, sahen wohl, daß Serkin zu den besonderen Sorgensöhnen der Abteilung gerechnet wurde. Aber auch von ihnen war keiner gefaßt auf das, was sich dann am fünften Abend nach seiner Ankunft ereignete: das Fieber bei Serkin war im Laufe des Nachmittags so gestiegen, daß man den Chef außer der Zeit holen musste; die rote Linie, die sich, wie eine Giftschlange, armaufwärts zog, gab freilich dem Kundigen auch ohne Doktorgrad Kunde genug. »Schöne Bescherung«, sagte der Stabsarzt. Dann, mit einer Stimme, die sie alle liebten, einer wunderbar väterlichen Stimme: »Pianist sind Sie?« Dann – schweigend – eine kurze Untersuchung. »Gleich rüber.«

Saal Siebzehn war nur einer von den Sälen der Schwerverwundetenstation. Ich hatte an diesem Abend im Pavillon drüben Besuch zu machen, aber im Hof begegnete mir der Sanitäter Eisengaard, ein angehender Benediktinerpater. Er blieb stehen und sagte: »Serkin wird amputiert.«

»Aber wieso denn?« fragte ich, wie man eben im ersten Schreck etwas fragt. Dann ging ich, ohne eine Antwort abzuwarten, ins Hauptgebäude zurück. Vielleicht treffe ich ihn noch. Aber was sagt man einem Pianisten, dem sie die Hand abnehmen?

Vor Saal Siebzehn begegnete mir Schwester Eva, ein Tablett mit Gläsern auf dem Arm, sie brachte heißen Eierwein. »Man muß ihnen etwas Besonderes tun, heute abend«, sagte sie und deutete durch die halboffene Tür, »sie sind alle ganz down wegen Serkin.« Ich ging einen Augenblick mit ihr in den Saal, half beim Verteilen der Chaudeaucreme, die Spielkarten lagen unbenützt auf dem Tisch, kein Scherz wollte gelingen. Von Serkin sprachen wir nicht. Sein Bett war gemacht. Mozart schaute zu Boden, kein Lächeln im Blick.

Für die erste Nacht hatte man den Frischoperierten in ein kleines, ruhiges Zimmer gelegt. Gleich am andern Tag aber war er, auf seinen eigenen Wunsch hin, wieder zu den Saalgenossen von Saal Siebzehn gebracht worden. Dort traf ich ihn. Das Fieber war gesunken, der Blick fast klar. Trostworte? Man spricht keine

Trostworte. Das einzige, das so genannt werden mag, sprach er selbst. Er sagte: »Ich komponiere schon.«

»Bei uns hat er sich Notenpapier bestellt«, riefen zwei vom Tisch herüber. Man sah sie mit Bleistift und Lineal hantieren. »Mann«, sagte der eine, und kam mit großer Geschwindigkeit auf einem Bein an Serkins Bett gehüpft, einen Stoß Blätter in der Hand, »Mann, da kannste ne ganze Sinfonje komponieren!«

»Sinfonie heißt das, Willem.«

»Es heißt ›Symphonie‹.«

»Wie heißt es, Serkin?«

»›Sinfonie‹ oder ›Symphonie‹, ihr könnt beides sagen. Nur einfallen muß es einem.«

»Dir fällt das schon ein, Serkin.«

›Ich komponiere schon‹, hatte er gesagt. Was sollten wir da groß Reden halten?

Er wurde in ein Heimatlazarett verlegt und kam mir aus den Augen. Nicht aus dem Gedächtnis. Ich habe von ihm gelernt.

Gelernt, was das ist: Vertrauen in die Möglichkeiten. In die Einsicht, daß die Klaviatur des Lebens nicht nur eine Oktave umspannt, sondern mehr als eine. Daß, wenn eine Tür zugeht, man darauf achten mag, ob nicht eine andere zur gleichen Stunde sich öffnet. Und: daß eine Wahrheit – einem weißseidenen Fallschirm gleich – sich erst dann entfaltet, wenn der, für den sie bestimmt ist, den Sprung gewagt hat. Und endlich – was wir wohl heimlich wissen und doch offenkundig vergessen, wieder und wieder –: daß ›verhüllte Zukunft‹ besagen will: du sollst jetzt nicht tragen müssen, was dir zu anderer Stunde auferlegt wird, wozu du aber auch erst zu anderer Stunde die Schultern haben wirst.

Und ich habe von ihm gelernt, was das heißt: Wagnis der Arbeit. Daß es für den, dem ein ungewisses Morgen den Blick verdunkeln möchte, eine Hilfe gibt, die darin besteht, daß man nicht untätig ist. ›Ich komponiere schon.‹ Das waren ja vielleicht zuerst nur kleine Tastversuche in ein Neuland hinein, zwei- und dreistimmige Sätze zu einer vertrauten Melodie, kleine Fugen dann – aber alles, was er schrieb, stand in einer geheimen Verbindung zu den großen Notenschränken der schöpferischen Welt.

Und nicht ich allein habe gelernt. Gleich damals, in den Tagen, als Serkin noch im Saal Siebzehn war, brach in der Saalgemeinschaft ein wahrer Arbeitseifer aus; die Unlust der Langeweile wurde verbannt, und – getrieben von der Neigung, sich selbst zu verspotten – kam unter den Saalinsassen die Rede auf: »Wir sind hier das reinste Industrierevier.«

Wo mag Serkin sein? Ist Tag um ihn oder Dunkel? Unter uns, die damals im Saal Siebzehn aus und ein gingen, ist er unvergessen.

Das Brandopfer

Geschehenes beschwören: aber zu welchem Ende? Nicht, damit der Haß dauere. Nur ein Zeichen gilt es aufzurichten im Gehorsam gegen das Zeichen des Ewigen, das lautet: ›Bis hieher und nicht weiter.‹ Ein Gedenkzeichen, geschrieben – wohin und für wen? Ach, in die Luft schreibt, wer ihrer gedenkt, ihrer, deren irdisches Teil vergangen ist, Staub und Asche in Erde und Wind. Man hat vergessen. Und es muß ja auch vergessen werden, denn wie könnte leben, wer nicht vergessen kann? Aber zuweilen muß einer da sein, der gedenkt. Denn hier ist mehr als Asche im Wind. Eine Flamme ist da. Die Welt würde erfrieren, wenn diese Flamme nicht wäre.

»Wenn das mit dem Kinderwagen nicht dazugekommen wäre, hätte ichs wohl nicht getan. Lieber Herr, der Mensch ist stumpf, stumpfer als das Vieh. So ein Stück Vieh – ich weiß, wie das dreinsieht, wenn sein Stallgefährte unters Messer kommt, ich hab' oft genug in den Schlachthof mit hinausfahren müssen damals, als mein Mann im Feld war. Ja, die Kreatur, die sieht drein. Aber wir, wir sagen: das sollte nicht sein – und sagen: aber das ist ja entsetzlich, und dann gewöhnen wir uns daran. Und im Geschäft heißt es dann gleich: Kunde ist Kunde, und gutes Geld ist gutes Geld. Und sehen Sie: ich habe von den Juden nie so richtig etwas gewußt; hier in unserer Nähe wohnten nur zwei Familien, Doktor Rosenbaums schräg gegenüber in achtzehn, aber die sind gleich, als Hitler kam, nach Holland gegangen: er war so etwas wie Sie, Herr Doktor, Bibliotheksrat, glaube ich – diese Rosenbaums und die kleine Fräulein Wolf, aber die kam nie mehr unter die Leute, und man hat es dann auch so lange nicht gemerkt, daß sie den Gashahn aufgemacht hatte … das war schon vor dem Jahr 38.

Nein, so richtig gewußt habe ich nichts; ich sage das nicht, um mich zu entschuldigen, es entschuldigt ja auch wenig genug, man hätte sich eben kümmern müssen, ich weiß, jetzt weiß ich es. Vor den neuen Herren, denen in Uniform, hatte ich keinen großen Respekt. Sie kamen hereingeschnarrt und holten sich ein Viertel Leberwurst oder einen gemischten Aufschnitt, ich machte es ihnen zurecht und sagte: ›Auf Wiedersehen!‹ Und mein Mann sagte: ›Heil Hitler!‹ Da hatten wir dann manchmal einen Wortwechsel darüber. ›Nun hast du wieder nicht richtig gegrüßt‹, sagte mein Mann, ›und es war die Frau Kreisleiter persönlich.‹ Und ich sagte: ›Was ist das dann, die Frau Kreisleiter persönlich?‹ ›Mach dich nicht mausig‹, sagte dann mein Mann, ›Dachau ist nicht so weit, wie du denkst.‹ Und ich fragte: ›Dachau – was ist das?‹ Ja, lieber Herr, so habe ich gefragt, denn ich habe es wirklich nicht gewußt, und das war schon im Jahr 35 oder 36. Mein Mann sagte dann: ›Dachau – das ist nichts aus dem Gebetbuch.‹ Da war ich still und fragte nicht weiter. So ging das in den ersten Jahren. Bis dann, im Dezember 38 war es, und ich weiß den Tag noch gut, es war ein sehr kalter Tag – ja also, bis dann das erstemal eine Frau in den Laden kam, die den gelben Stern am Mantel trug. Gleich nach der Mittagspause war sie gekommen, und ich war allein im Geschäft. ›Ein halbes Pfund Rindfleisch, bitte‹, sagte sie, und dabei schaute sie zur Ladentür zurück, so wie wenn einer hinter ihr her wäre. ›Solls mit Knochen sein?‹ fragte ich, wie ichs zu fragen gewohnt bin, und da sehe ich den Stern an ihrem Mantel, recht pünktlich war er aufgenäht mit gelbem Faden so für die Dauer. ›Ja, bitte, mit Knochen‹, sagte sie. Und ich richte ihrs zu, und sie zahlt und sagt ›Guten Tag‹ und geht hinaus. Aber am Abend – auch das weiß ich noch, wie wenn es gestern gewesen wäre –, mein Mann hatte die Zeitung weggelegt und machte sich am Radio zu schaffen, da fragte ich ihn: ›Wie war das eigentlich neulich mit der Synagoge, und warum habt ihr den Brand nicht löschen können?‹ Er war damals bei der freiwilligen Feuerwehr, mein Mann, und sie waren alarmiert worden in der Novembernacht. ›Kunststück‹, sagte mein Mann, ›– wo wir doch den Schlauch gar nicht am Hydranten angeschlossen hatten.‹ ›Sondern?‹ fragte ich. ›Sondern –‹, sagte mein Mann und wurde kalkweiß, ›– man muß nicht alles wissen wollen. Beruhige dich, Grete, das ist nun vorbei‹, sagte er noch. Aber da war ich auch schon aufgestanden und zur Tür hinausgegangen, und ich lief, wie ich war, kreuz und quer durch unser Stadtviertel, eine Stunde lang oder länger. In der Petruskirche, damals stand sie ja noch, war Licht, ich blieb einen Augenblick lang im Eingangsportal stehen und hörte dem Gesang zu, und da wußte ich auch schon, wie es kommen würde, und es kam ja dann sechs Jahre später – fast auf den gleichen Tag. – ›Bist du so fortgewesen?‹ hatte mein Mann gefragt, als ich zurückkam, ›so ohne alles? Du kannst dir ja den Tod holen!‹ Und ich sagte: ›Ja, den Tod.‹

Es kam der Krieg, und mein Mann mußte gleich am zweiten Tag einrücken. Es hatte ihm nichts geholfen, daß er noch in die Partei eingetreten war und auf dem Wehrbezirkskommando gesagt hatte, eine Metzgerei sei ein lebenswichtiger Betrieb. ›Ihre Frau ist ja zu Hause, und die kennt sich aus‹, hatte es geheißen. Er wurde aber dann doch, gleich nach dem Polenfeldzug, noch einmal entlassen, nur: im Februar 40 holten sie ihn von neuem, und von da an blieb ich dann hier allein bis zum Herbst 47; im Herbst 47 erst kam er zurück aus der Gefangenschaft. Die ersten Kriegsmonate – man hatte sehr viel zu tun damals, es gab so viele Vorschriften, die mußte man alle im Kopf haben, und zwei Abende in der Woche gingen hin mit dem Markenaufkleben. Man kam gar nicht so recht zur Besinnung, und ich war beinahe froh darüber. In der Kundschaft gab es Leute, die einem sagten: ›Passen Sie auf, Sie bekommen bald eine schöne Metzgerei in Paris oder London! Was glauben Sie, am 10. Oktober sind wir in London, mein Bruder hat es direkt vom OKW.‹ Ich gab kein Wort zurück auf solche Narrenreden, sah nur manchmal zur Petruskirche hinüber, die Turmspitze konnte man gerade sehen durch das große Ladenfenster, und dann dachte ich: wie lange noch?

Und dann – der Tag, an dem die zwei Männer von der politischen Leitung kamen, zwei Jünglinge muß ich sagen. Goldfasanen hieß man diese politischen Leiter, man hat immer solche Scherzbezeichnungen erfunden, aber das war nicht gut, lieber Herr ... Ja, und die zogen ein Papier aus der Tasche. ›Befehl vom Gauleiter‹, sagten sie. Ein Gauleiter, Sie wissen das sicher noch, das war damals so etwas wie der Herrgott in eigener Person. ›Ja – und?‹ fragte ich, und ich hatte einen unguten Geschmack auf der Zunge. ›Sie sind zu einer besonderen Aufgabe ausersehen, Frau Walker‹, fing der eine an, und der andere: ›Und da gehört allerhand politisches Fingerspitzengefühl dazu, zu dieser Aufgabe.‹ Ich konnte mir nun freilich gar nicht denken, was man von mir wollte. ›Was soll ich denn?‹ fragte ich. ›Sie werden die Judenmetzig‹, erwiderte nun der eine – ich sehe ihn noch, wie er dastand, ein feistes Ekel mit gelber Hornbrille, keine dreißig Jahre alt –, und der andere schrie, wie als Echo: ›Die Judenmetzig‹, und dann prusteten sie los, so als hätten sie einen besonders guten Scherz erzählt: ›Die Judenmetzig, die Judenmetzig‹, und konnten sich gar nicht beruhigen. Schließlich hieß es dann so: alle Juden der Stadt dürfen von jetzt ab nur noch hier ihre Fleischwaren einkaufen, und freitags, an jedem Freitagnachmittag zwischen fünf und sieben Uhr wird meine Metzgerei für die, wie man sagte – ›nichtarische Bevölkerung‹ offengehalten. ›Sie werden sich dieses Vertrauens würdig erweisen.‹ Das klang wie eine Drohung und war ja wohl auch so gemeint. Die Jünglinge holten ihre Zigarettenetuis heraus, schnüffelten ein wenig umher, warfen mir noch ein paar öde Bemerkungen hin (›Nicht, daß Sie nun den Abraham und die Sara mit Filets und mit Schnitzeln füttern.‹) und zogen ab. Anderntags stand die finstre Neuigkeit schon im Städtischen Verordnungsblatt, und wieder einen Tag später war sie der Gesprächsstoff für meine Kunden. Nun muß ich sagen: es gab nicht wenige, denen die Verordnung nicht gefiel und die verlegen vor sich hin schwiegen, wenn andere redeten. Es gab sogar Äußerungen der Unzufriedenheit. ›Wenn das nur gut geht‹, sagte dann eine Frau wohl.

Und eine andere: ›Das geht bestimmt nicht gut.‹ ›Darauf können Sie Gift nehmen‹, sagte eine dritte noch. Aber plötzlich rief dann einer – einer oder eine, ich weiß es nicht mehr –: ›Machen Sie aber nur freitags nachts gut Durchzug, sonst hälts kein Christenmensch am andern Tag bei Ihnen aus, Frau Walker.‹ Und eine junge Frau – auch sie seh ich noch vor mir, Herr Doktor –, die sagte: ›Mein Mann ist gerade im Urlaub da, er läßt fragen, ob er Ihnen nicht gleich für nächsten Freitag noch seine Gasmaske leihen soll.‹ Lieber Herr, wenn ich es bis dahin noch nicht gemerkt hätte, dann mußte ich ja jetzt wohl begreifen, was die Stunde geschlagen hat.

Freitag zwischen ein und fünf Uhr war Sperrstunde für mein Geschäft, auch das stand im Verordnungsblatt, und ich weiß es noch sehr genau, wie mir zumute war am ersten Freitagnachmittag. Gleich nach dem Ladenschluß um ein Uhr hatte ich über die Steinfliesen hingewischt, das Essen mochte ich nicht anrühren an diesem Tag, aber schlafen wollte ich. Nun, und manchmal tut einem ja das Leben etwas Freundliches an, und man schläft mitten in der Angst. Ich schlief also wirklich, aber es war ein Schlaf mit schlimmen Träumen. Ich will davon nicht sprechen, Träume sind Träume, und was später kam, war ja noch schlimmer als alle Träume. Aber so war die Sperrzeit vergangen. Ich hatte kurz vor fünf Uhr die Ladentür wieder aufgeschlossen, sie sollten nicht draußen warten müssen; doch wurde es Viertel nach fünf, ehe die ersten Käufer sich einstellten. Sie hatten wohl schon ihre Erfahrungen gemacht mit der anderen Kundschaft und wollten sichergehen, daß sie hier niemandem begegnen. Ich habe es dann an diesem Abend alles zum ersten Mal erlebt, was man da erleben konnte: die Angst, mit der sie mir ihre Lebensmittelkarten über den Tisch hin reichten, diese farbigen Fetzen, jeden Monat hatten sie eine andere Farbe, aber in jedem Monat war das gleiche große ›J‹ eingedruckt, ein freches ›J‹: ›Jude‹ hieß das, und was man auf diese Karten kaufen konnte, war längst schon zum Leben zu wenig. Sie kannten mich ja nicht, und so folgten sie mit mißtrauischem Blick dem Schnitt meiner Schere, wenn ich den Wochenabschnitt an mich nahm. Später begriff ich das alles. Das Mißtrauen und die Angst. Begriff auch, warum manche unter ihnen so müde waren, daß sie sich am Ladentisch festhalten mußten. Sie waren ja hier heraus eine Stunde oder zwei Stunden lang zu Fuß gegangen, die Benützung der Straßenbahn hatte man ihnen untersagt, und auf den Bänken im Schloßpark stand: ›Nicht für Juden.‹ Einige hatten große Eile, das merkte ich bald, aber auch dafür erfuhr ich erst später den Grund: am Freitagabend um sechs beginnt ja der Sabbat, und ein strenggläubiger Jude läßt sich dann nicht mehr gerne bei so weltlichem Geschäft finden und unterwegs. Man hatte diese Einkaufszeit gewählt, um ihnen ihren Sabbatanfang zu verderben; ich begriff es bald, man sorgte dafür, daß ich begriff.

Denn schon am dritten oder vierten Freitag kam Besuch. Kontrolle? Kontrolle kann man eigentlich nicht sagen, denn um mich kümmerten sie sich so gut wie gar nicht, wenigstens schien es so. Sie kamen zu zweit oder zu dritt, in Uniform. Eine Bibel trugen sie bei sich, so eine richtige Prachtbibel, breit und schwer. Dann warfen sie sich in Positur, wie zu einer Predigt, schlugen die Bibel auf und begannen zu deklamieren. Nichts von dem, was dastand, bewahre – sondern böse Reimereien. ›Das Saufleisch –‹, nein, nein, ich *kann* das nicht mehr wiederholen … nein, lieber Herr, ich kann nicht. Aber behalten habe ich sie, diese Verse. Sie wundern sich, daß ich sie behalten habe? Nein, Sie wundern sich nicht. Kann man denn das vergessen? Wie sie so dastanden, Herrwasbinich, junge, blonde Burschen, ganz hübsche Gesichter, Sie wissen ja – und die anderen daneben, unansehnlich genug, die Frauen mit ihren Einkaufstaschen aus gepreßtem Papier, in ihren abgetragenen Kleidern, und Männer dann auch, und alle immer wie unter der Peitsche, aber Gesichter … wirkliche … Einen Augenblick, entschuldigen Sie mich einen Augenblick, Herr Doktor –«

Es ist an der Zeit, daß ich mitteile, wer hier spricht und wer ich selber bin, der Mann, der da zuhört. Nun, was mich angeht, so ist gleich Bescheid gegeben. Ich bin Assistent an der Staatsbibliothek und wohne hier draußen in der Gartenstadt in einem Eckhaus. Ich habe ein Zimmer im dritten Stock dieses Hauses, eines übrigens erst kürzlich wiederaufgebauten Hauses, und es ist ein recht schönes Zimmer. Mein Gegenüber, die Berichterstatterin, sie nannte sich selbst ja einmal mit Namen, ist Frau Walker, die Frau des Metzgermeisters und Hausbesitzers Karl Walker. Aber wie ich dazu komme, diesen Bericht zu hören – und es wird ja mit diesem Teil eines Berichts kaum sein Bewenden haben können –, das ist nicht mit zwei Worten gesagt. Wie kommt man zu einer Geschichte? Wenn man neugierig ist. Gut; aber ich bin nicht neugierig. Oder man kommt an eine Geschichte, wenn einen das Menschenlos angeht – irgendeines oder ein bestimmtes. Aber geht einen Assistenten an der Staatsbibliothek das Menschenlos an? Handschriften, Inkunabeln, Faksimiles, Erstdrucke – das versteht sich: die müssen ihn interessieren. Aber nein –: Menschenlos geht uns an. Man wohnt nicht in Untermiete bei Frau Margarete Walker, der Frau mit dem Brandmal im Gesicht, ohne daß man sich fragt: was ist das für ein Mensch, und was für ein Los ist da geworfen? Man geht nicht nur beim Heimkommen durchs Geschäft und nimmt sich für das Abendbrot ein Viertel Zungenwurst mit oder hundert Gramm gekochten Schinken. Bei Karl Walker, ja, da könnte es allenfalls genügen, die Worte zu wechseln, die immer schon vorliegen, die niemand erst noch zu finden braucht: »Guten Tag … heiß heute … ziemlich kühl heute … viel Arbeit gehabt, Herr Doktor? … Was ist gefällig?«

Merkwürdig: wie kommt dieser Mann zu dieser Frau? Oder noch merkwürdiger: wie kommt diese Frau zu diesem Mann? Ein Metzgermeister – aber sieht so ein Metzger aus? Etwas Plattgedrücktes ist da, so, als wäre die Geschichte wie ein Traktor darüber hingegangen, um nichts übrigzulassen als ein Paar wasserblaue Augen und einen schweren, müden Mund. (»Guten Tag.

Was darfs sein, schönes Fräulein? Schinkenwurst – jawohl, von heute. Schwartenmagen, prima, prima.«) Aber wer ist diese Frau, die während der Hauptgeschäftszeit, zwischen neun also und halb elf und abends nach fünf Uhr, im Laden mithilft? Fleisch- und Wurstverkauf sind getrennt, die Frau steht dann auf der Wurst-Seite, wenn man so sagen kann, und führt die Kasse. Daß ihre Hände nicht für das Metzgermesser geschaffen sind, sieht jeder, und wofür die großen, dunklen Augen bestimmt sind, das frage du. Der Mund, ein strenger, ein – ich weiß kein besseres Wort – verschweigerischer Mund, wird es dir nicht sagen. Dabei besteht kein Zweifel: sie ist es, die hier die Verantwortung hat. Ich erinnere mich gut: als ich mich auf das Inserat hin nach dem Zimmer erkundigte und Herrn Walker darüber befragte – es war eine Stunde im frühen Nachmittag, und ich traf nur den Mann im Laden an, einen kleinen, untersetzten Mann in schwarzweiß gestreifter Metzgerjacke, da bekam ich den Bescheid: »Besprechen Sie's mit der Frau«, und ich weiß noch, wie dieses »mit der Frau« mich traf: so, genau so redet ein älterer Metzgergeselle von seiner Meisterin, und so ließ es sich denn auch weiterhin an. Ich ging also zu der Frau, mit einiger Scheu (warum eigentlich mit einiger Scheu?) ging ich durch die Tür, auf die Herr Walker gedeutet hatte, und kam in ein Zimmer, das – unmittelbar neben dem Laden gelegen – halb Büro, halb Wohnraum heißen mochte: dort traf ich, an der Schreibmaschine beschäftigt, die Frau. Sie hörte meine Bitte an, sah mir aufmerksam ins Gesicht, ohne zu lächeln – es war wie eine Prüfung –: dann führte sie mich in das Zimmer; es war ein Zimmer im dritten Stock, ein helles Zimmer mit einer erfreulichen Aussicht. Das Mobiliar – ein Schlafsofa, ein Schrank, ein Tisch, dazu Waschkommode und Stühle – war, man sah es auf den ersten Blick, ganz neu, aus leichtem Holz. Was mir auffiel, war: es gab keine Häkeldecken, keine Familienbilder an den Wänden und keine sonstigen Bürgergreuel – dafür eine ganz moderne Arbeitslampe und als einzigen Wandschmuck Rembrandts Tobias in einer vorzüglichen Reproduktion. »Sie richten sich das sicher am liebsten nach Ihrem eigenen Geschmack vollends ein«, sagte Frau Walker, und auf dieses Wort hin war ich endgültig entschlossen, hier zu mieten.

Noch einmal: wer ist diese Frau? Wenn es eine Aufgabe war, auf diese Frage eine Antwort zu finden – wie wir denn einander zu Frage und Antwort in den Weg gestellt sind –, so tat sie selbst nichts dazu, mir diese Aufgabe zu erleichtern, nichts, oder doch so gut wie nichts. Wir kamen ja selten genug dazu, mehr als den Gruß miteinander zu tauschen, lange nicht jeden Tag bekam ich die Frau zu Gesicht, da ich den Weg durch die Metzgerei nicht sonderlich liebte. Wohl aber war es mir zwei-, dreimal begegnet, daß Nachbarsleute mich ins Gespräch zu ziehen suchten und nicht übel Lust zeigten, durch mich etwas über meine Wirtin zu hören ... Ja – und dies kommt mir erst jetzt zum Bewußtsein – selbst das Wort ›Judenmetzig‹ habe ich nicht in Frau Walkers Bericht zum ersten Mal gehört. »*Wo* wohnen Sie?« hatte man mich neulich – halb ungläubig, halb kontrollierend – gefragt, und auf meine Antwort hin zurückgegeben: »So, in der Judenmetzig«, dann aber, ohne mir eine Pause zu Rückfragen zu lassen, weitergefragt: »Und – die Frau Walker ... wie ist sie dann jetzt so?« Worauf ich freilich – was hätte ich anderes tun können? – dem Gespräch eine gleichgültige Abschlußwendung gab und mich empfahl. Diese Frau und ihr Weg – was für ein Weg? –: das ist kein Gegenstand für ein Zaungespräch, so etwas weiß man, ohne freilich sagen zu können, woher man es weiß.

Es folgte – ich vergegenwärtige mir eines nach dem anderen – die Abendbegegnung in der Gesellschaft ›Pro Israel‹, einer Vereinigung, die es sich zur Aufgabe gemacht hat, den Boden aufzulokkern für die Wiederherstellung von echten Beziehungen zu Israel. Ein Kollege von der Staatsbibliothek hatte mich dort eingeführt, und ich war nicht wenig verwundert, als ich unter den Teilnehmern der kleinen Versammlung meine Hauswirtin entdeckte, keineswegs als Zufallsgast, derlei fühlt man ja gleich, sondern als sachkundiges Mitglied. Im Saal selbst konnten wir nur einen schweigenden Gruß miteinander tauschen, doch ergab es sich, daß wir den Heimweg zusammen machten, und unser Gespräch ging den Erwägungen des Abends nach. »Redet freundlich mit Jerusalem!« Ich nahm das Leitwort des Redners noch einmal auf und sagte: »Aber das ist nun gar nicht so leicht … ich denke an das junge Geschlecht in unsrem Land, dem man einen Dienst tun möchte. Sie haben fast keine Anschauung mehr, und reine Ideen liebzuhaben, ist sehr schwer.« Frau Walker gab zur Antwort: »Immerhin, ein paar Vertriebene sind ja zurückgekehrt: dann muß man es eben diese Wenigen spüren lassen, wie man es meint. Und überhaupt: wenn nur einige unter uns den Schrecken behalten, dann ist auch das nicht umsonst.« Ich sah sie, während sie das sagte, von der Seite her an und merkte wohl, daß sie von einem Schrecken sprach, der *sie* ganz ausfüllte: dem Schrecken, dem Erschrockensein über alles, was dem Menschen möglich ist. Mir lag dann wohl die Frage auf der Zunge, wie sie zu dieser Gesellschaft ›Pro Israel‹ gekommen sei, aber es ist nicht so leicht, Frau Walker etwas zu fragen. Übrigens waren wir auch schon fast zu Hause. Meine Wirtin schloß die Haustür auf, im Treppengang sagten wir uns Gute Nacht. Seither sind vierzehn Tage vergangen, und keine neue Begegnung wollte sich schicken.

Heute aber nun … ich trete ins Wohnzimmer, mein Blick geht, wie der Blick jedes Mannes unsrer Zunft, über das Bücherregal hin und bleibt hängen an einem hebräischen Rückentitel. Ein hebräisches Buch? Nun, das ist meine Domäne, ich darf, ohne für zudringlich zu gelten, den Buchrücken anrühren und fragen: »Wie kommen Sie denn zu diesem Buch?« »Das ist eine Geschichte«, sagte Frau Walker. Es muß aber etwas in meinem Blick gewesen sein, nicht Neugier, etwas sehr Anderes, denn sie fuhr fort: »Ich erzähle sie Ihnen einmal.« Da sagte ich – es war Abend, wir standen am Konsol, die Stille im Haus war hörbar wie eine Stimme von jenseits der Zeit – und ich sagte: »Jetzt.«

Und da erzählte sie. Aber was heißt: sie erzählte? Sie beschwor. Nicht, als ob das, was nun folgte (»Lieber Herr, wenn das mit dem Kinderwagen –«), aus ihr gestürzt wäre wie ein Katarakt. Nein, man müßte wohl eher sagen: es wurde heraufgeholt aus dunklem Schacht. Langsam erzählte sie und mit langen Pausen. Katarakt oder Schacht – genug: sie sprach, und es war nicht statthaft, die Sprechende zu unterbrechen. Solange sie schwieg, hörte man die Uhr, die verrinnende Zeit. Zeit: Gnade und Gericht. Schon Gericht. Noch Gnade.

»Einen Augenblick, entschuldigen Sie mich einen Augenblick«, hatte sie dann gesagt und war gegangen. Ich hatte nichts von der Außenwelt gehört, wie man im Bergwerk nichts von der Außenwelt hört. Es muß jemand gekommen sein: Herr Walker – oder ein Fremder. Jetzt kam sie selbst zurück, zum Ausgehen angezogen, eine Rote-Kreuz-Tasche in der Hand. »Ich muß rasch in ein Nachbarhaus«, sagte sie, »es hat ein Unglück gegeben dort, ein Kind hat sich den Arm verbrüht. Das ist noch so ein Kriegsandenken, daß man mich holt in solchen Fällen«, fügte sie halb lächelnd hinzu.

Sie war wieder ganz in der Gegenwart und mit ihren Gedanken gewiß schon drüben bei dem Kind. Unser Gespräch war abgebrochen. Kann man sagen: unser Gespräch? *Sie* hatte gesprochen, aber wenn Zuhören eine andere Form von Sprechen ist, dann *war* es ein Gespräch. Sie hatte nicht gesagt: »Ich komme bald zurück, warten Sie hier.« Und auch nicht, was man so sagen könnte: »Auf ein andermal denn.« Aber der Satz am Anfang ihres Berichts, das war etwas, auf das ich von mir aus zurückkommen konnte, etwas wie das Versprechen auf eine Fortsetzung dieser Geschichte. Keiner schönen Geschichte – soviel ist gewiß, schon jetzt. Aber wer sagt denn, daß man nicht auch einer finsteren Geschichte einiges Licht abgewinnen kann, wie man helles Feuer schlägt aus dunklem Stein?

Gleich, sagte ich mir, jetzt gleich muß ich die Geschichte zu Ende hören. Auch Frau Walker zuliebe darf ich nicht lange zögern. Ein Mensch, der es wagt, solche Erfahrungen noch einmal ans Licht zu holen, tut sich auf wie – wie der Leib einer Gebärenden sich auftut. Das Tor muß sich wieder schließen, bald … Doch nicht, ehe ein Mitwisser gewonnen ist. Ich, der Mitwisser.

Unser Gespräch hatte an einem Dienstag stattgefunden, Mittwoch- und Donnerstagabend waren durch Berufspflichten ausgefüllt, und eine Einladung zu Freitagabend konnte ich nicht mehr absagen. Wir waren unser elf im Hause eines Landgerichtsrats, es gab vorzügliche kalte Platten und einen leichten Moselwein, es gab Hausmusik, ein helles französisches Barocktrio und eine Flötensonate von Couperin, einen Mozart zuletzt, es gab das gute Gespräch der weltoffenen Leute, an dem ich zu anderer Stunde mit Vergnügen teilzunehmen vermocht hätte –; aber wie konnte ich der Schinkenbrötchen froh werden, wenn ich das im Ohr hatte: »Ein halbes Pfund Rindfleisch, bitte!«, und wie tönt Mozart über dieser verstörten Erde (»Sie werden die Judenmetzig!«)? Auch wollte ich nicht des Landgerichtsrats Meinung über die byzantinischen Mosaiken hören, – ich wollte wissen, ob er einen Synagogenbrandstifter bestraft hatte, bestraft hätte, muß ich ja wohl sagen …

Fieber kroch herauf, ich fühlte es, jetzt im Rücken und jetzt an den Schläfen, ich verabschiedete mich frühzeitig, kehrte heim und überstand die lange Nacht; der Tag kam heran, und ich merkte gleich, es wird einer von den besonderen Tagen, an denen Leben und Geschick sich anders noch als sonst auf die Haut schreiben. Das Fieber hat ein Stück unsrer Widerstandskraft aufgezehrt, wir können nicht wählen unter dem, was auf uns zukommt, aber gerade deshalb sind solche Tage fast nie arme und verlorene Zeit. Das Haus, in dem wir wohnen und das uns oft genug nicht mehr ist als eine Anhäufung von Stockwerken und Vorschriftstexten (›Kehrwoche‹, ›Bitte Füße abtreten‹, ›Haustüre schließen‹), nicht mehr als eine Sammlung von Beuteln für Frühstücksbrötchen – plötzlich ist es das Haus des Schicksals, Leben springt aus jeder Türe auf mich zu, ein Panther, ein Feind, ein Verbündeter, ein geliebtes Leben – wie immer. Ich habe mit ihnen allen, die da wohnen, zu tun, ich bin gleichzeitig mit ihnen, ich bin ihr Genosse, ihr Freund: ihr Atemzug trifft mich, und ihrem Herzschlag antwortet mein Herzschlag. Nicht mehr durch diese Wand getrennt sind wir, und was zu anderer Zeit nur eben quälend zu hören ist, das Geräusch der Lichtschalter von nebenan, das Seufzen, die Stöße und Rufe, der Kampf der Worte, die Botschaft der Haßliebe – Lebensäußerungen alle des jungen Musikerehepaars, das mit mir den dritten Stock bewohnt – plötzlich rührt es mich anders an: der namenlose Ernst, mit dem fremdes Leben an eigenes Leben sich lehnt, ist über allem. Plötzlich ist die Kontoristin im ersten Stock nicht mehr der schnippische Untermieter Nummer fünf, sondern das, was sie ja im Ernst zu jeder Stunde ist, sie weiß es oder sie weiß es nicht: ein Leben, das sich erfüllen möchte. Plötzlich ist auch Karl Walker ein wirklicher Mensch, ohne die Maske der Sicherheit, ein betrübter Mann.

Heute also, heute abend werde ich zu Frau Walker hinuntergehen und werde mir die Geschichte zu Ende erzählen lassen, was da Ende heißen mag (»Lieber Herr, wenn das mit dem Kinderwagen –«). Heute, dafür steht mir die eigene Schutzlosigkeit, diese seltsame Schicksalsdurchlässigkeit gut, heute werde ich verstehen, daß diese Geschichte, wie Greuliches auch sie enthalten mochte, in ihrer innersten Lebenskammer Liebe bedeuten wird, jene Liebe, welche die Welt erhält.

Aber an diesem Abend kam Sabine. Welche Sabine? Es sind sieben Sabinen in der einen Sabine. Sieben? Es werden mehr als sieben sein, man kennt sich nicht bis zum Grund, wenn man seit einem Jahr in Arbeitsgemeinschaft miteinander lebt und, unabhängig vom Dienst, zuweilen einen gemeinsamen Abend hat. »Es wird hell im Zimmer, wenn Fräulein Sabine kommt«, das ist die Formel für die eine, ich habe sie zu mehreren Malen gehört, aus dem Mund des Bibliothekdirektors zum Beispiel … »Aber das ist doch das rätselhafteste Geschöpf auf Gottes Erdboden –«: das ist von der anderen Sabine gesagt. Sabine, die Sachliche, Sabine, die Regentin – O, sie weiß zu regieren, an ihrem Arbeitstisch in der

Staatsbibliothek zumeist – Sabine, die Übermütige – und sie kennen nur wenige ... Noch seltener sieht man Sabine, die Scheue, die Flüchtende ... Sähe man auf den Grund, so sagte man vielleicht: Sabine, der Gast.

Von ihrem Lebensgang das Nötigste, so viel, wie ich eben weiß: es ist das, was sich Freundschaft erzählt, Flächenblitze, die eine Landschaft erhellen, Atemzüge im Unverlierbaren. (Die sogenannten lückenlosen Lebensläufe sind etwas für die Polizei, früher hätte man gesagt: für die Familienchronik.) Hier denn: Sabine Berendson, Tochter eines jüdischen Verlegers und seiner nicht jüdischen Ehefrau, Jahrgang 1928, der äußeren Erscheinung nach ganz die Mutter: groß, dunkelblond, helläugig – dem Wesen nach – aber wie sage ich das: dem Wesen nach der Vater, da ich doch von diesem Vater nur aus Sabines kargem Bericht weiß? Sie sprach von diesem Vater, der in Cambridge lebt, wie von einer Gestalt der Legende, um genau zu sein: der Heiligenlegende ... Auf gefährlichen Wegen war Sabine, als Arierin getarnt durch die Hitlerzeit gekommen, die Eltern hatten sich, als keine andere Lösung mehr möglich war, dem Scheine nach getrennt, um der Zukunft dieser Tochter willen. »Bis der Spuk vorüber ist«, hatten sie gesagt – aber dann war die Mutter an einem Apriltag des Jahres 1945 gestorben, gestorben in einem Augenblick, als das Sterben aufgehört hatte, ein persönliches Sterben zu sein (mitverschlungen, mitverscharrt), Sabine war in jenen Wochen verschickt gewesen – Landverschickung hieß man das damals –, es gab keine Nachricht, keine Urkunde, keine Grabbezeichnung und, seltsam genug, auch fast keinen Platz für sie im Gedächtnis der Tochter. Der Vater hatte sich in einem Augenblick, da nirgends mehr Rettung für seinesgleichen zu sein schien, ins Ausland flüchten können. An einem Herbstabend des Jahres 1945 – unvergeßlich alles: Tag und Stunde, Wetter und Himmelsfärbung – lag die Nachricht da, daß er lebe, der englische Stadtkommandant hatte sie übermittelt, es war wie Geburt, incipit vita nova; hier aber war Sabine, sehr allein, Sabine, der Gast.

Der Gast: ein Mensch, der sich den flüchtigen Dingen befreundet weiß und nie verstehen wird, was Hab und Gut, Riegel und Sicherheit bedeuten sollen. Da ist die Gebärde, mit der sie ihren Lodenmantel an den Nagel hängt beim Eintritt ins Zimmer, es ist, wie wenn sie darauf acht hätte, daß er schnell wieder ergriffen werden könne; da ist der Blick, mit dem sie dem Rauch der Zigarette folgt, blaue Wolke, addio ... Einen Blumenstrauß mitzubringen, würde ihr hundertmal in den Sinn kommen können, etwas Beständiges, ein Kaktusgewächs etwa – niemals. Und so in all und jedem. Nie wird sie sich mit meiner schönen Schallplattensammlung befreunden können (»Ach, Lieber, deine Konservendosen«), aber für das Abenteuer der nächtlichen Wellenjagd ist sie sehr zu haben. (»Weißt du noch: taktaktaktak, hier ist London, hier ist London, hier ist London?«) Photographische Künste sind ihr herzlich verachtenswert: »Bangemachen gilt nicht«, sagt sie. »Das ist etwas für Leute, die sich an der Zeit festhalten müssen und Angst haben, ihr Gesicht zu verlieren.« Telephonate dagegen, lange Gespräche mit großen Pausen, sind nach ihrem Herzen. »Wunderbar, wie da das Wort an seinen Platz findet, an den einzig würdigen, im Imaginären ganz ...« Welche Sabine würde heute kommen?

Sie kam, noch ganz in der Wolke – niemals stört einer den anderen in der Wolke, das ist ungeschriebenes Gesetz der Freundschaft –, legte ihren Mantel ab, bat sich eine Zigarette aus und füllte den Wasserkocher. Dann nahm sie die Teebüchse vom Regal und deckte den Tisch für uns beide, es war wie ein schweigend vollzogener Ritus. Für einen Augenblick, für drei Augenblicke, nur bis das Wasser kochte, streckte sie sich auf der Couch aus. Hier sein, aufgenommen und getragen sein, drei Stockwerke hoch, dreißig Stockwerke hoch, so hoch als die Liebe vermag ... aber ohne zu vergessen, daß wir unterwegs sind, daß hier eben Station ist. Station für eines Herzschlags Länge, für die Dauer eines Kusses vielleicht. Sie blickt zu mir her: Sabine, der Gast. Und ich weiß: ein Gast. Und begreife mit einem, wohin Sabine gehört. Sie gehört in Frau Walkers Bericht hinein. Noch weiß ich nicht, an welche Stelle. (Ich muß wirklich den Bericht zu Ende hören … Heute noch? Heute nicht mehr. Heute ist Sabines Stunde.) Aber an welche Stelle in diesem Bericht gehört sie wohl?

»Wo warst du eigentlich im Sommer 42, Sabine?«

»Im Sommer 42? Da war ich in Offenbach, ein Schulmädchen. Quarta, nein Untertertia schon. Und Anfang September kam ich dann hierher.«

»Hierher?«

»Ja. Der Vater hatte den dringenden Wunsch, daß wir in der großen Stadt untertauchen, meine Mutter und ich. Er meinte, hier gelänge es vielleicht, das, was er sich in den Kopf gesetzt hatte: daß ich durchkomme, unbehelligt. ›Gib acht, es geht‹, sagte er ein paarmal in den Wochen vor der Trennung, und dabei sah er mich an, ich kanns nicht sagen wie. ›Ein Germanenmädchen‹, sagte er. ›Und wenn du das ›Berendson‹ nicht mehr führen mußt, gib acht, es gelingt, du kommst durch.‹ Es war beschlossen worden, daß wir den Namen der Mutter tragen sollten. Unheimliche Sache: einen Namen aufgeben. Man weiß nicht, was man damit aufgibt.«

»Aber du verstandest doch damals, was gespielt wurde, lieber Gott, nicht ›gespielt‹ wurde?«

»Ja. Wenngleich … doch, ich verstand. Ich wollte zuerst sagen, es sei alles immer noch anders gewesen, als man es aus der Entfernung sieht. Der Vater, du mußt wissen, der Vater liebte Deutschland. Er war Soldat im ersten Weltkrieg gewesen. Der Vater … Ja, so ist es: der Vater konnte nicht hassen. In unsrem Hause lebte man wie auf einer Insel. Den gelben Stern trug der Vater, wie einer eine Auszeichnung trägt. Ich habe den Vater nie zornig gesehen. Nur still. Der Vater – ich will dir die Geschichte mit Rebekka erzählen, dann wirst du verstehen, wie es damals war. Und auch: was der Vater war. Rebekka – aber nein, ich kann das nicht so laut erzählen. Komm! Komm ein bißchen her –.«

Ich setzte mich auf die Couch, Sabine legte die Arme um meinen Hals und begann von neuem, sie sprach im Flüsterton, wie als höre ein Fremder mit im Zimmer, einer, der nicht verstehen dürfe. Ein Fremder? Der Tod vielleicht? Oder der Feind? Oder das Grauen der Welt?

»Rebekka: damals in der Offenbacher Zeit hatte ich Rebekka zur Freundin, es war das einzige Mal, daß ich wirklich eine Freundin hatte, sonst will es bei mir mit den Freundinnen nie so recht etwas werden, sie wollen immer zuviel von einem. Rebekka war die Tochter des Kantors in der Synagoge, und sie sah wahrhaftig aus wie die Rebekka am Brunnen, du kannst dirs schon denken, wie … so nach ›Trinke, so will ich deine Kamele auch tränken‹. Sie war nur ein Jahr älter als ich, aber nein, sie war viele Jahre älter, sie hatte schon ein richtiges Leben. Als die Razzien begannen, da versteckten die Kantorsleute ihr Kind, immer wieder in einer anderen Familie, man hielt gut zusammen, ein paarmal war sie auch bei uns, wir hatten lange Gespräche vor dem Einschlafen, ich habe nicht viel aus ihnen vergessen, sie waren danach. Aber dann plötzlich war Rebekka verschwunden. ›Wo ist Rebekka?‹ Ich fragte es jeden Tag, ich fragte morgens, mittags und abends, ich wußte: die Welt ohne Rebekka ist nicht mehr die Welt. Sie ist verreist, sagte meine Mutter, und das war keine Unwahrheit. Sie *war* verreist, nach Auschwitz, denke ich, in die Gaskammer – aber davon sprach mir die Mutter nicht. Man soll ja die Wahrheit sagen, aber ich verargs ihnen nicht, daß sie mir nicht die ganze Wahrheit gesagt haben, damals. ›Wo ist Rebekka?‹ Ich weiß: ich war mit dem Vater allein im Zimmer und fragte, zum zwanzigsten, zum dreißigsten Mal fragte ich: ›Wo ist Rebekka?‹ Und der Vater antwortete: ›In dir.‹ Und sonst sagte er kein Wort. Es war, als wolle er mir Zeit geben, dies – wie sag ich? – zu buchstabieren. ›In dir.‹ Und erst nach einer kleinen Pause fügte er hinzu: ›Man verliert die nicht, die man so sehr liebt.‹ Da verstand ich, wie man so als Dreizehn-, Vierzehnjähriges versteht, und ich weiß noch, was ich tat: ich küßte ihm die Hand. Er zog mich an sich. Damals hatte er das mit der Trennung schon bei sich beschlossen, und wenn ich heute an die Stunde denke, dann weiß ich: das alles war damals schon in seinem Blick und in der Gebärde, mit der er mich an sich zog – und in dem Wort. Er lebte um diese Zeit schon wie auf der Flucht; seine Arbeitsstätte war ein kleines Hinterzimmerchen, im Hauptkontor saßen die Treuhänder. Auch für uns daheim war er fast nicht mehr sichtbar, spät am Abend schlich er sich in die eigene Wohnung. Aber der Blick, mit dem er mich damals ansah, der meinte es so: ›Ich verliere dich nicht.‹«

Ich verliere dich nicht. Sabine schwieg. Es war nichts mehr von Offenbach zu sagen und nichts mehr vom Vater. Geschichte löschte sich aus, wie eine Kerze ausgelöscht wird, Gegenwart schlug ihr Antlitz auf, das heilig-mächtige. So könnte es bleiben das ist ein einfältiges Wort, das einfältigste. Wir dachten es, und jeder wußte vom anderen, daß er es dachte. Aber wir sprachen es nicht aus.

»Du! Noch eine Zigarette, bitte! Und such uns doch eine Musik –.« Ich schaltete ein und ließ den Sucher über die Skala wandern. Funkeuropa gurgelte seine schwerbekömmliche Lauge, aber hier – halt – und auch Sabine rief: »Halt!« – das war Musik, rein vollkommene Nachtmusik, Locatelli oder Cimarosa –. »Was ist das, Sabine? Mozart ist es nicht, es muß früher sein, unbeschwerter –.«

»Ach, laß, Lieber! Nicht Schildchen anhängen! Genug, daß es da ist; daß es so, wie es ist, in der Welt ist, und daß die Welt eine heile Stelle hat zwischen all ihrem Schorf und Eiter. Lange vorhalten wird es nicht, aber es ist doch da –.«

Wer kennt Sabine? Sie hatte sich dem Fenster zugewandt und sah nur zwischen zwei schweren Atemzügen einen Augenblick zu mir her. Dann kam sie auf mich zu, küßte mich noch einmal, doch nun wie im Abschied, und sagte: »Guter, weißt du eigentlich, daß du meines Vaters Augen hast? Ein Grund mehr, manchmal hierherzukommen.« Und dann, mit einer anderen Stimme: »Entschuldige, anderthalb Weibertränen. So was Dummes. Gehen wir noch ein Stück?«

»Gut, Sabine, gehen wir noch ein Stück.«

Wir standen im unteren Hauseingang, ich suchte nach meinem Schlüssel, da wurde die Tür von außen aufgeschlossen, Frau Walker kam nach Hause. Wir grüßten; ich besann mich, ob ich Sabine vorstellen solle, es hatte sich dazu noch nie Gelegenheit geboten – dies, schien mir, war kein unpassender Augenblick – da sah Frau Walker auf, es ging etwas vor in ihrem Gesicht, und sie sagte: »Verzeihen Sie, Fräulein –, und auch Sie, Herr Doktor, müssen verzeihen, aber – Sie heißen Sabine Berendson?«

»Ja.« Es war ein entgeistertes Ja.

»Und Ihr Vater?«

»Mein Vater?« (Aber was ist das?) »Mein Vater lebt – in England ... in Cambridge ...«

»Ihr Vater lebt! Wie gut!«

»Aber –.«

Wir kamen nicht dazu, weiter zu fragen. Da war wieder das Gesicht hinter den Vorhängen, das ich vom letzten Dienstagabend her kannte, und eigentlich kannte ich es so lange schon vor diesem Dienstag. In ein solches Gesicht hinein fragt man nicht: ›Woher kennen Sie mich? Ich habe Sie mit Bewußtsein noch nie gesehen. Und woher kennen Sie meinen Vater?‹ So möchte man wohl fragen. Aber jede Frage ist verwehrt.

Frau Walker hatte unterdessen ihre Glastüre aufgeschlossen. »Gute Nacht«, sagte sie, nickte uns zu und sagte: »Gute Zeit mitsammen.« Dieses »mitsammen« klang uns gut. Wie klingt das, wenn man »mitsammen« sagt zu zweien, die sich ihren Weg suchen. Wir liefen in einen leichten Abendregen hinein, wie behütet fühlten wir uns von diesem »mitsammen«.

»Also hör!« Ich wars, der zu sprechen anfing. »Das ist schon, ich weiß wirklich nicht, was ich dazu sagen soll –. Daß ich an Hellseherei glauben muß, ist noch das Wenigste. Du stehst da für einen Augenblick zwischen Tür und Angel, im Halbdunkel einer Treppenbeleuchtung, und eine fremde Frau sagt zu dir: ›Sie sind Sabine Berendson‹. Und woher weiß sie etwas von deinem Vater?«

»Ja, das mit dem Vater ist mir das Unbegreiflichste von allem. Der Vater war natürlich vor Jahren auch manchmal hier gewesen, zu Verlagsbesprechungen, denk ich, einen Tag oder zwei … Er hatte die Stadt gern, das weiß ich, die Landschaft auch, und deshalb hat er uns wohl dann auch hierher geschickt, aber wann in aller Welt soll er Frau Walker begegnet sein?«

»Und dann sagt sie: ›Sie sind Sabine Berendson …‹«

»Mein Gesicht mag ihr ja freilich nicht ganz unbekannt gewesen sein. Wenn man so offenherzig ein Bild auf die Konsole stellt, wie du das tust, dann kann die Hausfrau, die doch zuweilen in deinem Zimmer nach dem Rechten sehen wird, das Gesicht schon wiedererkennen, zur Not auch im Hausgang bei Nacht. Aber der Name des Vaters – woher weiß sie diesen Namen? Du mußt das zutage bringen. Nein, *ich* muß das zutage bringen. Ich werde meinem Vater schreiben.«

Wie kam ich dazu, zu meinen, ein Brief liege für mich im Briefkasten des Treppenhauses, jetzt, zu später Stunde? Das Licht im Hausgang war in dem Augenblick erloschen, als ich, vom Gang mit Sabine zurückkehrend, die Tür wieder verschlossen hatte. Im Dunkeln war ich meine drei Treppen hinaufgegangen, hatte, wie immer nicht ohne große Traurigkeit, alles Gerät an seinen Platz getan und danach mir die Couch für den Schlaf zurechtgemacht. War da nicht doch ein Brief im Kasten gewesen?

Man kämpft eine Weile mit der Bequemlichkeit, die nicht noch einmal die Treppen steigen will, und holt die Vernunft zu Hilfe, die einem sagt, daß zu so später Stunde keine Post ausgetragen wird, aber plötzlich sieht man sich doch auf der Treppe, bereit, der kleinen Fata Morgana zu folgen.

Keine Fata Morgana. Ein Brief. Ein Brief ohne Briefmarke und ohne Absender. Ich kannte die Handschrift nicht, die hier meinen Vor- und Zunamen geschrieben hatte, aber noch ehe ich den Umschlag aufschnitt, wußte ich: dies ist ein Brief von Frau Walker.

War ich überrascht? Über die Tatsache, daß sie mir einen Brief schreibt? Über den Duktus der Handschrift, den freien und sicheren Zug? Nein, ich war nicht überrascht. Ich war, als ich neulich jenes »Jetzt« gesagt hatte, dieses gleichsam herausfordernde »Jetzt« – mit Willen und Wissen war ich in den Schacht gestiegen, dessen Name heißt: Das Unerhörte. Ich hatte mich in dieser Sache über nichts mehr zu wundern.

Hier der Brief:

»Lieber Herr Doktor, seit Sie da waren, ist all das, was seit vielen Jahren nicht mehr angerührt worden ist, wieder in mir aufgewacht. Es hat eine Zeit gegeben, in der ich nicht einmal in den Gedanken daran geraten durfte. Aber nun ist es doch fast gut, daß es einmal wieder geschehen ist, und ich will Ihnen noch weiter Bericht geben, mit der Feder geht es ein wenig leichter als mit dem Mund. Denn wenn ich so vor meinem Blatt sitze, habe ich Zeit, zu warten, bis sie noch einmal kommen, verweilen, und dann weitergehen – die Menschen aus diesen Jahren –, und ich denke: solange ich jetzt von ihnen schreibe, und solange Sie von ihnen lesen dann, morgen oder übermorgen, so lange sind sie wieder wirklich da. Freilich, ich weiß: ein richtiger Brief wird es nicht werden.

Ich habe Ihnen ja schon gesagt, daß ich so gut wie gar nichts von den Juden gewußt habe. Erst dadurch, daß ich an jedem Freitagabend diesen ganzen Jammer vor die Füße geworfen bekam, erfuhr ich von ihnen. Und ich begriff, wohin man gehört, und merkte, was man tun muß. Was man tun *müßte*, ich meine: *eigentlich* tun müßte, das habe ich dann bald gewußt. Aber dieses Eigentliche haben wir ja alle nicht getan. Gereicht hat es uns, wenn es gut ging, nur eben zum Tropfen auf den heißen Stein. Es konnte geschehen, daß man von einem Urlauber ein paar Fleischmarken geschenkt bekam, und die teilte man dann auf am Freitagabend, so daß der eine oder andere einen Schnipfel mehr bekam, mehr als das winzige Wenig, das ihm auf die erbärmlichen Lebensmittelkarten zustand. Diese Karten: wenn sie einem so Woche für Woche durch die Hand gingen, lernte man sie lesen wie ein Buch. Da war eine Karte, die unterschied sich von den anderen dadurch, daß eine kleine Zulage, eine Handvoll Graupen vielleicht oder hundert Gramm Teigwaren, erworben werden konnte – aber wie teuer war derlei Bettelbrot bezahlt. Der Mann, dem sie zustand, war in eine Waffenfabrik verpflichtet, schön beschäftigt also mit der Herstellung von Munition. Und wofür brauchte man die Munition? Für den ›Schicksalskampf‹, wie man es nannte. Aber *auch* für die Massenerschießungen, drüben im Osten. Und der, der die Munition hier drehte, der hat das gewußt. Oder zwei Kinderkarten wurden mir über den Tisch hin gereicht. Aber ich sah nicht die Karten mit den vielen leeren Feldern, sondern ich sah die Kinder selbst, das verstoßene Leben. Jedes steht allein in seinem Hinterhof, und keines begreift, warum die Spielkameraden so fremd tun. ›Komm, komm spielen!‹ Und dann die andere Stimme: ›Meine Mutti hat gesagt, ich darf nicht mehr mit dir spielen. Deutsche Jungs spielen nicht mit einem Judengör, hat sie gesagt.‹ Eines Tages ist eine wüste Zeichnung auf die Schulbank gelegt und ein Wort ist in der Klasse, ein Schimpfwort, ›Schickse‹ sagt man, Kinder sind grausam, und der ›Stürmer‹ am Schwarzen Brett hat längst dafür gesorgt, daß schon die Jüngsten Bescheid wissen.

Und dann ist da der alte Mann, der gar nichts mehr versteht. Er braucht eine ganze Zeit, bis er die Karte in seiner Tasche gefunden und auseinandergefaltet hat. Immer wie erstaunt sieht er umher und halb lächelnd, aber dieses Lächeln schneidet einem in die Seele. ›Deitsch – gutt, deitsch – nix beese‹, sagt er zu mir, in dem Tonfall von Czenstochau, mir treibt es die Tränen in die Augen, und ich sage nicht, was ich denke: deutsch böse.

Lieber Herr Doktor, Sie sagen nicht: die Frau Walker phantasiert. Ich phantasiere nicht, ich sehe nur. Ich sehe sie vor meiner

Auslage stehen, ihrer acht und zehn und zwölf. Frauen und Kinder und Greise, die jüngeren Männer sind ganz selten geworden, ich lerne ihre Namen, und aus den Gesichtern lese ich; ob ich das Richtige lese, weiß ich nicht, aber wer lange liest, lernt ja wohl lesen. ›Wie sind sie denn nun, Ihre Juden vom Freitagabend?‹ fragte man mich da und dort einmal. ›Sind sie nicht eben doch eine fremde Herde? Und finster? Und ungepflegt?‹ Fremd? *Auch* fremd, ja. Auch ungepflegt. Aber pflege sich einer ohne genügend Seife, ohne Waschmittel, ohne Spinnstoffe, ohne frisches Leder. Und finster? Nein, finster nicht. Nur traurig. Ich muß an die Kinder denken, die beiden ersten, die an einem Abend für eine halbe Stunde in meinem Wohnzimmer saßen, in eben dem Zimmer, in dem ich neulich mit Ihnen sprach. Ich hatte gemerkt, daß zwei Mütter noch andere Besorgungen zu machen hatten und daß die Kinder schon fast zu müde waren zum Mitgehen. ›Die Kinder können ja hier warten, bis Sie zurückkommen‹, hatte ich zu den beiden Frauen gesagt und dabei die Tür zu diesem kleinen Zimmer geöffnet. ›Setzt euch schön‹, sagte ich zu den Kindern, und dann dauerte es eine ganze Weile, bis ich nach ihnen schauen konnte, man mußte sich sputen in den beiden Abendstunden, damit alle bedient wurden, in den ersten Monaten wenigstens. Später – aber davon erzähle ich Ihnen noch. Endlich gab es einen freien Augenblick, und ich schaute zu den Kindern hinein. Da saßen sie miteinander auf ein und demselben Stuhl und regten sich nicht. Ich schnitt ein Stück Kriegskuchen zurecht, manchmal hatte man etwas dergleichen im Hause, sie sahen mich ungläubig an, als ich ihnen den Teller bot: ›Teilts euch!‹ Die Mütter kamen zurück, die Kinder wurden gerufen, sie gaben mir nicht die Hand, die Mütter nur sahen mich lange an, fast feindselig, dachte ich, ist dieser Blick – aber was wissen wir? Ob sie mir fremd seien, hatte man mich gefragt, die Juden vom Freitagabend. (Aber verzeihen Sie, Herr Doktor, das habe ich ja schon geschrieben, Sie müssen verstehen, daß sich mir die Fäden verwirren.) Ja, auch fremd. Aber am liebsten hätte ich doch, wenn man so mitleidig und mißtrauisch von ›meinen Juden‹ zu mir sprach, geantwortet: ›Ja, meine Juden.‹

Von den anderen Besuchern, die so plötzlich zuweilen auftauchten, habe ich Ihnen auch schon erzählt. Solange sie da waren, sprach keiner von meinen Kunden mehr als das unbedingt Notwendige, aber es gab Freitage, an denen keine Streife des Weges kam, und da redeten sie dann mit mir. Ich habe sie nicht aufgefordert dazu, aber ich habe mich auch nicht taub gestellt. Ich wußte nur: sie müssen einen haben, der zuhört. Auch wenn er nicht helfen kann.

So fing das an. Dann kam die Sache mit dem Einwickelpapier. Frau M. – ich weiß ihren Namen noch, verzeihen Sie, daß ich auch jetzt noch nur eine Abkürzung wähle, damals mußte man immer mit Abkürzungen umgehen – Frau M. war eine von den vornehmsten Frauen aus meiner Freitagabend-Kundschaft und zugleich eine von den herbsten, wenn man hier von ›herb‹ reden kann. Zu einer Zeit, da die meisten Käufer schon fast vertraut mit mir umgingen, redete sie nie ein Wort, das sie nicht unbedingt sprechen mußte, mit mir. Es war so, daß ich ihre Stimme kaum kannte – bis zu dem Tag, da sie mich ganz unversehens dann mit einem richtigen Satz ansprach. ›Meine Schwägerin kommt nachher‹, sagte sie. ›Sie nimmt meine Portion mit. Heben Sie's bitte auf und‹ – sie zögerte einen Augenblick – ›und wickeln Sie das Fleisch da hinein‹, und dabei zog sie ein Stück graues Packpapier aus ihrer Tasche. Ich wollte entgegnen: ›Lassen Sie, es ist nicht nötig – an Einwickelpapier fehlt mir's noch nicht‹, da sagte sie: ›Bitte!‹ Und es war ein so strenges ›Bitte!‹, daß ich nur nicken, das Papier nehmen und zur Seite legen konnte. Die Schwägerin kam nicht an diesem Tag, und das graue Papier lag nach Ladenschluß noch da. Ich nahm es zur Hand und wollte eben nach dem Wunsch von Frau M. das Päckchen zurichten, da entdeckte ich auf dem grauen Papier geschriebene Worte. Ich las: ›Sigi ist fort Theresienstadt, Block XVII, schreibst du ihm – Grüße M.‹

Habe ich schon erzählt, daß Frau M. beim Hinausgehen sich umgewendet und ›Vielen Dank‹ zu mir gesagt hatte, ganz laut die Worte ›Vielen Dank‹?

Am folgenden Freitag, ich war in Unruhe wegen dieser Sache, kam die Schwägerin. Ich mußte sehr vorsichtig sein an diesem Tag, die Besucher waren da, und ich fühlte mich, man fühlt ja so etwas, mehr als sonst beobachtet. Ich nützte einen Augenblick, in dem die zwei SS-Männer miteinander sprachen, und sagte: ›Ihre Schwägerin hat das letzte Mal ihre Zuteilung nicht mitgenommen. Sie hatte mich gebeten, ihre Portion für Sie aufzuheben. Kommt Frau M. wohl heute selbst? Sonst könnte ich Ihnen noch etwas mitgeben. Ich habe es so notiert.‹ Wenn die Burschen nur nicht auf uns aufmerksam werden, dachte ich – und das Herz schlug mir am Hals. ›Frau M. braucht ihre Portion nicht mehr‹, sagte die Schwägerin ganz rasch, und eine winzige Bewegung der Hand zum Hals hin ließ mich alles erraten; in solcher Sprache redete man damals miteinander. Ich wußte nun: man hat den Mann geholt, die Frau gibt der Schwester des Verschleppten mit einem Satz noch Bescheid, dann geht sie hin und nimmt sich das Leben. Haben die Aufpasser wirklich auch diese Handbewegung der Frau nicht gesehen? Dem Himmel sei Dank, sie haben nichts gesehen! Sie gehen zur Tür und verabschieden sich, wie sie es zu tun gut fanden. ›Juda verrecke!‹ schmettern sie, und dann: ›Heil Hitler!‹

Jetzt denke ich daran, wie merkwürdig es war, daß sie unter sich kaum miteinander sprachen, so als hätte die allgemeinsame Angst sie auch einander entfremdet. Und wirklich sah es zuweilen so aus, als mißtrauten sie sich wechselseitig. Eine Zeitlang hatte ich sogar den Verdacht, an der Verschleppung des Rabbiners sei einer aus ihren eigenen Reihen beteiligt gewesen. Lieber Herr Doktor, man konnte von dem Platz hinter dem Ladentisch aus damals wirklich in die Welt hineinsehen, richtig in die Welt, in der alles vorkommt, das Beste und das Böseste. Der Doktor Ehrenreich wird es auch gewußt haben, daß alles möglich ist, daß man nicht einmal mehr bei den eigenen Leuten ganz sicher sein kann, aber er hätte freilich nichts anderes tun können als das, was er tat.

Ich habe einen Augenblick eine Pause gemacht, die Schreibhand war müde. Ich stand am Fenster, und dabei sind mir die Kriegsnächte wieder eingefallen. So stand man ja damals im Dunkeln und horchte auf den Himmel zu, auf die Flugzeuge in der Nacht. Dann habe ich meine letzten Seiten selbst noch einmal gelesen, und ich merke, daß ich Ihnen noch gar nicht vom Rabbiner gesprochen habe; verzeihen Sie, daß dieser Bericht sich so wie ein krauses Durcheinander liest – für mich war der Rabbiner Ehrenreich die ganze Zeit, da ich schrieb, wieder dagewesen.

Ich habe schon erzählt, wie mich das beschäftigt hat: daß sie untereinander sich kaum etwas mitteilten, und eigentlich ist mir der Rabbiner zuerst dadurch aufgefallen, daß er, er allein, oft genug gegrüßt und auch angeredet wurde. Ich hätte ihn nicht als Rabbiner erkannt, in der Kleidung zum Beispiel unterschied er sich in nichts von anderen älteren Männern. Das Einkaufsnetz, das er bei sich trug, war meist schon schwer, wenn er zur Metzgerei kam. Er hatte alle Lebensmittelrationen für sieben oder acht Menschen zu besorgen, jedesmal. Wie er aussah? Er sah aus wie – aber das wußte ich damals noch nicht, ich kam erst später dazu, richtig in der Bibel zu lesen, und da wußte ich es dann plötzlich, wenn ich im Buch des Propheten Jeremia las –: er sah aus wie der Prophet Jeremia. Meist war es gerade sechs Uhr, wenn er den Laden betrat. Einmal geschah es, die Glocke von der Petruskirche, es war nur noch *eine* Glocke um diese Zeit auf dem Turm, hatte geläutet, und nach dem Läuten gab es für einen Augenblick eine richtige Stille. Da sagte der Rabbiner mit lauter Stimme ein Wort. Ich hörte den Wortklang, aber ich verstand nicht. Später lernte ich diese Worte. Er hatte ›Schalom‹ gesagt, und auf dies Wort hin standen alle, die im Laden waren, reglos still. Dann sprach er von neuem, und ich merkte: das ist nun ein Gebet oder ein Bibelwort, und alle sind mit dabei. Hier ist jetzt ihre Synagoge. Ich verhielt mich ganz ruhig und legte das Messer weg. (Wenn nur jetzt nicht gerade schwarzer Besuch kommt, dachte ich, es wäre nicht gut.) Und da sah ich plötzlich einen, der mit einem bösen, einem wirklich tückischen Blick zum Rabbiner hinüberschaute. Es war ein junger Bursche, der selten einkaufte, meist kam seine Mutter ... Er trat an die Kasse und sagte mitten in die Stille hinein ganz laut zu mir: ›Was bin ich schuldig?‹ Ich nannte ihm so leise wie möglich die Summe, er aber legte geräuschvoll und umständlich die Münzen aufs Zahlbrett, laut sagte er: ›Schön gut'n Abend‹ und ging zur Tür hinaus. Die anderen Kunden sahen sich nicht um, der Gottesdienst ging weiter. Ich dachte: so ist das also, auch dort – hier die Gemeinde, und dieser eine ist nicht mehr dabei. Aber wie gut, daß die Schwarzen heute nicht gekommen sind, dachte ich dann noch einmal.

Über acht Tage aber, es war alles wie beim letztenmal, der schlimme Junge freilich war nicht da, sondern seine Mutter, und auch sonst waren es zum Teil andere Kunden, der Rabbiner spricht die Worte, und ich selbst bin nun auch ganz mit in dem seltsamen Gottesdienst, von dem ich kein Wort verstehe, und so vergesse ich mein Wächteramt – niemand hat mich zum Wächter bestellt, aber betende Leute auf der Flucht muß man doch ein wenig behüten –, plötzlich geht die Türe auf, und zwar eben in dem Augenblick, da der Rabbiner eine Segensgebärde macht: die Zuhörer stehen noch in einer Art von Erstarrung, keiner kann rasch genug zurückkehren ins Alltägliche – da sind die fremden Besucher schon im Raum, und diesmal sind sie zu viert. Der Anführer, ein Riese von einem Kerl, ruft: ›Heil Hitler! Was ist denn das? Is' hier Kirche oder ein Judenpuff oder was is' hier?‹ Und gleich geht er auf den Rabbiner zu mit einer drohenden Gebärde:

›He, Mausche! Antwort!‹

Und nun Wort auf Wort.

›Ich bin Doktor Ehrenreich‹, sagt der Rabbiner. (Damals dachte ich es zum erstenmal: er sieht aus wie ein Prophet.)

›Ein Jud bist du‹, schreit der Riese Goliath jetzt, ›ein Scheißjud bist du. Was tust du da?‹

›Ich bete.‹

›Deswegen kommt dir noch lange keine Wurst zwischen die Zähne.‹

›Ich bete nicht um Würste, sondern um Menschen.‹

›Ihr habts nötig.‹

›Wir haben es alle nötig.‹

›Jeder nach seinem Pläsier. Ich möchte nicht in dein Knoblauchmaul kommen, Jud.‹

›Gott will nicht, daß Sie verderben.‹

Es war ganz still geworden, furchtbar still, und alle sahen zu, die Käufer und die Spießgesellen auch, und mir schien, die Schwarzen seien selbst noch viel erschrockener als die aufgescheuchten Beter.

David und Goliath – das fiel mir auf einmal ein. Und ich dachte: darf die Geschichte jetzt wirklich anders ausgehen als damals? Darf das geschehen, daß nun der kleine ehrwürdige Mann am Bart gerissen und weggeschleppt wird, und daß man nie mehr, lieber Herr, nie mehr etwas von ihm hört und sieht?

Sie können sich denken, mit was für Empfindungen ich dem nächsten Freitagabend entgegensah. Ich besann mich an manchem Tag, ob ich Anzeige erstatten solle, wegen Hausfriedensbruch etwa, aber wie hätte ich hoffen können, Recht zu bekommen? Es gab kein Recht mehr. Doch gab es mitunter Verzögerungen auch im Unheil, und viele unter uns verdanken es einer solchen Verzögerung, daß sie noch leben. Der nächste Freitag ging vorüber, ohne daß die Störenfriede auftauchten, und noch eine ganze Anzahl von Freitagen verlief ruhig. Das waren – später habe ich oft darüber nachgedacht – sehr merkwürdige Wochen. Nach diesem Zusammenstoß nämlich geschah es, daß die Kunden vom Freitagabend anders als vorher miteinander sprachen. Es war, als sei ihnen allen durch dieses Unglück die Zunge gelöst worden. Und – seltsam oder nicht seltsam – auch mit mir sprachen sie nun, anders noch als in den ersten Monaten. Das kleine Wohnzimmerchen, das damals zuerst die beiden Kinder beherbergt hatte, wurde nicht mehr leer, und nicht nur am Freitagabend waren wir dort zusammen. Damals kam mir dann auch das hebräische Buch in die Hand, das Sie unter meinen Büchern entdeckt haben. Eine Arztfrau brachte es mir, als Abschiedsgeschenk, und Sie wissen schon, lieber Herr, was für ein Abschied gemeint ist. Wir haben ein keckes Spiel gewagt damals, es ist wahr. Und auch das wissen Sie nun: es war kein Spiel.

Noch einmal ein neues Blatt. Ich mute Ihnen, Herr Doktor, viel zu, ich weiß, meine Handschrift ist die leserlichste nicht mehr, ganz haben sich meine Augen seit dem Brand von damals nicht mehr erholt, aber nun habe ich Ihnen neulich gleich gesagt, daß es schließlich die Sache mit dem Kinderwagen war, die es zum Letzten kommen ließ, und von ihr könnte ich gewiß nicht sprechen, wenn Sie hier mir gegenübersäßen.

Es kam der 16. Oktober, Sie kennen das Datum als den Tag der Zerstörung der Staatsbibliothek, ein Freitag wieder. Es war alles, wie es immer war, ich stand hinter dem Ladentisch, die Käufer reichten mir ihre Lebensmittelkarten, ohne Mißtrauen jetzt und ohne Angst, gebetet wurde nicht mehr seit der Verschleppung des Rabbiners, nur ich selbst sagte manchmal statt eines anderen Grußes ›Schalom‹, ich wußte jetzt gut, was das Wort heißt, und der Angeredete gab mir dann wohl zurück: ›Schalom‹ … Das war so unser Sabbat in der Metzgerei … Ich hörte ein Auto vorfahren, heftig wurde die Wagentür zugeschlagen; gerade noch ›Gebt acht!‹ konnte ich rufen, schon stand der Goliath da. Hinter ihm eingetreten war ein schmächtiges Kerlchen, das wie fremd in seiner Uniform zu stecken schien. Ich tat, als sähe ich die beiden nicht, doch bemerkte ich gleich, daß der Riese einen höheren Dienstgrad bekleidete, auch auf derlei Dinge hatte man achten gelernt. Man hatte also nicht versäumt, ihn für die Tat von neulich zu belohnen … Sonderbar starr blickte der Goliath umher, ich merkte: er war angetrunken. Er zündet sich eine Zigarette an und stößt sie dann brennend einem alten Mann ins Gesicht, ich merke es erst, wie der Gequälte aufschreit. Nun wird es also böse, denke ich, ganz böse wird es nun. Und ich weiß sogleich: jetzt werde ich nicht mehr schweigen können.

›Rauchen ist hier gesetzlich untersagt‹, sage ich und betone das Wort ›gesetzlich‹. Der Goliath blickt zu mir her, er scheint mich in diesem Augenblick überhaupt erst bemerkt zu haben, dann liest er das Verbotsschild, auf das ich mit einer Kopfbewegung gedeutet hatte, und wirklich, er drückt die eben angerauchte Zigarette aus; aber ein schlimmes Lächeln ist in seinem Gesicht. Seinem Nebenmann wendet er sich zu – es war ein alter Richter, längst im Ruhestand – (›Können nicht Sie vielleicht doch noch fliehen?‹ hatte ich ihn neulich gefragt, und er hatte erwidert: ›Nein, ich kann nicht mehr fliehen, ich bin zu alt; und ich will auch nicht, hier wartet mein Grabstein auf mich –‹) und nun sehe ich, wie er dem alten Mann sein Eingewickeltes aus der Hand schlägt. ›Mausche!‹ ruft er – ›nur nicht so viel fressen! Sonst wirst du zu schwer zur Himmelfahrt. Auf Fünfzehnten gehts ab – heidi durch die Luft!‹

Alles blickte auf den Goliath. Nein – zwei, drei Kunden taten, als hätten sie nichts gehört; einer von ihnen trat auf mich zu und gab seine Bestellung an. Ich konnte nicht gleich auf ihn hören, ich mußte zu Frau Zalewsky hinüberschauen. Frau Zalewsky hatte ihre Tasche auf den Boden gestellt, sie zitterte am ganzen Leib. Sie war eine Musikersfrau und stand kurz vor ihrer Entbindung. Ich wußte einiges von ihr. Sie hatte die Kühnheit gehabt, im vierten Monat ihrer Schwangerschaft um die ›Zulage für werdende Mütter‹ zu bitten, um einen Viertelliter Milch und einige Gramm Zucker und Mehl … Die Kartenstelle hatte ihre Eingabe beschieden mit der Erklärung: ›Ein Judenbankert gehört abgetrieben. Wenden Sie sich an das Gesundheitsamt Abteilung D.‹ Sie verwahrte das Dokument in ihrer Tasche, sie hatte es mir einmal gezeigt. Ich hatte es gelesen, hatte Stempel und Unterschrift betrachtet, auch das Diktatzeichen hatte ich nicht übersehen: selbst solche Sätze kann man einer Sekretärin diktieren, man kann alles. ›Frau Zalewsky!‹ sagte ich. ›Lassen Sie nur‹, erwiderte die Totenblasse, ›es ist mir gleich wieder besser.‹ Ich wandte mich dem Kunden zu, der noch einmal – völlig unbewegt, wie es schien – seine Bestellung aussprach, der Goliath fing von neuem an: ›Heidi, heida, durch die Luft juchheisassa‹, es war, als wolle er hier einen Tanz aufführen – da ging sein schmächtiger Begleiter, nun selbst ein kleiner David, auf den Fürchterlichen einen Schritt zu, nahm Haltung an und sagte mit halber Stimme: ›Untersturmführer! Sie sind im Dienst!‹

Der Goliath riß seine Augen auf und streckte seinen Arm aus. Es schien ihm unglaubhaft, daß jemand es wagen wollte, ihn zu belehren. Und nun kam es: ›Quatsch! Quatsch mit Pellkartoffeln. Das ist doch direkt nett von mir – nu mach' man keinen Stuß, Beck, will ich dir sagen – direkt nett von mir, daß ich die hier so peu à peu ins Bild setze, wenn sie nächstens durch den Schornstein gehen. Was glaubst du, Beck – die Sara mit dem dicken Bauch, die ist mir – was, Sara? – die ist mir egal dankbar dafür, wenn ich ihr sage, daß sie sich um die Kinderwindeln keine Sorge mehr machen soll, um die süßen kleinen Scheißewindeln –‹

›Untersturmführer!‹ rief jetzt der Junge noch einmal, beschwörend klang es, und er nahm seinen Vorgesetzten am Arm.

›Pfoten weg!‹ schrie der Angetrunkene, jäh böse geworden, ging aber gleichzeitig mit großen, tappigen Schritten zur Tür. Unter der Türe wandte sich der Junge um und rief zu mir her: ›Sie halten den Mund!‹ Ich nickte. Warum soll ich nicht schweigen, da doch die Steine reden werden?

Ich tat schweigend meine Arbeit, und auch um mich her sprach keiner mehr ein Wort. Ich trennte die Wochenabschnitte von den Karten ab und reichte die Ware über den Tisch hin. Es kam mich an – und ich kann es auch heute nach vielen Jahren nicht erklären, warum es damals so über mich kam –, weit mehr herzugeben als das, was dem einzelnen zustand. Ich weiß nur noch: als es mir gegen Ende der Verkaufszeit zum Bewußtsein kam, daß ich nun den Verlust wohl nie mehr würde ersetzen können, da wurde mir leicht und froh zumute. Die furchtbaren Worte waren noch im Raum, aber als ich hinter dem letzten Kunden die Ladentüre zuschloß, da hatte ich ein Gefühl, wie wenn alle Last schon von mir genommen wäre.

Eine Stunde war vergangen, ich saß in meinem Zimmer bei einer Näharbeit, da hörte ich ein Klopfzeichen an meinem Fenster. Ich ging zur Türe, um zu öffnen. Ich bin nicht sehr mutig, lieber Herr Doktor. Ich hatte große Angst. Es war nicht so, wie ich es vorher gemeint hatte, daß die Last von mir genommen sei. Es war noch immer alle Last da. Frau Zalewsky, die Musikersfrau, stand vor mir. ›Sie machen mir einen Augenblick auf, bitte‹, sagte sie. Ich öffnete sofort, Frau Zalewsky war unterdessen noch einmal in den dunklen Seitengang zurückgetreten, nun kam sie wieder und schob etwas vor sich her. Es war ein Kinderwagen. Sie führte ihn ohne Zögern durch die Außentür und dann weiter in das Zimmer hinein – in das Zimmer, in dem ich jetzt schreibe. Dort, wo Sie neulich saßen, an eben der Stelle stand der Kinderwagen an jenem Abend, er steht für mich immer noch da …

›Setzen Sie sich doch bitte, Frau Zalewsky‹, sage ich, und sie setzt sich, es war das mühsame Niedersitzen der Hochschwangeren. Dann fängt sie an: ›Der – hat die Wahrheit gesagt.‹

›Der Betrunkene?‹ frage ich. Es soll wie ein Zweifel klingen, aber indem ich meine eigene Stimme höre, merke ich, daß ich meinem Zweifel selbst nicht glaube. Die Welt ist so bös geworden, daß gerade nur eben das Böseste die Wahrheit ist.

›Ja, der‹, sagt die Frau. ›Der Rabbi hat gesagt: ‚Gott hat den Wein geschaffen, daß er den Toren die Zunge löse, die Wahrheit zu sagen denen, die der Wahrheit bedürfen.'‹

Dann: Stille. Ich schaue vor mich hin. Dann wieder die Stimme der Frau: ›Ich habe Ihnen den Kinderwagen da gebracht. Sie waren gut zu mir, alle die Zeit. Ich habe gedacht: vielleicht können Sie ihn einmal brauchen, Frau Walker, später, ja.‹ Und wieder:

Stille. Dann: ›Ich muß jetzt gehen. Und noch einmal danke für alles. – Wo stellen wir ihn hin?‹

›Lassen Sie ihn nur‹, sage ich. Ich kann nichts sagen als dieses ungeschickte ›Lassen Sie ihn nur‹.

Unter der Haustüre wandte sich Frau Zalewsky noch einmal um, es war jetzt ganz dunkel, ich sah sie kaum noch, es war nur ihre Stimme noch, aber ich dachte: wie ein Kind des Rabbiners Ehrenreich ist sie, nein: wie aus dem Geschlecht der Propheten. Der Himmel war voller Herbststerne in jener Nacht. Und dann sagte die Frau – und das war das Letzte, was ich von ihr gehört habe, und man behält ja so ein letztes Wort – ganz leise sagte sie: ›Und Gott sprach zu Abraham: ‚Siehst du die Sterne? Kannst du sie zählen? So groß soll –‘‹

Ob sie noch mehr sagte, weiß ich nicht, die Nacht verschlang ihre Worte, und sie ging ja auch schon. Ich kehrte zurück in die Stube und sah auf den Kinderwagen. Ich holte die Markenblätter her und klebte eine Weile die Abschnitte auf. Und der Kinderwagen stand vor mir. Er war nicht leer; eine Decke lag drin, ein Kissen und auch ein wenig Kinderwäsche. Wenn es so ist, daß eine, die ihr Kind erwartet, den Kinderwagen hergeben muß, weil man über sie und über das Ungeborene ohne Grund ein Todesurteil gesprochen hat, wenn das in der Welt ist, dann kann es nicht mehr gut werden. Das kommt nicht mehr ins Gleichgewicht. Und eigentlich ist nichts anderes mehr möglich als dies: daß alles gut aufgeräumt wird – im Feuer.

Ich weiß, lieber Herr Doktor, nicht mehr viel von diesem Abend. Wir waren ja in jener Zeit schon immer auch sehr müde, und so ist es gut möglich, daß ich am Tisch eingeschlafen bin über den Klebebögen. Sie waren nachher auch mitverbrannt, und Sie können sich denken, was mir das für Schwierigkeiten gemacht hat. Die Sirenen habe ich wohl noch gehört, aber ich habe sie sicher für etwas ganz anderes gehalten. Warum ich nicht mehr aufgestanden bin, weiß ich heute noch nicht. Und dann kam es so, wie es kommen mußte und wie Sie es ja wohl wissen.

Es ist fast schon wieder Tag, Herr Doktor, ich lese den Brief nicht noch einmal durch; aber ich muß Ihnen ganz zuletzt noch danken, daß Sie mir zugehört haben.

Ihre
Margarete Walker.«

Nein, ich wußte nicht, wie es damals gekommen war. Gar nichts wußte ich.

Ob sie, die Frau, die da von den Sirenen und dem Angriff der englischen Flugzeuge dann überrascht wurde (es war jener Angriff, von dem auf der Tafel in der wiederaufgebauten Staatsbibliothek zu lesen ist), ob sie es für gut befunden hatte, dies alles, was da war, das Haus und sich selbst dem fremden Feuer auszusetzen, ob sie meinte, daß einer in den feurigen Ofen kriechen muß und sich nicht bewahren darf – oder ob sie einfach nur eben zu müde war, um in eine Welt zurückzukehren, in der eine Mutter sich vom Kinderwagen trennen muß – das steht offen, und ich werde die Wahrheit wohl nicht erfahren. Ich werde niemanden fragen; man erfragt solche Dinge nicht.

Auch ist ja dieser Brief und seine Botschaft sich selbst genug.

Das ist die Welt. Das ist die Fratze der Macht. Das sind die Zerrütteten, die Leben, die durch den Fleischwolf gedreht werden. Und das ist die winzige, die wunderbare Möglichkeit des Menschen. Man kann ein Einwickelpapier weitergeben und eine Nachricht darin unterbringen. Man kann zwei Kindern ein Stück Kuchen vorsetzen. Und einen Kinderwagen annehmen, ganz zuletzt – das kann man auch. Eine Stunde Vertrauen, ein Atemzug Frieden. Aber es gibt keine Kirschblütenstraße auf der Welt, die den befreiten Geistern so viel Licht zuwirft, wie nur irgend Licht drang durch den Türspalt dieser Judenmetzig, die Brühwürfel stapelte und oft genug ihrer Kundschaft nichts Besseres anzubieten hatte als sehniges Rindfleisch mit Knochen.

Sabine hatte angerufen. Es waren neun Tage vergangen seit unserem Abendgespräch, wir hatten uns in der Zwischenzeit kaum gesehen; sie war in dienstlichem Auftrag nach Hannover gereist, und ich hatte ihr Frau Walkers großen Brief nur eben noch an den Zug bringen können. Nun rief sie – bald nach Dienstschluß – an. Es war – schon in der Stimme – keine der bekannten Sabinen.

»Der Vater hat geschrieben.«

»Auch – über – Frau Walker?«

»*Nur* über Frau Walker. Du solltest kommen. Bald. Gleich. Heute abend. Es ist wichtig.«

Ich kam. Der Brief von Sabines Vater lag auf dem Tisch bei dem Brief der Metzgersfrau. Sie lagen da wie Schicksalszeichen, getrennte, die doch, weil sie füreinander die Wache halten, sich zusammenfügen. Wer fügt zusammen?

»Von Seite zwei ab alles –«, sagte Sabine.

»Lies mir doch vor!«

»Nein.« Sie schrie es fast, dieses Nein. »Nein. So etwas kann man nicht laut lesen.«

»– und dachte nicht, liebes Kind, dir von diesen Geschehnissen je unmittelbar Kunde geben zu sollen. Ich hatte freilich nicht die Meinung, ich dürfe die Erde verlassen, ohne davon zu berichten. Doch sollte dieser Bericht verschlossen bleiben, bis zu unbestimmter Stunde, ein Testament, du verstehst. Aber nun muß ich ja wohl sagen, was du nicht weißt: daß ich in den Sommermonaten des Jahres 1942 noch für ein paar Wochen in eurer Nähe gelebt habe, daß ich an jedem Tag einmal oder mehr als einmal dich dort gesehen habe. Ich kenne das alles, Sabine: den Weg, den du täglich zur Schule gingst, dort. Morgens vor acht Uhr war ich dort, und mittags nach zwölf, wenn du zurückkamst. Jedes Kleid, das du trugst, kannte ich. Ich sah die gestickte Bluse an dir, die ich deiner Mutter einmal aus Dalmatien mitgebracht hatte, und ich sah, daß mein Kind eine kleine Dame wurde, jeden Tag ein wenig mehr. Dein Gesicht sah ich und die Gesichter der Schulfreundinnen, die dich auf dem Weg begleiteten. Manchmal hörte ich dein Lachen. Ich stand ganz nahe, oft genug, aber niemals habe ich der

Versuchung nachgegeben, dich noch einmal anzureden. Ich bedachte die Verwirrung, die das in euer Leben bringen würde, und unterließ, wonach mich so sehr verlangte. Damals fing das Heimweh an, mich auszubrennen. Vierundzwanzig Stunden hat jeder Tag, und in jeder Stunde tut es sein Werk. Es ist sechs Uhr früh und Sabine steht auf. Es ist zwölf Uhr und Sabine geht zu Tisch. Es ist Abend und Sabine schläft ein. Es ist Nacht und Sabine wacht auf. Es ist die Stunde des Gebets und Sabine betet nicht mit mir. Eine Musik erreicht mich und Sabine hört sie nicht. Ein Baum steht im Laub und Sabine sieht ihn nicht. So war das.

Bei Frau Walker hatte ich, wie wir alle, mein Fleisch zu holen, und in der letzten Woche, die ich in Deutschland verbrachte, kam es dazu, daß ich an zwei Abenden mit ihr sprechen konnte. Am zweiten Abend habe ich ihr die Bilder aus meiner Brieftasche gezeigt. Von dieser Frau zu sprechen, ist jetzt nicht die Stunde, ich meine von dem, was wir an diesen beiden Abenden beredeten. Sie hat die Bilder von dir betrachtet, und *wie* sie diese Bilder betrachtet hat, das siehst du an dem, daß sie dich im Hausgang erkannt hat, als du mit Dr. S. (den du grüßen sollst) des Weges kamst. Wir waren alle in ihrem Blick daheim.

Und dann kam der dritte Abend, mein letzter Abend in der Stadt, der 16. Oktober, ich weiß das Datum noch, denn am 17. in der Frühe erreichte mich ja dann das große Wunder, der schwedische Kurierbrief, und er brachte die unerwartete Rettung, von der du Kunde hast. Ich wohnte damals bei G.s, ganz in der Nähe von der Metzgerei Walker. Es gab Fliegeralarm an diesem Abend, und ich blieb zunächst, wie ich es gewohnt war, in meinem Zimmer. Schon mit Rücksicht auf G.s vermied ichs, den Luftschutzraum im Keller des Hauses aufzusuchen, auch war bisher noch nie etwas Böses geschehen. Aber an diesem Abend wurde es ernst. Ich hörte die Einschläge ganz in der Nähe, und mir fiel der Sammelbunker ein, der im Haus schräg gegenüber eingerichtet war, es war ein allgemeiner Zufluchtsort. Dorthin eilte ich, so wie ich war – aber auf der Treppe kehrte ich noch einmal um und holte meinen Mantel. Oft habe ich später denken müssen, wie anders diese letzte Nacht dahingegangen wäre, hätte ich nicht da noch meinen Mantel geholt. Ich wäre wohl unbehelligt in den Bunker gekommen und auch unverletzt wieder in meine Kammer nach Hause, denn es traf in dieser Nacht weder den Bunker noch unser Haus. So aber trug ich den Mantel und am Mantel den Stern; der Luftschutzwart im Sammelbunker entdeckte ihn auf den ersten Blick, gleich unter der Tür – und er verwehrte mir den Zutritt. Es war ein schlimmer Augenblick, ich will nicht mehr an ihn denken. Als ich wieder auf die Straße hinauskam, hatte ein Feuerschein das Dunkel erhellt, Qualm und Brandgeruch drangen herzu, und ich ging ihm nach. Warum ich ihm nachging – ich weiß es nicht, ich werde es nie wissen. Die Fliegerabwehrgeschütze waren in Tätigkeit, und man hörte das Summen der fremden Flugzeuge, ich lief auf der Straße – und ich weiß, daß ich halblaut vor mich hin ›natürlich‹ sagte, als ich, um die Ecke biegend, entdeckte, daß es das Walkersche Haus war, von dem der Feuerschein herkam und der beizende Qualm. Der Dachstock brannte, die beiden unteren Stockwerke schienen, soweit man durch den Rauch hindurchsehen konnte, noch unversehrt. In dem Augenblick aber, da ich an die Gartentüre kam, erfolgte ein neuer Einschlag. Ich fiel aufs Gesicht, ich fühlte einen heftigen Stoß gegen mein Kinn, das Blut floß mir aus dem Mund, es tat nicht weh, nur die Augen brannten im heißen Rauch. Du weißt, Kind, wie ungelenk ich bin – aber plötzlich stand ich auf der Fensterbrüstung vor dem Wohnzimmer im Erdgeschoß, ich dachte daran, irgend etwas in der Walkerschen Wohnung zu retten, die Fenster waren bei dem letzten Einschlag zersplittert. Ich sah – in einer Feuerwolke sah ich Frau Walker am Tisch sitzen, ich rief sie an, sie gab keine Antwort. Ich war mit einem Sprung im Zimmer, ich eilte zur Tür, öffnete, da fuhr neues Feuer vom Hausgang herein. Ich faßte die Halbbewußtlose am Arm, wagte die vier, fünf Meter Wegs bis zur Haustür, der Schlüssel, dem Himmel sei Dank, steckte, und es gelang mir, ihn im Schloß zu drehen, wir waren im Freien. Ich war wenig verletzt, aber das Gesicht der Frau sah bös aus, im Feuerschein konnt' ichs erkennen. Ich legte sie fünfzig oder sechzig Schritt entfernt – so weit konnte ich sie mit aller Mühe mehr schleppen als führen – auf eine Bank und deckte sie mit meinem Mantel zu, rechtzeitig hatte ich ein Stück von ihrem halbglostenden Tuchrock abgerissen. Die Bank – ich sah mich um – gehörte zum übernächsten Anwesen, hier war fürs erste für Frau Walker keine Gefahr. Die Stelle, an der sich der Feuermelder in meiner Straße befand, hatte ich mir seit langem gemerkt, man merkt sich ja mitunter so etwas, ich schlug das Glas ein, die Sirene begann zu heulen. Plötzlich fiel mir ein: auf dem Mantel, der jetzt Frau Walker zudeckt, ist ja der Stern aufgenäht, der Stern! Ich kehrte zurück und trennte in aller Eile den gelben Stern vom Mantel. Frau Walker schlug die Augen auf, sie erkannte mich jetzt und lächelte einen Augenblick, aber dann erstarb das Lächeln, und sie sagte: ›Er hat es nicht angenommen.‹ ›Was?‹ fragte ich. ›Das Brandopfer.‹ ›Wer?‹ ›Gott hat es nicht angenommen.‹

Es waren das fast die letzten deutschen Worte, die ich gehört habe, aber du verstehst, Sabine, daß es mich nicht danach verlangte, neue zu hören. Die Feuerwehr war nahe, man vernahm ihr Getön. Sie werden die Verwundete finden, mich braucht sie jetzt nicht mehr.

Ich ging in meine Wohnung zurück; früh vor Tag fand mich der schwedische Kurier, Dr. G. hatte ihm den Weg gewiesen, und er kam mit dem Brief, der die Rettung bedeutete.« – –

»Keine Grüße an Frau Walker«, sagte ich, während ich den Brief zu Sabine hinüberschob, »das ist merkwürdig.«

»Ja, das ist merkwürdig. Aber da walten wohl andere Gesetze.«

Das Letzte. Aber das ist eine von jenen Erfindungen des Lebens, von denen wir sagen: unbegreiflich und närrisch zugleich. Man macht eine Dienstreise, wie sie zuweilen einem fremden alten Manuskript zulieb unternommen werden muß, und abends im

Hotel beim Auspacken des Koffers fällt einem ein Zeitungsblatt in die Hand. Man hatte daheim achtlos eine Zeitung von dem Stapel mitgenommen, der im Kellerraum des Hauses Walker modert, man ist müde, zerstreut, und nur froh, daß hier jetzt ein Riegel an der Hotelzimmertür vorgeschoben werden kann und daß die Reisekognakflasche noch nicht ganz leer ist. Da also faltet man das Zeitungsblatt auseinander, und der Blick streift die Anzeigenseite. »Walker« lesen die Augen, und nun erst bin ich bei dem Blatt. Wirklich: »Walker«.

Und ich lese, daß der Metzgermeister Karl Walker die Wiedereröffnung seiner Metzgerei anzeigt. Ich suche nach dem Datum, die Zeitung ist sieben Monate alt. »ff Fleisch- und Wurstwaren, Schlachtschüsseln«, stand zu lesen. Und an der Seite fand sich, seltsam verloren im Raum, eine Bibelstelle »2. Mose 3, 2«. Wie nachträglich noch eingefügt nahm sie sich aus oder wie von einem flüchtigen Setzer an die falsche Stelle gerückt. Denn was soll eine Bibelstelle hier? Wenn sie in die Todesanzeige eines Christenmenschen eingefügt wird, so ist das gleich verständlich, aber wie reimen sich Schlachtschüssel und Zweiter Mose drei?

Die Schriftstelle: ein Bibliothekar muß wissen, daß mit dem Buche Exodus die Mosegeschichte beginnt, und wenn er bibelfest ist, weiß er, daß im dritten Kapitel Moses Berufung erzählt wird. Aber wie lautet die Stelle selbst, und was, wenn sie wirklich nicht versehentlich hier steht, soll sie bedeuten?

Es ist dreiviertel zehn Uhr abends. Soll ich die Hotelleitung noch um eine Bibel bemühen? Sie wird, fürchte ich, alles haben, alles, nur keine Bibel. Ich nehme den Hörer von der Gabel und bitte die Telefonzentrale unten im Haus, mich mit einem der Pfarrämter der Stadt zu verbinden. Es ist Freitagabend (Frau Walkers Tag, geht es mir einen Augenblick durch den Sinn), und dreiviertel zehn Uhr, das ist keine unschickliche Zeit für einen Anruf: der Herr Pfarrer wird in seiner Stube sein und an der Sonntagspredigt arbeiten, da hat er die Bibel gleich bei der Hand.

»Ihre Anmeldung, bitte.«

Ich nenne meinen Namen und mein Begehr. Eine Bibelstelle erbäte ich.

»Einen Augenblick, bitte.« Die Stimme des Pfarrers ist ruhig und nur wenig erstaunt. »Ja. Hier. Die Stelle lautet: ›Und Mose sah, daß der Busch mit Feuer brannte, und ward doch nicht verzehrt.‹«

»Und ward doch nicht verzehrt.« Ich verstand: hier war eine Frage, lange im Schweigen gestellt, und eine Antwort, langsam begriffen.

Die Frage: ob da einer ist, der die furchtbare Schuld der Zeit aufrechnen könnte gegen das wilde Opfer einer Metzgersfrau, gegen diese Bereitschaft, die in den feurigen Ofen kriecht?

Aber der eine, der hier aufrechnen könnte, der wird sagen, daß ihm solche Opfer nicht gefallen, daß er nicht »Lust hat am Brandopfer« und am »Fett von den Gemästeten«, sondern am geängsteten Geist und am zerschlagenen Herzen. Und wird sagen – und das wird die Antwort sein: daß sie alle, auch er, der Mitwisser nun, auch Sabine, die wunderlich Hineinverwobene, und Sabines Vater, der gerettete Retter – bewahrt sind zu anderem Dienst. In dem Brandmal freilich auf dem Gesicht der Frau soll es aufgerichtet bleiben, das Zeichen, und anders nicht zu lesen denn als ein Zeichen der Liebe, jener Liebe, welche die Welt erhält – –

»Ist sonst noch etwas?«

Ich habe vergessen, daß ich den Hörer noch in der Hand habe. Undeutlich höre ich eine Stimme.

»Sie sagen – Verzeihung?«

»Ist sonst noch etwas?«

»Sonst? Nein. Sonst nichts. Ich danke Ihnen. Ich danke Ihnen sehr. Gute Nacht.«

Notiz

Man hat aufmerksam gemacht auf einige sachliche Unrichtigkeiten, die mir unterlaufen sind, und eine davon muß hier genannt werden: der Befehl, den ›Stern‹ zu tragen, wurde nicht im Jahre 1938, sondern erst 1941 erteilt. Man wird es verstehen, wenn ich trotzdem nichts ändere am Text dieser Erzählung, die – ob sie gleich auf freier Erfindung beruht – niemand eine »frei erfundene« Geschichte nennen wird, eher ließe sich von »gebundener Erfindung« sprechen. Für die Weise einer Betrachtung, bei der Trauer und Scham die Windfackel halten, rücken Zeiten und Fakten zueinander, wie auf den Bildern von Marc Chagall Dimensionen und Konstellationen sich verschieben, ohne deshalb ihre Wirklichkeit zu verlieren.

Stuttgart, im Januar 1955 A. G.

Der Lilienstrauß

Es war unser erster Abend in Holland, nicht der erste überhaupt, frühere Aufenthalte waren diesem vorangegangen, aber diesmal war ich zu Vorlesungen eingeladen, so hatte der Besuch für mich selbst ein stärkeres Gewicht: ich wußte mich – soll ich sagen – im Dienst, und es war dabei wie immer: ich durfte nichts wollen – wollen heißt ja hier so viel wie nichts vollbringen – aber ich mußte hoffen, daß es gut gehe, daß die Stimme über alle Entfernung hin trüge, daß sie das andere, fremde Leben erreiche. Ich hatte eine Vorstellung davon, daß das hier nicht leicht sein würde. Den Haag, die Königsstadt, war auf der Liste jener Städte gestanden, die nach dem Willen des Zerstörers noch in den letzten Tagen des Krieges in die Luft gesprengt werden sollten, und ich hatte damit zu rechnen, daß alle meine Hörer das wußten. Nun kam ich, ein Unbekannter, um ihnen vorzulesen. Wie sollten sie mir Vertrauen entgegenbringen?

Um uns war die Abenddämmerung eines feuchten Oktobertags. In dem kleinen Park vor dem Parlamentsgebäude lag gelbes, nasses Laub. Gleich daneben befand sich die Teestube, in der man uns willkommen hieß: ein kleiner Kreis von Wohlgesinnten, die den Gast aus Deutschland kennenlernen wollten. Ihre heitere Freundlichkeit tat wohl und durfte doch nicht täuschen: das Examen selbst kann erst am Abend bestanden werden.

Wir hatten nur ein paar Schritte hinüber zum Klubhaus der holländisch-deutschen Gesellschaft, in dem mein Abend stattfand. Die hochbürgerliche Eleganz mit einem kleinen Ruch von 1910 – das kannte ich schon: in Genf und in London war mir beides ebenso begegnet. Ein Vorstandszimmer mit Plüschmöbeln, eine offene Garderobe, ein Saal, nüchtern eher als festlich, Bilder immerhin – und hier denn, nicht umsonst war man im Bilderland, gute Bilder, Landschaften, holländische, deutsche, dazu an ausgezeichnetem Platz das Porträt der holländischen Königin, Juliana mit dem Diadem. Teetassen standen im Hintergrund auf einer Anrichte. Hier also sollte ich lesen, hier vor dieser Hundertschaft, die sich mittlerweile zusammengefunden hatte. Und wieder, wie schon oft, wünschte ich mir, ein Musiker zu sein. Hätte ich es nicht doch mit Mozart leichter? Schon mit einem Bildervortrag ließe sich müheloser eine Brücke bauen. Ich habe nichts als das Wort.

Mit großem Herzklopfen fing ich an, las ein paar Gedichte, dann ein Kapitel aus meiner Judengeschichte, die düstere Rechenschaft aus böser Zeit. Sollte ich nicht? Ich wagte es zunächst nicht, in den Saal hinein zu schauen, ich las so, wie die Frau, deren Brief ich vortrug, geschrieben hatte: wie ohne Zeugen. Der Rat eines Schweizer Freundes kam mir in den Sinn. ›Im Ausland‹, hatte er gesagt, ›sollten Sie dies vielleicht nicht lesen.‹ Sollte ich nicht? Hier war Den Haag; drüben war Rotterdam, die Stadt, deren Herz durch den Bombenüberfall an jenem Maimorgen des Jahres 1940 zerrissen worden war, Amsterdam war nahe, die Prinsengracht, das Hinterhaus der Anne Frank, und zehntausendmal Anne Frank. Sprach ich von Deutschland, von deutscher Schuld? Ja. Aber die Versuchung, wir wußten es wohl, ist in allen Ländern. Sollten wir nicht beisammen stehen: angefochten und schuldig und doch nicht ganz ohne ein Licht, das den Weg vor uns erhellt, und wäre dieses Licht auch nur die Windfackel aus Trauer und Scham?

Noch einmal Gedichte, noch ein kleines Stück heitere Prosa, einen Dank für Jan Steens Nikolausbild, dann löste sich die Versammlung in Gruppen auf, man trank Tee und redete miteinander. Ich taxiere nicht. Ich sage nicht ›bestanden‹ oder ›nicht bestanden‹. Dies ist der erste von fünf Abenden, erst am Ende wird es sich zeigen, und auch da nicht deutlich.

Ich stehe in einer Ecke des Saals, sehe mich um, höre zu, gebe

Antwort. Da trifft mich plötzlich die Frage: »Sie verzeihen ... aber hieß Ihre Mutter Elisabeth Panzerbieter?« – »Ja.«

Eine Dame, eine anmutig-rüstige Siebzigerin, stand vor mir und gab mir die Hand. »Ich dachte es mir. Ein paarmal im Abend sagte ich mir: das muß ein Sohn von Elisabeth Panzerbieter sein. Ich war eine Schülerin Ihrer Mutter, in Berlin, im Jahre 1902. Ich habe mir den Namen des Mannes, den sie nach unserer Zeit geheiratet hat, gemerkt. Ich habe ihr auch noch ein paarmal geschrieben, als sie dann in Württemberg lebte. Mit den Jahren kam man auseinander. Ich verheiratete mich früh hierher. Nur von ihrem Tod, anno 11, habe ich bald danach gehört. Ich freue mich sehr, Sie hier zu sehen.«

Ich sah in ein schönes Altersgesicht und erzählte, daß sich das nun schon einige Male ereignet habe in fremden Städten: jemand kommt zu mir und berichtet von meiner Mutter. »Sie können sich denken, daß ich immer begierig danach bin, eine Einzelheit zu hören, jede Einzelheit. Ich habe ja keine eigene Erinnerung an die Mutter.«

»Ja, und denken Sie, ich weiß eine Einzelheit.«

Wir setzen uns, und für eine kleine Weile versinkt alles um uns her aus dem holländischen Oktoberabend.

»Ich war die Schülerin Ihrer Mutter gerade zu der Zeit, als sie sich mit Ihrem Vater verlobte. Wir waren sechzehn und siebzehn Jahre alt, die oberste Lyzeumsklasse. Fräulein Panzerbieter war eine sehr geliebte Lehrerin, stürmisch umschwärmt. Es muß ein Mai- oder ein Junitag gewesen sein, der Tag, an dem sie sich verlobte. Ich weiß es, weil ein Strauß weißer Lilien dabei eine Rolle spielte. Sie hatte uns manchmal gesagt: weiße Lilien – es sei ein rechtes Unglück, daß man sie immer nur als Totenblumen verstehe. Man soll sie doch richtig ansehen: weiß und golden, mit ihrem Stolz und ihrem starken Duft, sie seien doch der ganze Frühsommer, das Leben ... Davon hatte sie zuweilen gesprochen, und nun, am Tag nach ihrer Verlobung – wir hatten das

Ereignis gleich erfahren, Sie wissen ja, begeisterte Schülerinnen erfahren so etwas rasch – schenkten wir ihr einen großen Strauß weiße Lilien. Die Klassenerste mußte ans Pult hinausgehen und mit einem Glückwunsch die Blumen überreichen. Wir standen in unseren Bänken. Fräulein Panzerbieter sah den Strauß, hörte den Glückwunsch, schaute zu uns her und – brach in Tränen aus. Wir waren, Sie können sichs denken, sehr erschrocken. Dieses Echo hatten wir nicht vorausgesehen. Wir setzten uns still auf unsere Plätze und warteten. Ich sehe es noch: Ihre Mutter stand am Fenster, sah auf den kleinen Schulgarten hinunter und trommelte mit den Fingern vor sich hin ... und dergleichen Bewegung war ganz gegen ihre Art. Sie war ja selbst noch recht jung, aber eigentlich über ihre Jahre beherrscht und sicher. Sie schaute zu Boden, ich sehe ihr Profil, die hohe, freie Stirn, das hellblonde Haar. Nun hatte sie sich gefaßt und wandte sich uns zu und begann zu sprechen. Nicht von dem Stoff, der gerade zu behandeln war, das kam später an die Reihe. Sie sprach von dem, was sie erfüllte, von der Erfahrung dieser Liebe. Sie war ja fast mehr eine strenge als eine weiche Natur, als Lehrerin jedenfalls war sie ganz sachlich, unbestechlich und gerecht. Dies heute – wir empfanden es alle – war etwas ganz Außerordentliches.

Ich kann Ihnen jetzt – dies alles liegt ja nun schon mehr als fünfzig Jahre zurück – keine Einzelheiten mehr aus der Rede Ihrer Mutter sagen. Ich weiß nur, sie hat einen tiefen Eindruck auf mich gemacht, auf uns alle. Wir sprachen nicht darüber, und gerade das war ja dann ein Zeichen dafür, daß es uns sehr bewegte. Vielleicht hatte sie gesagt, daß es darauf ankomme, für eine große Erschütterung frisch und aufnahmefähig zu bleiben; nicht jedes Herzklopfen sei die große Liebe, und wie es nun gelte, mit diesem Geschenk etwas Rechtes in der Welt auszurichten.

Das war Ihre Mutter und der Lilienstrauß, anno 1902. Und nun spreche ich mit Ihnen – und alles wird wieder lebendig. Und – Ihr Vater lebt noch?«

»Ja, der Vater lebt. Und ist recht lebensmutig. Die Heiterkeit des Alters ist bei ihm – trotz viel schwerer Erfahrungen. Lynkeus, der Türmer, wissen Sie –«

»Grüßen Sie ihn bitte. Vielleicht, es könnte ja sein, erinnert er sich an meinen Namen: Eilenbeck hieß ich früher, Heinrike Eilenbeck. Haben Sie Dank – und leben Sie wohl.«

Sie gab mir noch einmal die Hand und ging. Andre Menschen nahmen mich in Anspruch, ich durfte jetzt nicht mit meinen Gedanken allein sein. Aber dann kam, spät in der Nacht, die Stunde der Rückfahrt nach Amsterdam. An der Straße standen, in gleichmäßigem Abstand, Hunderte von Polizisten, in Galauniform alle: das Oberhaupt eines afrikanischen Staates war bei der Königin der Niederlande in Den Haag zu Besuch. Zur Stunde tafelten die Majestäten wohl noch, später würde der Gast durch dieses Spalier zurückfahren nach Amsterdam. Alles uns zu Ehren, sagte ich natürlich, als wir des Weges kamen; wir waren übermütig, wie man übermütig ist nach einer starken Erregung.

Aber ins eigentliche Wesen drang mir doch nur dies: die Sommerstunde aus dem Junitag vor vierundfünfzig Jahren, die Frau am Fenster, ein Mädchen fast noch, und diese Tränen über dem Lilienstrauß. Tränen, warum Tränen? Sah sie, die so viel mit Ahnungen und Gesichten zusammen zu leben hatte, sah sie denn damals schon die Straße vor sich: das Dorf in Schwaben, das auf sie wartete, und das ihr, wie immer es auch heißen mochte, nicht ganz fremd sein würde, Schwaben war die Heimat ihrer Mutter. Sah sie ihren neuen Lebensstand dort, die Söhne dann, das kurze Glück und das jähe Dunkel, und Charon, den frühe Winkenden; wirklich auch ihn? Und haben sie nun doch Totenblumen geschenkt, die Töchter hier, die Unwissend-Wissenden?

Auch dachte ich wohl: so ist es um das Lehramt bestellt: alle Klugheit genügt nicht, hier gilt nur kostbare Münze. Bezahlt werden muß in Wahrheit mit dem Preis des ganzen Daseins. Du lehrst nichts, was du nicht bist. Aber das, was du bist, das lehrt sich wohl, und die vergehende Zeit vermag wenig gegen diese

Wirklichkeit. Schöne Erfahrung: die Lehre bleibt lebendig. Und der Lehrer auch – und hätte er gleich, in sommerlicher Morgenstunde, nichts anderes zu sagen als ein paar selbsterschütterte Sätze, entrissen dem Ansturm kaum begriffener Tränen.

Der schwere Herrenstoff

Auf die Prophetie war die Rede gekommen. Sie ist nicht so sehr Weissagung von Einzelheiten, sie ist ein Vorgefühl für das Kommende, und gerade so hat sie zu Israel gehört, auch zu jenem verborgenen Israel, das damals, als es noch ein Israel unter uns gab, uns zuweilen nahe kam, wenngleich nicht ganz nahe: etwas Unnahbares gehört ja allezeit zum Rang des prophetischen Lebens.

Ich hatte die Geschichte von dem reichen polnischen Magnaten erzählt, dem alten Salomon B., der den Besuch seines Enkelsohnes bekam, das war 1925, und Herr Hitler stand noch ziemlich weit von den Toren entfernt. Ein kostbares Stück Tuch lag da, ein schweres, brokatenes Tuch, und die Augen der schönen, jungen Enkelfrau gingen darüber hin, wie nur je Frauenaugen über Brokattücher gehen. Es war finster im Zimmer, und dunkel war der Glanz der großen, goldenen Leuchter, der siebenarmigen. »Ein schönes Stückchen Tuch, wie?« – so ließ sich plötzlich der alte Mann vernehmen – »nimm Dir's mit, Kleine, nimm Dir's mit! Wirst's brauchen können – für einen Bettelsack –« Nie konnte ich die Abendstunde vergessen, so hat der Enkel später berichtet, nie das bange Lachen des alten Mannes, der selbst dann als Bettelmann gestorben ist.

Da sagte die alte Dame: »Vom schweren Tuch weiß ich auch eine Geschichte.« Sie sah uns nicht an, während sie nun erzählte; ich konnte mir schon denken, wohin sie blickte ... auch sprach sie mit einer etwas heftigen Stimme, und der Arzt, der Jüngste in unserer Tischrunde, mußte eingangs ein wenig lächeln, ich sah es wohl. Aber dann lächelten wir alle nicht mehr, denn das, was die Dame erzählte, das war wie aus dem Buch der Legende, und war doch geschehene Geschichte; geschehen im Jahre 1939, wenige Wochen vor dem Ausbruch des Zweiten Weltkriegs.

»Es war in Breslau« – so erzählte die Dame – »und es kam mich der Wunsch an, mir ein wirklich gutes – nein: ein elegantes Kleid machen zu lassen. Ich ging in das beste Stoffgeschäft der Stadt, das früher jüdische Besitzer hatte. Der ehemalige Inhaber, so hieß es, sei an irgendeiner Stelle im Geschäft noch tätig. Ich äußerte meinen Wunsch, und der Verkäufer mühte sich um mich; die schönsten Seiden- und Samtstoffe wurden herbeigeschleppt. Plötzlich aber stand der ehemalige Besitzer, ein kleiner, buckliger, alter Mann vor mir; ich weiß nicht, wie er so mir nichts, dir nichts aus dem Hintergrund hergekommen war. Er wischte mit einer Handbewegung alle die Pracht zur Seite, holte einen schweren Herrenstoff vom Regal herunter und sagte: ›Gnädige Frau, nehmen Sie dies. Und ich sage Ihnen: Sie werden denken an einen kleinen, alten Mann in Breslau, der Ihnen einmal zu diesem Stoff geraten hat.‹

Ich war sogleich in einem seltsamen Zwiespalt. Es verlangte mich durchaus nicht danach, wieder, wie schon manchmal in diesen Jahren, einen kräftigen Stoff zu tragen; der Sinn stand mir ausdrücklich, ich sagte es schon, nach einem eleganten Kleid. Aber die Redeweise des alten Mannes, dieser merkwürdige Beschwörerton tat mir's an, und so sagte ich denn nach einigem Besinnen: ›Gut. Gut. Packen Sie mir von diesem Stoff – wie viel brauch ich? – packen Sie mir's ein. Und die Zutaten auch.‹

Man schnitt mir die Stoffe zurecht, rollte alles zusammen, und ich verließ das Geschäft, mein Paket unterm Arm. An der Türe stand, mich verabschiedend, der alte Mann, und er sagte, mit den gleichen Worten wie vorhin fast, und im gleichen Tonfall: ›– – und Sie werden denken an den kleinen, alten Mann in Breslau, der Ihnen zu diesem Stoff geraten hat.‹

Sechs Jahre gingen hin. Es kam einer von den großen Luftangriffen auf Wien. Rasch, rasch mitten in der Nacht mußte man zusammenpacken, das Mädchen hielt die Hand so um die Kerze, daß kein Lichtschein nach außen drang. Ich stand vor meinem Schrank und suchte nach dem Nötigsten. Und dann nahm ich keines von den schönen, leichten Kleidern mit, sondern ich nahm das Kleid, aus schwerem Herrenstoff geschneidert, und ich hörte die Stimme, wie von weit her: ›Und Sie werden denken an den kleinen, alten Mann in Breslau –‹«

Das Löffelchen

Martin Buber
dem Lehrer, dem Vater, dem Freund

I

Leib schreit.

Damals, als er ganz zuletzt noch auf den Wagen geklettert war, katzenbehend, da war er stumm geblieben. Leib – das war sein Name; damals waren es die anderen, die ihn riefen: eine Männerstimme, gellend-hell, oben vom Lastwagen aus, und fast gleichzeitig aus hundert Schritt Entfernung vom Gehweg her eine Frauenstimme: Leib: Klein und schmächtig, zwölf oder dreizehn Jahre alt, ein Bürschchen, dem das schwarze Haar über die Stirne hereinhing: das war Leib. Wie einen Fahrradschlauch hatte er sich einen Mantel um Hals und Schulter gebunden, Stefans Mantel. Das blaue Bauernhemd ging ihm bis über die Hüften, aber durch die Kordel, die fest geschnürt war, glich es einem militärischen Kleidungsstück; kleiner Soldat Leib, Sommeruniform tragend mitten im ukrainischen Winter. Dort, wo das Seitengewehr seinen Platz haben müßte, steckte ein Löffelchen, das Winterlicht vom frühen Nachmittag fiel auf das silberne Löffelchen. Nur einen Augenblick lang waren da Blitz und Glanz; dann war der Junge im Wagengehäuse verschwunden. Fünf Uniformierte aber sah man da oben stehen, sie trugen Wintermantel, Tschako und Maschinenpistole. Wer sonst noch auf der Ladepritsche kauern oder liegen mochte, wußte man nicht, auch den, der von da oben her dieses »Leib!« gerufen hatte, sah niemand.

»Oho, Sprache wiedergefunden?«: das war die Stimme des

Gelben, der vorn auf dem oberen Trittbrett stand und von dort aus in den Wagen hineinsehen konnte. Dann kam eine Pause und dann eine Zahl, triumphierend kam »Siebzehn!« Siebzehn, das war die Beutezahl, der Knabe Leib war der Siebzehnte. »Fahr zu!« sagte der Gelbe, während er vorn im Führerhaus sich selbst die Türe zuschlug, und dann fuhren sie in den Wald von Berditschew, und für die Siebzehn da oben war es die Fahrt ohne Wiederkehr.

Damals war er ganz still, der kleine Leib. Aber jetzt, nach zwanzig Jahren – wahrhaftig: gerade zwanzig Jahren! – jetzt schreit er.

Was soll man tun, wenn einer unten vor der Haustüre steht und mit seinem Arm oder seinem Mantel die Klingel streift, und es ist Sturm, und er hört den Summton nicht? Dann muß man ja wohl aufstehen, mitten in der Nacht, das Fenster öffnen und hinunterrufen: Gehen Sie doch einen halben Schritt zur Seite, Herr Zeitgenosse, Sie wecken ja das ganze Haus noch auf! Aber hier ist mit einem halben Schritt nichts getan.

Ich weiß nicht, ob er zu schreien aufhört, wenn ich von ihm spreche. Von Stefan hätte ich nichts mehr gesagt und auch von der Matka nichts. Ich bin nicht für das Schweigen um jeden Preis und nicht für das Reden um jeden Preis; für beides nicht. Aber bei Stefan und bei der Matka hätte ich mir, vieles erwägend, zuletzt doch wohl gesagt: wo sind sie besser aufgehoben als im schweigenden Gedächtnis von einem, der, solange er selbst lebt, ein paar Atemzüge ihres Lebens in sich bewahrt und der so auch einen namenlosen Tod – wie sag ich? in eine Handvoll Dankbarkeit verwandelt … nein, keine Feierlichkeit: nur dies: daß man im eigenen Leben ein paar Dinge tut oder nicht tut deshalb, weil einem während der anderthalb Winniza-Jahre ein jüdischer Handwerker ein paarmal in den Weg gelaufen ist. Von Stefan weiß ich ein wenig, und die Matka ist in Stefan aufgehoben. Aber der Junge, das Jüngelchen – ›mein Jüngelchen‹ hat Stefan ihn genannt –, er will noch einmal ins Leben zurück. Beschreiben freilich kann ich ihn kaum: ich habe ihn nur zweimal gesehen; am Vorabend des schwarzen Tages und dann in diesem Augenblick der Abfahrt – und da nur von ferne; aber beschreiben ist eines und herbeirufen ein anderes.

Es war purer Zufall – wie man so von purem Zufall spricht –, daß ich an jenem turbulenten Tag gerade in diesem Augenblick an den Haupteingang unsres Lazaretts kam; wir waren den halben Tag bald da, bald dort auf den Stationen: ich war gleich nach Tisch ins Haus B, auf die chirurgische Station hinübergegangen und war dort längst nicht fertig, fertig wurde man nie; aber dann hatte mich Wels, der kleine Franziskaner, telefonisch suchen lassen und mir von einem Sterbenden auf der Inneren Abteilung berichtet, und zu ihm – die Abteilung war im Haupthaus untergebracht – wollte ich ohne Verzögerung: so wurde ich für die letzten zwei Minuten noch Augenzeuge des Raubmordes. Ich sage »Raubmord«, weil ich nichts von den Tarnbezeichnungen halte. Den Schuß hatte ich von der Ferne gehört; schon dieser Schuß war ganz ungewöhnlich, man schoß nicht in unsrem Krankenhausbereich; es war, wie ich nachher erfuhr, ein simpler Platzpatronenschuß gewesen, der Einsatzleiter – oder sagt man Aktionschef? –, der Erzschurke also schien derlei Überraschungen zu lieben; nun, da ich näher kam, sah ich den Lastwagen und auf dem Gehweg rechts zwei Schwestern und einige Zivilisten; die eine Schwester war damit beschäftigt, einer von den Frauen ein Taschentuch in den Mund zu stopfen, aber das »Leib!« drang noch so durch die klare Winterluft. Ich ging auf den Eingang zu, unter der Türe stand Doktor Jarisch, der Augenarzt. »Was gibt es denn hier, Herr Jarisch?« fragte ich, ahnungslos fragte ich so. Doktor Jarisch sah mich an, es hatte den Anschein, als wollte er zu einer Erklärung ansetzen, aber dann kam nur ein »Tschuldigung«, mit dem er sich abwandte. Er ging fünf, sechs Schritte beiseite und erbrach sich dort. Wie, was ist das? Ich zögerte einen Augenblick; aber wegen des Sterbenden, zu dem man mich gerufen hatte, mochte ich mich dann doch nicht aufhalten; ich ging ins Haus hinein.

Was war hier geschehen? Im Vorraum schien alles seinen alltäglichen Gang zu gehen. Es befanden sich hier die Plätze für die Telefonvermittlung und für ein paar Krankenblattschreiber, und auch der Posttisch war hier, an dem zur Zeit eine neue Schwester, Schwester Ulrike, auszuhelfen hatte. Ihr Platz war leer. Große graue Säcke lagen noch ungeöffnet auf dem Boden, an der Seite waren gut zwei Dutzend Päckchen aufgestapelt, man schrieb den 20. Dezember, stürmische Zeit für die Feldpost war das: die Heimat denkt an ihre Krieger. Aus den beschädigten Sendungen kam der Duft von Tannenzweigen, der Spessart kam in die Ukraine, der Schwarzwald, die Eifel, der Westerwald, o du wunderschöner Westerwald, dazu Lebkuchen- und Christstollenduft, Geruch von Liebe und Mühe, Mandelessenz und Margarine.

»Hier Vermittlung … ich rufe Station E, – Stabsarzt Jessen kommt – Bitte, geben Sie mir Schwester Magda – Nullsiebendreizwoeins«: das waren die Geräusche jeder Stunde des Krankenhaustages hier; sie waren auch jetzt nicht unterbrochen.

Auf der linken Seite des Vorraums lag, nur notdürftig von dem Durchgangslärm geschützt, die Schreibstube. Ich sah durch das kleine Glasfenster hinein, Hauptfeldwebel Hirzel saß an seinem Tisch, er schaute auf ein Blatt, doch, wie mir schien, ohne wirklich zu lesen. Der Platz ihm gegenüber – es war der Platz des Schreibstubengefreiten – war leer; auf dem Hocker aber vor der Schreibmaschine saß, das Gesicht halb zur Seite gewandt, Doktor Wieland, der Chefarzt des Hauses.

Er trug, wie gewöhnlich, Feldbluse und lange Hosen; die Reitstiefel, die den Sanitätsoffizier betonen sollten, waren ihm in der Seele zuwider. »Ich bin Chirurg und kein Herrenreiter, will ich Ihnen flüstern«: so konnte er sagen, wenn ihm jemand forsch und schneidig in die Quere kam. Aber das geschah selten. – Jetzt saß er da auf dem Hocker und blickte vor sich hin. Sein Koppel lag auf der Schreibmaschine, und die zwei oberen Knöpfe seiner Feldbluse standen offen … Es muß etwas stattgefunden haben. Er war nicht ohnmächtig – und war auch nicht schneeweiß im Gesicht wie Stabsarzt Jarisch draußen, das fiel mir jetzt erst ein, es gewesen war; das nicht. Aber – *was* war hier geschehen? Ich überlegte, ob ich nicht einfach fragen müßte. Aber dann schien es mir doch durchaus unschicklich, jetzt einzutreten. Ich wandte mich um, entschlossen, unverzüglich nun meinen Besuch auf der Station zu machen. Die Krankenblattschreiber schauten von ihrer Arbeit nicht auf; aber dann war es der Gefreite an der Telefonvermittlung, der meinen fragenden Blick gespürt haben muß. Er kehrte sich mir zu und sagte: »Sie haben Stefan abgeholt.«

II

Ich muß erzählen, wie wir an Stefan kamen. Wir kamen an Stefan, weil wir ihn brauchten, und hielten es in der Folge für einen rechten Glücksfall, daß wir gerade an ihn gekommen waren. Im Juli 42, als sich hier die Zustände stabilisierten und die Hauptkampflinie tausend Kilometer weiter östlich verlief, waren uns die vier Häuser einer landwirtschaftlichen Hochschule für unser Kriegslazarett zugewiesen worden. Der Chef machte mit seinen Verwaltungsbeamten mehrere Rundgänge durch den ganzen Komplex; zuletzt hatte er, in Erinnerung an das Elend des ersten russischen Winters – er gehörte damals zu einem Feldlazarett –, nicht ohne Sorge entschieden: »Alles eine Heizungsfrage. Finden wir jemand, der sich auf das System dieser Zentralheizung versteht, es ist simpel und durchtrieben zugleich, wie das meiste hier, und der die abscheuliche Kriecherei nicht scheut, die nötig werden könnte – Labyrinthe sind das ja, meine Herren –, ich meine so einen Lötlampenfachmann, der das zweite Gehör hat, wenn da wo was einfriert – und das friert hier ein, die – mit Verlaub – Scheiße in Poltawa ist mir noch in bester Erinnerung ... finden wir jemand, all right, finden wir niemand, dann gute Nacht. Ehni, nehmen Sie, was Sie wollen, aus Ihrer Marketenderei, nehmen Sie Zigaretten, Wodka, Schokolade, Feuerzeuge – aber treiben sie uns einen Mann auf! Nehmen Sie die Marulla mit, die dolmetscht Ihnen das Blaue vom Himmel – und hübsch ist sie auch, tz tz tz, lachen Sie nicht, eine Attraktion für den Heizer, wenn er kommt, *wenn* er kommt …«

Zahlmeister Ehni hatte sich umgehorcht da und dort und dort; es war nun schon Anfang September geworden, lange durfte man nicht mehr zuwarten, der Winter konnte früh kommen. Schließlich fand sich eine Spur: der Jude weiß Bescheid, der kennt sich aus. Gut – und wo wohnt der Mann? Da und da. Also, keine Zeit verlieren; man geht zu Fuß und nicht gerade am hellen Tag dorthin, Marulla begleitet. Aber was hilft eine Dolmetscherin, wenn der andere nicht verstehen *will*? Herr meines Lebens, *schweigen* können diese Auserwählten … was sie da einem vorgelogen haben von wegen Rabulistik und so … die Wirklichkeit, diese Wirklichkeit wenigstens ist anders. Und meine Lockspeisen, Wodka, Zigaretten: nicht angeschaut hat sie der Mann. Sie stehen, nur gerade so zu dritt, in der Stube, das Gespräch kommt nicht in Gang. Dunkles Zimmer, dunkle Schatten über dem Gesicht des Mannes. »Aber Sie verstehen sich doch auf solche Anlagen, Herr –?« Da, hinter der zweiten Tür plötzlich eine Kinderstimme – und gleich darauf ein Frauengeflüster, eine Beschwichtigung pst! ›Pst‹ denkt Ehni, das ist also international. Und dann, zur Marulla gewandt, rasch kombinierend: »Frag ihn, ob er denn nicht Schokolade für seine Kinder wolle …« Bei dem Wort »Kinder« zuckt es im Gesicht des Mannes, einen winzigen Augenblick nur – und das nicht erst, als Marulla übersetzte, sondern schon gleich bei Ehnis Frage. Aha, er versteht also mehr, als man denkt: mehr jedenfalls, als er bis jetzt erkennen ließ. Nun, dann also direkter: »Könnten Sie nicht wenigstens einmal kommen und dann einen von unsren Leuten einweisen?« Ehni denkt an den Obergefreiten Raible; der ist zwar kein Heizungsfachmann, aber ein Pfiffikus. Und denkt: hab ich diesen Mann erst einmal bei uns im Haus, vielleicht, daß er dann doch bleibt. »Einmal kommen? Wann?« Gleich, denkt Ehni, jetzt gleich; das Eisen schmieden, solange es heiß ist.

»Gleich jetzt?« Er will eine dritte Tafel Schokolade zu den zweien, die schon auf dem Tisch liegen, hinzutun, aber da ist wieder die Abwehr auf dem schmalen, dunklen Gesicht und ein fast tonlos zu Marulla gesprochenes Wort – und Marulla dolmetscht: »Es sei genug, sagt er, er wolle nicht mehr.« Und dann gehen sie, anfangs nebeneinander, drüben im Kommandanturviertel jenseits des Bug bleibt Ehni ein paar Schritte hinter den beiden. Wir gehen am besten gleich zum Chef; vielleicht gewinnt es der Chef.

III

»Herr Oberstabsarzt« hieß das in der militärischen Hierarchie, aber daran war Doktor Wieland wenig gelegen. Andere Verbände nannten ihren Einheitsführer den »Alten«; niemand wäre bei uns darauf gekommen, vom »Alten« zu sprechen. »Der Chef«: das war Titel genug und galt auch noch in der Kasino-Mitternacht, wenn der lebensgewaltige Mann mit allen zehn Fingern einen Song auf den Tisch klopfte: »Man müßte Klavier spielen können, wer Klavier spielt, hat Glück bei den Frau'n …« Er war jemand, und er wußte, daß er jemand war, und wer mit ihm zu tun hatte, wußte es bald ebenso. Das galt für die Hamburger Klinik und galt auch jetzt. Eine Siegernatur also? Vielleicht. Aber wer sieht die Wege, die dem Sieg vorausgehen; die Mühe – wer?

Er hatte gerade an diesem Tag von zu Hause eine Nachricht bekommen, die ihn sehr verstörte. In der verschlüsselten Schreibweise, die damals gang und gäbe war, wenn man sich die Wahrheit mitteilten wollte, hatte seine Frau ihn wissen lassen, daß es am Grünensträucherweg eine unerwartete Bewegung gegeben habe wegen der plötzlichen Abreise von Dr. S. M.: woraus für den Empfänger des Briefs zu entnehmen war, daß man in der Rothenbaumchaussee einen jüdischen Internisten ›abgeholt‹ hatte und daß die Umgebung sich also immerhin doch empört habe über diesen Zugriff der Staatspolizei.

Dr. M. Sie hatten sich zwei, drei Jahre lang nur telefonisch gekannt, dergleichen gibt es ja in einer großen Stadt unter Berufskollegen oft genug; dann war es zu ein paar unmittelbaren Begegnungen und zu einigen persönlichen Gesprächen gekommen, zuletzt war etwas wie Freundschaft entstanden. Dr. M. lebte schon lange vor dem Jahr 33 ganz zurückgezogen, man sah ihn nie im Theater und nirgends in der Gesellschaft. »Das hat nichts auf sich«, konnte er sagen, wenn man ihn auf diese strenge Askese ansprach, »entschuldigen Sie« – dieses »entschuldigen Sie« kam oft bei ihm vor im Gespräch, es war eine heiter vorgebrachte Bitte – »das Instrument muß greifbar sein«. Er war immer zur Stelle; eine halbe Stunde Musik am Abend, das war alles, was er sich zur Entspannung gönnte. Seine Praxis, eine vielbesuchte Internistenpraxis, hatte auch nach dem Jahr der ›Machtergreifung‹ zunächst nur wenig Einbuße erfahren, Dr. M. war Frontoffizier des Ersten Weltkriegs gewesen, das schützte ihn eine Zeitlang vor dem Zugriff der Rabauken. Eine Einzelheit aus seiner Sprechstunde lief gerüchteweise um: er habe die Gewohnheit, seine Patienten zu bitten, sich ganz zu entkleiden, auch wenn sie ihn wegen einer Stirnhöhlenerkrankung oder einer Kniegeschwulst halber konsultierten. Natürlich brachte ihm das mit Hilfe der Sudelpresse später dann die üblichen Verdächtigungen ein; die Patienten freilich hatten hierüber ihre eigene Meinung. »Es sei, als schaue einen ein anderer an –«: Doktor Wieland erinnerte sich gut an diesen Ausspruch eines Patienten, der ihm von Dr. M. zur Weiterbehandlung überwiesen worden war; dieser Patient war Syndikus in einem Vulkanisierwerk, kein lyrischer Flachskopf; was brachte ihn dazu, in diesem Zusammenhang von Gottvater zu reden? Bei einem Konsiliargespräch waren die beiden Ärzte dann übrigens, ganz beiläufig nur, auf diese Übung zu sprechen gekommen. »Ach, das?« sagte der Internist fast schüchtern, »das hat nichts auf sich. Es ist nur: vielleicht fällt einem dabei etwas ein.« Weiß der Himmel, dem *war* etwas eingefallen. Wenn man ihn sah, begriff man, wie es gemeint ist ... verstand man, was das ist: Arzt. Und nun ist er also ›verreist‹. Dr. M. zur Zeit verreist.

Der Oberstabsarzt hatte sich in das kleine Chefzimmer neben dem Operationssaal Kaffee bringen lassen, es ging schon auf sechs Uhr. »Eine halbe Stunde, wenn es möglich ist, keine Störung.« Nun war diese halbe Stunde vorbei, und Lemmen, der Operationsgehilfe, der wie ein Zerberus über den Ruhepausen seines Chefs zu wachen wußte, meldete Zahlmeister Ehni.

»Herr Oberstabsarzt, ich bringe Ihnen einen Mann für die Heizung.«

»Ehni! Junge, ich gebe Sie zum Kriegsverdienstkreuz ein, wenn der Mann was taugt! Her mit ihm!«

Ehni sagte rasch das Nötigste, dann wurde der Ukrainer mit Marulla hereingerufen.

»Sie verstehen Deutsch?«

»Ein wenig.«

»Und ich kann ein wenig Russisch. Also karascho.«

»Karascho.«

»Sie haben Kinder?«

»Einen Jungen.«

»Ich auch einen Jungen. Gut. Karascho.«

Und der Angeredete respondierte, wenngleich zögernd und ganz leise: »Karascho.«

Dann kam eine Pause. Plötzlich sagte der Chef: »Bitte, Herr Zahlmeister, gehen Sie doch mit der Dolmetscherin zur Oberschwester und klären Sie diese Sache mit dem Waschmädchen …«

Das war reiner Nonsens; es gab keine Sache mit dem ukrainischen Waschmädchen, die zu klären gewesen wäre. Aber Ehni verstand sofort, daß der Chef die Dolmetscherin, ohne daß es auffiel, aus dem Zimmer haben wollte: zwei Ohren weniger für das, was nun besprochen wurde.

»Sie heißen Stefan.«

»Nein, Herr Chef, ich heiße –«

»Hören Sie zu, was ich Ihnen sage: Sie heißen Stefan.« (Stefan? Stefan: das war der Name über diesem Tag. Dr. M. hieß so. Stefan muß dauern.) »Sie haben hier Kost, Sold, Kleidung. Sie halten, sobald jetzt der Winter kommt, unsre Heizung in Ordnung. Und auch sonst wird es genug zu tun geben. Wo Sie herkommen – das geht niemanden etwas an. Sie werden den Mund halten. Verstehen Sie: den Mund halten. Den Mund halten.«

»Ich verstehe. Ich heiße Stefan. Mund halten.«

»Gut, Stefan. Karascho. Zahlmeister Ehni sagt Ihnen alles weitere. Warten Sie bitte hier auf ihn – ich habe zu tun.«

Als Ehni zurückkam, wurde Stefan in aller Form übernommen. Vom Provisorium war nicht mehr die Rede. Doktor Wieland hatte den Mann sogleich der Lazarettgemeinschaft einverleibt. So also macht man das, dachte Zahlmeister Ehni. Und dachte: ein Hexer ist er doch, der Chef, ein Hexenmeister.

IV

Man muß Stefan holen: das wurde im Haus zur stehenden Rede. Der Winter ließ sich zum Glück noch Zeit; aber auch ohne seine Heizerpflichten war Stefan keinen Tag mehr ohne Arbeit. Er konnte – was konnte er nicht? Er war ein Klempner, ein Elektriker, ein Glaser, ein Tischler. Aber auch ein Maler, wenn es not tat, und selbst ein Maurer, wenn niemand sonst zur Hand war. Auf den Stationen, in der Apotheke, in den Unterkünften, in der Küche – Stefan war überall.

Oder doch nicht überall? Wenigstens nicht überall auf die gleiche Weise. Er hatte die Witterung, nicht die eines Tiers, sondern die eines Menschen, der sich in Gefahr weiß. In kürzester Zeit kannte er uns alle und wußte, wer ihm wohlgesinnt war und wer nicht. Das Geheimnis seiner Herkunft hatte Ehni, wie sich versteht, gut gehütet, schon aus Selbstschutz. Gegen Vermutungen freilich ist man machtlos; ein Glück, daß Stefans Aussehen keiner gefährlichen Vermutung Nahrung gab. Zudem hatte er sich jenes »Mund halten« so zu Herzen genommen, daß man kaum recht dazu kam, sich mit Stefan als Person zu beschäftigen. Er war in diesem Haus ein Instrument, ein taugliches Instrument: man rief ihn, man erklärte ihm einen Wunsch; er hörte zu – nicht mürrisch und nicht beflissen. Nie war so ganz zu erkennen, wieviel er verstand von dem, was man, etwa als Erläuterung, zu ihm sagte. Er ging an die Arbeit, schweigend; kaum, daß er irgendwann einmal eine Hilfe annahm. »Das hast du gut gemacht, Stefan«, sagte man dann wohl, wenn die Arbeit getan war. Aber auch dann schwieg er, und die großen, dunklen Augen lächelten nicht.

Zwei Augenblicke sind mir ganz gegenwärtig. Bald nach seinem Eintritt in unser Haus mußte ich seine Hilfe in Anspruch nehmen: ein Wackelkontakt war in meinem Zimmer zu reparieren. Ich besaß damals ein kleines silbernes Schutzschild, eine Art Amulett, das an der Wand neben meinem Schreibtisch hing. In das Schild war ein hebräisches Wort eingraviert. Es war die erste Gottesfrage in dieser Welt, jenes »Wo bist du?« aus dem Buch Genesis: in der geheimnisvoll-einheimsenden Wurzelsprache des Alten Testaments wurden diese drei Worte zu *einem* Wort, und ihr Wortlaut fährt daher wie ein Pfeil: ajékka.

Ich schrieb, während Stefan arbeitete, an meinem Tisch weiter und sah nur, wie er mit einer ganz raschen, scheuen Bewegung über das Schild hinstrich. Ich sagte kein Wort, und auch Stefan ließ nicht erkennen, ob er das Wort verstand. Aber vier oder fünf Tage später, als wir uns auf dem Flur begegneten, sagte er, was er so noch nie gesagt hatte: »Guten Abend, Herr Pfarrer.« Vielleicht, es kann gut sein, hatte es nichts Besonderes auf sich mit diesem Gruß; vielleicht aber war es auch eine Antwort auf dieses heilige ajékka: seine Antwort.

Und dann: das war schon ein Jahr später: wir liefen uns im Freien zwischen den Krankenstationen in den Weg. Da gab es ein kleines Gespräch, und dabei lächelte er dann auch, einen Augenblick lang. Zwei neu zur Einheit kommandierte Beamte waren an uns vorübergegangen, und ich hatte gesagt: »Neuer Zahlmeister, neuer Apotheker. Sie gehören nun schon zur alten Garde, Stefan.« – »Alte Garde«, wiederholte er, und es war mir, während er es wiederholte, auch diesmal nicht ganz deutlich, ob er den Ausdruck kannte; aber dann kam das Lächeln, kam und verschwand, und dann sagte er: »Alte Garde … alte Eisen.«

V

Atmosphäre eines Hauses: gibt es das? Oder ist hier, wo Uniform getragen wird, eines wie das andere – so gut, so schlecht? Doch nicht. Zwei Elemente kann der Chef eines Hauses nicht wenig mitbestimmen: Teilhabe und Diskretion. Dienstliche Rasiermesserseelen, die es überall gibt, kann er nicht zur Menschlichkeit bekehren, und Berufstratschern vermag er das Maul nicht zu stopfen, aber er kann dafür sorgen, daß beide nicht gerade den Ton angeben. Ein Lazarett im vierten Kriegsjahr: nun, das ist kein ›Klub zum schönen Gemüt‹, und für allfällige Geburtstagsfeiern, um nur ein Beispiel zu sagen, reicht die Zeit einfach nicht. Aber Teilhabe ist mehr als Kuchen und Kaffee. Die Geburt eines Kindes in der Heimat, ein Todesfall, ein Bombenschaden: dergleichen wurde wechselseitig mitgeteilt; man ging einander an. Chefaudienz mit Seelengespräch: nein, das nicht. Eher so, daß Doktor Wieland, dem ein besonderer Fall vom Hauptfeldwebel gemeldet worden war, sich ohne weitere Zwischenfragen den nächstbesten Telefonapparat zurechtschob, und dann gab es ein lautstarkes Gespräch mit dem Kommandanten des Flughafens: So und so … und wann die nächste Maschine fliege … und dann: ob das Kurierflugzeug eigentlich vorwiegend für die Sonnenblumenöldosen des Stabsintendanten da sei und nicht ebenso auch für den Obergefreiten Malten – »ausgezeichneten Gehilfen in meinem OP.«, kam dann mit fast bedrohlicher Betonung –, Malten. M wie Martha, A wie … jawohl, der in Essen nach dem

Klumpatsch zu sehen habe, der bisher seine Wohnung gewesen war ... danke ... guten Morgen ... Worauf er in seinen Operationssaal hinüberstapfte und beim Anziehen des weißen Mantels zu dem ahnungslosen Obergefreiten sagte: »Sie fliegen um zwei Uhr, Malten, Papiere fertigmachen ... fallen Se nich runter ... Wiedersehen.« Dies also – und das zweite dann: die Diskretion. Es war nicht anders und konnte nicht anders sein: in einem Haus mit siebzig, achtzig Menschen, die Patienten noch gar nicht mitbedacht, gab es Schwieriges, Schwarzgalliges genug: Fälle von Trunksucht und Insubordination, Mesalliancen, Scheidungen, Selbstmordversuche. Die Hausregel hieß: nur kein Palaver und erst recht keine Schriftsätze, Meldungen, Papierkriege. Fünf Sätze, wenn es sein kann. Und besser noch: Mund halten.

Auch über Stefan sprachen wir nicht. Er war da, er gehörte zum Mobiliar, er trug die Drillichjacke des Sanitätssoldaten, und eines Tages auch die Feldmütze; manchmal traf man ihn abends mit dem Kochgeschirr am Gürtel. Niemand in der Küche hatte gefragt: warum holst du noch einmal Suppe, noch einmal Gemüse? Niemand fragte: wohin gehst du? Schweigen ist Schweigen, mochten wir denken. Oder vielleicht auch: was ich nicht weiß, macht mich nicht heiß. So hätte ich denn auch die kleine Geschichte vom Löffelchen schwerlich erfahren, wenn nicht Zahlmeister Ehni diesmal ganz gerne, so schien es mir, wenigstens *einen* Mitwisser gehabt hätte, und vielleicht auch etwas wie Absolution.

Es muß im Spätsommer 43 gewesen sein, Stefan war nun also schon ein ganzes Jahr bei unsrem Verein; wir hatten damals gerade unsre Schachspielperiode. Sonntags nach Tisch gab es einige Partien, wir nannten das großtönend unser Turnier. Gerade damals wurde Apotheker Jablonski zu uns kommandiert, ein Österreicher. »Aus Spittal komme ich, bittschön, die Herren kennen noch den seligen Rosegger.« Die Herren kannten den seligen Rosegger nicht oder doch nur sehr zum Teil, aber Jablonski aus Spittal war ihnen auch so willkommen. Er war es, der sogleich, beim ersten oder doch beim zweiten Mittagessen, die Rede auf das Schachspielen brachte. Man nannte ihm den Stabsarzt Jessen, Zahlmeister Ehni und mich als Interessenten, und er fragte sofort, ob er die Herren nicht herausfordern dürfe, er sagte »herausfordern«; wenn die Herren nichts dagegen hätten, am liebsten alle drei auf einmal und gleichzeitig ... aber ja doch, gleich übermorgen, wenn es da den Herren paßt. Ich lachte über den lässigen Charme, mit dem er seine Sache vorbrachte. Jessen und Ehni aber nahmen mich nach Tisch beiseite: »Einen in der Krone sitzen hat er ja, der Ostmärker«, sagte Ehni, und Jessen meinte: »So viel Übermut soll wenigstens etwas kosten. Zwei Flaschen Rotwein.« – »Zwei Flaschen, wenn er ein Spiel verliert; vier, wenn er zwei Spiele verliert. Und uns vier Flaschen, wenn er gewinnt, das verlangt die Gerechtigkeit.« Darauf Jablonski, als man ihm beim Abendbrot die Wette antrug: »Aber ja ... bittschön ... ganz, wie die Herren Kameraden meinen.« Ich mochte die Bezeichnung ›Ostmärker‹ nicht, hielt mich an ›Österreicher‹ und dachte dabei an Grillparzer und an Trakl, mehr an sie als an Rosegger ... Ich hatte gleich am Anfang, als noch Zeit gewesen war, meine kleine Warnung zum besten gegeben: »Herrschaften, ich warne vor Voreiligkeiten. Die Flaschen sind wir los. Wenn einer aus Spittal kommt, uns gar nicht kennt und so ein Dings anbietet – ich sage: der muß seiner Sache schon höllisch sicher sein.« – »Und wenn schon«, sagte Jessen. Nun, ich behielt recht, wir verloren mit Pauken und Trompeten alle drei, in knapp zwei Stunden war das Ganze vorüber. Wir packten unsre hübschen Reiseschachspiele wieder ein. »Die vier Flaschen zupfen wir natürlich gemeinsam aus«, sagte Sieger Jablonski, »aber bitte sehr ... aber gar kein Wort ... habidijehre ...«

Zahlmeister Ehni blieb da; ich merkte, er wollte irgendeine Sache sich von der Seele reden.

»Da sind uns doch neulich aus dem Nachlaß eines Patienten silberne Löffel zugekommen. Der Mann, ein Feldwebel, hatte bei seinem Gepäck gut verschnürt einen richtigen Kasten, russisches

Fabrikat, ganz alt, Silberlöffel, wissen Sie: Dessertlöffel oder nein, etwas größer, eine Art kleiner Eßlöffel mit einem sehr aparten Muster im Stiel, ein Dutzend. Natürlich organisierte Ware. Der Mann bekam bei uns gleich nach der Einlieferung einen Kollaps und starb am selben Tag noch; wir konnten uns nicht entschließen, den Kasten, den er weiß der Himmel wo hatte mitlaufen lassen, nach Haus zu schicken mit seinen übrigen Sachen ... Verbuchen wollte ich das auch nicht. Ich habe sie nun fürs Kasino vorgesehen. Sie mußten lang in irgendeiner Nässe gelegen haben, die Löffel, sie waren gründlich verderbt. Den Putzfrauen konnte ich sie nicht in die Küche geben; blieb also nur Stefan. Sie wissen ja: Stefan versteht alles und tut alles. Nach drei Tagen hatte er sie blank. Ich fragte: ›Was möchtest du haben, Stefan? Schokolade?‹ – ›Nein‹, sagte er, ›nicht Schokolade‹. ›Was dann?‹ – ›Ein Löffelchen, Herr.‹ Ich sagte: ›Aber das geht doch nicht, was denkst du, du kannst doch nicht unten mit dem silbernen Löffel erscheinen, was denken da die Leute ...‹ – ›Nicht ... nicht ...‹ – ›Willst du ihn deiner Frau mitbringen?‹ ›Für das Jüngelchen, Herr, für das Jüngelchen.‹ Und hören Sie, Herr Pastor, ich habe es getan. Ich habe ihm so einen Löffel geschenkt. Er kann ja nun schon recht gut Deutsch, aber wenn er so in große Gemütsbewegung gerät, dann spricht er wieder Russisch. Immerfort sagte er ›spassivo‹, und beim Gehen küßte er mir die Hand. Was sagen Sie?«

»Gut, Herr Ehni, gut. Sie sorgen für das Gleichgewicht in der Welt. Zu was diese ganze Plünderung und Brandstiftung, der Landkartenfraß taugt? Dazu, daß Stefan, der kleine, einen silbernen Löffel bekommt.«

VI

Stalingrad, Elbrus, Sewastopol, El Alamein: so hieß das Jahr 1943; so und noch ganz anders: Mussolinis Sturz, Landung der Gegner in Afrika. Für uns aber hieß es: Lungenschuß, Oberschenkelamputation, Verbrennungen zweiten und dritten Grades, Fleckfieber immer noch … Den Chef hatte in der Mitte des Jahres der große Luftangriff auf Hamburg mitgetroffen, seine Klinik war zerstört, und als man November schrieb, da war in der Einheit die Zahl der Nochnichtbetroffenen kleiner als die andere Zahl. Nun wurden auch die Anflugzeiten unsrer Verwundetentransporte bedenklich kurz; um den ersten Advent herum lag das nachbarliche Shitomir nicht mehr außerhalb der Gefahrzone. Schon ergingen Befehle an uns, den Aufbruch des Lazaretts vorzubereiten; andre Verordnungen widerriefen strikt … in den Bezirken, in denen das Parolenwesen blühte, hieß es, von Optimisten wie von Pessimisten gleicherweise, wenn auch mit ganz verschiedenem Ton ausgesprochen: nun werden wir also mit Gottes Hilfe gerade an Weihnachten auf der Achse sein, oder in Polen, in Ungarn, in Österreich … auch eine schöne Gegend.

Natürlich lief nebenher, das kannte man schon, der Apparat der Instanzen weiter; neue Betten trafen ein, eine Spezialstation für Knochennagelungen sollte als »aufnahmebereit bis 15. XII.« gemeldet werden, in der Apotheke erschienen große Mengen eines leichtverderblichen Impfstoffs. Stefan hatte, gerade noch vor dem Einbruch der scharfen Kälte, in seinem ganzen Heizungslabyrinth Lichtleitungen gelegt. Auch Zukommandierungen gab es, gerade, als ginge es hier noch lange weiter. Aus der Minsker Gegend wurden uns zwei Schwestern geschickt; der Chef nannte, als das Fernschreiben kam, nur kurz und sachlich die Namen, Schwester Else und Schwester Ulrike. Schwester Else, das gab es schon zweimal im Haus, sie würde also wohl Else III bei uns heißen müssen; mit Schwester Ulrike, das hörte man dann bald, und noch vor ihrem Eintreffen, hatte es eine ungewöhnliche Bewandtnis: aus Mecklenburg und von Adel – das war in einer westfälischen Schwesternschaft – bäuerlich-westfälisch, mit bieder schwäbischem Nachschub durchsetzt – schon fast beunruhigend. Sie sei jung verwitwet, wußte man dann, und sie habe studiert. Die Stationsschwestern begannen schon für ihre eigene

Stellung zu fürchten; die Oberschwester versprach, sich fürs erste ein respektables Abstellgleis auszudenken, wenn es hier nicht gerade drunter und drüber ginge. »Wir machen sie zum Postminister, das ist ein ganz hübsches Amt für den Anfang.«

»Schwester Ulrike sieht aus wie jemand aus dem Gefolge des Prinzen von Homburg«, berichtete Stabsarzt Jessen bei Tisch. Er war der für die Schwesternschaft verantwortliche Arzt; ihm war sie, gleich nach ihrer Ankunft, zugeführt worden. »Aus Mecklenburg und von Adel?« fragte man – und dann: »Nazisse?« – »Nazisse? So weit kamen wir noch nicht im ersten Gespräch. Ich würde sagen: nein.« Und nach einer Pause, bestimmter jetzt: »Nein. Durchaus konfirmiert, würde ich sagen.«

Ich hatte Schwester Ulrike am dritten oder vierten Tag im Gang begrüßt; die Zeit reichte nur gerade zu einem Händedruck, aber ich dachte dabei gleich: eine Kleistfigur, Jessen hat nicht schlecht charakterisiert. Dann kam der Gottesdienst vom vierten Advent, Schwester Ulrike war da und hörte, ohne aufzublicken, mit einer so strengen Konzentration zu, daß der Sprecher dazu kam, zu meinen, er rede ausdrücklich diesen einen Zuhörer an. Man war damals oft Prediger, Organist und Küster zugleich: als ich nach dem Gottesdienst aufzuräumen hatte, blieb sie da und half mir; dabei ergab sich ein erstes Gespräch. Wir hatten sogleich, die große Welt ist klein, gemeinsame Bekannte, und als die Rede, ich weiß nicht mehr wie, auf Verbindungen zu holländischen Quäkern kam, jetzt bitter unterbrochenen Verbindungen natürlich, da war dies allein schon die Legitimation, die uns galt. Ein wenig zögernd fragte ich sie nach ihrem Mann. Ja, er sei im Juli 42 bei Minsk ums Leben gekommen: die amtliche Lesart laute »erschossen von Partisanen«. – »Ich habe Grund, dieser amtlichen Lesart zu mißtrauen – und noch mehr Grund, über meine eigene Meinung zu schweigen. Ist das genug?« Dieses »Ist das genug?« war nun wirklich mehr »Leutnant von …« oder »Freifrau von …«, als nur eben »Rotkreuzschwester Ulrike«. Und ich sagte: »Ja, das ist genug, Schwester.« Auf dem Heimweg dann, im leichteren Ton: ob sie denn halbwegs sich in dem neuen Haus habe einrichten können … man weiß ja bei dem allem nicht, ob es sich überhaupt noch lohnt. Jedenfalls, für fast alle Wünsche heiße das Zauberwort hier: »Wenden Sie sich an Stefan.« – »Ach, das ist der Elektriker? Den kenne ich schon.« – »Stefan ist Heizer. Sie finden ihn am ehesten jetzt morgens im Keller.«

»Sagen Sie – entschuldigen Sie diese absurde Frage – ist das ein Jude?«

»Wieso?«

»Ich … wir hatten da oben … ich meine: diesen Typus da oben in Minsk. Ist dieser Stefan –«

Sie sah mein Gesicht. »Oder – ist das Dienstgeheimnis?«

»Ja. Dienstgeheimnis. Im Dienstgeheimnis: ja.«

VII

Das war unvorsichtig, dieses Ja. Oder mindestens: unkorrekt. Ich wollte Vertrauen mit Vertrauen erwidern, gut. Auch war ich im Grunde nur mir selbst Verschwiegenheit schuldig; aber jedes Wort – ist es nicht so? – ist ein Wort zuviel.

Ich kam von der Sache nicht los, und Klaus, der frater catholicus, sah mir meine Verwirrung gleich an, als wir uns mittags im Kasino trafen. Wir standen eine kleine Weile herum in Erwartung des Chefarztes, der sich verspätete.

»Verstimmt?« fragte Klaus.

»Ach, nichts Besonderes. Nur: man sollte ein Mundschloß bei sich führen, wie Papageno, für sich selber.«

Klaus kam nicht mehr dazu, das Gespräch fortzusetzen, der Chef trat ein. Er hatte einen Zettel in der Hand, den hielt er wie fremd von sich weg, während er uns den Inhalt bekanntgab. »Vorweihnachtsbesuch. Sie haben sich etwas ausgedacht. Ein Kreisleiter aus Franken kommt und will Weihnachtsgeschenke verteilen. Heute nachmittag.« Er faltete das Papier zusammen und sah zu mir her: »Geschenke und Gaben … Pastor, das ist Ihr Ressort. Kann mir denken, daß Sie keinen Appetit haben auf so einen Goldjungen … aber Sie müssen die Honneurs machen. Sie oder Klaus. Trudeln Sie's aus. Ich … ein Kreisleiter … nein; wenn der Harmoniumsheini dann anfängt ›Unsa Fü'a‹, dann werde ich grob. Ich gebe Ihnen den dienstlichen Befehl, nicht grob zu werden.«

»Jawohl, Herr Oberstabsarzt, Honneurs machen. Dienstlicher Befehl, nicht grob zu werden.« Ich wiederholte, wie es vorgeschrieben war. Die Clique ringsum feixte, gutmütig eher als schadenfroh. Der Schalk zuckte uns allen in den Augen; was mich selbst anging, so war es ein recht kümmerlicher Schalk … Klaus freilich bemerkte ihn doch und rettete sich rasch: »Franken? Da redet ihr schwäbisch miteinander. Das geht schon. Das ist deine Domäne. Wenn sie uns dann nächstens einen Westfälinger schikken, nehm' ich ihn auf mich.«

Ich machte mich auf das Schlimmste gefaßt, und wie fast immer, wenn man sich auf das Schlimmste gefaßt macht, ließ es sich dann in Wirklichkeit besser an … fürs erste wenigstens. Der Goldfasan war so verwirrt über die Tatsache, daß er sich einen Pfarrer als Begleitung gefallen lassen mußte in Vertretung des Chefarztes, den ich als unabkömmlich zu melden hatte – er war es nun wirklich, denn eine Operation war angesetzt worden –, er wußte nichts anderes zu sagen als ein »Na schön … dann fangen wir gleich an …« Und so fingen wir an; eine kleine Suite, drei Dienstgrade und drei Schwestern waren mir zugeteilt worden, der Kreisleiter hatte zwei Mann mitgebracht als Geschenketräger. Die ›Hohe Nacht der klaren Sterne‹ blieb uns erspart, und als eine Schwester in allem Ernst ›O du fröhliche‹ vorschlug, heilige Einfalt, da winkte ich entschieden ab. Also kein Lied. Dafür gab es im großen Saal zuerst und dann noch in zwei anderen Räumen eine Ansprache des Gastes, kurz und schlecht … die ganze Lemurensprache fuhr auf, es gab die Heimatfront und den Endsieg, den festgebundenen Helm und den Führer (›unsa Fü'a‹), das

Wehawe und die Ennesvau (NS-Wauwau, sagte ein Patient neben mir; ich legte den Finger auf meinen Mund und trug so mein Bescheidenes bei zum Gelingen der Feier); dann kamen die Körbe, recht respektabel anzusehen: Pullover und Wolleibchen, Wein, Kognak und auch Sekt, Würste, kleine Schinken, Dosen aller Art, Christstollen ... die Patienten freuten sich, ich half beim Verteilen; wahrhaftig, ich glaube, es wäre alles ganz leidlich vorbeigegangen, wenn sich nicht der unselige Sanitätsunteroffizier im allerletzten Augenblick noch etwas Besonderes hätte einfallen lassen. Der Kreisleiter hatte seinen Dienstsitz genannt, eine Kleinstadt in Franken. Ulkiger Name, dachte der Sanitätsunteroffizier, und dann: den habe ich heute doch schon einmal gehört – oder gelesen? Wo nur? Auf einem Krankenblatt natürlich ... Richtig, bei dem Schwerkranken drüben, dem Doppelamputierten ... sollte man nicht ... allerdings haben wir das ›Eintritt verboten‹ an die Türe gehängt, aber für einen Augenblick wenigstens ... so ein Gruß aus der Heimat ... also gut, ich frage: ob der Herr Kreisleiter einem Landsmann, einem schwerverwundeten Landsmann nicht noch eigens Guten Tag ... »Aber ja doch; aber gleich.«

Wir traten ein; nicht die ganze Eskorte, nur unser vier oder fünf. Der Sanitätsunteroffzier sprach – kleiner Wink für den Kreisleiter – sehr leise, und der Goldfasan schien die Mahnung zu verstehen; auch er begann ganz manierlich. Aber plötzlich kamen die Leitartikel über ihn: der »Iwan« kam, und vom Iwan gings zum »bolschewistischen Untermenschen« und dann zum »großen Vergeltungsschlag«. Mir war gleich, als ich den Kranken sah, ich kannte ihn noch nicht, recht bange geworden. Das geht nicht gut, sagte ich mir. Es war ein Mann, den Vierzig näher als den Dreißig, im Zivilleben – schwer zu sagen: vielleicht Ingenieur oder technischer Kaufmann. Man sah – wenn man ein wenig darauf zu achten gelernt hatte, sah man das: der ganze Mann war Abwehr. Es gab nicht einen Anflug von Lächeln bei der Begrüßung. Freilich: wer lächelt schon mit zwei Stümpfen ... aber dies hier war nicht Müdigkeit, sondern mehr: Widerstand. Er hielt während der Rodomontaden des Besuchers die Augen geschlossen. »Hören Sie doch auf!«: das wollte ich sagen, das hätte ich sagen sollen – aber man sagt ja dann immer das Richtige nicht … Der Patient – schlief er denn etwa? Nein, er schlief durchaus nicht. Und dann, als der Kreisleiter – endlich – eine Pause machte, kam es. »Nicht Iwan. Sie.« Und dann noch einmal – jedes Wort schien ihm Mühe zu machen, und der deutende Finger mußte mithelfen, aber es war völlig klar, was er sagen wollte, und er sagte es dann auch: »Nicht Iwan schuld. Sie.«

Der Kreisleiter, verwirrt durch diese programmwidrige Ablehnung, drehte sich halb im Kreis, Zeugen seiner Unschuld suchend: »Ich? Ich. Mann! Seh ich wie ein Beineabhacker aus?« Er winkte seinen Begleiter her, nahm aus dem Korb eine Flasche Sekt: »Hier. Also nu mal los. Champagner. Französisches Beutegut. Erster Klasse. Und das mit deinen Beinen … Junge, die machen dir prima Prothesen … die medizinische Technik … heutzutage …« Die Worte kullerten nun übereinander. Der Patient hatte jetzt seine Augen offengelassen. Sie gingen nicht zu dem Geschenk. Sie blieben mit einem dringlichen Ernst am Gesicht des Mannes, der da zu ihm sprach. Sie stellten keine Frage. Sie gaben Antwort. Zum dritten Mal kam es, nun ohne Worte: nur ein Kopfschütteln noch – und der deutende Finger. Und dann nichts mehr.

Im Raum war etwas wie eine papierene, fleckige Stille entstanden. Ich sah den Kreisleiter nicht an. Der war jetzt, ich wußte es, genug angeschaut. Einen Augenblick lang ging es mir durch den Sinn: er ist, wenn auch uneingeladen, unser Gast. Wie weit geht die Gastfreundschaft? Soll ich ihm zu Hilfe kommen? Soll ich eine Brücke bauen? Aber dann: nein. Hier ist nicht zu helfen. Gottes Mühlen –

»Heil Hitler!« sagte nun der Mann mit den goldenen Spiegeln an seiner Uniform. Er sagte es nicht schroff und nicht laut. Es war seine Zuflucht … sein Credo, seine Beichte und seine Absolution, alles zugleich. Dann wandte er sich zur Tür, kehrte sich aber noch einmal zu seinem nächsten Begleiter um: »Geben Sie dem Unteroffizier diesen Korb zur weiteren Verteilung.« Draußen wischte er sich mit dem Taschentuch die Stirn, die Mundwinkel zuckten: »Sonst noch etwas zu tun?«

»Vielleicht noch in Saal 8«, sagte der Sanitätsunteroffizier.

Man trat ein, es gab die Achtungsstille und den Gruß. Der Kreisleiter ging auf den Tisch in der Mitte zu … hinter dem Tisch blieb er stehen … »Ich habe den Auftrag«, fing er an, und dann kamen zwei, drei Sätze noch. Die Feder war gesprungen. Die Uhr lief, wenn man sie schüttelte, noch ein paar Sekunden weiter … aber dann blieb sie stehen. »Nichts geht mehr.« Wo sagt man so? Im Spielsaal, ja. Die Begleiter verteilten. Sie versuchten sich in einer Art von Munterkeit. Sie war fürchterlich unecht, diese Munterkeit, aber sie war fast barmherzig. Dann war der Korb leer, und man trat auf den Flur hinaus. Es gab nichts mehr als den blinden Gruß, den sie damals den ›Deutschen Gruß‹ nannten, die halberhobene Hand, ein unartikuliertes Geschnarr. Das Marionettenzeremoniell. (Aber freilich: Marionetten werden gespielt. Dies hier, dies Ganze, ist kein Spiel.) Und dann, ohne jedes weitere Abschiedswort: »Wo ist mein Wagen?«

Der Fahrer, der bei der Verteilung mitgeholfen hatte, beeilte sich, rascher als sein Chef an den Ausgang zu kommen, um gleich vorzufahren. Der Kreisleiter stieg ein und fuhr ab. Er sah starr geradeaus. Finis.

Ich – muß ich noch einmal in das Haus zurück? Ist das eine Situation, die ein lösendes Wort braucht? Kann ein Wort hier lösen? Nein. Jetzt kein Wort. Morgen vielleicht oder heute abend noch. Aber jetzt nicht. Jedes Wort ein Wort zuviel.

Ich dachte dem Flüchtling nach; ohne Triumph. Wie lange geht das noch so? Noch ein Jahr? Länger? Länger – kaum. Dann wird das Credo von heute nur noch ein Rattengewisper sein. Und die es geglaubt haben, werden die von neuem beginnen? Werden sie das Unbegreifliche begreifen? Der Mann mit seinen Stümpfen, wenn er's jetzt übersteht, der wird wieder auf die Füße kommen. Darin hatte er recht, der Tröster aus Franken. Aber er selbst, er und die anderen – wer hilft ihnen auf die Füße?

VIII

Wohin jetzt? Spätnachmittag vom vierten Advent: das könnte heißen ›Bach, Weihnachtsoratorium‹. »Jauchzet, frohlocket, auf, preiset die Tage ...« Nun, was das Frohlocken betrifft ... Aber: andere Luft für eine Stunde. Also etwa Winterlandschaft, ein paar Schritte auf dem vereisten Bug, einen Blick auf Unversehrbares, auf Kristalle an den Trauerweiden dort? Nein, lieber noch: Menschenlandschaft. Ich war lange nicht mehr nach Alt-Winniza gekommen; in die russische Kirche mindestens ein ganzes Jahr lang nicht mehr. Sie lag auf halber Höhe, drüben, jenseits des Bug, der Weg führte durch die vielgewundenen Gassen der Altstadt. Es war freilich nicht mehr so ganz zu empfehlen, dort als deutscher Soldat allein zu laufen, im Dunkeln schon gar nicht. Aber jetzt gleich, und nur eben eine halbe Stunde noch, so mochte es angehen.

Die schöne Kirche war geschlossen, aber die winzigen Kaufläden in ihrer Nähe gab es wie immer: auf einem staubgrauen Teller lagen Sonnenblumenkerne und getrocknete Pilze; geflickte Fahrradschläuche hingen an einer Stange, daneben Netze für den Fischfang und Angelschnüre. In einer anderen Auslage sah man Maisbrot und trockenen grünlichen Käse. Dieses Fastnichts war, ich konnte mir nicht helfen, schier noch bedrückender als das Garnichts, und die vorüberhuschenden Schattengestalten waren die Merkzeichen einer erloschenen Welt. Widerstand, Partisanengefahr? Es sah nicht mehr danach aus. Das grußlose Nitschewo, das war letzte Station, letztes Kapitel, in unsrem Krankenhaustonfall gesprochen: finales Stadium. Warum kehrte ich nicht gleich wieder um?

Plötzlich hinter einem schwarzen Fenster ein Blick, der mich meint: Stefan. Hier also, hier wohnt Stefan. Ich spüre, körperlich spüre ich, wie meine Augen ihr Licht ausschicken, wie sie, grüßend, einen Gegengruß erbitten: aber mit keiner Bewegung verrät der Mann hinter dem Fenster, daß er mich kennt. »Mund halten«: so hatte man gesagt, und Stefan hatte es sich sagen lassen. Ich gehe; – hätte er mich doch gegrüßt! –: weiter gehe ich bis zu der Anhöhe, die den Blick auf den Bug freigibt.

Und nun, im Offenen endlich, drang dann doch noch etwas wie Freude heran, Vertrautheit mitten im Fremden. Nicht nur der weiße Winterhimmel, stark und hell wie drüben im Vaterland, sondern auch das andere jetzt, an dessen Unzerstörbarkeit ich glaube: schirokaja natura, das Mütterchen, Tolstois Schuster Martin und sein Gast, heute und immer.

Es war zu kalt, sich irgendwo zu setzen ... so lief ich dort oben auf und ab, auf eine seltsame Weise beschäftigt und befreit. Ich vergaß, daß es hier dunkel wird ohne Übergang. Und es wurde dunkel.

Ich muß zurück. Auf dem gleichen Weg zurück. Ich will noch einmal, ohne beobachtet zu sein, Stefans Wohnung sehen, von ferne nur. Ich weiß es ja nun: auch wenn sich unsre Abreise noch um ein, zwei Wochen verzögern sollte, dies alles hier ist Abschied. Abschied und – das war gewiß – Abschied für immer. Wir, sollten wir dieses Ganze überleben, so kämen wir vielleicht eines fernen Tages wieder nach Paris, nach Amsterdam, nach Rom, was weiß ich; hierher – nicht nocheinmal.

Da war die Gasse. Stefans Kate lag nun schon fast im Dunkeln, es gab keine Straßenzeilen hier, nur Ecken und Winkel; aber unversehens huschte jemand an meine Seite. Nicht Stefan, aber – und das war sofort zu erkennen – die Miniaturausgabe von Stefan, schmal und dunkel und sehr behend. Es war das Jüngelchen; ich wußte es, noch ehe das Wort »Stefan« gefallen war. Er kam ganz nahe auf mich zu und begann hurtig zu reden in seiner Sprache. Ich sagte die Vokabel, die wir gelernt hatten, um zu bekennen, daß wir gar nichts verstehen; aber er blieb unbeirrt bei seiner Rede in Wort und Zeichen. Plötzlich kam ein Ausdruck, den ich verstand: »Chanukka«. Ja, Chanukka, Israels Fest vom Licht, das Fest vom verborgenen Schöpfungslicht, es stand vor der Tür so gut wie unser Weihnachten … Und zugleich gab es eine Gebärde, die ich verstehen sollte: seine Hände – was für vornehme Hände der kleine Bursche hat, dachte ich – formten in der Luft etwas Langes, Schmales. Er wollte etwas von mir, soviel begriff ich; aber was konnte er wollen? Mit eins war er verschwunden, aber gleich darauf stand er wieder da, und nun zog er aus der Tasche Streichhölzer – unsre Streichhölzer, ich sah es und mußte lachen, aber warum soll auch Soldat Stefan nicht Marketenderware kaufen? –; er zündete ein Streichholz an, und dann formte die Linke von neuem –: eine Kerze, ich wußte es jetzt, eine Kerze wollte er von mir für das Fest Chanukka.

Kerzen waren nun auch bei uns rar geworden. Ich besaß in meinem Dienstkoffer drei oder vier; diesen Vorrat mochte ich nicht angreifen. Außerdem aber hatte ich noch eine gelbe Honigkerze aus Friedenszeiten. Gut denn. Ich nickte: Kerze für dich – Stefan geben – für Chanukka.

Er hatte mich verstanden und lächelte. Stefans Lächeln. Nein, von Stefans Lächeln war hier nur gerade der dunkle Rand, das Ehundimmer Israel; innen war dies ein Kinderlächeln, offen und ohne Schwere. Er war schön, der kleine Bursche, er war auf eine Weise schön, daß einem der Atem stockte; erschreckend schön, sagen wir ja mitunter einmal, und sagen damit nichts Verkehrtes. Er nahm, nur für einen Augenblick, die Hand, die ich ihm bot. Dann ging er rückwärts die wenigen Schritte zur Hütte zurück. Unter der Tür blieb er stehen und hob noch einmal seine beiden Handteller in Augenhöhe. Es war der Jakobssegen in Knabengestalt.

Ich blieb, nachdem er verschwunden war, noch stehen. Es war gewiß: Stefan wird auch jetzt nicht noch einmal am Fenster erscheinen. Aber dieser Junge – ich dachte dem Jüngelchen nach.

Nun wird er Bericht erstatten, dem Vater, der Mutter – dieser Mutter, die ich nie zu Gesicht bekommen hatte, in all der Zeit nicht ein einziges Mal. Plötzlich war ich es leid, das ganze Versteckspiel. Auch der Name galt mir nicht mehr; diese Stefanstäuschung, die wir zu seinem Schutz erfunden hatten, zu seinem – oder zu unsrem Schutz? Ich gab mir nach, und ich sagte einen anderen Namen vor mich hin, den Namen, mit dem ich – in mir nur – den großäugigen, schmalen Mann mit dem schweigenden Mund zuweilen angeredet hatte, den Namen des Dichters vom dunklen Licht.*

Nun denn, eine Kerze für den Knaben Leib ... eine Kerze zu Chanukka.

IX

Erst beim Eintritt ins Kasino traf ich den Chef. Ich meldete mich und gab Rechenschaft über die – muß man sagen: fehlgeschlagene? – Mission; er hatte natürlich schon ein paar Einzelheiten gehört. Mir gefiel es sehr, daß er nun nicht »geschieht ihm recht« sagte, sondern meinen Bericht mit einem kargen »Hm« quittierte. Man sprach bei Tisch über den Aufbruch des Lazaretts; neueste Kommandanturbefehle, mit Terminangaben schon, waren im Laufe des Tages bekannt geworden; sie galten für unsre Einheit freilich nur bedingt: die Zuständigkeiten, das Sakrosanktum einer jeden Kriegsmaschine, waren in Verwirrung geraten. Der Chef war ungesprächig an diesem Abend, und als er gegen Ende der Mahlzeit ans Telefon gerufen wurde, zuckte Unwilliges in seinem Gesicht auf. »Bitte die Herren, noch dazubleiben«, sagte er im Hinausgehen. Nach zehn Minuten kam er zurück und ließ uns wissen, daß morgen noch ein großer Verwundetentrans-

* *Den Namen des Dichters vom dunklen Licht*
Nur in der Erstausgabe habe ich den hier Gemeinten, Kafka, mit Namen genannt.

port kommen werde; hundert oder mehr Patienten, die genaue Zahl war nicht zu erfahren; sie kommen auf dem Luftweg. Der Heeresgruppenarzt hat gedonnert. Ich habe ihm gemeldet, daß wir Befehl hätten, uns zu verkleinern und darauf einzurichten, innerhalb von vierundzwanzig Stunden hier den Platz räumen zu können, aber dann hieß es: ihn, Heeresgruppenarzt, gehe das einen feuchten Lehm an, was die Etappenhengste in Rowno anordnen. »Meine Herren, ich habe mir den Mund fusselig geredet, aber Sie wissen ja: gegen Gott und den Generalarzt – Na, keine Rebellion. Wir müssen. Und die Jungs brauchen nichts zu merken von dem ganzen Rabatz, die können nichts dafür. Jedenfalls: alle Mann an Deck, morgen. Gute Nacht, meine Herrn. Im übrigen, Sie wissen ja: England erwartet, daß jedermann seine Pflicht tut.«

Dieses Wort hing nicht am Schwarzen Brett. Auch unsichtbar hatte der Tagesbefehl Nelsons dort keinen Platz: im vierten Kriegsjahr konnte sich niemand mehr (niemand außer dem großen Lügenmaul in Berlin) feierliche Worte leisten, es sei denn, zusammen mit den Anführungszeichen der Ironie. Wo man nicht einfach schwieg, hielt sich jeder am liebsten an ein Motto wie das einfältige »Dienst ist Dienst, und Schnaps ist Schnaps«.

Aber als es ernst wurde am andern Morgen – man hatte uns gleich nach halb elf die erste Ju 52 schon kurz vor ihrer Landung gemeldet –, da lief es dann wirklich wie auf Rädern, das hundertmal Geübte: nicht als das leere Zeremoniell eines Staatsbesuchs, sondern wie die Präzisionsuhr der wachsamen Liebe: etwas, das mit Adolfs Krieg sehr wenig, mit dem Menschen aber sehr viel zu tun hatte.

Wie das wilde Wetter fuhren die Sanka-Fahrer auf den Flugplatz hinaus und dann wieder zurück mit ihrer Menschenfracht: auch jetzt so schnell wie irgend möglich, jede Minute ist kostbar, aber jetzt doch vor allem darauf bedacht, nirgends plötzlich halten zu müssen und jede Erschütterung zu vermeiden. Wie Musik, so hatten sie es gelernt, wie Musik muß das sein, wenn ihr fahrt. »Wißt ihr, was eine Etüde ist? So 'ne Musik mit egal den gleichen Noten. So müßt ihr fahren, wenn ihr Verwundete habt, piano, pianissimo.«

Im Hof hatten die Sanitäter schon ihre festen Plätze. Ausladen, nicht anstoßen, die Krankenblätter für den Unterarzt, der hier gleich die Verteilung vornimmt, Vorsicht, keine Verwechslung. Dann: Gleichschritt halten mit der Trage, möglichst nicht sprechen, ehe der Patient gebettet ist. Erste Hilfe kann beides heißen: Scherzwort und ruhiger Blick, Pfefferminz oder Zitronendrops, zweite Wolldecke und frisches Taschentuch.

Die Schwestern dann: sie haben den Tee heiß gehalten und haben den Fruchtsaft temperiert; ein paar Heizkissen, viel zu wenige, sind zur Hand, die Spritzen sind ausgekocht, und das Verbandzeug liegt bereit. Und nun folgt ein Dienst dem andern. In normalen Zeiten sind die Aufgabenbereiche ein wenig getrennt; das schwere Tragen soll Männerarbeit bleiben; auch gibt es halbe Gesetze der Schicklichkeit; aber dann, am stürmischen Tag, da tut jeder, der kommt, alles, was zu tun ist. Sie sind Kinder wieder, die da vor ihnen liegen und sich nicht regen können. Sie hören freilich nicht auf, gerade auch jetzt Männer zu sein, durstig nicht nach Kirschsaft und Apollinaris … aber Liebe hat viele Namen. Einer heißt: für den, der keine Hand frei hat, die Zigarette anrauchen und sie dann dem Kranken zwischen die Lippen stecken, nach jedem Zug von neuem … und heißt vielleicht: eine kleine Unruhe richtig deuten und also die Flasche an die richtige Stelle rücken …

Kein Heldenlied. Nichts Sangbares überhaupt. Aber doch Antwort auf die Frage aus dem Ersten Buch. Frage: Soll ich meines Bruders Hüter sein? Antwort: ja.

Es war ein schlimmer Transport. »Mies, mies, mulmig«, hatte gleich der erste Fahrer vom Flugplatz mitgebracht. Es kamen diesmal fast nur Schwerverletzte, und auch drei auf dem Transport Verstorbene wurden zunächst bei uns eingeliefert. Schon das war ganz ungewöhnlich; es mußte bös aussehen dort, wo sie herkamen. Die Lebenden gehen vor; aber Klaus und ich hatten nun doch gleich die Personalien der Toten festzustellen und mit dem Gräberoffizier in der Stadt zu telefonieren: bei der strengen Kälte war es fast sicher, daß keine Gräber mehr vorbereitet waren.

Bei Tisch traf man nur gerade sieben oder acht Leute, und auch da saß jeder wie auf Abruf vor seinem Teller; der Chefarzt und die Hilfschirurgen blieben unsichtbar.

Ich ging gleich nach dem Essen zuerst auf die chirurgische Station, es war wichtig, sich von dem einen oder anderen, der selbst nicht schreiben konnte, einen Brief diktieren zu lassen, ein Lebenszeichen nur. Zwanzigster Dezember: jeder Brief, der heute abgeschickt wird, kommt vielleicht noch zurecht auf einem Weihnachtstisch irgendwo in dem dunklen Deutschland von 1943. Ein Stück Hoffnung. Trügerische Hoffnung vielleicht: aber selbst dann nicht ganz umsonst. Etwas wie Gewißheit für den Augenblick, wo Ungewißheit immer noch die größere Qual bereitet.

Ich kam in den großen Saal und schrieb dort Brief um Brief, bis der Sanitäter Wels mich zu dem Sterbenden rief auf die Innere Station.

X

Nun der Bericht über die Ereignisse, bei denen ich nicht anwesend war. Aber wenn ich alles addiere: die Schilderung des Chefs, dazu Schwester Ulrikes und Hauptfeldwebel Hirzels Begleittext, den Einschub des Schreibstubengefreiten und – lange Zeit nach diesem Dezembertag – ein Nachtgespräch noch einmal mit Doktor Wieland, das an diese finstre halbe Stunde rührte – ich zähle zusammen: war ich dann nicht eben doch dabei?

Sie kamen gegen vier Uhr nachmittags, das Lastauto hielt dreißig Meter vom Haupteingang entfernt, drei junge Leute in Uniform sprangen von hinten ab, aus dem Führerhaus vorn stiegen die zwei Mordbuben aus, die Herren vom Sicherheitsdienst: ein Faß der eine, der andere, fast noch heftiger Schrecken und Abscheu erwirkend, dürr und alert, umsichtig, aber umsichtig aus kleinen Rattenaugen, registrierend ohne Wort. Zu fünft kamen sie so auf unser Lazarett zu, die Jungen preschten vor und rissen die beiden Glastürflügel auf, damit die zwei Satrapen eintreten, man müßte sagen: Einzug halten konnten. Ihre Wintermäntel, die kloakenfarbenen Mäntel standen offen, von oben bis unten waren sie mit weißem Lammfell gefüttert.

»Wo ist hier der Hauptfeldwebel?« fragte der Hagere den Sanitätsdienstgrad, der in der Nähe des Eingangs seinen Tisch hatte. Im gleichen Augenblick aber kam aus der Schreibstube der Hauptfeldwebel schon selbst, sagte, ohne besondere militärische Beflissenheit, seinen Namen; die Besucher stellten sich nicht vor, nur ein Blatt zog der Feiste – er offenbar hatte das Kommando – aus seinem Ärmelaufschlag, klemmte es sich, bis der Pelzhandschuh wieder geschlossen war, zwischen die Zähne und sagte – unter der Tür zur Schreibstube noch: »Wir suchen den Juden« … nun folgte ein Name –, »der hier als Heizer beschäftigt ist.« Hirzel, der Stefans richtigen Namen nie gehört hatte – der Chef war darauf bedacht gewesen, daß in allen Listen ›Stefan‹ stand und sonst nichts –, Hirzel überschaute nicht im ersten, aber doch im zweiten Augenblick die Situation und hatte sich sogleich fest in der Hand.

»Da muß ein Irrtum vorliegen«, sagte er. »Ein Mann dieses Namens ist hier unbekannt.«

»Da liegt kein Irrtum vor. Wir wissen schon, wen wir suchen. Name unbekannt: Kinderei. Der Name sagt gar nichts; was ein zünftiger Hebräer ist, der hat Namen, jede Menge. Mal Lewisohn, mal Kanalgeruch, mal Salomon, mal Siegfried. Namen hat der – fast so viel wie Läuse. Apropos Läuse – habt ihr Fleckfieber hier? Klar habt ihr Fleckfieber –«

Er warf sich zurück, schnupperte, als gäbe es dabei hier etwas zu riechen, und begann zu dozieren: »Wo der Jude wohnt, wohnt die Laus; wo die Laus wohnt, gibt es Fleckfieber, das ist wissenschaftlich erwiesen … Sollte man in einem Lazarett eigentlich wissen. Also los, wo ist der Sohn Abrahams? Ich habe Zeit. Nicht unbeschränkt Zeit. Zehn Minuten Zeit.«

»Ich werde gleich Herrn Oberstabsarzt verständigen.«

»Völlig unnötig. Ihr Chef hat anderes zu tun. Junge, Sie sind richtig! Wohl noch nie was von der Judenfrage gehört? Wenn ein Kammerjäger kommt und Sie hier von Ihrem Ungeziefer befreit, dann wenden Sie sich doch auch nicht an den Chef. Dafür sind doch Sie zuständig. Ich bin so 'ne Art Oberkammerjäger, was, Roedert?«

Er wandte sich zu seiner Begleitung, die im Vorraum gewartet hatte: »Los, Ausschwirren. Den Mann beischaffen.«

Darauf Hirzel: »Ich muß den Chef holen.«

»Tun Sie, was Sie nicht lassen können, aber tempo presto, wenn ich bitten darf.«

Es vergingen fünf Minuten. Die Besucher waren mit dem Schreibstubengefreiten allein.

»Wie lange ist das Lazarett schon hier?«

»Anderthalb Jahre.«

»Ihr sitzt ganz schön im Speck, scheint mir.«

– »Müder Verein?«

»Nein.«

»Aber fromm in der Wolle gefärbt. Christkatholischen Glaubens sind Sie doch?«

»Nein. Gottgläubig.«

»Gottgläubig? Ja? ›Ggl.‹ steht in Ihrem Soldbuch?«

»Ja.«

»Sieh mal an … Na, eine Schwalbe –«

Nach einer Pause dann: »Wo haben Sie denn ein Führerbild hier?«

»Wir sind schon beim Packen.«

»Ne *gute* Ausrede ist drei Batzen wert, aber so eine faule –«

Er kam mit dem Satz nicht zu Ende. Oberstabsarzt Wieland trat ein, der Hauptfeldwebel, der mit ihm gekommen war, ging an seinen Tisch, nahm einen Schlüssel und gab dem Schreiber ein Zeichen, mit ihm zusammen den Raum zu verlassen.

»Wieland.«

»Kuortis.«

»Roedert.«

»Wir haben hier einen Auftrag. Beschleunigt durchzuführen zur Sicherung der Truppe. Umsiedlungsaktion. Betrifft Volk Israel. Einwände kommen nicht in Betracht.«

Dann, nach einer Pause: »Ganz schöne Kälte heute. Sagen Sie: wäre hier ein Kognak aufzutreiben?«

Doktor Wieland hatte rasch taxiert: Popelige Einbrecher mit Pascha-Allüren. Er bot ihnen keinen Stuhl an, ging aber zur Tür und rief dem Schreiber, der sich im Vorraum aufhielt, zu: »Bringen Sie einen Kognak.«

»Jawohl, Herr Oberstabsarzt, Kognak bringen.«

Kuortis nahm seine Verfügung, den Mordbefehl, von neuem zur Hand. »Es handelt sich bei Ihnen um den Heizer –«

»Es handelt sich um einen Mann, der in diesem Haus absolut unentbehrlich ist. Unersetzlich. Wir haben fünfhundert Verwundete hier. Wenn in unsren Gebäuden die Heizung nicht funktioniert –«

Der Kognak kam; drei Gläser hatte der Gefreite gleich mitgebracht.

»Schenken Sie den Herren ein.«

Kuortis: »Sie trinken nicht mit?«

»Ich bin im Dienst. Ich habe heute einhundertunddrei Zugänge. Schwer- und Sehrschwerverwundete.«

»Ich bedaure. *Wir* wollten Sie nicht stören. Aber Ihr Feldwebel –«

»Der Hauptfeldwebel hat genau nach Vorschrift gehandelt.«

Sie tranken den Kognak, bei dem ihnen niemand Bescheid tat – Wieland brachte kein ›Zum Wohl‹ über die Lippen –, und stellten die Gläser zurück. Mit einer wohlbedachten Gebärde, einer Gebärde, die sich als Versehen zu tarnen wünschte, wischte der Chef beide Gläser vom Tisch.

»Vorsicht. Wehrmachtsgut!« sagte Kuortis. »Ich verstehe. Man will hier nicht mehr aus Gläsern trinken, die von so sündigen Lippen berührt worden sind. Legen wir die Karten offen auf den Tisch, auch wenn wir uns, wie es den Anschein hat, nicht sehr lieben. Herr Chefarzt, ich verstehe, daß Sie den Mann beschäftigt haben. In der Not frißt der Teufel Fliegen, und der Barras nimmt Judendienste an. Aber jetzt ist Schluß. Der Mann – mag sein – *war* für Sie unentbehrlich. Aber wenn nächste Woche der Russe hier in die Nähe kommt – ich sage: wenn! –, dann sind alle diese Leute, soweit wir sie nicht vorher zwei Fuß tiefer angesiedelt haben, Partisanen …, und zwar Partisanen mit Spezialkenntnissen. Dieses Risiko gehen wir nicht ein.«

In diesem Augenblick klopfte es, die Begleitmannschaft trat ein. Sie brachte Stefan – und Schwester Ulrike. Stefan hatte einen Rotkreuzschwesternmantel an, offenkundig Schwester Ulrikes Mantel. Grauer Vogel – und aus welchem Nest gefallen? Schwester Ulrike stand neben Stefan, unbeweglich.

Kuortis ließ seine Leute abtreten, dann zog er, offenkundig entschlossen, die Szene auszuspielen, seine Pistole.

»Das ist also unser Israelit, in dem kein Falsch ist. Oder doch Falsch? Hände hoch! – Jude? – Keine Antwort? Nun, dann müssen wir eben das Fräulein um Auskunft bitten … Neckisch, dieser Mummenschanz. Ein Schwesternmantel als Tarnanzug. Das war noch nicht da. Roedert, was sagen Sie? Man lernt nicht aus. – Jude? habe ich gefragt. – Nicht taub, aber bedauernswerterweise stumm. Nun, das Fräulein hat gewiß – handgreifliche Beweise dafür, daß es keiner von den Gojim ist.«

»Herr –«, Wieland ging einen Schritt auf den Sprecher zu –, »ich verbitte es mir, daß Sie meine Schwestern beleidigen. Diese Schwester ist die Witwe eines gefallenen Offiziers.«

»Die WW? Kennen wir. Die wohlgetröstete Witwe.« (Bei dieser Bemerkung zuckte Schwester Ulrikes Hand. Bis dahin war sie die Ruhe in Person gewesen; nicht steinern, nicht erstarrt, vielmehr wie die Ruhe des ›Tages, der ohne Abend ist‹. Der Chef dachte: wenn sie dem Burschen doch ihre Hand mitten in die Visage schlagen würde. Und dachte: wenn sie nur nicht die Contenance verliert. Schwester Ulrike verlor sie nicht.)

»Hören Sie, Herr Chefarzt, mir noch drei Minuten zu. Ich habe vorhin Ihre Humanitätsflausen entre nous – ich bin ein Gemütsmensch – als … na, als Kinderkrankheit bewertet; die Namensfälschung, die hier offenkundig veranlaßt wurde, interessiert mich nicht; außerdem fälschen wir alle. Aber täuschen Sie sich nicht: wer sich im Ernst gegen unser Ausleseprinzip stellt, den knacken wir … wie eine Laus … sehen Sie: so. Und was Ihre chirurgische Putz- und Flickstunde angeht … das kann ich Ihnen schriftlich geben – ich bin ein Gemütsmensch –: mit dem Kroppzeug, das bei Ihnen da so kreucht und fleucht, mit dem macht der Führer das neue Europa nicht. Mit dem nicht. Das spritzen wir in aller Ruhe –«

Doktor Wieland fiel ihm ins Wort. »Ihr Soldbuch, bitte –« Er war mit zwei Schritten an der Tür: »Hauptfeldwebel Hirzel!«

Hirzel kam.

»Notieren Sie die Personalien –«

Kuortis, nur einen Augenblick lang konsterniert, fing zu lachen an.

»Mein Soldbuch? Nanu? Ach so … mein Soldbuch. Sie sind gut. Aber ja doch. Aber mit dem größten Vergnügen. Beschweren wollen Sie sich? Ich verstehe immer: beschweren … Der Reichsheini wird Ihnen antworten. Persönlich. Postwendend. Das ist ein Übergriff unterer Stellen. Das sind unverantwortliche Redereien. Es wird durchgegriffen werden. Gezeichnet: Himmler, der Heinrich. Unverantwortliche Redereien. Ich will Ihnen sagen, wer bei uns verantwortlich ist. Der Herr Nemo. Niemand. ›Niemand hat mir das Auge ausgestoßen.‹ Sie wissen ja: Homer. Odyssee. Polyphem. Niemand. Gelernt ist gelernt. Griechisch, bei den

Salesianern. Das sitzt.« – Dann: »›Wo ist mein Soldbuch?‹ Haben Sie's zur Kenntnis genommen … Herr … Feldwebel? Geben Sie mir's wieder. So. Bon.«

Unter der Türe dann: »Doswidanja, Herr Chefarzt. Fröhliche Weihnachten allerseits. Und ein spezielles Heil-Hitlerchen Ihren Karbolmäusen. Tut mir leid, gnädige Frau, daß Sie sich anderweitig bemühen müssen. Zieh den Mantel aus, Jude! Zu ulkig. Sankt Martin und sein Mantel. Aber es hat sich ausgemartint. Schluß jetzt. Frisch auf, zum fröhlichen Jagen –«

Er trat ins Freie und schoß in die Luft. Die Wachmannschaft auf dem Lastwagen erstarrte zum Gruß. Stabsarzt Jarisch, der aus einiger Entfernung den Desperado-Aufbruch miterlebt hatte, folgte den Abziehenden durch die Außentür.

Draußen dann. Wann und durch wen hatte der kleine Leib von der Razzia dieses Nachmittags gehört? Wer hatte ihn geheißen, seinem Vater Mantel und Löffel nachzubringen für eine Reise, bei der weder Mantel noch Löffel gebraucht wird? Die Mutter jedenfalls kann es ihm nicht gesagt haben. Sie kam ja erst in dem Augenblick, als der Junge schon auf den Wagen geklettert und von seinem dort oben kauernden Vater erkannt worden war. Das Jüngelchen. Der Augapfel. Dies Kleine und das Ganze – in welchem Buche dies? Im Buch der Fragen ohne Antwort.

XI

Nun nur noch drei Nachträge.

Zuerst ein Stück aus dem Bericht des Hauptfeldwebels.

»Als ich merkte, was hier auf uns zukam, hatte ich für den Augenblick nur zwei Sorgen: wie komme ich – man kann ja nie wissen – an meine Pistole? und: wie bringe ich den Chef dazu, sofort hier zu erscheinen? Die Pistole war in meinem Schreibtisch eingeschlossen, die Burschen standen drei Schritt von mir entfernt. Es war unmöglich, an meine Schublade zu kommen. Und das andere – das war genauso unmöglich: an einem so verrückten Nachmittag bringt kein Mensch den Chef ans Telefon.

Nun, ich ging an den nächsten Apparat, ließ den Chef dringend, dringendst bitten – und wahrhaftig, sein ›Wieland‹ ertönte, zornig natürlich, aber darauf kam es ja jetzt nicht an. Er müsse sofort herüberkommen, sagte ich. ›Sofort? Was heißt: sofort? Sofort kommt jetzt ein Oberschenkel hier hereingefahren, und wegen Ihrer Ruferei kann ich mit dem Händewaschen wieder von vorne anfangen ...‹ Ich sagte: ›Das Überfallkommando.‹ Er: ›Mensch, machen Sie keine Witze.‹ Ich: ›Ich kann es Ihnen nicht erklären, Herr Oberstabsarzt, aber – es muß sein.‹ – ›Auf Ihre Verantwortung, Hauptfeldwebel?‹ sagte er dann ... mit einer Stimme sagte er das, daß es einen fror. Was wollte ich jetzt noch anderes antworten als: ›Auf meine Verantwortung!‹ Auf dem Rückweg ging ich bei Feldwebel Sander vorbei, riß sein Spind auf –, nahm seine Pistole und lud durch – – für alle Fälle.«

Schwester Ulrike sagte mir:

»Es ging um zwei Minuten. Zuerst hatte ich einen Vorsprung. Sie hatten mir ja gestern gesagt, wo Stefan am ehesten zu finden sei. Ich saß am Posttisch, als sie hereinkamen, und konnte mit ein paar Päckchen loskommen, ohne daß es auffiel. Ich war dann auch gleich unten. Laut rufen konnte ich natürlich nicht, aber mit stärkster Flüsterstimme, so was gibt es ja, sagte ich immerfort: Stefan, Stefan. Dann fand ich ihn und erklärte ihm ganz rasch, was geschehen war; aber dann mußte ich ihn fast mit Gewalt von der Stelle bringen. Das mit meinem Mantel: ach, man tut eben irgend etwas. Wenn nur nicht überall dieses Licht gebrannt hätte ... Da kamen zwei von der einen Seite her. Vielleicht wären wir auch dann noch hinausgekommen, aber ich kannte mich ja da unten nicht aus, und Stefan, wissen Sie, Stefan wollte nicht. Zuletzt dachte ich dann noch: vielleicht geht es mit einer frechen Antwort. Die beiden kamen und fragten: ›Was tun Sie denn hier?‹ Und ich, so kaltschnäuzig, wie es ging: ›Das sehen Sie doch. Wir suchen hier eine defekte Stelle. Wenn bei dieser Hundekälte –‹ Aber weiter kam ich nicht. Denn nun sagten sie zu Stefan: ›Und Sie?‹ Ich hatte ihm in der letzten Sekunde noch die Kapuze übergestülpt … aber da war es dann schon aus. Sie riefen ihren dritten Mann, der an einer anderen Stelle gesucht hatte, und nahmen uns zwischen sich hinauf.«

Viel später gab es dann noch ein Zwiegespräch mit dem Chefarzt.

»Damals, der Bandenhäuptling, der uns den Stefan schnappte, wissen Sie noch? Ich habe Ihnen das doch erzählt, wie er in dieses Gelächter ausbrach, als ich ihm sein Soldbuch abverlangte. Was war das für ein Gelächter?«

Ich fragte zurück: »Sie haben den Vorfall damals dann doch noch gemeldet, Herr Wieland?«

»Natürlich. Aber es kam nur der Bescheid. Urschriftlich zurück, da Empfänger nicht zuständig.«

»Also ziemlich genau das, was der Mann vorausgesagt hatte mit seinen Reden von Polyphem. Er kannte seine Pappenheimer, ich meine: seine Oberbanditen. Wie heißt man das? Flucht nach vorn oder so? Sag die Wahrheit – sie wird das Unwahrscheinlichste sein. Aber wie ist das mit dem anderen, mit der Drohung, man werde die Kriegsopfer umbringen, was meinen Sie?«

»Das hat er von sich. Oder gibt es dafür Pläne? Zutrauen würde ich ihnen alles, wirklich alles.«

»Ausmorden: ich habe das Wort einmal gelesen. Ein recht anschauliches Wort, muß ich sagen. Darauf haben sie's angelegt, das Ganze.«

»Hm. Aber selber überleben will auch noch der Massenmörder. Freilich, dieser Kuortis – hieß er nicht so? –, das war ein Vabanquespieler, wie er im Buch steht. ›Himmler, der Heinrich‹ und dieses ›Heil Hitlerchen‹, wissen Sie noch? Da war doch nichts mehr da. Nur diese fiese Attacke auf Schwester Ulrike. Ist es so angelegt in der Welt? Mickrige Reduzierung auf … na ja …«

»Und Macht. Macht an sich. Macht: die Lust des Impotenten. Oder muß man sagen: Erschießungen als Abwechslungen im erotischen Einerlei … kommt es darauf hinaus? Ich weiß es nicht, Herr Doktor, ich weiß es nicht.«

»Herr meines Lebens – entschuldigen Sie, Pastor –: ist das der Mensch?«

»Ich glaube – auch das, Herr Wieland. Das ist er auch.«

Bei diesem Gespräch war der ungarische Sommer um uns; großer Himmel über den Ebenen dort, Zittergras und Taubenflug. In manchem Augenblick sah die Welt wieder nach Frieden aus. Aber die Rote Armee war auch hier nicht sehr weit. Und die eigenen Wölfe, nun ohne Lammpelz, waren uns hierher auf dem Fuße gefolgt. Sie waren wieder bei ihrem Handwerk. Morgen können sie dastehen. Kuortis, Roedert.

XII

An diesem zwanzigsten Dezember aber – um das zuletzt noch zu erzählen – war um sieben Uhr Abendessen im Kasino, wie immer; und wenn es auch bis in die Nacht hinein noch zu tun gab, so waren wir doch jetzt alle beisammen. Es wurde ein schweigsames Abendbrot, Stefan – welches Gesetz mochte hier regieren? –, das war auch heute kein Gesprächsgegenstand für uns; und was jene Pluralgespräche angeht, mit denen die Welt sich die Zeit totschlägt, ›Gespräche über –‹, ›Über *die* Juden‹ etwa, so hätten sie auch in unsrer Tischrunde, das war gewiß, zu keinem anderen Ziel geführt als zu dem, das sie immer erreichen: Babylon. Aber man hütete sich damals vor solchen Gesprächen. Wir taten das Beste, was wir tun konnten – oder: wo nicht das Beste, so doch das nicht ganz Unangemessene – wir schwiegen. Die Vorhänge hier im Saal waren schon abgenommen im Blick auf den Aufbruch, der nun doch wohl unmittelbar bevorstand; durch große

Fenster sah der Nachthimmel herein. Dunkelstarkes Winterblau, später helles Blau, Violett zuletzt: das waren die Farben dieses Nachmittags gewesen. Jetzt waren es gelbe Streifen, die ein noch unsichtbarer Mond auf die Schwärze am Horizont legte. Kein Stern.

»Rotwein, bitte«, sagte der Chef zur Ordonnanz, als ihm ein zweites Mal das Gemüse angeboten wurde, und sein Blick ging zugleich hinüber zu Oberzahlmeister Federlein, der über einen Not- und Festtagsbestand an Wein verfügte. Federlein verstand die Bitte sogleich und gab der Ordonnanz einen Schlüssel. Gläser wurden gebracht, halbhohe, farblose Glasbecher: als allen eingeschenkt war, stand der Chefarzt auf, es schien, als wolle er ein Wort sagen, und wie auf ein geheimes Kommando hin erhoben auch wir uns. Doktor Wieland bewegte seine Lippen, aber es kam kein Wort. So tranken wir denn schweigend: strenges, weltliches Sakrament, das kein Lippenwetzen erlaubte, keine Verrenkungen und kaum einen Blick. Wem tranken wir zu?

Dann setzten wir uns wieder, und auch jetzt mochte keiner das schwarze Totenmahl verstören durch irgendwelche Worte.

Warum habe ich Schwester Ulrike gesagt: Stefan ist der Heizer? Bin ich so mitschuldig geworden an ihrem Rettungsversuch, der jede Rettung vereitelte? Und: was soll nun mir die Kerze, die dem Jüngelchen versprochene, die Kerze für das Fest Chanukka? »Siebzehn« hatte der gerufen, ehe er wieder ins Führerhaus stieg, der Gelbe im Lammfellmantel. Aber hier zählt keine Zahl. Sie heiße tausendmaltausend oder sie heiße eins – nur eins – nur Leib: jede heißt Zerstörung. Rinde wird aufgerissen, die gute Rinde am Baum des Lebens.

Was ist das: das Herz krampft sich zusammen? Ich weiß es seit dieser Abendstunde. Denn eben dieser Krampf drückte mir das Glas, das ich umschlossen hielt, zusammen, die Scherben schnitten sich in drei Finger meiner rechten Hand, und es begann sogleich, wie immer bei mir, heftig zu bluten. Apotheker Jablonski, der mir gegenüber saß, bemerkte es fast gleichzeitig mit mir selbst: »Herr Pfarrer, was machen Sie denn für Sachen? Sind Sie Glasfresser? … Warten Sie, ich habe gerade zufällig da drüben Zeug liegen.«

Er hatte auf einem Nebentisch frisches Verbandmaterial abgelegt. Er brachte das richtige; Doktor Braun, mein Tischnachbar, verband mich: und so, im kleinen Aufruhr des Lebens, ging das seltsame Mahl zu Ende. Der Chef hatte mitten in der Unruhe das Zeichen zum Aufstehen gegeben, nun kam er zu uns herüber und sagte, nach einem Blick auf meine Hand: »Ich muß gleich noch einmal auf meine Station; wenn Sie hier fertig sind, Braun, kommen Sie bitte auch noch hinüber.«

»Wir sind gleich fertig«, sagte Doktor Braun, und ich darauf zum Chef: »Tut mir leid, daß ich den Wirbel verursacht habe. Es muß ein richtiger Krampf in der Hand gewesen sein.«

»Was Wunder«, sagte Doktor Wieland und nickte mir zu.

»So, reverendissime, jetzt wird es halten. Kurz vor Kriegsende ist es wieder heil. Der Spruch paßt ja nicht immer; aber hier, denk ich, wollen wir ihn gelten lassen.«

»Schönen Dank, Herr Braun. Und vielen Dank auch Ihnen, Herr Jablonski. Gut, daß Sie gleich das Verbandzeug da hatten.«

»Aber bittschön. Aber gar kein Wort …«

Stabsarzt Jarisch hatte bei dem Hilfsdienst nur eben zugeschaut. Ich wollte ihm gerade die Hand reichen, die linke nun, zum Gutenachtsagen, da nahm er mich mit einer fast scheuen Bewegung ans Fenster. In das unbestimmte Dunkel schaute er eine gute Weile hinaus, und es war nicht schwer zu erkennen, wohin er blickte. Dann schickte er sich zum Gehen an.

»Haben Sie das gesehen, wie der kleine Junge vorhin auf den Wagen sprang? Und was er für ein hübsches Löffelchen an der Seite stecken hatte, den reinsten Zierdegen hatte er, wie ein Chevalier.«

»Ja«, sagte ich. »Ja, Herr Jarisch, ich habe es gesehen.«

Steglitzer Kindheit 1917

»Sollen wir ihn nicht doch diesmal nach Hause reisen lassen? Er ist zum letzten Mal eine halbe Person für die Bahn.«

Das war die Stimme des Onkels. Was dann kam, verstand ich nicht, erst hatte die Oma etwas gesagt, dann das Aule. Ich war noch nicht in den Schlaf gekommen, es hatte noch Punsch zum Nikolausabend gegeben; ich hatte gebettelt, und sie hatten mich kosten lassen. »Nur kosten«, hatte ich gesagt … es konnte nichts Gefährliches sein, das, was man im vierten Kriegsjahr Punsch nennen mochte; Tee, ein Schuß Rumverschnitt, etwas Rotwein, Zucker oder am Ende auch nur Süßstoff; aber die drei Schlückchen, die ich bekommen hatte, waren doch etwas Besonderes gewesen, ich lag heiß in meinem Bett und schlief noch nicht.

»Er denkt wirklich nicht daran« – das war Omas Stimme noch einmal. »Er hat heute nach Haus geschrieben und die Vakanz mit keinem Wort erwähnt.«

Sie reden von mir. Da muß ich doch selbst … Ich schlüpfte in die Hausschuhe und ging, wie ich war, im Nachthemd hinüber. »Nein, ich möchte nicht nach Haus. Ich möchte an Weihnachten wieder bei euch bleiben. Daheim sind die Kleinen, und das Winzige ist da, und man muß immer still sein. Hier hab ich den Wolf und den Karl-Heinz und den Gustav und den Konrad, und wir hier haben's so schön –«

Vor einer halben Stunde hatte ich gute Nacht gesagt, sie saßen noch an ihren Abendbrotplätzen, nur das Schachbrett stand an Onkels Platz, und das Aule stellte gerade die weißen Figuren auf; die Oma war wieder bei dem grauen Sweater, den sie mir für den Christtag versprochen hatte, ein Buch lag vor ihr, sie las beim Stricken. Wie kann man nur zwei Sachen zugleich tun; hundertmal schon hatte ich ihr dabei zugeschaut; wie machst du das nur?

Sie hatten mich in meiner Nachthemdpracht lachend begrüßt, und die Oma hatte gleich ihre Antwort parat: »Nein, nein, Herzblättle, du mußt gewiß nicht reisen, wenn du's nicht selber willst. Der Onkel hat es nur gut gemeint. Er dachte, du wolltest vielleicht das neue Schwesterle angucken. Aber das siehst du dann im Sommer, da läuft es vielleicht schon. Und du bleibst jetzt bei uns.«

Und nun hatte das Aule ihren eigenen Trumpf: »Nächste Woche holen wir in Tempelhof den Baum, und dies Jahr kannst du uns schon helfen beim Nachhausetragen. Nein, was der Bengel groß geworden ist! Nu schlaf man schön. Gute Nacht. Gute Nacht.«

Das war am 6. Dezember gewesen. Am 10. stand es dann im ›Lokalanzeiger‹, daß vom 12. ab Weihnachtsbäume verkauft werden. »Oma, wann gehen wir? Gehen wir gleich Mittwoch oder erst Sonnabend? Sonnabend sind schon die schönsten weg ... Also Mittwoch.«

Es wurde aber dann doch Sonnabend; für Donnerstag war die letzte große Lateinarbeit vor den Ferien angesetzt, da war der Mittwoch doch nicht ganz das Richtige. »Geduld, Geduld, wenn's Herz auch bricht«, hieß Omas Sprüchlein. Nun gut: Sonnabend. Und heute also Latein. Ich hatte zwei Stunden am Nachmittag für mich repetiert, war früh zu Bett gegangen und ganz früh aufgestanden, die gute Oma hörte mich beim Anziehen noch einmal ab. Nächstes Jahr in Quarta wird mir ihr schönes Französisch zugute kommen; aber recht nützlich ist sie auch jetzt. »Ach, Oma, jetzt kannst du auch noch lateinisch, wo du doch gar kein Latein gelernt hast.«

»Ja, du, ich hab's wirklich nicht gelernt. Aber weißt du, vor zwanzig Jahren, als deine Mutter es ganz spät noch lernen wollte, hab ich sie gerade so abgehört wie jetzt dich – und alles hab ich dann doch nicht wieder vergessen.«

Der Onkel war in dieser Frühstunde schon auf dem Weg in sein Amt, aber das Aule stand bereit, als ich ging, gab mir einen Freundschaftsklaps: »Mach's schön!« sagte sie – und »ich hab dir einen großen Pfefferkuchennikolaus in deine Schulmappe getan, kannst ja deinem Freund was von abgeben in der Pause.«

Ich stieg die vier Treppen hinunter, leise, im Haus wohnten ein paar ältere Herrschaften, die schlafen jetzt noch. Ich dachte nicht an das Latein, sondern an Aules Reisesegen. Ach, gutes Aule … Meinem Freund was abgeben? Das kann sie so genau nicht wissen, wie es wirklich ist, nicht einmal die Oma weiß es richtig. Daß es das nie gab: einen Freund. Immer gab es zwei Freunde oder vier Freunde. Nun ja, Konrad und Gustav, das ging; da gab es keine Schwierigkeiten, aber mit Karl-Heinz und Wolf, da war es mühsam, jeden Tag von neuem. Im Rechenbuch war sie verwahrt, meine Liebesliste, bei Karl-Heinz stand die Eins, bei Wolf die Zwei, aber vor ein paar Tagen hatte ich mit Rotstift geändert, eine rote Eins stand nun vor Wolfs Namen. Mit wem teile ich nun den Nikolaus?

Karl-Heinz war Primus in der Klasse, man hatte seinen Platz nach der Zeugnisnote, ich hatte den Sommer über aus lauter Karl-Heinz-Liebe so ernsthaft gelernt, daß ich nach dem Michaeliszeugnis von meinem Platz 6 auf Platz 2 vorrückte, und nun, o Glück, sein Nebensitzer geworden war; Wolf hatte seinen Platz 5 behauptet, und auf dem Schulweg war er mein Gefährte wie eh und je, und vielleicht war er doch der bessere Freund … wer das so wüßte? Der ernsthaftere Freund war er gewiß. Ich hatte Karl-Heinz um einen Liebesbrief gebeten, ich wollte seine gestochenschöne Handschrift daheim vorzeigen – nie würde ich so schön schreiben können wie er –. Nun hatte ich einen Brief bekommen, und da stand: »Wird schon wieder wer'n / mit der Mutter Bern, / Mit der Mutter Born / is' ja auch gewor'n. Nur die Schmitten – die hat gelitten. In Liebe dein Karl-Heinz.« Aber dann auf dem Heimweg hatte Wolf sich bei mir eingehakt: in der Schadenrute, wo kaum jemand lief, hatte er mich vielmals geküßt, und ich hatte wiedergeküßt.

Die Lateinarbeit war vorbei, vorbei – und schon fast vergessen; jetzt war Pause. Als ich meinen Apfel aus der Mappe holte, sah

Karl-Heinz den Pfefferkuchen. »Na, du, der is aber wirklich zu groß für einen Mann.« Ich wollte gerade für den Freund den Pelzmärtesack abbrechen – aber was ist dann mit Wolf? Karl-Heinz merkte mein Zögern, sagte: »Na, denn nich« – und ging zur Tür. Wolf war wohl schon auf den Hof gegangen. Ich werde dem Wolf den Nikolaus schenken auf dem Nachhauseweg. Aber wie versöhne ich jetzt den Karl-Heinz? Mit einem Rotstift vielleicht? Oder backt das Aule noch einmal Pfefferkuchen?

Schon am Freitag hatte es tüchtig geschneit, und am Sonnabend fiel das Thermometer auf minus zehn Grad. »Da weiß ich einen jungen Herrn, der Wollhandschuhe anzieht«, sagte das Aule. »Und ich weiß einen jungen Herrn, der keine anzieht. Und wer warme Hände von Tempelhof heimbringt, das weiß ich auch.« Den zweiten Sweater freilich ließ ich mir dann doch gefallen und die Pudelmütze auch und so zogen wir los. Bis Schöneberg, Kolonnenstraße, gab es die Elektrische, das Aule hatte eine Kiepe. »Wenn wir noch Zweige bekommen, gehen wir auf dem Heimweg ans Grab«, hörte ich sie sagen. Die Oma hatte in ihrer Tasche die Schnüre für den Baum; Schnüre waren kostbar; alles war kostbar geworden.

Immerhin: Tannenbäume gab es noch, auch in diesem Dezember 17, mitten in dem großen Berlin; die Wälder der Mark und erst recht die von Posen und Pommern waren reiche Nadelwälder. Zu essen können wir ihnen nicht mehr viel geben, gerade noch Kohlrüben und Kartoffeln, und auch die Kartoffeln waren knapp; aber ihren Baum sollen sie haben zum Fest; und in der Zeitung konnte man die beiden Kaisertannen bewundern, die wie jedes Jahr aus Thüringen kamen; eine für das Berliner Schloss, die andere ging nach Spa, ins große Hauptquartier.

Hier nun gab es keine Kaisertannen, aber Bäume genug: Fichten, Rottannen, Weißtannen, Douglastannen, Weymouthskiefern; tausend, zehntausend, ein großer, stiller Wald mitten in der Stadt. Das Schneien hatte aufgehört, die Kälte war geblieben, eine schöne, klare Kälte und ohne bösen Wind. Sie waren keine Bäumeausreißer mehr, die Bäumekäufer hier, und auch die Verkäufer waren zumeist schmale Hungerleider, aber das Lachen war ihnen noch nicht vergangen, und der muntere Spruch kam ihnen schnell über die Zunge. Da und dort sah man kleine Öfchen, und ein paar Drehorgelmänner waren am Werk; die festen Buden aus Friedenszeiten waren nicht abgebrochen, aber zu kaufen gab es nichts mehr. »Da steht ja 'ne ganze Kompanie, gibt's da was?« hörte ich jemanden fragen, und die Antwort hörte ich auch: »Malventee.«

Wir waren an gut einem Dutzend Ständen vorbeigegangen, das Aule war die Flinkste von uns, sie würde den richtigen Baum bald finden. Die Oma blieb vor einer Weißtanne stehen: »Wollen wir die? Was meinst du, Au?« Aber da war schon der schnelle Blick des Verkäufers da, der prüfte uns drei, und eingeordnet waren wir im Hui: »Wenn ick einen Rat jeben darf, die nehmen Se nich ... Dat is für die Stadtmadams, wissen Se, kalte Pracht im Meublemang und so ... Nehmen Se die Fichte da, die steht wie'n Gardeleutnant, wie 'ne Eins, und die hält Ihnen egal bis Dreikönig, stimmt's, oder hab ick recht? Ham' Se Bindfaden? Allemal. Der Steppke trägt se auf seine Mannesschultern nach zu Hause, und die Tante hilft'n bißken. Und noch Jrün extra? Ja, doch ... Zweige jenuch ...«

Wir hatten unsren Baum, er war schon verschnürt, und auch Aules Kiepe war halbvoll; wir liefen wie drei Sieger, die Kälte focht uns nicht an; bei einer kleinen Stehpause streckte ich beiden Frauen meine Hände entgegen: »Wer hat nun warme Hände?«

In der Kolonnenstraße, dort, wo wir auf dem Hinweg ausgestiegen waren, lag – der Zwölf-Apostel-Kirche gerade gegenüber – der große Schöneberger Friedhof; das Tor war noch offen; es war halb fünf geworden, und um fünf wurde im Winter geschlossen.

»Ich geh rasch hinüber«, sagte ich, »gebt mir die Zweige, ihr könnt euch ja inzwischen in der Vorhalle da ein bißchen aufwärmen.«

»Sollen wir nicht mitkommen?« fragte das Aule.

»Nein, bleibt nur – ich finde es gleich.«

Das rötliche Porphyrkreuz – ich werde es gewiß finden. Da steht mein Name, der Nachname, niemand sonst heißt hier so. Das »fecisti« auf der Rückseite des Kreuzes, das kann ich nun übersetzen. Bei dieser Vokabel mach' ich sicher nie mehr im Leben etwas falsch: facio, feci, factum, facere, machen, schaffen; »Fecisti nos ad Te«.

Würde sie vielleicht lächeln oder gar lachen, wenn ich es so gut kann, gerade dies nun, beim Abhören? Und abhören würde sie mich sicher; recht energisch sei sie zuzeiten gewesen, hat man mir erzählt.

Ich verteilte die Zweige, so gut ich konnte, über die Efeudecke am Grab und ging rasch zurück.

»Hast du's gleich gefunden?«

»O ja, und es sieht jetzt recht schön aus. Ein Chrysanthemenstock stand da, der war schon ein bißchen verwelkt.«

Unsere Bahn kam bald; auf die Vorderplattform des Anhängers konnten wir unsren Baum stellen; die Frauen sprachen über den Chrysanthemenstock, ich horchte weiter nicht hin. »Fecisti nos ad Te« – das wollte mir nicht aus dem Sinn.

In Steglitz waren es nur ein paar hundert Schritte bis zur Wohnung in der Holsteinischen Straße, und Leute mit Christbäumen fielen an diesem Tag nicht groß auf. Ich bekam ein Lob für meine Hilfe, aber dann sagte das Aule: »Jetzt trage ich ihn lieber rasch allein auf den Boden hinauf, sonst kommt uns die Beltermannsche in die Quere; die denkt dann, der Baum nadelt gleich, und meint, sie müsse jede Nadel vom Treppenläufer holen.«

Sie nahm den Baum und stieg die Treppen hinauf, aber Frau Beltermann hatte durch den »Spion« schon genug gesehen, und wir zwei Nachzügler, die Oma und ich, entkamen ihr nicht.

»Jungchen, was haste rote Backen! In Tempelhof warste? Beim Baumholen? Tüchtig. Nee, Frau Professor, ick habe keinen Baum

… das lohnt nich. Mein Kuno kriegt ‘n Knochen mit tüchtig was dran, das is mein Heiligabend. Gott, Frau Professor, wenn doch der Kriech mal alle würde. Nu vier Jahre und kein Ende … Hat Ihre Au mitgeholt? Ihre Au … also ich muß immer sagen, so was wie Ihre Au, das gibt's doch nicht. Wie lange is se nu bei Ihnen? Fünfzehn Jahre. Und wenn ich denke … die schwere Zeit, bei Frau Pastors Tod … Kuno, sei still … ick komme ja schon. Ja doch … Recht schönen Abend, Frau Professor.«

Sonntagmorgenfrühstück. Der Onkel war nur an diesem Tag auch zum Frühstück bei uns, und da war er, festtagsvergnügt, nicht selten der Mann der schönen Überraschungen. Nichts von Schwadronieren; er war ein schweigsamer Mann. Eine Stunde oder länger konnte er einem am Schachbrett gegenübersitzen, und dann hörte man schließlich ein einziges Wort von ihm, und das hieß »matt«. Lächeln war bei diesem »matt«, und fast eine Entschuldigung. Der Uhrenonkel war er zudem; Uhren waren seine Passion, drüben standen ihrer fünf, zwei aparte Regulatoruhren dabei, und er prüfte zuweilen ihre Sekundengenauigkeit. Zur Sternwarte nach Treptow durfte ich mit ihm fahren, und auf dem Steglitzer Balkon hielten wir miteinander die verschiebbare Sternkarte, es war dunkel genug, um hier oben gut beobachten zu können, und ich lernte: Bär und Schwan und Drachen und Leier.

»Ich habe euch etwas mitgebracht«, fing er an und legte vier Konzertkarten auf den Tisch. Ich griff danach und las vor: »Singakademie, 17. Dezember, Johann Sebastian Bach, Das Weihnachtsoratorium.«

Zuerst waren wir alle stumm, er hatte vorher kein Wort von seinem Plan verraten; die Überraschung sollte gelingen – und *wie* sie gelungen war.

Das hurtige Aule wußte zuerst ein Wort: »Nu' brat' mir eener 'n Storch und die Beene recht knusprig«, sagte sie, und dabei wischte sie sich eine Träne aus den Augen.

Und dann die Oma: »Ach, Otto, das ist ja wunderbar. Wo der Go jetzt gerade so mitten drin ist … in seiner Musik.«

Ich ging auf den Onkel zu, küßte ins Rotbärtig-Stachlige hinein, und das »Danke, Onkel Otto« kam mir aus der Seele.

Der Onkel ging zum Notenschrank. »Ich meine immer, es müsse bei den Noten etwas vom Weihnachtsoratorium sein, ›Großer Gott und starker König‹ hat der Vater oft gesungen, ich höre es noch.«

»Bei den gedruckten Noten, Onkel, wird nichts sein, die habe ich alle schon ziemlich genau angeschaut; nur die hektographierten, die Oma in ihrem Schrank hat, kenn' ich noch nicht.«

»Dann schau doch bitte du einmal nach, Mamachen, es wäre doch hübsch, wenn der Junge gleich noch vor dem Konzert ein bißchen ausprobieren könnte.«

Ausprobieren: ich wollte nichts lieber als all' und jedes ausprobieren, den ›Archibald Douglas‹ und das »Keine Ruh bei Tag und Nacht«, und nun also, wenn es sein kann: »Großer Herr und starker König«.

Und wirklich fand sich's. Die Oma brachte ein recht vergilbtes Konvolut ›Kantate zum ersten Weihnachtstage‹. Der Großvater hatte seinen Namen, oben links, eingetragen, und 1895 hinzugefügt; die Handschrift kannte ich gut, oft schon hatte ich's versucht, das kleine »z«, das in seinem Nachnamen vorkam, so elegant zu schreiben, wie es dastand. Der Großvater, vor meiner Zeit schon gestorben, gehörte fast in die Legende; nur sein Bild über Omas Bett hatte ich oft studiert, und wenn ich meine wilden Rechnereien trieb mit den Primzahlen bis tausend, den Quadratwurzeln und den Billionen bei den Lichtjahren, dann sagte sie manchmal: »Das hat er nun wirklich nicht gestohlen, sondern geerbt.«

Bei der Baßarie vom »großen Herrn« entdecke ich allerlei Atemzeichen mit Bleistift eingefügt; die hat der Großvater also ernsthaft geübt.

Ausprobieren – und am besten gleich. Ich blättere auf; gar sc schwarz sieht es nicht aus, das Notenbild; und D-Dur, das müßte doch ungefähr gehen; und so schlug ich's denn an.

Sie hatten mich allein gelassen, nun durften mir getrost einige Fehler passieren, genug, daß man von ferne merkt, was komponiert ist, und auch, wie es im ganzen klingen soll. »Tromba« und »Flauto« war vermerkt; dreißig hurtige Takte, große Läufe – und dann dies, hier zum ersten Mal: »Jauchzet, frohlocket, auf, preiset die Tage!«

Der Montag war ein Tag wie alle Tage gewesen, aber am Dienstag gab es auch im Gymnasium Anzeichen dafür, daß Weihnachten nicht mehr ganz fern war. Gleich in der ersten Stunde, im Latein, fragte der Ordinarius, wer aus der Quinta sich zutraue, bei der Schulweihnachtsfeier ein Stück biblischen Text ordentlich aufzusagen.

Ich sah zu Karl-Heinz hinüber und zu Wolf, aber beide meldeten sich nicht; Gustav hatte sich gemeldet, und zögernd kam da noch Lohmanns Hand; ich dachte an meinen Bach und streckte zuletzt noch den Arm hinauf. »Gut, die drei. Ihr bekommt dann Bescheid, wen der Herr Direktor bestimmt.«

Das war zunächst alles. Aber dann, im Zeichnen, bei Herrn Labude, geschah es, daß die Schmetterlingskästen nicht mitgebracht wurden und auch die Käfer nicht. Woche um Woche hatten wir sie zeichnen und malen müssen; die Schwalbenschwänze, Tagpfauenauge, Fuchs, Admiral und Apollo, den Adonisbläuling und den Kaisermantel, Marienkäfer, Hirsch- und Rüsselkäfer dazu. Sogar ich, der hier gar nichts konnte, verstand mich alsgemach auf Zacken, Tupfer und kleine Panzerrillen.

»Jetzt ist ja bald Weihnachten«, sagte Herr Labude, der Mann im braunen Samtrock, »ihr könntet heute einmal aus dem Kopf malen oder zeichnen, irgend etwas Weihnachtliches, was euch Spaß macht –.«

Ein ›Oh‹ ging durchs Klassenzimmer, und wir zückten unsre Buntstifte oder die Pinsel.

»Was machst du?« fragte ich zu Karl-Heinz hin.

»Ich male unsren Christbaum; so, wie ich ihn gern hätte.«

»Ich mache den Christbaummarkt vom Tempelhofer Feld.« – »Na, du … dann: viel Glück.«

Viel Glück. Gut, ich werde viel Glück brauchen. Glück und Grün. Grün mit Schwarz, Grün mit Blau, Grün mit Weiß. Ich fing an zu mischen; nun hatte ich drei Näpfchen, nun könnte es angehen. Aber da packte mich's wie einen ein Traum packt, was: ein Traum, ein Rausch. Ich sah. Ich sah die hundert, die tausend Tannen, ich sah sie nicht mehr; ich sah den dunklen Wald in diesem Nachmittagslicht, ein grünes Überall. Die Tannenspitzen freilich, dieses Zacke bei Zacke, da mußte man deutlich sehen: Tannen. Jetzt noch die Besucher. Wie malt man den Menschen auf so einem Bild? Grau? Nein, nicht grau. Rot vielleicht … ja. Rot können sie sein, die Mäntel, die Mützen; die Schuhe werden schwarz. Und wie war der Himmel? Seidenweiß. Und eine Sonne war da, wintergelb, eine untergehende Sonne. Wo nur stand die Sonne? Einen weißen Fleck unten spare ich aus. Soll ich dahin »pinxit« schreiben? Nein, »pinxit« ist Angeberei … ich bin ja nicht … wie heißen die Maler? Ganz klein und zierlich in Orange den Namen, der Name muß ja angegeben werden. Einen Augenblick Pause dann. Ich sah zu Karl-Heinz hinüber, der hantierte soeben mit Silber und Gold. »Noch so'n bißchen Weihnachtsklimbim«, sagte er. Er sah zu meinem grünen Überschwang her. »Hör mal, du gehst ja ran wie Blücher …« Aber da hieß es auch schon: »zum Schluss kommen« und dann »einsammeln«.

In der vierten Stunde war Rechnen: aber der Mathematiklehrer war offenbar krank; es kam ein ganz junger Stellvertreter, ein Assessor oder ein Referendar, der uns nicht kannte. Er war aber recht forsch, und wir waren keine schwierige Klasse; wir waren wohl eher eine lammfromme Quinta, und er selbst hatte sich offenbar gut erkundigt und vorbereitet, es ging alles nach Wunsch. »Nun noch eine kleine Textaufgabe«, sagte er; es war schon gegen Ende der Stunde, »sie ist nicht schwer. Schreibt nur das Wichtigste auf:

Fünfzehn Arbeiter sind täglich acht Stunden in einem Werk beschäftigt. In der zweiten Woche werden gleichzeitig drei Arbeiter krank. Um wieviel muß die Arbeitszeit erhöht werden, um das gleiche Pensum zu schaffen? In der dritten Woche stellt der Unternehmer zusätzlich zu allen anfangs Verpflichteten drei Arbeiter ein. Jetzt kann die Arbeitszeit für alle verkürzt werden. Um wieviel darf sie verkürzt werden? Zwei Fragen, zwei Lösungen; ihr habt fünf Minuten Zeit.«

Ich hatte – solche Fragen waren ja nach meinem Herzen – genau zugehört. Das ist ja leicht. Es sind hundertzwanzig Arbeitsstunden. Sind nur noch zwölf Leute da, so müssen sie täglich zehn statt acht Stunden arbeiten. Sind dann achtzehn bei der Arbeit, so genügen: 120 : 18, 6 Rest 12, 12/18, das sind 2/3.

So weit war ich mit meiner Rechnerei, da traf mich der Blick des Referendars. Ich hatte wohl meinen Rechenkopf nur so in die Luft gestreckt und auf kein Papier geachtet.

»Wie ist das mit dem Blonden in der letzten Bank? Ja, dich mein' ich …«

»Ich hab's gleich. In der zweiten Woche müssen sie zwei Stunden länger arbeiten, in der dritten eine Stunde und zwanzig Minuten weniger.«

»Das ist richtig. Zeig' mir die Lösung.«

»Ich habe nichts geschrieben. Ich habe nur so im Kopf gerechnet.«

»Er rechnet immer nur im Kopf«, sagte jetzt Lohmann, der vor mir saß.

»So? Im Kopf. Na schön, dann –«

Das Klingelzeichen machte den Schluß. Es war noch einmal eine Fünf-Minuten-Pause, in der man im Zimmer blieb. Herr Labude kam herein, einen Stoß Zeichenblätter in der Hand.

»Ich habe eure Zeichnungen gleich korrigiert. Ein paar sind sehr hübsch. Ihr könnt sie nach Hause mitnehmen und vielleicht noch ein bißchen vervollständigen. Könnt sie ja euren Leuten auf den Tisch legen. Schöne Feiertage.«

Zwei aus der Klasse hatten gleich mit Eifer das Blätterbündel ergriffen und teilten nun aus. Ich stand bei Karl-Heinz, als er sein Blatt zurückbekam: es war, geradezu ziseliert, ein Christbaum mit silbernem und goldenem Gehänge, Äpfel, Engel und ein Brummkreisel in Dunkelrot, aufs schönste schattiert, und natürlich stand die »Eins« darunter; Karl-Heinz schien sich kaum darum zu kümmern. Jetzt kam auch mein grünes Wildgebilde zu mir zurück. Ich las: »Können ungenügend, Phantasie groß. Immerhin noch vier plus.« Das werde ich gewiß niemandem unter den Weihnachtsbaum legen; der Oma nicht, dem Onkel nicht, auch dem Aule nicht. Aber in drei Tagen ist Weihnachtsoratorium, und heute mittag probiere ich weiter.

Nach Tisch war ich bis in den Abend allein; ich konnte laut spielen und Fehler machen nach Belieben. Den Eingangschor freilich, den gab ich bald auf, und das erste Rezitativ überschlug ich zunächst, das kommt noch dran. »Nun wird mein liebster Bräutigam«, das wird gehen – und jetzt kommt a-Moll; a-Moll liebe ich sehr. Ich muß probieren. Es geht wie eine Partita, legato und streng. Noch einmal: »Bereite dich, Zion –.« Und jetzt geht es nach C-Dur hinüber, ganz zärtlich; natürlich zärtlich: »Deine Wangen / müssen heut viel schöner prangen …« Und nun der erste Choral. Aber da kam Lisbeth von unten im Haus, sie hatte Noten bei sich. »Begleitest du mich ein bißchen? Ich muß noch für unsre Bescherung zwei Lieder lernen.«

»Was ist es?«

»Bach.«

»Ach, du hast auch Bach.«

Ich zeigte ihr mein Heft, schlug das »Es begab sich aber« auf und sagte »Sing!«

»Das ist für eine Männerstimme.«

»Nein, das muß jeder singen können.«

Ich hielt die Akkorde aus und spielte die Singstimme mit, und wir sangen es zu zweit: »daß ein Gebot von dem Kaiser Augusto ausging«.

»Ich muß das nämlich vielleicht aufsagen bei unsrer Schulfeier –«

»Gut. Aber jetzt meine Lieder.«

»Ich steh an deiner Krippen hier.« – »Du, das ist c-Moll; das kann ich nicht so vom Blatt spielen. Aber ich üb' es nachher. Bis morgen kann ich's.«

»Gut; bis morgen.«

Lisbeth ging, und ich probierte noch einmal den Text von vorhin; »auf daß er sich schätzen ließe mit Maria, seinem vertrauten Weibe, die war schwanger«.

Schwanger. Ich war ja ein großer Leserich und las kreuz und quer durch die Bücher, die da waren; aber weder in der ›Maria Stuart‹ noch in ›Archibald Douglas‹ kam das Wort vor, ich wußte es wirklich nicht. Die Lisbeth vorhin hätte ich fragen können. Ich werde die Oma heute abend fragen.

»Oma, was heißt: ›die war schwanger‹?«

Die Oma gab Auskunft. Ich weiß nicht mehr, was sie sagte. Doch war es so, daß ich nicht weiter fragen mußte. Und so sang ich's denn am nächsten Tag von neuem, den Lerntext in Bachs Melodie: »Da machte sich auf / auch Joseph aus Galiläa –«

Siebzehnter Dezember. Singakademie. Jetzt war alles wichtig. Was ziehen wir an? Wie kommen wir hin? Nehme ich die Noten mit? Nein, die Noten nehme ich nicht mit. Ich habe ja nur die ›Kantate am ersten Weihnachtsfeiertage‹ – und heute gibt es sechs. Sie werden – das wußte der Onkel – nicht alle Arien singen, aber die Chöre, die Choräle und das Evangelium.

Die Oma hatte ihr gutes Schwarzes an; das Aule geht in Dunkelblau, der Onkel in einem dunkelgrauen Anzug, der nur an ganz besonderen Tagen aus dem Schrank kommt, und das ist ein besonderer Tag; für mich ist er das gewiß: mein erstes Konzert. Ich trage meine weiße Matrosenbluse mit dem schwarzen Schlips, und heute auch die Schülermütze; Schülermützen werden genug in der Garderobe hängen; weiß, grün und blau, gewiß. Braune

Quintanermützen vielleicht nur wenige ... wer wird schon mit zehn in das Weihnachtsoratorium mitgenommen?

Schon am Kupfergraben waren wir so selbdritt, ich neben zwei Sekundanern, der Jüngste; so ein Kleiner, ein Knirps in kurzen Hosen, immerhin der einzige mit der goldenen Litze am Mützenrand, das Gold war unser Gymnasiastenstolz. Auch mein Mantel wurde heute eingeweiht; er stammte zwar vom Charlottenburger Vetter, aber die schönen Knöpfe waren nagelneu.

Wir saßen auf der Empore, sehr weit vom Podium entfernt, aber man konnte alles übersehen: die zwei Pauken standen da, und zwei Kontrabässe lehnten an ihren Stühlen wie kleine Elefanten. Vom Orchester war noch niemand da, nur einige Chorsänger, alle in Schwarz, die Männer und die Frauen. Aber nach ein paar Minuten kamen sie alle, die Sänger und die Spieler, sie kamen aus zwei Seitentüren, die Geiger, die Cellisten, die Holzbläser und die Trompeter. Es wurde gestimmt. Ein Durcheinander war es; wie hören sie da nur ihren eigenen Ton? Ein Flötenlauf wurde probiert. Der Onkel wußte Bescheid und erklärte mir's. »Das sind Oboen ... das braune Ding heißt Fagott ... und die kleinen Trompeten geben die höchsten Töne; paß auf, die werden dir sehr gefallen.«

Jetzt saßen sie alle. »Der erste Geiger da vorn heißt Konzertmeister. Er ist ein berühmter Mann«, sagte der Onkel gerade noch; da ging die eine Seitentüre von neuem auf, und der Dirigent kam mit den vier Solisten; die beiden Frauen führten an; ihre Gesichter konnte ich nicht erkennen, aber die langen silbergrauen Kleider, die sie beide trugen, gefielen mir gleich. »Machen die das miteinander aus, wie man sich anzieht?« – »Wahrscheinlich.«

Der Dirigent verbeugte sich zu uns her, und wir klatschten; dem Geiger vorn, dem berühmten Mann, gab er die Hand. Aber nun stand er schon oben an seinem Pult, in die Rechte nahm er den Taktstock, mit der Linken machte er eine Gebärde, wie wenn er Wasser schöpfen wollte: das war das Zeichen für den Chor, der sich lautlos erhob. Die beiden Arme waren in die Höhe gestreckt, der Taktstock senkte sich, und da hörten wir auch schon den ersten Paukenschlag. Es gab die fallenden Kaskaden und die aufsteigenden Stürme, Flöten, Trompeten, alle Instrumente jetzt, zehn, zwanzig, dreißig Takte lang und dann – langerwartet, aber zuerst klang es seltsam dunkel und gedämpft: »Jauchzet, frohlokket« – danach eine kleine Pause und dann: »Auf, preiset die Tage!«; aber dann fing es von neuem an, und nun war es ganz: »Jauchzet«; und dann kam dies: »Rühmet, was heute der Höchste getan«; und dann kam eine seltsame Trillerjagd, eine Beschwörung kam, Bitte und Befehle: »Lasset das Zagen, verbannet die Klage …« Und plötzlich wurde Friedensstille, die Trompeten setzten aus: »Dienet dem Höchsten mit herrlichen Chören«: Große Flügeltüren waren offen in einem Saal, und da traten sie mit ihren Geschenken ein: »Laßt uns den Namen des Herrschers verehren«.

Jetzt: Stille. Und der Evangelist steht auf und singt den Anfang der heiligen Geschichte: »Es begab sich aber –«.

Das ist, wenn ich genommen werde, mein Abschnitt, ich kann ihn schon ganz sicher und könnte mich gleich aufs Podium stellen, aber so singen, wie der Sänger ihn da singt, das könnte ich nun gewiß nicht. »In seine Stadt«, singt er, und bei dem hohen Ton sieht man sogleich diese Stadt, und dann singt er »Joseph«, wieder mit einem hohen Ton, und man sieht den, der einen weiten Weg vor sich hat.

Der Tenor setzt sich, die Altistin steht auf: »Nun wird mein liebster Bräutigam –«. Das ist, ich merke es gleich, eine sehr schöne, dunkle Stimme, aber so recht passe ich nicht auf sie auf: aufpassen muß ich auf die Oboen, die jetzt begleiten, und da fängt eine Liebesgeschichte an: der Oboenton, der bittersüße Ton, trifft mich ins Herz, und sie, die Oboe, diese Amaryllis unter den Instrumenten, die wird von dieser Stunde an geliebt sein – und für immer. Hör nicht auf, denke ich bei jedem Ton. Und sie hört nicht auf, und jetzt höre ich auch die Stimme und verstehe das Wort: »Bereite dich, Zion«.

Und es folgt der erste Choral. Die Melodie kannte ich seit langem schon; ich war kein Kirchenkind, aber das kleine Choralbuch lag griffbereit auf dem Klavier in Steglitz, und sonntagabends wurde fast immer ein Weilchen gespielt. Die Oma sang manchmal mit, und das Jahr hat fünfzig Sonntage, da kommt man ziemlich weit; auch ist das Auswendiglernen nichts als ein reines Vergnügen: »Wie soll ich dich empfangen, / und wie begegn' ich dir?«; aber da haben sie einen kleinwinzigen Schnörkel zu singen, im Sopran, nur zwei Sechzehntel lang »begegn' ich dir« und nachher »Seele Zier«; das ist so zärtlich und so traurig in einem, ich muß nach Omas Hand greifen.

Eine Weile hatten die Trompeten Ruhe, aber jetzt sind sie wieder zur Stelle, der Onkel, der links neben mir sitzt, flüstert: »Jetzt kommt das ›Großer Herr‹, das der Großvater so gern gesungen hat«, und der Bassist sang es richtig. Mit großer Pracht die gewaltigen, die majestätischen Stellen, und ganz behutsam dann dies: »muß in harter Krippe schlafen …«

Und nun waren wir mitten in der Weihnacht; es gab die Hirtenschalmei und den Engelsreigen, die Sopranistin durfte mit ganz hoher, heller Stimme die Botschaft bringen, und gleich danach kam der Chor, »die Menge der himmlischen Heerscharen«; und da konnte man kaum still auf seinem Platz sitzen bleiben, wie das nun über einem zusammenschlug: »Ehre sei Gott in der Höhe«. Bei dem »Frieden auf Erden« sah ich die Oma an, und sie nickte mir zu; es war plötzlich ganz still, aber nur einen Augenblick lang war es ganz still, und dann brach es von neuem hervor, wie ein Sturmwind war das; wie ein Meersturm: »und den Menschen ein Wohlgefallen …«

Wohlgefallen. Ich mußte an einen aus meiner Klasse denken, an Armin von Berg, den einzigen Adligen bei uns; ich mochte ihn, und wir alle hatten ihn gerne, aber er mochte uns nicht. Er hatte nach dem Soldatentod seines Vaters das Lachen verlernt und strit mit uns in der Pause. Wir hätten alle keinen Schneid, sagte er, und er, er müsse seinen Vater rächen. Neulich hatte er sich zu Beginn der Geschichtsstunde gemeldet: man müsse das einführen, daß die Klasse aufstehe und im Chor »Gott strafe England« rufe. Der Lehrer sah ihn erschrocken an: »Hat dich jemand beauftragt, das hier so zu sagen?« fragte er. »Nein, ich habe es von mir … nur von mir.«

Ich dachte an den Armin. Es wäre schön, wenn er das hier hören würde: »und den Menschen ein Wohlgefallen«.

Es ging noch lange weiter, und ein bißchen wußte ich ja, was noch alles kommen könnte; der Stern wird noch kommen, und über den muß ich den Onkel morgen befragen, und die Weisen aus dem Morgenland und der König Herodes. Einmal kam etwas Lustiges, ein Echo, und auch da werde ich den Onkel fragen, ob es auch so zugehe bei dem Echo im Harz, von dem er berichtet hatte.

Man möchte nichts verpassen an diesem Abend, aber plötzlich ertappe ich mich dabei, daß ich nicht aufgemerkt habe. Ich hatte ein Weilchen geträumt. Nun, Träumen ist nicht verboten, aber ich muß zuhören. Da kommt das mit dem Stern. Ich habe auf dem Programm den Text in der Hand, und ein wenig vorauslesen kann man ja auch; aber der Text ist eines, und die Musik ein anderes, und die ist noch über dem Text. O ja, mein Leben lang werde ich nicht vergessen, wie das so kam: »Wo, wo, wo ist der neugeborne König der Juden?«: Da sieht man sie laufen, die Weisen, hurtig und ungeduldig und zielsicher schon: »Wir haben seinen Stern gesehen«, und dann nicht mehr ungeduldig, sondern nur noch froh: »und sind kommen, ihn anzubeten.«

Jetzt fiel mir auch mein Heft ein, das Geheimheft, das ich seit einem Jahr führte, nur für mich allein. Auf das Etikett habe ich geschrieben: ›Schöne Wörter‹. Es waren Wörter, die mir vom Klang her oder einer besonderen Zusammensetzung halber so gefallen hatten, daß ich sie sammeln wollte. »Goldwolke« war so ein Wort und »Lilienstrauß« und »Margarete«. Niemand durfte das Heft sehen; auch Wolf nicht, der es wohl am ehesten verstanden hätte. Karl-Heinz hätte gesagt: »Is ja ulkig, dein Heft, und du bist schon eine ulkige Nudel.« Jetzt, heute abend, hatte ich drei neue Wörter für mein Heft. »Morgenlicht« werde ich eintragen, und »Herzensstube«, und dann muß ich »schlafe« schreiben, aber das schreibe ich dann so, wie es vorhin die dunkle Stimme gesungen hat. »Schlaaafe, mein Liebster, genieße der Ruh«: Mit drei »a« werde ich es schreiben, und dahinter soll stehen ›Weihnachtsoratorium‹ und das Datum vom heutigen Tag.

Zuletzt, ich war nun doch ein wenig müde geworden, kamen die Trompeten noch einmal, und jetzt waren es wirklich blitzende Fanfaren, und der Chorsatz war ein einziges Siegesfest: »Bei Gott hat seine Stelle / das menschliche Geschlecht«.

Wir holten unsre Sachen und liefen wieder zur Station Bellevue, es hatte zu schneien begonnen. Viel sprechen mochten wir im Schneetreiben nicht; nicht viel mehr als »Schön war's«. Das Aule lobte: »Du mußt ja toll müde sein von soviel Aufpassen.« In der Bahn gab es aus Omas Tasche ein Bonbon für jeden, und ein Bonbon war in diesem Berliner Dezember so selten wie ein fünfblättriges Kleeblatt.

Meine Werktagssachen hatte ich vor dem Konzert zurechtgelegt; du bist allein groß, hatte es immer schon geheißen. Nun gut; und auch meinen Stundenplan konnte ich noch im Halbschlaf sagen: Latein, Geschichte, Religion, Erdkunde; das wird ein Schultag wie alle Tage; es kann ja nicht immer so weitergehen wie heute abend.

Aber ganz alltäglich ging es dann doch nicht weiter am anderen Morgen. Am Schwarzen Brett war das Programm der Weihnachtsfeier angeschlagen. »Rezitationen« hieß es an dritter Stelle. Prima zuerst, dann untereinander gesetzt Quinta, Quarta, Obertertia. Das war in Kunstschrift geschrieben; dahinter aber waren von anderer Hand die Namen der Sprecher eingetragen; es war, ich wußte es, die Handschrift des Direktors; und mit Dreiviertelsfreude und mit Einviertelsangst las ich hinter dem Wort »Quinta« nun meinen Namen.

»Wo gehst du zur Schule?« fragte man mich da und dort, und wenn ich antwortete »in das Steglitzer Gymnasium«, so gab es zuweilen ein respektvolles »Oh«; das hatte ich schon in der Sexta gemerkt. Es war also eine anspruchsvolle Schule, und so mußte denn auch die Weihnachtsfeier anspruchsvoll sein. Drei Primaner mußten den Introitus der Alten Kirche aus dem ›Buch Weisheit‹ aufsagen, nacheinander in griechischer, lateinischer und deutscher Sprache; wir Jüngeren teilten uns in die Weihnachtsgeschichte nach Lukas, dann gab es ein paar Gedichte, Luther vielleicht und Paul Gerhardt und den Angelus Silesius. In der Ansprache des Direktors ging es nicht um seine Majestät den Kaiser, um Krieg und Sieg; freilich auch nicht um Christus in Bethlehem, sondern um den Menschen und seine Pflicht; einer aus Quinta, der aufpassen wollte – und ich wollte wohl aufpassen –, ging nicht leer aus.

Die Jüngsten mit ein paar Sextanern zusammen waren der Knabenchor, aus den Oberklassen waren ein paar Geiger und zwei Flötisten geholt worden. Wir, die Sprecher, saßen auf der Estrade: ich konnte meinen Text und wußte, daß ich ihn konnte; aber Lampenfieber hatte ich freilich doch. Die Primaner standen schon. Wundervoll klang das: »ho pantodynamos su logos ap uranon / ek thronon basileion«. Ich muß mir den Primaner merken, der das gesprochen hat. Ich muß ihn nachher anreden und um diesen Text bitten – für meine »schönen Wörter« vielleicht … Das Latein, das nun folgte, verstand ich so ziemlich: »Omnipotens sermo tuus, Domine, de caelis a / regalibus sedibus venit« und im Deutschen hieß es: »Denn als alles still war und ruhte, / und eben recht Mitternacht war, fuhr dein allmächtiges Wort vom Himmel herab, vom königlichen Thron.«

Ich horchte dem nach: »herab vom königlichen Thron«, und merkte gar nicht, daß ich ja jetzt an der Reihe war. Mein Nebensitzer gab mir einen kleinen Puff, eine Viertelminute zu spät stand ich auf; einige aus den ersten Reihen da unten lächelten, ich sah es wohl. Und nun sprach ich meinen Lukas-Zwei-Anfang; aber ich war nicht hier in der Aula, ich war in der Singakademie, und so sagte ich denn »vom Kaiser Augusto«, und sagte »geschätzet würde«; bei »in seine Stadt« ging ich mit der Stimme in die Höhe, und ganz hell klang mein »Joseph« ... dann kam dies: »Mit Maria, seinem vertrauten Weibe, die war schwanger«. Ich sang nicht, nein, ich sang wirklich nicht; aber Bach hatte es so völlig über mich gewonnen, daß es wie Gesang erscheinen mußte. »Und als sie daselbst waren, kam die Zeit, daß sie gebären sollte.«

Da war ich fertig; der aus der Quarta neben mir fuhr fort, und da kam dann dies: »Denn sie hatten sonst keinen Raum in der Herberge ...«

Danach gab es noch ein wenig Musik; nur gerade Dreiviertelstunden hatte die Feier gedauert. Wir mußten, so war es angeordnet, noch in unsre Klassenzimmer zurück, der Ordinarius wollte uns dort verabschieden. Alles lief auseinander, aber ich fand meinen Primaner gerade noch. Wie redete man ihn an? »Könntest du« – »Könnten Sie ...« – »Könnten Sie mir nicht den griechischen Text, den Sie aufgesagt haben, auf ein Blatt schreiben?«

»Du bist aus Quinta?«

»Ja.«

»Da kannst du noch gar kein Griechisch!«

»Ich lerne es bald.«

»Ich schreibe dir's in lateinischen Schriftzeichen auf, dann hast du den Tonfall, den möchtest du doch.«

»Ja, den möchte ich.«

»Ich bring es dir nach den Ferien mit, abgemacht?«

»Abgemacht. Und danke schön. Vielen Dank. Ich heiße –«

»Ich finde dich schon.«

Ein wenig hatte ich mich verspätet durch das Gespräch. Sie waren alle schon im Klassenzimmer, nur der Ordinarius fehlte noch. Sie saßen nicht an ihren Plätzen; alles stand herum, man packte seine Sachen, der Ordner wischte noch die Tafel, in der Frühe war noch Naturkunde gewesen, die bunten Kreiden waren einzusammeln.

Auf meinem Platz lag ein weißes Blatt; darauf stand mit Rotstift in Großbuchstaben geschrieben: DIE WAR SCHWANGER. Das »Die« war mit grünem Stift durchgestrichen, ein DER darübergesetzt, und mit gelbem Stift hatte man noch ein Fragezeichen dazugekritzelt.

Einer aus der Klasse, der lange Rehbein, kam auf mich zu und sagte: »Na, du ... das war ja ... ich sage ja nicht, wie das war ... Ich sage nur: allerhand.«

Und ein anderer dann: »Mann, dir ham se ja bannig ufjeklärt.« Ich kam nicht dazu, etwas zu erwidern, denn im selben Augenblick trat der Klassenlehrer herein. Er sah mich gleich mit meinem Blatt in der Hand etwas hilflos dastehen, auch hatte sich ein allgemeines Klassengefeixe noch nicht so ganz gelegt.

»Wer hat das geschrieben?« Die Stimme des Lehrers klang ganz ruhig. Einen Augenblick war Stille, dann gingen zwei Hände hoch.

»Na, anständig, daß ihr euch meldet. Unsinn, so was.«

Und dann zu mir: »Mach dir nichts draus.« Und dann zu allen hin: »Bißchen frühreif sein ist keine Schande.« Und dann – in anderem Ton: »Wir treffen uns wieder am 4. Januar, 8.15 Uhr. Ich wünsche euch allen ein schönes Weihnachtsfest. Auf Wiedersehen, 4. Januar, 8.15 Uhr, Morgenandacht in der Aula.«

»Na, du – Künstlerpech«, sagte Karl-Heinz. »Und du hast es so schön deklamiert.« Auch Wolf kam, schon im Mantel, und wiederholte das »Mach dir nichts draus«. Und dann – und das nun ganz leise und nur für mein Ohr. »Danke, du, danke.«

Ich hatte mich gestern abend vor dem Zubettgehen von meinem einzigen Kohinor, dem kostbarsten Bleistift der Welt, getrennt, hatte ihn in rotes Seidenpapier eingewickelt und heute vor der Feier in Wolfs Schultasche gesteckt; dann hatte es nichts mehr gegeben als ein paar Nischenküsse in der Aulanähe. »Dreizehn Tage ist sehr lang«, hatte ich gesagt, und er sagte: »Es sind nur zwölfeinhalb.« – »Schau in deiner Mappe nach etwas in Rot«, konnte ich gerade noch sagen, dann wurden wir gestört.

Und jetzt gingen sie davon. Ich trödelte absichtlich. Heute lieber keine Begleitung. Wie hatte es geheißen? – aber das stand nicht mehr in meinem Abschnitt: »denn sie hatten sonst keinen Raum in der Herberge«. War das immer so? – und: »bißchen frühreif«, hatte der Lehrer gesagt …, aber wie ist das jetzt mit dem Großmutterfragekind?

Ich ging auf den Flur, da lief mir der aus Quarta, der den zweiten Part gesprochen hatte, in den Weg. »Schöne Weihnachten, du«, sagte er, während er seine blaue Quartanermütze aufsetzte.

»Woher hattest du denn den schönen Ablativ, Kaiser Augusto? Habt ihr eine alte Bibel zu Hause?«

»Nein, ich hab' ihn aus dem Bach.«

»Ach, guck an – aus Bach. Warst du Dienstag in der Singakademie?«

»Ja.«

»Ich habe auch an Bach gedacht. Wie das dort klingt: ›keinen Raum in der Herberge‹.« – »Ich bin richtig mit der Stimme heruntergegangen: Hast du es gemerkt?«

»Ja; das habe ich gemerkt.«

Der unerfüllte Wunsch

Seit Ostern reißt es nicht ab: Ansichtspostkarten kommen ins Haus, alle Verwandten und alle Freunde sind offenbar unterwegs, briefmarkensammelnde Jugend findet reiche Beute bei mir. Gegenden gibt es, Länder! Was mich freilich angeht, so wäre ich schlichtweg überfordert, wenn ich freihändig San Marino in eine Umrißkarte einzeichnen sollte. Ich bleibe im Lande, gut lebt, wer im Verborgenen lebt, aber nein: ganz ohne Wunsch bin auch ich nicht, und Karten aus Israel und Karten von der Insel Ischia werden mit ausnehmender Aufmerksamkeit betrachtet. Nur wenn sich etwas Neid in mir regen will, dann denke ich an den Habdanksjakob und an das Wort von seinem letzten Erdentag.

Es war im Anfang der dreißiger Jahre – sehr viel später hätte sichs auch im schwäbischen Oberland nicht mehr so zutragen können, wie es sich in Wahrheit zutrug. Als ich da an einem Augusttag in das Dorf im Illertal kam, lag der Habdanksjakob auf dem Sterbebett. Er war ein Bauer, erst Anfang der Sechzig; er hatte in jungen Jahren geheiratet, die Frau war im ersten Kindbett gestorben, das Kind auch – und er war allein geblieben, allein mit dem, was »sein Sach« hieß, mit seinen Äckern und mit dem Vieh. Und nun hatte es, aus heiterem Himmel, eine Blutvergiftung gegeben. So ein Einsiedler paßt bei einer Verletzung mit der Sense nicht auf, einen Doktor gibt es auch nicht im Dorf, und was die Nachbarn sind, so hat während der Ernte niemand Zeit . . . Und nun war es zu spät. Jetzt kamen die Nächsten, der und dann der für ein paar Stunden, aber der Habdanksjakob mußte sterben. Er sprach nicht viel in seinem hohen Fieber; ohnehin hatte er sich das Sprechen halb abgewöhnt, aber dann kam ein Satz, und die gerade bei ihm wachten, behielten diesen Satz. Er sagte: »Jetzt habe ich den Bodensee doch nicht gesehen.«

Abends saßen wir, der Neffe und seine Frau und ein Vetter in Bauer Habdanks Stube, in der Kammer nebenan war es nun still, totenstill; wir bedachten dies nun zu Ende gegangene Leben und bedachten auch diesen Satz vom Bodensee – den unerfüllten Wunsch. Und sie holten vom Spiegel her ein paar Ansichtskarten, die dort ihren Platz hatten, immer schon. Eine – aus Kaisers Zeiten, mit dem Stempel der Königlich Württembergischen Post; den Zeppelin über Friedrichshafen zeigte das Bild. Ein Bild von der Insel Mainau war da, eines vom Meersburger Schloß, die Kirche von Oberzell, und aus jüngster Zeit zwei Photographien, die hießen »Abendstimmung über dem See«.

Zwei Stunden Fahrt – nicht viel mehr, das lag zwischen Habdanks Dorf und Habdanks Wunschziel; aber da ist das Melken morgens und das Füttern abends – und wer nimmts ihm ab?

»Einmal, vor zwei oder drei Jahren« – das sagte jetzt der Neffe – »da machten wir vom Gesangsverein aus eine Omnibusfahrt nach Meersburg, und da hatte er sich angemeldet – das weiß ich noch. Aber dann am Morgen kam er an unsren Omnibus, und sagte, er könne nicht mit; es hatte Unglück im Stall gegeben, gerade in der Nacht vor der Reise. Ich habe ihm den Aschenbecher da mitgebracht, den Lindauer Löwen.«

Wir nahmen den Lindauer Löwen vom Konsol, stellten ihn auf den Tisch – und dann sprachen wir weiter.

Das alles ist nun schon lange her.

Ich bin nicht bei Mahomet, und träume keine Paradiesträume, gar keine. Aber wenn es unter dem anderen Himmel wirklich noch Horchensfreude und Schauensfreiheit gibt, – dann, so denk ich, sollten es für den Habdanksjakob die Glocken der Reichenau sein, die ihm läuten. Die Zitronenbäume der Mainau müßte es geben für ihn, den Flug der Möwen und die Schilfufer und das große, blaue Auge der Seefläche ganz, alles Sommerlicht; die silberne Schneise, wenn ein Dampfer in der Frühe dahinfährt, und die goldene Schleppe in der Stunde vor Sonnenuntergang.

Lautloser Dialog

Freundschaft. Aber das ist schon fast ein zu großes Wort. Sagt man Freundschaft, so meint man etwas Beständig-Verbindliches, mehr als den Brief zum Geburtstag und die Karte an Weihnachten; und mehr als dies war es, recht betrachtet, nun doch nicht geworden. Freilich: damals, als wir so an der Grenze des Daseins lebten, wußte man, daß die Stunde zählt, daß es auf einen einzigen Abend ankommen kann, daß man sich einem Satz zuliebe nie wirklich aus den Augen verlieren wird, wieviel auch Jahre und Tage verwischen.

Kriegslazarett Shitomir, Oktober oder November 1942, Bau VIII: ich sah alles vor mir, fünfzehn Jahre können ein Nu sein, ein Nichts, wenn die Stunde es so will, und dies war die Stunde. Gewiß: jetzt schrieb man Dezember 57, und in der Halbdämmerung zeigte sich das Kreiskrankenhaus von Achalmt, ich trug keine Soldatenpfarreruniform mehr; Schwester Dorothe aber würde ich wieder in der Rotkreuzschwesterntracht von damals treffen, wenn ich sie treffe.

Es geht nicht um Dorothe, sondern um den schwerkranken Vater; man hatte mich gerufen, aber an der Pforte erfragte ich dann doch die beiden Zimmernummern zugleich. Vielleicht – so dachte ich, kommen sie dann doch noch auf einen Augenblick zusammen, die beiden, die damals an dem Abend in Shitomir so wunderlich nah beisammen waren.

Die Pfortenschwester hinter dem Glasfenster suchte nach dem Namen des genannten Patienten. »Er ist hier nicht gemeldet«, sagte sie, »oder halt, warten Sie« – sie griff nach einigen neuen Karteikarten, die auf der Seite lagen. »Doch, ja … hier. Er ist heute nachmittag eingeliefert worden. Aber Sie werden ihn nicht sprechen können.«

»Ich bin der Sohn.«

»Ja. Dritter Stock, Zimmer 38. Gehen Sie bitte vorher zur Stationsschwester, Schwester Katharina, und fragen Sie. Vielleicht können Sie doch einen Augenblick zu ihm ins Zimmer sehen. – Die Oberschwester treffen Sie am ehesten im ersten Stock, Zimmer 18.«

»Zimmer 38 und Zimmer 18, danke Schwester.«

Zimmer 18, erster Stock. Da ist kein weiter Weg zu machen. Aber zuweilen, selten vielleicht, genügen ja zwei, drei Minuten, um uns über Jahre hinblicken zu lassen wie über ein großoffenes Land, oder um hundert Einzelheiten aus einem Abend zu wissen, als wäre dieser Abend gestern gewesen.

Freundschaft ist ein zu großes Wort, das ist wahr. Es hatte nichts anderes gegeben in den Jahren als die paar Zettel her und hin; zwei, dreimal eine halbe Stunde in einem Bahnhofscafé, wenn ich durch Achalmt kam und einen Zug überspringen konnte. Dorothe hatte im vierten Kriegsjahr geheiratet; als das Kind Friederike auf die Welt kam, war ihr Mann schon tot; er war im Januar 45 in Ostpreußen gefallen. Das erfuhr ich irgendwann im Jahr 46 oder 47.

Auf den Zetteln aber stand:

»Friederike läuft mit großen Schritten wie ihr Vater; es scheint überhaupt, sie wird ganz der Vater.«

»Jetzt geht sie schon in den Kindergarten.«

»Hier ein Bild von uns beiden; würdest du mich wohl noch erkennen?«

»Das ABC ist leicht; das Einmaleins ist schwer; darin ist sie die Mutter.«

»Ich bin gerne hier Arzthelferin. Unser altes Kriegslazarett war doch eine gute Schule; aber ich wünsche sie mir nicht zurück.«

»Jetzt poliere ich mit Friederike mein Englisch wieder auf; für das Latein freilich sollte ich Helmut da haben.«

»Kommst du nicht einmal wieder durch Achalmt, dienstlich oder undienstlich?«

Und dann:

»Denk, ich bin wieder im Krankenhaus. Man hat mir den Posten der Leitenden Schwester übertragen. Also noch einmal ›Weiberwirtschaft‹ wie in Shitomir. Und jetzt soll ich kutschieren. Kannst du dir mich als Respektsperson vorstellen?«

Respektsperson? O ja. Das war sie eigentlich auch damals schon gewesen. Damals war sie – ich rechne nach – dreiundzwanzig oder vierundzwanzig Jahre alt, und eine von den Jüngsten aus Schwester Stefanies Garde. Aber der Chefarzt hatte sie wenige Wochen nach ihrem Eintritt zur Stationsschwester gemacht, und wer sie hantieren sah – und beobachtete, wie sie ihre Anordnungen traf, der sagte bald: das ist jemand.

Jemand. Das Wort bekam damals für uns einen besonderen Klang. Es hatte sich ergeben, wie sich so etwas ergibt, man weiß nie wie, daß wir bald keine rechte Lust mehr hatten, das dienstliche »Sie« auch dann beizubehalten, wenn man sich für zehn Minuten da und dort privat sprechen konnte. Das »Du« hatte sich nicht eingestellt, von wem sollte es ausgehen? Ich hatte ein »man« erfunden, und Dorothe machte ein »jemand« daraus. »Ob man noch über Krankenblättern sitze?« hieß es am Telefon, oder dann: »ob jemand den Brief an die Frau Gussow schon geschrieben habe. Ich solle doch auf Station VI vorbeikommen und mir die Bilder aus der Brieftasche des Verstorbenen ansehen, das sei ziemlich wichtig diesmal.«

Und dann also der Abend, an dem ich vom Vater sprach. Der Hausapparat hatte ein Zeichen gegeben, ich saß an der Predigt und nahm ungern den Hörer ab. Aber Krieg ist Krieg, und ungestörte Stille gibt es in keiner Stunde des Tages und der Nacht.

»Ja?«

»Ob jemand nicht noch auf eine Stunde herüberkommen könne in Bau VIII?«

»In Bau VIII, Schwester Dorothe, in die Frauengemächer? Aber das ist ja gegen alle Regel.«

»Wir sind im großen Radiozimmer und blasen Trübsal. Es ist

so schauderhaft. Sie wissen doch, seit heute nachmittag ist Urlaubssperre.« Vier Schwestern säßen auf ihren gepackten Koffern und schluckten die Tränen hinunter. Die Meeringen sei mit Wodka gekommen und Fräulein Jungbluth mache Punsch. Aber das reiche doch nicht aus –

»Gut, ich komme.«

Die Meeringen mit Wodka. Meeringen und Jungbluth waren medizinisch-technische Assistentinnen; sie hatten Nachnamen und trugen keine Tracht, und wenn sie den Assistenzärzten Augen machten, so hatte Schwester Stefanie, die Gestrenge, wenig Vollmacht, derlei zu verbieten.

»Wenn Sie, Fräulein Jungbluth, einmal abkratzen sollten, was Gott verhüte, denn ich brauche Sie« – das war die Stimme vom Väterchen Oberarzt – »dann muß man Ihr Mundstück noch einmal für sich totschlagen.«

Fräulein Jungbluth sagte dann etwa: »Vielen Dank, Herr Oberarzt, für Ihr Kompliment. b^2, sagt mein Alter Herr, er ist Mathematiker: Berliner Beredsamkeit.«

Sie hatte auch jetzt bei meinem Eintritt gleich ein »Oho, hoher Besuch« parat – und das »Wie kommt ein solcher Glanz in unsre Hütte?« Ich gab allen Schwestern die Hand. Die vier, die mit dem Nachtflugzeug nach Deutschland fliegen sollten, saßen, noch in ihren Reisekleidern, recht verscheucht in einer Ecke. Fräulein Jungbluth sah von ihrer Kochnische zu ihnen hin und rief: »Kinder von Traurigkeit, gleich ist der Punsch so weit! Ist das ne Strophe, wie?« Der Spruch brauchte keine Antwort; aber die Stunde wollte bestanden sein, und mit einigem Herüber- und Hinübergeflaxe war es hier nicht getan. Schwester Dorothe war nur für einen Augenblick aus dem Zimmer gegangen, nun kam sie zurück mit einer Flasche Wein. »Betrachten Sie das Etikett; es ist keine Fälschung.«

»Wein aus Württemberg? Unwahrscheinlich …«

Der Weinsberger ist ein Fest; er wird mir die Zunge lösen; aber in mir wohnt einer, der sich kennt, und der weiß: das, was du hier können müßtest, kannst du nicht. Du kannst deine Zeilen schreiben und auf einige Entfernung hin einen passablen Rat geben, vielleicht auch einmal einen schwierigen Menschen verstehen. Aber diese Künste taugen hier nicht. Hier ist Rhodos, – hier mußt du springen. Aber ich wüßte einen, der hier springen könnte.

War es der Wein aus der Heimat, der mich zu den Anfängen zurücktrug? Oder war es die wunderbare Wirkung in die Ferne, die wir in seltenen Augenblicken erfahren, freies Geschenk der Liebe? Plötzlich war der, den ich meinte, mit im Zimmer. Ich sprach vom Vater.

Es war der Vater aus den Zwanzigerjahren, ein Mann um die Fünfzig, auf der Höhe seiner Kraft. Aber während ich von ihm erzählte, dachte ich an den, der jetzt auf das Siebzigste zugeht, und dachte: das, was einer ist, ist er für immer; dieser also: der Vater. So meinten es damals wohl die aus der Gemeinde, wenn sie an den Sonntagnachmittagen sich einstellten. Sie schenkten sich dann den Titel, der dem sorgsamen Prediger zukam, und gaben ihm den Familiennamen und davor den »Vater«; mit dem Respekts-›Sie‹, wie sich versteht. Undenkbar wäre der ›Papa‹ gewesen.

Was geschah? Was erfuhren wir? Nichts Besonderes geschah. Der Vater las vor, er gab Rätsel auf, Charade wurde gespielt. Aber was wir erfuhren, war mehr: Kommunikation, ja – warum dem Wort ausweichen? – communio sanctorum. Entweder ist sie dieses Ganze, das alles umgreift, etwas, das kein Sondergemach kennt, keinen heiligen Oberbau – oder sie ist nichts.

Und nun war ich wieder dort und wußte, wie es war: wie da Geschichten erfunden wurden, in denen, listig genug, drei- oder viersilbige Ortsnamen eingeheimnist waren, heillos mußte man aufpassen, wollte man sie entdecken. Wie die Rätsel aufgegeben wurden: mein Erstes, mein Zweites, mein Drittes, das Ganze: als Vers wurde das präsentiert, und so anmutig war der Vers, daß man auf ihn achtgab, und nicht auf den verborgenen Sinn. Charaden wurden improvisiert; aus Mantel und Mütze, Teppich und Goldpapier erstand, wo es not tat, ein Herzog, Puck und Ariel.

»Na schön«, sagte Fräulein Jungbluth, »Charaden. Das werden wir nächstens hier auch einführen. Wissen Sie noch so ein Charadewort von damals?«

»Wenn ich die Lösung sage, dann ist es ja kein Rätsel mehr.«

»Ach, wir spielen nur so in die Luft ... sagen Sie schon!«

»Haigerloch. Das ist eine schöne Stadt bei uns da unten; das geht.«

»Mhm. ›Hai‹ ... gut; ›Loch‹ – das ist naheliegend. Aber die zweite Silbe ›ger‹ – was macht man aus ›ger‹?«

»Du bist auch ein BDM-Mädel nach dem Herzen deines Baldur gewesen, wenn du das nicht weißt«, rief jetzt die Meeringen. »›Ger‹: das ist doch der Speer ... was Germanisches, Heil mein Führer, ein Hoch auf die alte ›Tante Ju‹, die jetzt – ohne uns – in die Heimat fliegt.«

Schwester Hildegard, eine von den vier Betroffenen des Tages, gab zurück: »So hören Sie doch mit Ihrem Wodka auf, Meeringen!«

»Übrigens« – das fiel mir noch ein – »gab es dann auch Preise für die Rätsellösungen. Aber die eine Mark, die da verteilt wurde, mußte man nach irgend welchen kniffligen Quotienten aufschlüsseln, ehe man an seine Pfennige kam. Und zuweilen erschienen die Leberreime.«

»Leberreime. Was ist nun das?«

»Ja, Leberreime. Kommen schon bei Fontane vor. Mittwochs, – wir wußten es auf dem Weg nach Hause und richteten uns darauf ein: es bestand eine Chance, daß an diesem Tag gebackene Leber auf den Tisch kam. Aber man mußte sich sein Stück verdienen. Man bekam es erst, wenn man, schlecht und recht, seinen Leberreim, einen Vierzeiler, gemacht hatte. Alle fingen sie an mit dem Satz: ›Die Leber ist von einem Hecht / und nicht von ...‹, und dann mußte man was Zoologisches wissen und noch das Reimpaar dazu finden – oder wenigstens einen anständigen Schlußreim.«

»Und wie alt wart ihr da am väterlichen Tisch bei diesen poetischen Pflichtübungen?«

»Nun, so dreizehn, vierzehn Jahre alt war ich; mein Bruder zwei Jahre älter. Die Kleinen wurden verschont, aber schon bei der Schwester mit ihren acht, neun Jahren gab es wenig Pardon.«

»Also etwa so« – Fräulein Jungbluth rührte ihren Punsch um und deklamierte: »Die Leber ist von einem Hecht / und nicht von einem Mäuschen, / der Rotweinpunsch ist gar nicht schlecht, / er bringt uns aus dem Häuschen.«

»Tadellos.«

»Ja, haben Sie das jetzt so aus der freien Lamäng – ?«

»Na, wat denn, wat denn? Die Berliner sind helle.«

Das war ein Signal. Und für eine kleine halbe Stunde gab es nun wirklich alle die Spielzauber aus meiner Kinderwelt, hier in Bau VIII. Ich hatte mir den Vater geliehen, nun sprang es über, und was ich nicht konnte, das gelang nun fast ohne mich; es stieg auf, ein kleines Feuerwerk aus Geist und Witz und Lächeln und Liebe. Bau VIII, eine Fluchtburg? Ach nein. Es gab – keinen Augenblick zu vergessen – Bau I bis VII: die zweite Operationsschwester fehlte auch jetzt noch – es war schon spät – in diesem Kreis, und die Schwestern vom Nachtdienst waren auf ihren Stationen. Der Tod war nahe – und der Teufel war nicht fern, und wir wußten das eine und wußten das andere. Lebt man lügenhaft, wenn man mitten im Grauen spielt? Oder lebt man in Wahrheit, wenn man zu spielen wagt, auch wenn an der Wand schon die Schrift lesbar ist, die aus Belsazars Haus?

»Höchste Zeit für das Gute Nacht«, sagte ich, als ich einige Müdigkeit in den Gesichtern entdeckte. »Es war hübsch bei Ihnen, Schwestern, dankeschön.«

Die Jungbluth darauf: »Direkt ein Labsal, wenn man was von einem vernünftigen Mann hört. Schreiben Sie's Ihrem Herrn Vater.«

Schwester Dorothe trank mir den letzten Schluck zu. »Auf die nächste Charade – daheim.«

Die Schwester Hildegard ging an ihren Koffer und holte ihr

Waschzeug heraus. Das hieß: Schluß mit den Urlaubsträumen, und hieß wohl auch: Schluß mit dem nutzlosen Geflenne. Und dabei sagte sie: »Die Leber ist von einem Hecht / und nicht von einem Hai, / und ist der Urlaub jetzt verpfuscht, / so kommt er doch im Mai.«

Darauf Dorothe: »Hildegard, du bist eine Glanznummer in diesem Verein.«

»Glanznummer? Nein. Aber wenn ich den Urlaub nicht herbeiheulen kann, dann will ich mir wenigstens einen Vers auf das Ganze machen, das ist alles.« Und dann zu mir: »Gute Nacht und schönen Dank.«

Dorothe ging noch bis zur Haustüre mit: »Schönen Dank sage ich auch. Es war lieb, daß jemand kam. Muß man jetzt noch Nachtarbeit anhängen?«

Und dann, nach einer kleinen Pause: »Deinen Vater möchte ich gerne einmal kennenlernen.«

Das war Shitomir, 1942. Und nun klopfte ich an die Tür von Zimmer 18, und es gab ein »Ja?«. Schwester Dorothe saß an einem Schreibtisch und trug die Rotkreuzschwesterntracht von einst. Statt aller Begrüßung sagte sie: »Vor fünf Minuten haben sie mir am Telefon deinen Namen buchstabieren wollen – und ich habe gesagt: nicht nötig, ich weiß, wie man ihn schreibt. Und jetzt stehst du da. Sie haben deinen Vater heute von der Station U zu uns herübergelegt, wahrscheinlich nur für kurze Zeit. Ich weiß noch nichts Näheres. Was weißt du?«

»Auch fast nichts. Die Mutter hatte telefoniert. Da wollte ich nur einmal gleich nach ihm sehen.«

»Wenn es dir recht ist, gehe ich einen Augenblick mit.«

»Sehr recht ist es mir. Gehen wir gleich?«

Dann, auf dem Gang, sagte ich: »Ich habe ihn dir doch schon lang einmal präsentieren wollen, den Vater. Weißt du den Abend in Shitomir noch?«

»Ja, ich weiß. Und denk: Friederike muß nun Charade spielen.«

»Und: kann sie's?«

»Leider schon viel besser als ihre Mutter. Nein: nicht leider – glücklicherweise.«

Die Tür von Zimmer 38 war nur angelehnt; der Abendbrotwagen stand im Gang; wir huschten, ohne groß anzuklopfen, ins Zimmer, es brannten nur zwei Nachttischlampen – und nun gab es den ersten Schrecken: ich erkannte den Vater nicht. Daß es der schwarzhaarige Mann um die Fünfzig, der zunächst der Türe lag, nicht war, sah ich freilich gleich. Der im zweiten Bett glich einem regungslosen Bündel – der war es auch nicht. Im dritten Bett, nahe am Fenster, halb sitzend, viele Kissen im Rücken: das war der Vater? Das Gesicht gedunsen, rot, die Augen halbgeschlossen. Er wandte den Kopf ein wenig zur Seite, und nun erkannte ich ihn. Er wars freilich; aber es war schwer zu begreifen, daß er's war. Es zuckte um Augen und Mund. War der Mund ein wenig verstellt, oder meinte ich das nur? Aber die Tränen konnte ich nicht meinen, die Tränen waren Wirklichkeit. Und mir kam zum Bewußtsein: ich hatte den Vater wohl noch nie weinend gesehen. Schon daß ich ihn im Krankenhaus fand: ich mußte sehr weit zurückdenken, dreißig Jahre vielleicht, da war er zum letzten Mal länger als einen Tag krank gewesen. Jetzt, wenn wir ihn in seinem Altenheim besuchten und vielleicht ein wenig vor der Zeit kamen, trafen wir ihn wohl auch einmal, Siesta haltend, auf der Couch: weiche Strickweste, dunkelrote Zudecke, ein Herr, comme philosophe; aber dies nun? Ein ›Mann namens Hiob‹?

»Guten Abend, Vater.«

Das Glück der Stimme: sie täuscht nicht; sie erkennt, sie wird erkannt. Er sah mich an – und nun merkte ich, daß er wußte, wer ich bin. Für einen Augenblick kam ein Lächeln in die Augen, das schöne Lächeln, das in alle Fältchen überging. Dann kehrte das fremdartige Zucken wieder – und er fiel zurück.

»Hat er Schmerzen?« fragte ich mit Viertelstimme die Schwester neben mir. Und sie: »Vielleicht nicht … kaum. Es sind Narkosereaktionen. Sie haben bei einer Untersuchung vermutlich ein wenig Betäubungsmittel gegeben. Nein, ich glaube nicht, daß er jetzt wirkliche Schmerzen hat.«

Es blieb ganz still. Das war nun also der Vater, den ich Schwester Dorothe zeigen wollte, der Rätsel- und Charadenkönig von eh und einst.

»Grüß Gott, Vater«, sagte ich nach einer kleinen Weile von neuem. »Mich kennst du. Und das ist Schwester Dorothe, die vor fünfzehn Jahren in Rußland im selben Kriegslazarett wie ich tätig war.«

Er nickte mit den Augen. Das kannte ich. Wie ich das kannte! Und was für ein Glück, dies zu erfahren: eine so winzige, lautlose Bewegung verwandelt eine Situation. Eben noch hatte es den Anschein, als habe er sich schon ins Unerreichbare hinaus entfernt. Nun ist er noch einmal da: nicht mehr als der geheime Zauberer von Shitomir, aber noch immer bereit, Leben anzunehmen.

»Ja, dich kenn ich.« Und nach einer Pause: »Und jetzt muß ich fragen: in welcher Funktion sind Sie hier tätig, Schwester?«

Schwester Dorothe, gleich mir erlöst, daß gesprochen wurde: »Ich gehöre zum Krankenhauspersonal. Ich habe hier ein Aufsichtsamt.«

»Ein Aufsichtsamt? Was ist das für eine Funktion?«

»Nun, so eine Art Zentrale muß da sein. Jemand, der für die Ordnung im Pflegedienst der Schwestern sorgt.«

»So. Das ist also Ihre Funktion.«

Es war wieder dieses Wort. Er hatte sich in das Wort verbissen. Mir fiel ein, daß er früher bei Schriftsätzen, die ihm zu Gesicht kamen, neben ein Fremdwort, dessen Berechtigung ihm nicht einleuchtete, ›Sprich deutsch!‹ an den Zeilenrand schreiben konnte. Es war das, wie alle solche Dinge, zur Hälfte eine gute Erziehung für uns, halb war es eine Marotte –

»Ihre Funktion also ist –«

Dorothe lächelte jetzt, und wahrhaftig, nun lächelte auch der

Vater. Das Lächeln einer Frau hatte er ein Leben lang nicht unerwidert angenommen.

»Meine Funktion ist, dafür zu sorgen, daß Ihnen nachher die Stationsschwester, Schwester Katharina, ein kleines Schlafmittel bringt. Sie haben einen schweren Tag hinter sich und sollen gut schlafen. Jetzt lasse ich Sie noch eine kleine Weile allein beisammen!«

Dann zu mir – unter der Türe: »Nicht viel sprechen. Er ist noch sehr mitgenommen. Aber übermorgen kann das schon viel besser sein. Ich sehe in den nächsten Tagen öfters einmal bei ihm herein.«

Und dann sagte sie: »Jetzt werde ich den Vater vielleicht doch noch ganz richtig kennenlernen.«

»Meinst du?«

»Vielleicht. Gute Nacht. Du kommst ja sicher in ein paar Tagen wieder.«

Nun waren wir allein. Der Vater sah mich an und sagte nichts. Und ich sah den Vater an.

Es war sehr still. Die beiden Patienten, die mit im Zimmer lagen, waren offenbar ein wenig eingeschlafen. Ich merkte, wie die Augen des Vaters über mich hinwanderten. Ich hielt zwei, drei Minuten lang seine Hand, eine feuchtkalte Fieberhand. Es stand nicht sehr gut um ihn, so viel verstand ich von Fieberhänden.

Was taten wir? Ich wußte es, wie man plötzlich, in einem bestimmten Augenblick etwas weiß. Wir taten das Gleiche, beide. Wir waren in eine Montgolfière gestiegen und fuhren über die Jahre hin.

Der Sohn:

Das sind deine Jahre, Vater. Ich zähle ab: dreiundachtzig Jahre. Für uns ist die Zahl »83« nicht auszusprechen, ohne daß wir sagen: das Goethe'sche Alter. Goethe. Wann haben wir angefangen mit dem Lesen des Osterspaziergangs? Als ich neun war oder zehn? Christoph konnte den »Erlkönig« schon; dann wollte ich auch etwas können, und weil sie mich früh ans Klavier gesetzt hatten, im Mutterland droben, in Berlin, kam ich in die Sommerferien heim mit dem Schubertschen ›Fischer‹. Die zweite Mutter, die selbst vorzüglich Klavier spielte, hörte freilich die Fehler, die mir bei der Sechzehntelbegleitung unterliefen, aber sie wollte mir die Freude nicht verderben und den Stolz nicht dämpfen, und du sagtest, so wunderbar verwundert – du konntest dich wundern ein Leben lang – die schönste Zeile des Gedichts vor dich hin, mit untrüglichem Kunstverstand die schönste: »das feuchtverklärte Blau.« Jetzt hast du das Goethe'sche Alter. Und es sind ja nicht nur seine Jahre. Oft genug haben sie mir's gesagt im letzten Jahrzehnt: »Ihr Vater – er wird immer mehr dem alten Goethe ähnlich; die Stirne ist es ganz und das Geschau!« Ich hörte das dann und sagte vor mich hin: vielleicht sind es auch die schwierigen Dinge, die, Wand an Wand, bei den Großen wohnen: die Pedanterie, einige Schärfen auch …

Der Vater:

Ich muß zurückrechnen. Wahrhaftig, gerade fünfzig Jahre. Ich weiß, es war am Jakobitag. Ich beging meinen dreiunddreißigsten Geburtstag – und wir gingen, schweigend, wie wirs gerne taten, im Pfarrgarten die Wege auf und ab, Christoph trippelte an der Hand seiner Mutter schon mit; die setzte sich plötzlich, einer Schwäche nachgebend auf die Bank unter dem Thujabaum, und sagte: Dreiunddreißig –: das ist nun ein Menschenalter; und du wirst bald alles haben, was man in einem Menschenalter haben kann. Und ich fragte: Wie soll ich das verstehen? – Nun, ganz einfach: wenn alles gut geht, kriegst du »sie« im März. – Welche »sie«? – Sie, die uns noch zu unsrem Christoph fehlt.

Und dann war »sie« gekommen, und sitzt nun hier, und geht schon aufs Fünfzigste zu, und ist keine »sie«, sondern ein »er«; aber man merkt es ihm an, daß seine Mutter neun Monate lang so hartnäckig von einer »sie« gesprochen hat.

»Wenn alles gut geht«, hatte sie gesagt. Es war ein paarmal nicht gut gegangen. Wir werden Doktor Steinhäuser gleich verständigen, und wenn sie dann viel liegen soll, holen wir uns die Helfer aus Berlin, die sind gut und getreu. Und so war es dann geworden, und das Kind war gesund am ersten Frühlingssonntag zur Welt gekommen. Die Last einer Winterschwere – derlei ist wohl nicht abzuschütteln, aber nun kamen alle Jahreszeiten. Für seine Mutter freilich, für die war es das Ganze gewesen, linke Hand bei rechter Hand – und dann nichts mehr. Sie war gegangen. Aber so oft dieser Sohn ins Zimmer kam, fünfzig Jahre lang, war »sie« für mich mitgekommen, sie, seine Mutter ... ihr Leben, ihr Lachen, ihre Leidenschaft. Und auch jetzt ist sie da.

Der Sohn:

Dorfkinder muß man früh aus dem Haus schicken, wenn sie »amo, amas« lernen sollen. Christoph zuerst – und ihn in die Vaterwelt, und dann mich in die alte Mutterwelt, und es war gut so. Sie haben mich dort die Sterne gelehrt und die Mathematik, Loewes Balladen und früh auch schon das »Keine Ruh bei Tag und Nacht«. Einmal im Jahr, in den Sommerferien, kam ich nach Hause; aber ich kam nicht sehr gerne. Gleich am zweiten Ferientag schrieb ich, ein rechter Rechennarr, nach Berlin: »Noch 696 Stunden, bis ich wieder am Anhalter Bahnhof aussteige.«

Wie war das? Ihr lachtet, weil ich so schnell sprach im Tonfall der Berliner Schulkameraden; aber wie hätte ich denn anders sprechen sollen? Ihr wolltet, daß ich mich unter den Pflaumenbaum beim Schütteln stelle, um das zu beweisen, was ihr das ›Heldentum‹ nanntet, und das furchtsame Berliner Kriegskind in den schweren Holzschuhen war für euch fast eine komische Figur. Witzig und scharf wart ihr, und ich kam aus der Großmutterwelt, in der es kein derbes Wort gab.

Der Blick des Vaters schien sich zu vergößern: las er in meinen Gedanken? Waren es unerlaubte Gedanken? Ich weiß es nicht.

Jetzt sagte er einen Satz, nur einen einzigen Satz, und ich zuckte zusammen, als ich ihn hörte. Er sagte:

»Du warst nicht oft da.«

Ach, das ist das Gericht. Ich kann nicht sagen: das ist der Lauf der Welt. Ich kann gar nichts sagen. Jetzt werde ich, wenn der Vater diese Krise übersteht, noch ein paarmal kommen können, aber in der Schlußabrechnung wird es bleiben bei diesem ›Du warst nicht oft da‹.

Ich weiß: ihr könnt so sagen: ich sei so sehr meiner Wege gegangen.

Aber hast du denn nicht selbst *so* begonnen? Du hast es doch gewußt, daß es das Idyll hätte werden können, und daß es das eben nicht werden durfte in diesem großen und gefährlichen Stand. Dann holtest du dir die Mutter, und nun konnte es gewiß die Idylle nicht mehr werden, diese Gefahr war gebannt. Aber als du dann doch einmal ausbrechen wolltest aus dem hohenlohischen Pfarrgarten und ganz neu und anders anfangen an anderem Ort, da war sie's, die dir's verwehrte. Und dann hast du in diesem Netz das Beste getan, was man tun konnte: du machtest dir den Platz lieb – und warst in ihm Herr und Knecht, und Knecht und Herr.

Der Vater:

Du hast das nicht gewußt: wie oft ich dir nachgeschaut habe, wenn du in irgendeiner Morgenfrühe aufbrachst und für Tage verschwandest. Ich kannte deinen Schritt, wenn er sich von der Haustür entfernte, den ungeduldigen Schritt von einem, der vieles sucht und vieles finden will; es war die Ungeduld deiner Mutter. Und auch die stürmischen Freundschaften hattest du von ihr. Kamst du aus dem Semester nach Hause, so wußten wir von deinem Kommen oft nur dadurch, daß sich die Briefe häuften: Jungenbriefe, Männerbriefe, Mädchenbriefe, Frauenbriefe. Ich gab dir dann das Bündel, und manchmal ertrugst du's schlecht, daß ich dabei ein wenig scherzte.

Uns hast du – in jenen Jahren – nicht so oft geschrieben.

Der Sohn:

Ja, das ist wahr. Ich habe es lernen müssen, auf die Ferne hin zu leben, Ferne mir nah zu machen. Und wir, Vater, wir waren uns gerade in den Briefen nicht recht nahe. Warum hast du so darauf bestanden, daß man auf acht Fragen auch acht Antworten gibt? »Ich vermisse eine Antwort auf die Frage fünf aus meinem letzten Brief.« »Dein Geschick, unbequeme Fragen *nicht* zu beantworten, ist bemerkenswert.« Nun gut, derlei Nasenstüber waren ja etwas nütze: sie waren eine Schule – für Komma und Semikolon und – für alle Aufmerksamkeit. Aber es gab Worte, die wehtaten, schwarz auf weiß viel weher als gesprochenes Wort weh tun kann. Und warum war das mit dem Geld so mühsam zwischen uns? Du wußtest doch, daß ichs begriffen hatte, wie sehr wir sparen mußten. Ich hatte um fünfzig Mark gebeten, und du schriebst dann: »mein großspuriger Herr Sohn«. Da suchte ich mir die Nachhilfestunden, und dann gab es die Zeitung – und so denn eine mühsame Halbfreiheit.

Aber was sind das für Rechenschaften jetzt? Soll ichs nicht gut sein lassen und eingestehen: daß die herberen Bedingungen dann doch die guten Bedingungen waren? Sehr viel wurde gefordert, und ich ließ es gelten, daß es streng herging, jahrein und tagaus. Und dann kam der Augenblick, da einen eine Woge mitnahm und ins Offene trug. Ich hatte eine bestimmte Situation richtig wiedergegeben, ein Buch machte weite Reisen, ich konnte den Geschwisterkindern Briefmarken schicken aus vieler Herren Länder, aus Finnland und Polen und aus Japan und aus der Türkei. Und du wurdest gefragt: »Sind Sie verwandt mit –?« Und man nimmt die Frage drei und fünf Mal heiter auf, und mitunter sagt man auch: »In gewisser Weise, ja … es ist mein Sohn.« Und plötzlich ist es mit dieser Frage nicht mehr so einfach – und ich fürchte sie fast für dich, Vater –

Der Vater:

»Aber jetzt bist du da.«

Der Sohn:

Ob sie wohl in der Nachttischschublade liegen, ich wüßte es doch gerne, deine kleinen Notizhefte, und dabei die winzigen Bleistiftstummel, mit denen du so besonders gerne schriebst? So werde ich dich behalten: in das Kursbuch vergraben vor dem Antritt einer Reise; in das Heftchen daneben trugst du alle Anschlüsse und alle Eventualitäten ein, und dazwischen stand dann in der Kürzelschrift, die nur wir in der Familie lesen konnten, eine Pointe von Lichtenberg, ein Wort von Novalis oder eine schnelle, witzige Replik, die du irgendwo gehört hattest, und die dir behaltenswert schien. ›Cum grano salis‹ – das war eine Lieblingswendung von dir. Und wirklich, es ist nicht ›dumm‹ bei dir geworden, das Salz, ein Leben lang nicht.

Der Vater hatte die Augen geschlossen und sich wieder ein wenig zurückfallen lassen. Ich griff von neuem nach seiner Hand. Stirb jetzt nicht, lieber Vater – wollte ich sagen. Ich spürte, daß sein Puls eilig schlug. Die Eile ist Leben; er stirbt jetzt nicht. Aber so wird das letzte Antlitz aussehen. Ich stieß die kleinen Bitterkeiten zur Seite und ließ das eine wahr sein, was immer gilt: daß es ein Glück ist, diesen Vater zu haben, noch immer zu haben. Unsre Montgolfière setzt auf – und es ist diese Erde, und alles, was nun die Summe zieht, gehört ihr zu. Das Meer hast du nicht gesehen und Rom nicht und nicht Florenz; aber du wirst nichts sagen von einem kargen Los. Lesen wir die Schrift, die eingezeichnet ist zwischen Stirn und Mund, so werden wir bis zuletzt alle finden, die wir immer schon fanden: die Überlegenheit, die Weisheit, den Freimut und den Schalk, und keiner wird sagen: alt und lebenssatt. Und die Hände, die jetzt manchmal eine Spur zittern, wenn sie beim Spiel eine Schachfigur berühren: sie werden ruhig sein.

Die Schwester kam. »So leid es mir tut, ich muß stören. Ihr Vater bekommt jetzt eine Spritze. Er wird dann wohl gleich schlafen. Wir möchten nicht, daß er heute Nacht unnötige Schmerzen hat.«

»Natürlich. Ich gehe auf den Gang hinaus, bis Sie hier fertig sind, Schwester, und komme dann nur noch für einen Augenblick herein und sage Gute Nacht.«

Die Schwester zog die Spritze auf. Das ganze Shitomir kehrte für mich in dieser Gebärde zurück. Wie gut, daß es das gibt: den Schleier, das euphorische Vorfeld des Nichtmehrseins und dann doch die Rückkehr auch, heute noch und morgen noch.

Geh ich nachher zur Mutter und erstatte Bericht? Klopfe ich noch einmal an Schwester Dorothes Tür? Nein, heute nicht. Beides nicht. Es waren so große Reisen an diesem einen Tag: in die Ukraine und nach Berlin und in den alten Garten. Das ist genug.

Schwester Katharina kam aus dem Zimmer und nickte mir zu. Ich ging noch einmal zurück.

»Leb wohl – und gute Nacht, Vater.« Ich beugte mich über ihn und küßte die Wange. »Morgen früh kommt die Mutter, und ich sehe bald wieder nach dir.«

Der Vater sah mich an. Er hatte die Augen wieder ganz geöffnet, und sie waren nun ohne Tränen. Aber ein Fremdes war darin, der Anfang jener Entfernung, der unaufhaltsamen.

Ich kam wieder und fand ihn frischer; er war gesprächig, fast wie in früheren Zeiten. Es gab noch ein paar freundliche Wochen, und dann in der Nacht, in der der Frühling kam, ein Verschweben, leicht wie ein Hauch. Aber diese Wochen waren geschenkte Zeit; wir wußten es alle, und ich wußte es auf meine Weise. Denn ich – an diesem Dezemberabend – ich konnte die Zäsur nicht überhören. Für mich war dies die Stunde. Damals nahm ich Abschied.

Das mit Katz

Ein Wort, ein Pfennig nur,
Unscheinbar und gering,
Geschrieben wie gesprochen
Ein ruhlos-taumelnd Ding.
Und doch – es kann geschehn,
So es dem Geist gefällt:
Ein unverwechselt Wort
Verwandelt eine Welt.

Eine Geschichte, meine Geschichte, meine Märzgeschichte? Also: Friedensvikar und Kriegsleutnant, Organist und Posaunenbläser, Dreiundzwanzig und Humpelbein, Mutters Sohn und stellvertretender Hausverwalter in Berlin-Lichtenberg: da hast du meine Biographie vom März 45, und wenn ich denke, daß wir da jetzt, fast vierzig Jahre später, hier in dem Pfarrgarten am Meer sitzen, und das Feuer im Kamin brennt, wir haben einen Bommerlunder vor uns, und nachher können wir zu unsren Frauen ins Haus hinauf, oder Heinrike bringt uns deinen guten Württemberger Wein herunter – dann ist das Leben doch aus dem Stoff, aus dem Wunder gewoben werden, und die Geschichte, die ich dir erzählen soll, gehört dazu, sie ist bald erzählt, du paßt aufs Feuer auf und legst zwei Scheite nach. So lange wird sie dauern.

Ob es sehr schwierig gewesen sei, da in diesen letzten Kriegswochen in Berlin, hast du gefragt. Ich will sagen: Ja und nein. Es war da zuletzt alles auch wieder einfach geworden; nicht primitiv, aber so, daß man sich sagte: fast alles, was vorher gezählt hatte, zählt nicht mehr, man kann nichts mehr festhalten. Im Sieb bleibt – ja, was bleibt? Soll ich sagen: die Zehn Gebote Gottes und die Sieben Werke der Barmherzigkeit. Du weißt ja: ›Hungrige speisen‹, ›Durstige tränken‹, ›Tote begraben‹ … Das mit dem Hunger ging so ungefähr; das bißchen, was man so hatte, kam irgendwann am Tag auf den Tisch, für mehr als zwei Stunden gab es kein Gas und keinen Strom –; mit dem Trinken war es schwieriger; man konnte nur noch abgekochtes Wasser verwenden, und das Kostbarste, was man suchen mußte, war ein Kasten Mineralwasser. ›Gefangene besuchen‹: das war schlimm. Man wußte: Gefangene sind hinter soundso viel Türen in dieser Stadt, und man kann sie nicht besuchen. Und die Toten – irgendwann in der Frühe, wenn der Alarm vorbei war, mußte man sie begraben. Mit den Angriffen waren wir hier in Lichtenberg ein bißchen besser dran, bei Herzberge waren große Krankenhäuser, und die roten Kreuze auf den Dächern wurden zu Zeiten respektiert. Ich kam gleich in eine der Ambulanzen dort; alle drei Tage mußte ich den Verband an der rechten Ferse erneuern lassen, und sie machten das so sorgfältig, als wäre Friedenszeit; du weißt das ja noch von unsrem Znaimer Lazarett, daß alles nebeneinander herlief: die Heeresdienstvorschrift und der halbe Weltuntergang. Du wirst lachen, wenn ich dir sage, was ich damals in ziemlich vielen Stunden getan habe: ich habe Hebräisch repetiert, Zweiten Mose gelesen, Buch Exodus; irgendwann, wenn es wieder Prüfungen geben wird, würde ichs brauchen können. Ich hatte ja plötzlich etwas, was es eigentlich gar nicht mehr gab: ich hatte Zeit. Und ich dachte: wenn sie einen nun vielleicht doch nicht mehr totschlagen, dann sollte ich eigentlich auch diese Zeit nicht totschlagen, und wenn es einen trifft, dann hat man doch zuletzt noch etwas Anständiges getan.

Meine Mutter hatte ihre Hausverwaltung gut im Griff, und das Haus war noch heil; natürlich nahm ich ihr jetzt, wo ich da war, einiges von den Schreibereien ab, die gehörten ja immer noch dazu. Mit den Mietern kam man ja durch den Alarm beinah täglich im Luftschutzkeller zusammen; ich kannte sie zum Teil von früher her, und ich kannte auch sonst noch eine Anzahl Leute, die zu meiner Mutter ins Haus kamen. Da war die Frau Mauch, eine Hausschneiderin, die ganz in der Nähe in der Laubenkolonie lebte; sie hatte früher bei meiner Mutter manches genäht und kam auch jetzt zuweilen auf eine Stunde. Ich hatte mein Zimmer neben der Wohnstube und war froh, daß ich da ziemlich ungestört arbeiten konnte; aber von den Wohnzimmergesprächen drang doch vieles zu mir, und wenn Frau Mauch da war, hörte ich nichts vom Krieg und von den Lebensmitteln und was sonst so geredet wurde. Da ging es um die Bibel, um Harmagedon, Jerusalem, Zion und die ›weißen Kleider‹. Frau Mauch gehörte zu einer Sekte, einer Mormonengruppe, ich glaube, zu den ›Heiligen der letzten Tage‹, und sie war mit ganzer Inbrunst bei der Sache. »Frau Mauch war da«, sagte dann, spät am Abend, meine Mutter, »ich habe dich nicht herübergerufen, aber sie wollte dich dabei haben. Ihr Sohn ist ja jetzt da, der studierte Herr, sagte sie, der muß Ihnen sagen, daß ich recht habe. Wenn sie so zugange ist, dann ist ja kein Durchkommen mehr.« Nun, ich war froh, daß man mich nicht gerufen hatte, ich hätte ihr auf zehn nicht zwei antworten können. Übrigens sah sie recht hübsch aus, zierlich, die Mauch'sche: später sind mir manchmal recht finstere Fanatiker begegnet unter den Sektenleuten; so war sie nicht. Und ihre Bibel: die war einmal bei meiner Mutter liegengeblieben, und neben all den roten, grünen und blauen Unterstreichungen nahm sich meine Studentenbibel recht armselig aus. Nein, die Frau Mauch mit ihren ›Heiligen der letzten Tage‹ war gewiß kein Hauskreuz, eine wirkliche Hauslast war nur das mit Katz, und das ist meine Geschichte; aber die Frau Mauch gehört in die Geschichte hinein; ich glaube, ohne sie hätte ich mich nicht an das mit Katz gewagt.

Katz war der einzige Hausgenosse, den ich noch nie, wenigstens mit Bewußtsein noch nie gesehen hatte; ich war ihm nur bei meinen Schreibpflichten in den Listen meiner Mutter begegnet; er wohnte mit seiner Frau im vierten Stock. ›Erwin I. Katz‹ stand in der Liste, und das ›I‹ hieß Israel. Daß er Jude war, wußte meine Mutter also unzweideutig, und wiewohl die so verschwiegen war, wie man damals sein mußte, wußten das auch die Hausbewohner, alle, und sie wußten noch mehr. Es war ein finsteres Geheimnis um diesen Katz. Ich war nicht neugierig und schon gar nicht auf Sensationen aus, aber nach vierzehn Tagen wußte auch ich dann ziemlich viel. Zunächst dachte ich dabei, was man so zuerst denkt: Gerüchteküche. Meine Mutter wollte ich nicht ausfragen, sie nahm den Namen ›Katz‹, das merkte ich, ungern in den Mund, aber die Mieter sprachen deutlich genug. Katz ist Jude. Katz trägt keinen Judenstern. »Warum trägt Katz keinen Judenstern?« »An Katz kommen se nicht ran.« »Wer kommt an Katz nicht ran?« »Sei'n Se froh, Herr Leutnant, daß Sie nich alles wissen.« »Katz hat große Beschützer.« »Wieso hat ein Jude im März 45 große Beschützer?« »Das is es ja eben. Katz ist ein Spitzel. Er verrät. Er verrät die Unterseeboote.« »Was verrät er?« »Gott, Herr Leutant, Sie kommen von draußen. Unterseeboote: das sin' doch die Untergetauchten, die Nichtarier, wenn Se's genau wissen wollen.« »Und die verrät Katz?« »Die hat er verraten, noch und noch. Man hat es schon gewußt, als sie hier draußen einzogen. Seine Frau ist Nichtjüdin, aber die darf ja den Mund nicht aufmachen. Schon in der letzten Wohnung haben sie ihn nicht mehr in den Keller gelassen beim Alarm, und hier darf er auch nicht. Seine Frau, ja, bitte schön, da ist nichts zu sagen. Aber er – er soll oben bleiben. Da lebt er nicht schlecht. Katz lebt besser als wir alle. Ich habe sie doch gesehen, die Herrschaften in Zivil, schnieke, mit den großen Taschen, nicht rechts, nicht links, geradewegs in'n vierten Stock. Da bringen sie ihm seinen Judaslohn.« Einmal, die Mieterin vom zweiten Stock: »Jott, Herr Leutnant, ick habe gestern Katz'n jesehn. Ick habe mir so jegrault.«

»Ihnen tut er nichts«, habe ich dann erwidert, wie man eben etwas sagt. Aber es war mir nicht wohl bei dieser Antwort.

Dann kam ein kurzes Gespräch mit meiner Mutter, ich war zum Gute-Nacht-Sagen noch zu ihr gegangen: Frau Mauch war vorher bei ihr gewesen, und ich hatte wohl etwas so Dahingesagtes über ihre Bibelforscherei gemurmelt, ich weiß meine Worte nicht mehr. Nur die Antwort meiner Mutter, die weiß ich noch.

»Ja, es kann schon sein, daß du recht hast«, sagte sie. »Aber dann wird es eben doch so sein, daß am Jüngsten Tag die Frau Mauch ›mit weißen Kleidern angelegt‹ sein wird; sie, gerade sie.« Ich sah zur Mutter hin, das waren neue Worte aus ihrem Mund. »Sie hat mir erst heute etwas erzählt, was sie werweißwielang verschwiegen hat: sie hat so ein Unterseeboot bei sich in der Laube, stell dir das vor. In dieser Dachpappenlaube mit den zweieinhalb Zimmern. Einen Jungen hat sie dort versteckt, neunzehn, zwanzig Jahre alt, es soll ein hübscher Bengel sein, adrett und helle. Wenn Katz das erfährt – und wenn sie den holen, ihn und die Frau Mauch dazu ...«

»Hast du den Jungen schon einmal gesehen?«

»Ich? Noch nie. Der arme Kerl darf ja nie an die Luft, höchstens, wenn Alarm ist. Dann geht er da auf das Stückchen Wiese hinter der Laube bis zum Drahtzaun.«

»Wenn du ihn nicht gesehen hast, dann kann Katz ihn ja auch nicht kennen.«

»Sag das nicht. Solche wie Katz, die hören das Gras wachsen.«

»Traust du eigentlich dem Katz wirklich das mit dem Spitzeldienst zu?«

»Ach du, ich würde von so was doch kein Wort reden, auch zu dir nicht, wenn ich nicht sicher wüßte, daß es stimmt. Ich habe sogar ein paar Namen von Abgeholten, bei denen Katz die Finger in der Sache hatte. Und was er angefangen hat, muß er ja nun wohl weiter treiben. Jetzt haben die da ihn selbst an der Strippe.«

Wir sagten uns das ›Gute Nacht‹, aber es wurde keine gute Nacht. Da ist der Mörder, und da ist, keine hundert Meter entfernt, der andere, der ausgeliefert werden kann, und ich bin da und bin der, der es weiß. Und dann gehe ich in meine Stube und lese im Buch Auszug, lese vom Berg Sinai: ›Gedenke des Sabbat-Tags, daß du ihn heiligst‹ und ›Du wirst nicht töten‹ – ›Lo tirzach‹ – und das ist alles.

Mein Erzähler machte eine Pause, als fürchte er sich vor dem Weitererzählen. »Leg doch noch ein Scheit nach«, sagte er. »Oder weißt du: du legst das Scheit nach, und wir gehen tausend Schritt aufs Meer zu, um halb zehn ist heute Flut, du hörst sie schon kommen. Nachher sehen wir weiter ins Feuer. Es wird jetzt schlimm.«

Wir liefen durch den Garten und dann ein Stück weit die Uferstraße hinauf. Ich sagte nichts. Der Freund sollte wieder anfangen.

Es war am dritten Abend nach dem Gespräch mit der Mutter. Zwei Tage waren die Engländer nicht dagewesen, so würden sie heute wohl wiederkommen. Ich hatte mich bei einem Besuch verspätet; zwischen Tag und Dunkel wollte ich eigentlich immer im Haus sein. Aber ich hatte, als ich auf unser Geviert zuging, so intensiv an die Frau Mauch gedacht, daß ich den kleinen Umweg über die Laubenkolonie wählte ... es waren nur so acht oder zehn Minuten Umweg; da fingen die Sirenen schon an. Du, das hören wir doch bis an unseren Tod. Ich konnte nicht mehr zurück, Schutzräume gab es da kaum, oder, wenn es sie gab, so fand ich sie doch nicht, und es war wie immer: die Leute waren gleich wie vom Erdboden verschwunden ... aber als ich an der Mauch'schen Laube vorbeikam, da sah ich plötzlich einen, den ich noch nie gesehen hatte. Er stand hinter dem Zaun bei Mauchs Laube und streckte beide Arme aus. Ich hatte keine Zeit, stehenzubleiben und mir die Gestalt, diesen Atemholer, anzuschauen, ich wußte, die Mutter ist jetzt unruhig. Ich war ja schon nah, konnte unser Haus sehen; und da sah ich – zwischen Tag und Dunkel kann man ja noch sehen –, wie oben bei uns im Haus ein Verdunklungsvorhang hochging, und im Fenster stand einer, der hinausschaute, er mußte mich sehen, und ich wußte: der Späher am Fenster ist Katz. Und da, erst da, wußte ich auch, wer da vorhin am Zaun der Mauchlaube die Arme ausgebreitet hatte: der Schützling der Frau Mauch, der Junge, das Unterseeboot. Und jetzt hat der eine, der Katz, den anderen, den Nemo, ich weiß keinen Namen, vielleicht entdeckt, und jetzt wird es – vielleicht – so kommen, wie es die Mutter gesagt hat. Sie werden einbrechen, dastehen und finden. Und zu Katz wird wieder Vorrat kommen, Wein und Sekt und Tabak und Kaffee, dreißig Silberlinge, und auch die Frau Mauch werden sie mitnehmen, und dann ist sie also wirklich bei den ›Heiligen der letzten Tage‹. Aber so wird es nicht kommen. – Der Alarm betraf uns an diesem Abend nicht, ich saß bald wieder in meiner Stube und las noch eine Weile in die Nacht hinein, das Exodus zwanzig sollte man ja eigentlich auswendig können, danach fragen sie bei der Prüfung. ›Lo tirzach‹: »Du wirst nicht töten.« Ich hatte nicht getötet, in all den Soldatenjahren nicht; – ein Funker weiß freilich nicht, was aus seinen Funksprüchen wird –. Aber wie nun weiter? Werde ich Katz stellen? Werde ich Katz erschießen? Ich werde Katz erschießen. Ein Verräter darf nicht mehr verraten. Ich werde ihn erschießen. Was nachher kommt, kommt nachher.

Ich brauchte noch eine Nacht und einen Tag und noch einmal eine Nacht. In der Frühe dann, ich hatte nichts von einem Lazarettbesuch gesagt, die Mutter sah mich:

»Nanu, heute in Uniform? Hast du was vor?«

»Einen Besuch«, sagte ich, und sie fragte nicht weiter.

Oben an der Wohnungstür Katz blieb es lange still. Ich hatte mich auf Frau Katz gefaßt gemacht: die kannte ich vom Keller; dort kam sie meist als letzte, huschte nur geradeso herein und ebenso leise nach der Entwarnung wieder hinaus, meist ohne ein Wort … –

Aber dann war es Katz selbst, der die Tür einen Spalt weit öffnete.

»Herr Off'sier«, sagte er, als er mich erkannte; er schien zu wissen, daß ich zum Haus gehöre. Ich hatte gleich, als die Tür aufging, einen Fuß in die Öffnung gestellt, auf so etwas kommt es ja unter Umständen an. Eine Wohnstubentür rechter Hand stand offen. Und die Stube war – wie sag ich? – etwas Besonderes: halbdunkel, oder fast ganz dunkel, verhängte Regale, zwei Wandschränke; ›Totenzimmer‹ dachte ich, oder ›Speisekammer‹ oder beides zugleich; ein Warenlager, notdürftig getarnt, Büchsen, Flaschen, Gläser, starker Brodem von Kaffee und Tabak – und Katz selbst sah aus wie dieser Vorratsstapel. Er hatte sein Frühstück noch vor sich und sagte, der Tonfall war österreichisch: »Eine Tasse Kaffee, wenn's gefällig ist!« Ich hatte noch kein Wort gesprochen und gab auch jetzt keine Antwort. Eine verneinende Gebärde muß genug sein. Man kann nicht Kaffee trinken mit einem, dem man ans Leben will.

Ich sagte: »Herr Katz, ich bin erst seit vierzehn Tagen bei meiner Mutter im Haus: aber ich muß ja ungefähr im Haus Bescheid wissen, und so weiß ich also Bescheid. Sie sind Jude, und Sie tragen keinen Stern. Ich kann mich über den Judenstern nicht freuen, und ich könnte froh sein, daß Sie den Stern nicht tragen müssen. Aber ich kann nicht froh sein. Und Sie wissen, warum ich nicht froh sein kann.«

»Ich weiß nicht, wovon Sie reden.«

»Sie wissen, wovon ich rede!«

Wir standen in der Mitte des dunklen Zimmers. Ich löste die Schlaufe von der Pistolentasche. ›Lo tirzach‹ ging es mir durch den Sinn, und dann sagte ich mit unveränderter Stimme: »Sie haben Menschen verraten, ausgeliefert, zum Tode gebracht, gemordet.«

»Ich habe, Gott behüte, ich habe nicht gemordet.«

»Sie haben verraten.«

»Wen habe ich verraten?«

»Sie haben« – ich zog ein Blatt aus der Brusttasche und las zwei Namen, die dort zuoberst standen. Katz hörte mit unbewegter Miene zu. Ich nannte einen dritten Namen, da zuckte er zusammen.

Ich kam auf die ersten beiden Namen nicht mehr zurück, aber den dritten Namen wiederholte ich und nannte dazu eine Adresse, eine falsche Adresse; ich sagte: ›Steglitz‹ und verbesserte ›Friedenau‹. Ich ließ Katz keine Sekunde aus den Augen. »Friedenau stimmt doch?«

Katz gab keine Antwort; noch verriet er sich durch keine Gebärde, aber ich sah genug. Er wußte, daß er sich doch verraten hatte. Ich las noch drei weitere Namen. Sie fielen wie Geröll im Steinbruch in die schwarze Stille dieses Zimmers. Katz sah mich nicht mehr an. Ich stand wie auf dem Appellplatz mit einem Tagesbefehl in der Hand und schwieg.

Endlich Katz: »Nu, Herr Leutnant, was wollte ich machen? Man will doch leben.«

Das war die Kapitulation. Und nun muß ich also zuschlagen. Wer, heiliger Gott, hat verlangt, daß ich nun zuschlage?

Kein lautes Wort jetzt. Keine Diskussion. Keine Frage. »Herr Katz, Sie wissen, wer Sie sind, und Sie wissen, wer ich bin. Und Sie wissen, wie es steht. Sie kommen nicht durch, Jude Katz. Jetzt decken Sie Ihre Auftraggeber. Aber im Tauchbad sind Sie ein Jude, und im Leichenschauhaus sind Sie's auch.«

Nun hatte ich ›Jude Katz‹ gesagt und ›Leichenschauhaus‹, und ich wußte, während ich die Worte aussprach: So geht man nicht mit Menschen um. Aber da ist die Frau Mauch und da ist der Junge bei ihr –

»Herr Leutnant, machen Sie sich nicht unglücklich.« Ich hatte eine Handbewegung zur Pistolentasche hin gemacht, nicht mehr als dies, aber die hatte Katz sofort registriert. Ich gab kein Zeichen, ob ich seinen Aufschrei gehört hatte oder nicht. Ich stand da und schwieg. Und nun war hüben und drüben nichts als Schweigen.

»Herr Leutnant, ich werde keinen Namen mehr sagen.«

Und nach einer Pause dann: »Mein Ehrenwort. Keinen Namen.«

»Was ist dein Ehrenwort?«

»Herr Off'sier, ich schwöre.«

»Du schwörst? Kannst du schwören, wie ein Jude schwört? Hast du Thora gelernt?«

»Herr Leutnant, ich habe Thora gelernt. Ich habe beim Rebbe Baeck in Lissa Thora gelernt.«

»Dann« – sagte ich und machte eine Pause, »dann heb die Hand.«

»Aschabea«, sagte ich. Nun war das Wort in der Stube, das ›Ich schwöre‹ in der Heiligen Sprache.

»Aschabea lelohim«, sagte ich. »Ich schwöre bei Gott.« Und Katz sprach es nach: »Aschabea lelohim.«

»Chai Adonai«, sagte ich. »So wahr der Herr lebt«, und Katz sprach: »Chai Adonai.«

»Hast du Tefilla, Katz?« Ich fragte nach dem Gebetsriemen, der zum Gelübde gehört.

»Ich habe nicht Tefilla.«

»Tefillin sind immer, auch wenn du keine hast. Sprich Sch'ma, wie du's gelernt hast.«

Schweigen.

»Nun, wie hast du gelernt?«

Und dann Katz: »Sch'ma Iisrael –«

Ich sah ihn an. Die Vorratskammer Katz stürzt ein. Aber jetzt gibt es kein Zurück mehr.

»Schema Iisrael« … »höre Israel.«

»Adonai elohenu« … »der Herr, unser Gott.«

»Adonai aechad«, sagte Katz: »Ist der eine Gott.«

Schweigen. Ich sah Katz nah an seinem Tisch stehen. Die Stirn war dunkelrot, Schweißperlen standen auf der Stirn, die Lippen waren weiß; ich hörte, wie die linke Hand wieder und wieder an der Tischplatte anschlug. Ich habe nur dies eine Mal im Leben gesehen, wie ein Mensch in einer Stunde alt werden kann. Ich sollte aufhören. Aber ich darf nicht aufhören.

Jetzt Katz: »Verzeihen Sie, Herr Leutnant, ich möchte absitzen. Mir ist übel.«

»Wir sind noch nicht fertig. – Lo erzach«, sagte ich; »was heißt ›Lo erzach‹?«

Katz: »Nicht töten.«

»So heißt es nicht. Was heißt: ›Lo erzach‹?«

»Ich werde nicht töten.«

»Heb die Hand auf und sprich: Lo erzach.«

»Lo erzach.«

Ich gab ihm ein Zeichen, daß er sich setzen könne, und machte Anstalt, mich auch zu setzen. Vorher schloß ich mit einer Hand die Pistolentasche. Ich hörte unsre Stimmen, die ›Lo erzach‹ gesprochen hatten. Auch meine Stimme war dabei gewesen: »Ich werde nicht töten.«

Ist noch etwas zu tun? Sag ich noch: Gib mir die Hand darauf? Nein, das sage ich nicht. Er soll wissen, daß er nicht mir etwas in die Hand versprochen hat. Er hat beim Leben Gottes geschworen: »Chai Adonai«, »so wahr der Herr lebt«.

Nach einer Weile sage ich: »Leben Sie wohl, Herr Katz.« Wer ist der, der da ›Herr Katz‹ sagt? Wem gehört die Hand, die sich nun doch ausstreckt? Bin das ich? Und: Was habe ich getan?

Ich stand auf. »Bleiben Sie«, sagte ich, als Katz sich anschickte, mich zu begleiten. Ich wollte allein zur Tür.

Spät am Abend habe ich meiner Mutter berichtet. Nur drei Sätze.

Das ist die Geschichte. Siehst du, drei Scheite haben gereicht. Wollen wir hinauf zu den Frauen? Noch nicht? Nein, noch nicht. Noch nicht zu den Worten. Worte. Babylon. Aber damals, im vierten Stock bei Katz, da war es doch nicht Babylon.

Die Geschichte ist wahr. Katz lebt nicht mehr, und die gute Frau Mauch ist lange schon tot. Aber der Junge lebt – und ist kein Junge mehr.

Leg noch ein Scheit nach –

Bibliographischer Nachweis

Die Erzählungen sind nach dem Zeitpunkt ihrer Entstehung geordnet. Eine Ausnahme bilden *Der Beutezug*, *Die Einladung*, *Das zersplitterte Fenster*, *Der Abschied*, Kapitel eines geplanten autobiographischen Romans. Sie sind als in den Jahren 1937–1940 entstandene Einheit eingefügt.

Am Bodensee. Aus dem Reisetagebuch eines Tübinger Studenten
Geschrieben 1927. Erstdruck in: ›Der Abend‹, Unterhaltungsbeilage der Göppinger Zeitung Nr. 30, 23. Juli 1927

Das Sterben der Bäuerin
Geschrieben 1935/1936. Erstdruck in: ›Lob des Lebens‹. Betrachtungen. Deutsche Verlags-Anstalt, Stuttgart 1936, S. 115–136

Linie des Lebens
Geschrieben 1937. Erstdruck in: Frankfurter Zeitung, Frühjahr 1937

Erstes Sterben
Geschrieben 1937. Erstdruck in: Frankfurter Zeitung, Ostern 1937

Der Verzicht
Geschrieben: Oktober 1937. Erstdruck in: ›Schwäbische Erzähler‹, hg. von Olaf Saile. Fleischhauer & Spohn, Stuttgart 1937, S. 123–131

Der Beutezug
Geschrieben 1937. Erstdruck in: Die Neue Rundschau, 48. Jg., H. 7, Juli 1937

Die Einladung
Geschrieben zwischen 1937 und 1939. Erstdruck in: Die Neue Rundschau, 50. Jg., H. 10, Oktober 1939

Das zersplitterte Fenster

Geschrieben zwischen 1937 und 1939. Erstdruck in: ›Brot und Wein‹, Jahresgabe schwäbischer Dichtung, hg. von Dr. Emil Wezel. Hohenstaufenverlag, Stuttgart 1939, S. 83–90

Der Abschied

Geschrieben zwischen 1937 und Anfang 1940. Erstdruck in: Die Neue Rundschau, 51. Jg., H. 2, Februar 1940.

Die steinerne Hand

Geschrieben 1938. Erstdruck in: Christliche Welt, Marburg, Heft 7, April 1938

Der Glöckner Matthäus Armbruster

Geschrieben 1938. Erstdruck in: Der Rufer, Gütersloh, Nr. 37, 1954; Beilage »Acht Seiten – Freude zu bereiten«

Der Taubblinde

Geschrieben 1938. Erstdruck in: Die Neue Rundschau, 49. Jg., H. 12, Dezember 1938

Die Begegnung

Manuskript datiert 13. März 1938. Unveröffentlichter Text aus dem Nachlass

Der Grundstein

Geschrieben 1939. Erstdruck in: ›Zeitwende‹, 15. Jg, H. 1, August 1939. Wichern Verlag, Berlin-Spandau 1939, S. 1–14

Leuchter und Laterne. Eine Erzählung auf Christtag

Geschrieben 1939. Erstdruck in: ›Die Quelle‹, Folge VI, Wichern Verlag, Berlin-Spandau, Dezember 1939

Begegnung in Ungarn

Geschrieben 1946. Erstdruck u. d. T. »Episode aus Ungarn« in: Die Neue Zeitung, München, Nr. 48, 17. Juni 1946

Sonne, stehe still

Geschrieben nach März 1948. Erstdruck in: ›Sonne stehe still‹. 13 Geschichten, hg. von Gerhard Ulrich. Verlag »Neue Kirche«, Bethel-Bielefeld 1950, S. 5–11

Karfreitag 1945
Geschrieben 1951. Erstdruck in: Almanach auf das Jahr des Herrn 1953. Friedrich Wittig Verlag, Hamburg 1953, S. 5–11

Was wird morgen sein?
Geschrieben 1952. Erstdruck in: Albrecht Goes, ›Ruf und Echo‹. Aufzeichnungen 1951–1955. S. Fischer Verlag, Frankfurt am Main 1956, S. 147–153

Das Brandopfer
Geschrieben 1953. Erstdruck: S. Fischer Verlag, Frankfurt am Main 1954

Der Lilienstrauß
Geschrieben 1956. Erstdruck in: Almanach auf das Jahr des Herrn 1958. Friedrich Wittig Verlag, Hamburg 1958, S. 7–12

Der schwere Herrenstoff
Geschrieben 1957. Erstdruck in: Albrecht Goes, ›Aber im Winde das Wort‹. S. Fischer Verlag, Frankfurt am Main 1963, S. 184–185.

Das Löffelchen
Geschrieben zwischen 1960 und 1963. Erstdruck: S. Fischer Verlag, Frankfurt am Main 1963

Steglitzer Kindheit 1917
Geschrieben zwischen 1960 und 1975. Erstdruck in: Albrecht Goes, ›Vierfalt. Wagnis und Erfahrung‹. Fischer Taschenbuch Verlag, Frankfurt am Main 1993, S. 27–45

Der unerfüllte Wunsch
Geschrieben 1966. Erstdruck in: Almanach auf das Jahr des Herrn 1967. Friedrich Wittig Verlag, Hamburg 1967, S. 13–15

Lautloser Dialog
Geschrieben 1968/1969. Erstdruck in: Albrecht Goes, ›Tagwerk‹. S. Fischer Verlag, Frankfurt am Main 1976, S. 144–161

Das mit Katz

Geschrieben März 1984. Erstdruck: Weihnachtsgabe des S. Fischer Verlags, Dezember 1984. Wieder abgedruckt in: Albrecht Goes, Gedichte. Erzählungen. Betrachtungen. S. Fischer Verlag, Frankfurt am Main 1986, S. 94–104